新潮文庫

罪と罰

上巻

ドストエフスキー
工藤精一郎訳

新潮社版

罪と罰

上巻

第一部

1

七月はじめの酷暑のころのある日の夕暮れ近く、一人の青年が、小部屋を借りているS横町のある建物の門をふらりと出て、思いまようらしく、のろのろと、K橋のほうへ歩きだした。

彼は運よく階段のところでおかみに会わずにすんだ。彼の小部屋は高い五階建の建物の屋根裏にあって、部屋というよりは、納戸《なんど》に近かった。賄《まかな》いと女中つきでこの小部屋を彼に貸していたおかみの部屋は、一階下にあって、彼の小部屋とははなれていたが、外へ出ようと思えば、たいていは階段に向い開けはなしになっているおかみの台所のまえを、どうしても通らなければならなかった。そして青年はその台所のまえを通るたびに、なんとなく重苦しい気おくれを感じて、そんな自分の気持が恥ずかしくなり、顔をしかめるのだった。借りがたまっていて、おかみに会うのがこわかったのである。

しかし、彼はそんなに臆病《おくびょう》で、いじけていたわけではなく、むしろその反対といっていいほどだった。ところが、あるときから、彼はヒポコンデリーに似た苛立《いらだ》たしい不安な気持になやまされるようになった。彼はすっかり自分のからにとじこもり、世間からかくれてしまったので、おかみだけでなく、誰《だれ》と会うのもおそれた。彼は貧乏におしひしがれていた。しかしこの頃《ごろ》はこのぎりぎりの貧乏さえも苦にならなくなった。毎日の自分の仕事も、すっかりやめてしまったし、しようという気もなかった。実をいえば、どんな悪だくみをされようと、おかみなんかすこしもこわくはなかったのである。といって、階段でつかまって、自分にはなんの関係もないくだらないこまごました世間話を聞かされたり、おどかしや泣きおとしで、しつこく払いを催促されて、のらりくらり逃げをうち、あやまったり、ごまかしたりするのは、——やりきれない。それよりはむしろ猫《ねこ》のようにそっと階段をすりぬけて、誰にも見とがめられずに逃げ出すほうがましである。

しかし今日は、通りへ出てしまってから、おかみに会いはしないかと自分でもあきれるほどびくびくしていたことに気がついた。

《これほどの大事をくわだてながら、なんとつまらんことにびくびくしているのだ！》彼は奇妙な笑いをうかべながら考えた。《フム……そうだ……すべては人間の手の中にあるのだ、それをみすみす逃がしてしまうのは、ひとえに臆病のせいなのだ……これはもうわかりきったことだ……ところで、人間がもっともおそれているのは何だろう？　彼らがもっともおそれているのは、新しい一歩、新しい自分の言葉だ。だからおれはしゃべるだけで、何もしないのだ。いや、もしかしたら、何もしないから、しゃべってばかりいるのかもしれぬ。おれがしゃべることをおぼえたのは、この一月《ひとつき》だ。何日も部屋の片隅《かたすみ》にねころがって、大昔のことを考えながら……。ところで、おれはいまなんのために行くのだ？　果しておれにあれができるだろうか？　いったいあれは重大なことだろうか？　ぜんぜん重大なことではない。とすると、幻想にとらわれて一人でいい気になっているわけだ。あそびだ！　そうだ、どうやらこれはあそびらしいぞ！》

通りはおそろしい暑さだった。おまけに雑踏で人いきれがひどく、どこを見ても石灰、材木、煉瓦《れんが》、土埃《つちぼこり》、そして別荘を借りる力のないペテルブルグ人なら誰でも、いやというほど知らされている、あの言うに言われぬ夏の悪臭、——こういったものが一度にどっと青年をおしつつんで、そうでなくてもみだれた神経をいよいよ不快なものにした。市内のこのあたりには特に多い居酒屋から流れでる鼻持ちならぬ臭気と、まだ明るいというのに、たえず行きあたる飲んだくれが、まわりの風景のむかむかするような陰鬱《いんうつ》な色彩を、いよいよやりきれないものにしていた。深い嫌悪感《けんおかん》が青年の端正な顔にちらとうかんだ。ついでながら、彼は黒い目がきれいにすみ、栗色《くりいろ》の髪をした、おどろくほどの美青年で、背丈はやや高く、やせ気味で、均斉《きんせい》がとれていた。だがすぐに、彼は深い瞑想《めいそう》にしずんだように見えた、いやそれよりも、忘却にとらわれたというほうがあたっていよう。そしてもうまわりを見ないで、しかも見ようともしないで、歩きだした。時折り、この頃のくせで、ぶつぶつひとりごとを言ったが、そのくせもいまはじめて気がついたのだった。いまになって、彼は、自分の考えがときどき混乱することと、身体《からだ》がひどく衰弱していることを、自分でも認めた。昨日からほとんど何も食べていなかった。

彼はひどい服装をしていた。ほかの者なら、いいかげん汚ないものを着なれている人間でも、こんなぼろをまとっては恥ずかしくて、おそらく昼の街へは出られまい。しかしこのあたりは、身なりで人をおどろかすことはむずかしかった。センナヤ広場に近いし、いかがわしいあそび場が多く、特にここらはペテルブルグのどまん中にあたり、街筋や路地裏は工員や職人などの吹きだまりになっていて、奇妙な服装が街の風景をいろどることは珍しくなかった。だからへんな風采《ふうさい》に会ったからといって、びっくりするほうがおかしいようなものだ。しかも青年の心には毒々しい侮蔑《ぶべつ》の気持がいっぱいにつまっていたから、だいたいが気にするほうで、時には少年のように恥ずかしがるのに、いまはぼろをまとって通りを歩いていることがすこしも気にならなかった。しかし知人とか、常々会いたくないと思っているような旧友たちに出会うとなれば、話は別である……ところが、そのとき大きな駄馬《だば》にひかれた大きな荷馬車が通りかかって、どういうわけでどこへ運ばれて行くのか、その上にのっかっていた一人の酔っぱらいが、通りしなにだしぬけに、彼のほうを指さしながら、《おいこら、ドイツのシャッポ！》とありたけの声でどなったとき、青年は思わず立ちどまって、あわてて帽子へ手をやった。それは山の高い、まるい、ツィンメルマン製の帽子だが、もうすっかりくたびれて、にんじん色に変色し、虫くい穴としみだらけで、つばもとれ、そのうえかどがぶざまにつぶれて横っちょのほうへとびだしていた。だが、彼をとらえたのは、羞恥《しゅうち》ではなく、驚愕《きょうがく》にさえ似たぜんぜん別な感情だった。

「だから言わんことじゃない！」彼はうろたえながらつぶやいた。「こんなことだろうと思っていたんだ！　これがいちばんいまわしいことだ！　よくこういううかつな、なんでもない小さなことから、計画がすっかりくずれてしまうものだ！　それにしても、この帽子は目立ちすぎた……おかしいから、目立つんだ……このぼろ服にはぜったいに学帽でなきゃいけなかったんだ。せんべいみたいにつぶれていたってかまやしない。へまをやったものだ。こんな帽子は誰もかぶってやしない。一キロ先からでも目について、おぼえられてしまう……まずいことに、あとで思い出されると、それが証拠になる。とにかく、できるだけ目につかないようにすることだ……小さなこと、小さなことが大切なのだ！……その小さなことが、いつもすべてをだめにしてしまうのだ……」

そこまではいくらもなかった。彼の家の門から何歩あるかまで、彼は知っていた。ちょうど七百三十歩だ。もうすっかり空想にとらわれていた頃、一度それをはかったことがあった。その頃はまだ自分でも、その空想を信じていなかった、そして何というこ となく、その空想のみにくいが、しかし心をひきつける大胆さに、いらいらさせられていたのだった。それから一カ月すぎたいまでは、彼はそれをもう別な目で見るようになった、そして自分の無力と優柔不断にたえず自嘲《じちょう》の言葉をあびせてはいたが、いつの間にか、自分ではそんなつもりもなく、その《いまわしい》空想を既定の計画と考えることになれてしまった。とはいえ、まだ自分にそれができるとは信じていなかった。彼はいまでさえ、自分の計画のリハーサルをするために歩いているのだ、そして一歩ごとに、興奮がいよいよはげしくなってきた。

彼は心臓が凍りそうな思いで、過度の緊張でがくがくふるえながら、運河と裏通りに前後を接しているおそろしく大きな建物へ近づいて行った。この建物は全体が小さな貸間にわかれていて、仕立屋や錠前屋などあらゆる種類の職人、料理女、さまざまな職業のドイツ人、売春婦、小役人といったような人々が住んでいた。だから出入りがはげしく、二つの門と二つの内庭にはほとんど人の行き来がたえたことがなかった。庭番も三、四人はたらいていた。その一人にも出会わなかったので、青年はほっとして、目立たないように急いで門から右手の階段へすべりこんだ。階段は暗くてせまい《裏口階段》だったが、彼はもうすっかり調べつくして、そらでおぼえていた。条件はことごとく彼の気に入った。こう暗くては、もの好きな目でも心配はなかった。《いまからこんなにびくびくしていたら、いよいよ実際にことに直面するようなことになったら、いったいどうなるだろう？……》四階への階段をのぼりながら、彼は思わずこんなことを考えた。ここまで来ると、除隊兵の運送人夫たちが行く手をふさいだ。ある部屋から家具をはこび出していたのである。彼はもうかねがね、この部屋にはドイツ人官吏の一家が住んでいたことを知っていた。《ははあ、あのドイツ人はいま引っ越して行くところだな、とすると、四階には、この階段も、この踊り場も、しばらくは、婆《ばあ》さんの部屋だけになるわけだ。ありがたい……万一の場合には……》彼はまたこんなことを考えて、老婆の部屋の呼鈴《よびりん》を押した。呼鈴は銅ではなく、ブリキでできているみたいに、弱々しくわれた音をたてた。このような建物の中のこのような小さな部屋には、ほとんどといっていいくらい、こんな呼鈴がついていた。彼はもうこの呼鈴の音を忘れていた、そしていまこの異様な音が、不意に彼にあることを思い出させ、それをはっきりと見せてくれたような気がした……彼はぎくっとした。この頃は神経が極度に弱っていたのである。しばらくするとドアがわずかに開いて、細い隙間《すきま》ができた。そしてその隙間から老婆がいかにもうたぐり深そうに客をじろじろ見まわした。闇《やみ》に光る老婆の目だけが見えた。しかし踊り場にたくさんの人がいるのを見ると、老婆は安心して、ドアをいっぱいに開けた。青年はしきいをまたいで暗い控室へ入った。そこは板壁で仕切られて、かげは小さな台所になっていた。老婆は黙って青年のまえにつっ立ったまま、うろんそうに相手を見つめた。それは六十前後のひからびた小さな老婆で、意地わるそうなけわしい小さな目をもち、小さな鼻がするどくとがって、頭には何もかぶっていなかった。白いものがあまりまじっていない灰色の髪には油が濃すぎるほどに塗られていた。鶏のあしのようなひょろ長い首には、フランネルのぼろのようなものがまきつけられ、この暑いのに、肩にはもうすっかりすりきれて黄色っぽく変色した毛皮の胴着がかけられていた。老婆はたえず咳《せき》をしたり、のどを鳴らしたりした。きっと、老婆を見る青年の目に普通でないものがあったのだろう、老婆の目にも不意にまたさきほどの警戒の色がうかんだ。

「ラスコーリニコフ、一月ほどまえに一度うかがったことのある学生です」青年は、もっとやさしくしなければならないことに気がついて、軽く頭を下げながら、あわてつぶやくように言った。

「おぼえてますよ、学生さん、あなたが来たことは、よくおぼえてますよ」うたがわしそうな目を青年の顔からはなさずに、老婆ははっきりと言った。

「それはどうも……ところでまた、例の用事で……」とラスコーリニコフは、老婆のうたぐり深さにおどろきながら、いささかうろたえ気味につづけた。

《ひょっとしたら、この婆さんはいつもこうで、あのときは気づかなかったのかもしれん》と考えて、彼は不愉快な気持になった。

老婆は思案しているらしく、しばらく黙っていたが、やがてわきへ身をひいて、奥の部屋のドアを指さし、客を通しながら、言った。

「お入りなさい、学生さん」

青年が通されたのは、小さな部屋だった。黄色い壁紙がはってあり、ゼラニウムの鉢植《はちうえ》がいくつかおいてあって、窓にモスリンのカーテンが下がっていたが、ちょうどそのとき入日をまともに受けて、明るく染まった。《あのときも、きっと、こんなふうに日がさしこむにちがいない！……》だしぬけに、こんな考えがラスコーリニコフの頭にうかんだ、そして彼は、できるだけよく見て、室内の配置を頭の中に入れておくために、室内のすべてのものに急いで視線を走らせた。しかし室内には目ぼしいものは何もなかった。家具類は、ひどく古いマホガニー製のものばかりで、そりかえったおそろしく高い木の背がついているソファと、そのまえにおいてある長円形の卓と、窓のそばの壁際《かべぎわ》の小さな鏡のついた化粧台と、やはり壁際に椅子《いす》が数脚、それに小鳥をてのひらにのせたドイツ娘が描いてある、黄色い額縁に入った安物の絵が二、三枚、——これで全部だった。片隅には小さな聖像のまえに灯明がともっていた。すべてがひじょうに清潔だった。家具も、床《ゆか》もつやぶきをかけられて、ぴかぴかひかっていた。《リザヴェータのしごとだな》と青年は考えた。部屋の中にはちり一つ見あたらなかった。《強欲な後家婆《ばば》ぁのところにかぎって、よくこんなふうにきれいになっているものだ》ラスコーリニコフは腹の中でこんなことを考えつづけながら、小さな次の間に通じるドアのまえに下げられた更紗《さらさ》のカーテンを、さぐるように横目で見た。そこは老婆の寝台とタンスがおいてある部屋で、彼はまだ一度ものぞいて見たことがなかった。住居はこの二つの部屋からできていた。

「ご用は？」老婆は部屋へ入ると、またさっきのように青年の目のまえに立ちはだかって、相手の顔をまともに見すえながら、とげとげしく言った。

「質草を持って来たんですが、これです！」そう言って彼は、ポケットから古い平べったい銀時計をとりだした。蓋《ふた》の裏に地球儀が描いてあった。鎖はスチールだった。

「でも、まえの口はもう期限ですよ。もう一月を三日すぎましたからねえ」

「もう一月分の利息を入れますから、こらえてくださいよ」

「さあ、こらえてあげるか、いますぐ流してしまうか、それはわたしの勝手ですよ」

「この時計でどのくらい貸してもらえるかね、アリョーナ・イワーノヴナ？」

「よくもまあ、くだらないものばかり持ってきますねえ、学生さん、値段のつけようがありませんよ。このまえは指輪で二枚貸してあげたけど、あんなものは宝石店へ行けば新しいのが一枚半で買えるんだよ」

「四ルーブリほど貸してくださいよ、流しません、親父《おやじ》のですから。もうじき金がはいります」

「一ルーブリ半で利息天引きだね、いやなら結構だよ」

「一ルーブリ半！」青年はおもわず大きな声をだした。

「どちらでもお好きに」

老婆はそう言って彼のほうへ時計をさしだした。青年はそれをひったくると、かっとなって、とび出そうとしたが、すぐに思い直した。ここを出ても行くあてがないことと、ここへ来たのにはもう一つ別な目的があったことを、思い出したのである。

「まあいいや！」と彼はつっかかるように言った。

老婆はかくしへ手をつっこんで鍵《かぎ》をさぐり、カーテンのかげの次の間のほうへ行った。青年は部屋のまん中に一人だけになると、身体中《からだじゅう》を耳にして、計画をねりはじめた。老婆がタンスを開ける音が聞えた。《おそらく、上の小ひきだしにちがいない》と青年は考えた。《鍵は、右のポケットに入れていることがわかった……全部ひとまとめにして、鉄の輪に通してある……一つだけ、ほかの三倍も大きい、ぎざぎざのきざみのついた鍵があったが、あんなものは、もちろん、タンスの鍵じゃない……とすると、ほかにまだ手箱か、長持があるにちがいない……こいつはおもしろいぞ。長持の鍵ってたいていあんなやつだ……しかし、おれはなんということを、ああいやだ……》

老婆がもどってきた。

「じゃ、学生さん、一月一ルーブリで十コペイカとして、一ルーブリ半だと十五コペイカ、一月分の利息としてひかせてもらいますよ。それにこのまえの二ルーブリの分が二十コペイカ、これもひかせてもらうと、全部で三十五コペイカ差引きということになります。そうするといまあなたがこの時計をあずけて受けとる手取りは、一ルーブリ十五コペイカになるわけですね。さあどうぞ」

「なんですって！　それじゃいまもらえるのは一ルーブリ十五コペイカだけですか！」

「そうですとも」

青年はあらそう気もなくなって、金を受け取った。彼はじっと老婆を見つめたまま、かえりしぶっていた。まだ何か言いたいことが、したいことがありそうな気がするのだが、それが何なのか、自分でもわからないらしかった……

「アリョーナ・イワーノヴナ、もしかしたら、二、三日うちにまた来るかもしれません、今度は……銀の……すばらしいやつですよ……シガレットケースです……友だちからとりかえしたら……」

青年はどぎまぎして、口ごもった。

「まあ、それはそのときの話にしましょうよ、学生さん」

「じゃ、失礼します……あなたはいつも一人きりですね、妹さんは？」と彼は控室のほうへ出て行きながら、できるだけ何気ない様子で尋ねた。

「妹にどんな用事があるんだね？」

「いや、別に。ただ聞いただけですよ。あなたはすぐに……じゃさようなら、アリョーナ・イワーノヴナ！」

ラスコーリニコフはすっかりうろたえてそこを出た。この狼狽《ろうばい》はますますはげしくなった。階段の途中で、突然何かにおびえたように、二、三度びくっと立ちどまりさえした。そして、もう通りへ出てしまってから、彼はこらえきれなくなって叫んだ。

《ああ！　なんというまわしいことだ！　いったい、いったいおれは……いや、こんなことはたわけたことだ、愚劣だ！》そして彼はきっぱりと言い加えた。《それにしても、よくもこんな恐ろしい考えが、おれの頭にうかんだものだ！　おれの心は、なんというけがらわしいことに向いているのだ！　なんとしても、けがらわしい、きたない、ああいやだ、いやだ！……それなのにおれは、まる一月も……》

しかし彼は言葉でも、叫びでも、心のみだれを表現することができなかった。老婆の家へ出かけて行くときからもう彼の心を圧迫し、さいなみはじめていた、底知れぬ嫌悪感が、ここへきてその頂点に達し、それをまざまざと見せつけられたので、彼はそのやりきれないさびしさから逃れるすべを知らなかった。彼は酒に酔ったように、通行人の姿に気づかないでつきあたりながら、ふらふらと歩道をたどって行った。そして次の通りへ出てからやっと気がついた。あたりを見まわすと、彼は居酒屋のそばに立っていた。居酒屋は地下室になっていて、入り口には歩道から階段が通じていた。ちょうどそのとき、ドアが開いて、酔っぱらいが二人もつれあって、わめきちらしながら、通りへ出てきた。ろくに考えもしないで、ラスコーリニコフはすぐに階段を下りて行った。彼はこれまで一度も居酒屋へなど入ったことがなかったが、いまは頭がくらくらしていたし、それに焼けつくような渇《かわ》きに苦しめられていた。冷たいビールを飲みたかったし、まして、思いがけぬこの弱りようは空腹のせいだと思ったのである。彼はうす暗いきたない隅のほうのねとねとするテーブルについて、ビールをたのみ、はじめの一杯をむさぼるように飲んだ。たちまちわずらわしさがすうッととれて、考えがはっきりしてきた。《なあに、みんなつまらないことさ》彼は救いを見つけようとして言った。《何もうろたえることなんかなかったんだ！　ただの肉体の不調さ！　一杯のビール、一かけらの砂糖――それでどうだ、たちまち、頭がしっかりして、考えがはっきりし、意志が定まってくるじゃないか！　チエッ、何もかもなんてくだらないんだ！……》ところが、こう侮蔑《ぶべつ》の言葉をはきちらして強がってはみたものの、彼はもう、何かおそろしい重荷から不意に解放されたように、晴れやかな顔になって、親しげにあたりの人々を見まわした。だが、その瞬間でも彼は心のどこかで、こう何でもよいほうにとりたがる気持も、やはり一種の病気なのだと、かすかに感じていた。

その時間、居酒屋には客がちらほらしかいなかった。階段で会ったあの二人の酔っぱらいのほか、すぐにあとを追うようにして、女を一人まじえて、アコーデオンを鳴らしていた五人ばかりの一団が、どやどやと出て行ったので、店内は急にしずかになって、広くなった。あとにのこったのは、ビールをまえに坐《すわ》っている、そう酔っていそうにも見えない、町人風の男と、その連れの立襟《たちえり》の短いカフタンを着て、白いあごひげを生やした、ふとった大男だった。この大男はひどく酔っていて、椅子にかけたままねむっていたが、ときどき、だしぬけに、寝呆《ねぼ》けたように、指をパチパチ鳴らし、両手を大きくひろげて、椅子にかけたまま上体だけをぴょんぴょんさせて、文句を思い出そうと苦しみながら、ばかげた唄《うた》をうたいだすのだった。

女房《にょうぼう》を一年かわいがった、

女ォ房を一《イィ》チ年《ネン》かァわいがった……

そうかと思うと不意に、目をさまして、またうたい出す。

ポジャーチイ通りを歩いていたら、
むかしの女を見かけたよ……

しかし誰もその男の幸福を喜んでくれる者はなかった。むすっとした連れは、あやしいものだというような顔で、敵意をさえうかべて、この発作をながめていた。店内にはもう一人、退職官吏らしい風采の男がいた。彼は一人はなれて、びんをまえにし、ときどきちびりちびり飲みながら、あたりを見まわしていた。彼も何か気になることがあるらしい様子だった。

2

ラスコーリニコフは人ごみの中に出つけなかったし、それに、まえにも述べたように、およそ人に会うことをさけていたが、最近は特にそれがひどかった。それがいまどうしたわけか急に人が恋しくなった。新しい何ものかが彼の内部に生れ、それと同時に人間に対するはげしい飢えのようなものが感じられた。彼はまる一月《ひとつき》にわたる思いつめた憂鬱《ゆううつ》と暗い興奮に、へとへとに疲れはてて、せめてひとときでも、どんなところでもかまわないから、ほかの世界で息をつきたかった。だから、まわりのきたならしさなど気にもかけないで、彼はいま満足そうに居酒屋の中に身をおいていたのである。

店の亭主《ていしゅ》は別な部屋にいたが、ときどきどこからか階段を下りて店へ入って来た。そのたびに先《ま》ず、大きな赤い折返しのついたてかてかのしゃれた長靴《ながぐつ》が見えた。亭主はシャツの上に、あぶらでとろとろの黒繻子《くろじゅす》のチョッキを着こみ、ネクタイはつけていなかった。顔は全体があぶらを塗りこくったようで、まるで鉄の南京錠《ナンキンじょう》のようだった。スタンドの向うには十四、五の給仕がいた。さらにもう一人いくらか年下の男の子がいて、その男の子が注文をうけて、品ものをはこぶ役だった。小さな胡瓜《きゅうり》と、黒い乾パンと、こまかく刻んだ魚がおいてあったが、それがみな鼻のまがりそうな悪臭をはなっていた。息苦しくて、じっと坐《すわ》っているのさえがまんができないほどなのに、店中《みせじゅう》のものにすっかり酒の臭《にお》いがしみこんでいて、その空気だけで五分もしたら酔ってしまいそうに思われた。

ぜんぜん見知らぬ人で、まだ一言も口をきかないうちから、どうしたわけか不意に、一目見ただけで妙に心をひかれるような、奇妙なめぐりあいがあるものである。ちょうどそうした印象を、すこしはなれて坐っていた、退職官吏らしい風采《ふうさい》の男が、ラスコーリニコフにあたえた。青年はあとになって何度かこの第一印象を思いかえしてみて、それを虫の知らせだとさえ思った。彼はたえずちらちらと官吏のほうを見やった、むろんそれは、先方でもうるさいほど彼のほうを見つめていて、ひどく話しかけたそうな素振りを見せていたせいでもあった。亭主をふくめて、店内にいたほかの客たちを見る官吏の目には、妙ななれなれしさと、もうあきあきしたというような色さえ見えて、同時に、話すことなど何もない、地位も頭も一段下の人間に対するような、見下すようなさげすみの色もあった。それはもう五十をすぎた男で、背丈は大きいほうではないががっしりした体つきで、頭は禿《は》げあがって、髪には白いものがまじり、酒浸りで黄色くむくんだ顔は青っぽくさえ見えた。はれぼったい瞼《まぶた》の下には、割れ目みたいに小さいが、生き生きした赤い目が光っていた。しかし、何かこの男にはひどく不思議なものがあった。その目には深い喜悦の色さえ見えるようで、どうやら思慮も分別もある男にちがいないと思われたが、同時に、狂気じみたひらめきがあった。彼はボタンもろくについていない、古いぼろぼろの黒いフロックを着ていた。ボタンは一つだけまだどうにかくっついていたが、礼を失したくないらしく、それをきちんとかけていた。南京木綿のチョッキの下から、酒のしみとあかでひかったしわくちゃの胸当《むねあて》がとびだしていた。顔は官吏風に剃《そ》ったあとはのこっていたが、もういつからかかみそりを当てていないらしく、一面に灰色の濃いごわごわのひげが生えはじめていた。その態度にもたしかにどことなく官吏くさいかたさがのこっていた。しかし彼はおちつかない様子で、髪をかきむしったり、ときどき、酒がこぼれてべとべとするテーブルに穴のあいた肘《ひじ》をついて、両手で頭をかかえこみ、ふさぎこんだりしていた。とうとう、彼はラスコーリニコフの顔をまっすぐに見て、大きなしっかりした声で言った。

「まことに失礼ですが、ひとつ話相手になってくださらんか？　どうしてってなるほど、あなたは見かけはあまりよくないようだが、年の功をつんだわたしの目から見れば、あなたが教養ある人間で、酒をあまり飲みつけていないくらいのことは、すぐにわかるからですよ。わたし自身つねづね、あたたかい心情ととけあった教養というものを尊重してきましたし、それにわたしは九等官の職を奉じております。マルメラードフ――これがわたしの姓で、九等官です。失礼ですが、お勤めですかな？」

「いや、勉強中ですよ……」と青年は、一風変った気取った話しぶりにも、自分に向けられた不躾《ぶしつけ》なしつこい視線にも、いささかおどろいて答えた。彼はついいましがた、ちらと、どんな相手でもいいから話しあってみたいと思ったばかりなのに、実際に言葉をかけられてみると、たちまち、彼の人間にふれる、あるいはふれようとするだけの、あらゆる人々に対するいつもの不快な苛立《いらだ》たしい嫌悪感《けんおかん》をおぼえた。

「すると、学生さんですな、それとももう卒業なすったか！」官吏は大声をだした。「わたしのにらんだとおりだ！　年の功、いやまったく、積みあげられた年の功ですよ！」彼は自慢そうに指を一本額にあてた。「学校へ通ったか、あるいは通信教育を受けられたのですな！　では、失礼させてもらって……」

彼は腰をうかすと、ぐらっとひとつよろめいて、自分のびんとコップをつかみ、青年のテーブルへ来て、いくらかはすかいに坐った。彼は大分酔っていたが、口ははっきりしていた。たまにいくらかもつれて、言葉がだらけはしたが、はきはきとしゃべった。彼もまたまる一月も誰《だれ》ともしゃべらなかったみたいに、まるでくいつきそうな勢いで、ラスコーリニコフにおそいかかった。

「なあ、あなた」と、彼は妙にもったいぶった調子できりだした。「貧は罪ならず、これは真理ですよ。飲んだくれることが、善行じゃないくらいのことは、わたしだって知ってますよ。そんなことはきまりきったことだ。しかし、貧乏もどん底になると、いいですか、このどん底というやつは――罪悪ですよ。貧乏程度のうちならまだ持って生れた美しい感情を保っていられますが、どん底におちたらもうどんな人でもぜったいにだめです。どん底におちると、棒で追われるなんてものじゃありません、箒《ほうき》で人間社会から掃きだされてしまうんですよ。これだけ辱《はずか》しめたらいいかげんこたえるだろうってわけです。それでいいんですよ。だって現にこのわたしがどん底におちたとき、先ず自分で自分を辱しめてやろうと思いましたものね。そこで酒というわけですよ！　あなた、一月ほどまえ、わたしの家内がレベジャートニコフ氏にぶちのめされたんですよ。わたしじゃなくて、家内がですよ！　わかりますか？　もうひとつ、あなたにうかがいますが、いいですか、ただの好奇心からでも、ネワ河の乾草舟《ほしくさぶね》にねたことがありますか？」

「いや、まだ」とラスコーリニコフは答えた。「でも、それはどういうことです？」

「いやなに、わたしはそこから来たんですよ。もう五晩《いつばん》になります……」

彼は小さなグラスに酒を注《つ》いで、飲むと、考えこんだ。たしかに、服や髪の毛にまでところどころに乾草の小さな茎がくっついていた。もう五日間着たままで、顔も洗っていないことは、すぐにわかった。わけても手の汚なさはひどく、あぶらぎって赤く、爪《つめ》が黒かった。

彼の話は一同の注意をひいたらしい。といってもものうげな好奇心だが。スタンドの向う側で給仕たちがヒヒヒと笑いだした。亭主は《おどけ者》の話を聞きにわざわざ上の部屋から下りてきたらしく、すこしはなれたところに坐って、けだるそうに、そのくせもったいぶってあくびをした。どうやら、マルメラードフはこの店では古顔らしい。それにもったいぶった口のきき方をするくせは、いろんな未知の人々とちょいちょい酒の上の話をする習慣から生れたものであろう。酔っぱらいによっては習慣は必要なもので、わけても家でいためつけられ、日頃《ひごろ》それをなげいている者に、それがひどい。だから人といっしょに飲んだりすると、そういう連中はきまって自分の言い分を認めてもらおう、できることなら尊敬までもかちえようと、躍起となるのである。

「おい、おどけさん！」と亭主が大声で言った。「どうしてはたらかないんだい、官吏なら、勤めたらいいじゃないか？」

「どうして勤めないかというとですね、あなた」とそれを受けてマルメラードフは、まるでラスコーリニコフにそれを聞かれたように、ラスコーリニコフの顔だけを見ながら言った。「どうして勤めないかって？　それじゃ、わたしが何もしないでこんなみじめなざまをさらしていることが、平気だとでもおっしゃるんですか？　レベジャートニコフ氏に、一月ほどまえ、家内をなぐられ、わたしが飲んだくれてひっくりかえっていたとき、わたしが心の中で泣かなかったとでも思うのですか？　失礼ですが、学生さん、あなたは……その……見込みのない借金をしようとしたことがありますか？」

「ありますよ……でも、その見込みがないというのは、どういうことです？」

「つまり、ぜんぜん見込みがない、はじめから、頼んでもどうにもならないことがわかっているんですよ。例えばですよ、いいですか、この人間、つまりこの限りなく有徳にして有用なる人物が、どうまちがっても金を貸してくれる心配のないことは、はじめからわかりきっています、どうです、貸す理由がありますかね？　だって、わたしが返さないくらいのことは、彼は百も承知ですよ。同情から？　どういたしまして、レベジャートニコフ氏は、新思想を研究しているから、同情などというものは今日では学問によってすら禁じられている、経済学の進歩しているイギリスではもうそれが実行されている、とこの間説明してくれましたよ。どうです、貸してくれる理由がありますか？　ところがいま、貸してもらえないことを承知で、それでもあなたは出かけて行くわけです……」

「どうして行くのです？」とラスコーリニコフは尋ねた。

「ところで、誰のところへも、どこへも、もう行くあてがないとしたら、どうでしょう！　だって、誰だってどこかへ行っていいところがなきゃ、やりきれませんよ。なぜって、どうしてもどんなところへでもいいから行かなければならないようなときが、あるものですよ。わたしのたった一人の娘がはじめて黄色い鑑札（訳注 売春婦の鑑札）をもらいに行ったときでさえ、わたしは出かけましたよ……（わたしの娘は黄色い鑑札で暮しているんですよ……）」と彼は不安そうに青年の顔をうかがいながら、つけ加えた。「なんでもありませんよ、あなた、なんでもありませんよ！」二人の給仕がスタンドの向うでヒヒヒと笑い、亭主までがにやりと笑うと、彼は急いで、いかにもさりげない様子で、言った。「平気ですとも！ かげでこそこそ笑われるくらい、すこしもこたえませんな。だってもう誰知らぬ者がないんですからねえ。隠れたるすべてはあらわる、ですよ。わたしはね、あんな笑いを軽蔑《けいべつ》もしません、むしろ謙遜《けんそん》の気持で受けとめているんですよ。笑うがいい！ 笑うがいい！ 《視《み》よ、この人なり！》ですよ。失礼ですが、学生さん、あなたはできますかな……いや、もっと強いはっきりした言葉をつかって、できますかなんてじゃなく、勇気がありますかと言いましょう、何のって、いまわたしの顔をまともに見ながら、わたしが豚だと、きっぱり言いきる勇気がですよ？」

青年は一言も答えなかった。

「どうです」と彼は、またしても店内におこったヒヒヒという笑いがおさまるのを待って、今度は一段と威厳をさえ見せて、おちつきはらって言葉をついだ。「なあに、わたしは豚でもかまいません、だが彼女《あれ》はりっぱな女ですよ！　わたしはけだものの皮をかぶった男ですが、カテリーナ・イワーノヴナは、これはわたしの家内ですがな、――佐官の家に生れた教養ある婦人ですよ。わたしなんか下司《げす》な男でいいですよ、結構ですとも、だが家内だけは別です、心がけだかく、生れからくる美しい感情が教養でみがかれて、身体中《からだじゅう》にみちあふれているのです。それでいながら……まったく、ちょっとでもわたしをあわれんでくれたら、申し分ないのだがねえ！　だって、あなた、人間なんて誰でも、せめてひとつでも、あわれんでもらえる場所がほしいものですよ！　それがカテリーナ・イワーノヴナは寛容な心をもっているくせに、どうもかたよったところがありましてなあ……わたしだって自分ではわかっているんですよ、家内がわたしの髪をつかんでひきずりまわすのだって、わたしをあわれと思えばこそだ、そのくらいのことはわかっているんだがねえ」またヒヒヒという笑い声を耳にすると、彼はいっそう威厳をこめてくりかえした。「こんなことを言っても別に恥ずかしくもなんともありませんがね、学生さん、家内はほんとにわたしの髪をつかんでひきずりまわすのですよ。それはいいとして、まったく、家内がせめて一度でも……いやいや！　よそう！　いまさらむだだ、言ってもはじまらん！　ぐちは言わぬものだ！　……だってこれまで思いどおりになったことも一度や二度じゃないし、あわれんでもらったことだって何度かあったんだ。それにしても……これがおれの性根なんだ、おれは生れながらの畜生なんだよ！」

「そのとおりだよ！」と亭主があくびまじりに言った。

マルメラードフはきっとなって、拳骨《げんこつ》でテーブルをどしんとたたいた。

「これがおれの性根なんだよ！　どうです、まさかと思うでしょうが、あなた、わたしはね、家内の靴下まで飲んでしまったんだよ！　靴じゃありませんよ、靴ならまだ話がわからんこともありませんがね、靴下ですよ、家内の靴下を飲んじまったんですよ！　それから山羊《やぎ》の毛皮の襟巻《えりまき》も酒に化けましたよ。これなんか昔家内がひとからおくられたもので、わたしになんの関係もない、家内だけのものですよ。わたしたちの住んでいる部屋は寒くてねえ、この冬家内はかぜをひいて、咳《せき》がひどくて、しまいに血まではきましたよ。子供は小さいのが三人ですが、カテリーナ・イワーノヴナはごしごし床《ゆか》をこすったり、拭《ふ》いたり、子供たちに湯をつかわせたり、朝早くから晩おそくまではたらきづめ、なにしろ小さいときからきれい好きに育っておりますのでなあ。ところが胸が弱く、肺病にかかりやすい体質なんですよ、わたしにはそれがわかるんです。わからずにいられますか！　だから飲む、飲めば飲むほど、ますますそれが気になる。飲めば、あわれみと同情が見つかるような気がして、それで飲むんですよ……飲むのは、とことんまで苦しみたいからさ！」

そう言うと、彼は絶望にうちのめされたように、テーブルの上に頭をたれた。

「学生さん」また顔をあげて、彼はつづけた。「あなたの顔に、わたしは、何か苦しそうないろが沈んでいるのを読んでますよ。あなたが入ってくるとすぐ、わたしにはそれが読めたんだよ、だからすぐにこうして話しかけたわけさ。というのは、あなたにこんなわたしの身の上話をして、いまさら言わんでももうすっかり知りぬいているそこらののらくらどものまえに、恥をさらしたいためじゃなく、知と情のある人間をさがしていたんですよ。実は、わたしの家内は由緒《ゆいしょ》ある県立の貴族学校で教育を受けましてな、卒業式のときには県知事をはじめおえら方のいならぶまえで、ヴェールをもって舞いをおどり、そのために金メダルと賞状をもらったんだよ。金メダル……金メダルなんて売ってしまいましたよ……もうとっくの昔に……うん……賞状はいまでも家内のトランクの中にありますよ、ついこの間も家主のかみさんに見せてましたっけ。かみさんとはそれこそのべつがみがみ言いあいをしているんだがねえ、誰もいなけりゃ、そんな相手にでも幸福な昔を思い出して、自慢話のひとつもしたくなるんですねえ。でもわたしはそれがいけないとは言いません、言いませんとも、だってそれが家内の思い出の中にのこった最後のものですもの、あとはすっかりあとかたもなく消えてしまいましたよ！　そうですよ、そうですとも、あれは気性がはげしく、気位の高い、負けずぎらいな女ですよ。床は自分で洗うし、黒パンばかりかじってはいても、ひとにさげすまれることはがまんできないのです。だからレベジャートニコフ氏にだって、その無礼が許せなかったのですよ、そしてレベジャートニコフ氏になぐられたときでも、なぐられた傷よりは、心の傷で、とこについてしまったのさ。だいいわたしが家内をひきとったときは、小さな三人のこぶつきの寡婦《かふ》だったんですよ。最初の良人《おっと》は歩兵士官でね、好きでいっしょになって、親の家をとびだしたんです。その男を心から熱愛していたが、男は賭博《とばく》にこって、裁判沙汰《ざた》にまでなり、それがもとで死んでしまいました。死ぬまぎわにはよくあれをなぐったらしい、あれもそれを大目には見なかったらしいがね、これはたしかな証拠があるんでね、わたしはくわしく知っているんだよ。ところがいまだに前夫を思い出しては、泣いたりして、前夫をだしにしてわたしを責めるのさ、だがわたしにはそれがうれしいんだよ、うれしいんだよ、だってせめて思い出の中ででも、家内は幸福だった自分の姿を見ているわけですからねえ……というわけであれは良人に先立たれ、三人の小さな子供をかかえて、けだものの出そうな遠い片田舎にのこされたわけです。その頃その田舎にわたしもいたんですがね。そしてあれのおかれた救いのない貧しさといったら、わたしもずいぶんいろんなことを見てきましたが、とても口には言えないほどでしたよ。身よりの者にはみなそっぽを向かれるし、それにあれはえらく気位が高くて、人に頭を下げるような女じゃないし……ちょうどその頃、わたしも男やもめで、死んだ妻にのこされた十四の娘と二人暮しでしたがねえ、あれの苦しみを見るに見かねて、手をさしのべたわけですよ。あれの窮状がどんなにひどいものであったかは、教養もあり、教育もうけ、名門の出のあれがですよ、わたしのような者の申し出を受けたことでも、察しられるというものですよ。後妻に来ましたよ！　泣いて、手をもみしだきながら――来たんですよ！　どこへも行くところがなかったからです。わかりますか、わかりますかね、学生さん、もうどこへも行き場がないということが、どんなことか？　いやいや！　あなたにはまだそれがおわかりにならん……それからまる一年わたしは自分の義務を神につかえるような気持で実行しました。こんなものには(彼は指で酒の小びんをつついた)ふれもしませんでしたよ、人間らしい気持をもっていましたからねえ。ところが、それでも喜んでもらえなかった、おまけに失業ときた、それだってしくじりがあったわけじゃなく、定員が改正になったためですよ、そこで酒に手をだしたというわけさ！　わたしたちが流れ流れて、さんざんな目にあったあげくに、やっと、このたくさんの記念碑にいろどられた壮麗な首都にたどりついてから、もうじき一年半になりますかねえ。ここへ来て、わたしは職にありつきました……ありついたのに、またなくしてしまいましたよ。わかりますかな？　今度はもう自分のしくじりのためですよ、くさった性根がでましてねえ……いまはアマリヤ・フョードロヴナ・リッペヴェフゼルという婦人の家に間借りをして、物置みたいな部屋に暮してますよ。どうして暮しをたて、どうして家賃をひねりだしているのか、わたしにはとんとわかりませんがね。あそこには、わたしたちのほかにも、たくさんの人がいますが……その醜悪なことったら、まさにソドム（訳注　住民の堕落のためにゴムラとともに天火に焼かれたヨルダンの町）ですな……うん……まさに……そうこうするうちにわたしの娘もそだってきました、前妻にのこされた娘ですがね。この娘は、年頃になるまでに、継母《ままはは》にそれはひどくいじめられましてなあ、でもまあそんな話はよしましょう。なにしろカテリーナ・イワーノヴナは心は寛容な思いやりでいっぱいなのですが、気性がはげしくて、おこりっぽく、じきにかっとなって……いやまったく！　でも、まあいまさら思い出すこともありませんや！　こんなわけですから、お察しできるでしょうが、教育なんてものは、ソーニャは受けておりません。四年ほどまえ、わたしは娘に地理と世界史を教えかけてみたことがありましたが、わたし自身がそうしたものに弱いうえに、適当な参考書もないありさまでな、だってその頃あったといえば……フン！……なあに、いまはもうそんな本もありませんわ、というわけで、勉強はそれでおしまい。ペルシャ王キュロスでストップですよ。その後、もう年頃になってから、ロマンチックな小説を二、三冊読んでいたようでした。それからついこの間、レベジャートニコフ氏からルイスの『生理学』とかいう本を借りて、――ご存じですかな？――たいそう熱心に読んでいましたよ、そしてところどころ声をだして、わたしたちにまで読んでくれたんですよ。これがあの娘の知識のすべてですよ。そこで、学生さん、つかぬことをお尋ねしますがね、どうでしょう、貧乏だが心のきれいな娘がですよ、まともなしごとでたくさんのお金をかせげるでしょうか？……心がきれいなだけで、特殊な才能がなけりゃ、はたらきづめにはたらいたところで、日に十五コペイカもかせげませんよ！　いいですか、五等官のクロプシュトーク、イワン・イワーノヴィチは、――ご存じですかな？――あの娘にワイシャツを六枚も仕立てさせておきながら、いまだに金を払わないどころか、襟が寸法にあわないとか、まがっているとか難くせをつけて、地だんだふんで怒りつけ、聞くにたえないような侮辱の言葉をあびせかけて、追いかえしたんですよ。家じゃ子供たちが腹をすかしている……カテリーナ・イワーノヴナは、手をもみしだきながら、部屋の中を歩きまわっている、頰《ほお》には赤いぶちがうきだして、――これはこの病気にはつきものでねえ、そしてこんな悪態をついたんですよ。《この無駄飯食《むだめしく》い、よくも平気な面《つら》で、よくもここで飲んだり、食ったり、ぬくぬくと暮していられるわね》子供たちが三日もパンの皮も見ていないのに、何が飲んだり食ったりするものがあるものかね！　わたしはそのときねころがっていましたよ……なあに、いまさらいいことを言ってもしようがない！　飲んだくれてねころがっていたのさ。そして聞いていると、ソーニャが言うんですよ（あれはあまり口答えをしない娘ですが、声はひどくやさしくてねえ……髪の毛はブロンドで、いつもやせた、色つやのわるい顔をして）、こんなことを言うんですよ。《まあ、カテリーナ・イワーノヴナ、わたしにあんなことができると思って？》実は、性悪女で、もう何度も警察の厄介《やっかい》になっているダーリヤ・フランツォヴナが、家主のおかみを通じてもう三度ほどすすめていたんですよ。《なにさ》とカテリーナ・イワーノヴナはせせら笑って、こう答えたんですよ。《そんなに惜しいものかい？　宝ものでもあるまいし！》でも責めないでください、責めないでください、学生さん、責めないでください！　あれは健康な頭でこんなことを言ったんじゃない、たかぶった感情と、病気と、飢えた子供たちの泣き声が、言わせたんだ、それも本当の意味よりは、あてつけに……カテリーナ・イワーノヴナにはそんなところがあるんですよ、なにしろ子供が腹をすかして泣いても、すぐにぶつような女ですからねえ。それからわたしは見ていたんです、五時をまわった頃でしたか、ソーネチカは立ち上がると、プラトーク（訳注 ネッカチーフ）をかぶり、外套《がいとう》を着て、部屋を出て行きました、そしてもどって来たのは、八時をすぎていました。部屋へ入ると、まっすぐにカテリーナ・イワーノヴナのまえへ行って、黙って三十ルーブリの銀貨を机の上にならべました。そのあいだ口もきかなければ、見もしない、そして大きな緑色の毛織のショールをとると（この毛織のショールはわたしたちがみんなで共通につかっていたのですよ）、頭も顔もすっぽりつつんで、寝床に横になりました。壁のほうを向いて、ただか細い肩と身体だけがたえずわなわなとふるえて……わたしはね、さっきからのそのままの格好で、ひっくりかえっていたんですよ……すると、どうでしょう、学生さん、しばらくするとカテリーナ・イワーノヴナが立ち上がって、やはり無言のまま、ソーネチカのベッドのそばへ行って、足もとにひざまずいたんですよ、そしてそのまま一晩中立とうともせずに、ソーネチカの足に接吻《せっぷん》しておりましたよ。そのうちに二人ともそのまま眠ってしまいました、抱きあって……二人は……そのまま……そうなんですよ……ところがわたしときたら……飲んだくれてひっくりかえっていたのさ」

　マルメラードフは、まるで声がぷつッと切られたように、黙りこんだ。しばらくすると思い出したようにそそくさと酒を注ぎ、一気にあおって、むせたように咳をした。

「そのときから、あなた」と彼はしばらくの沈黙ののち言葉をつづけた。「そのときから、一度かんばしくないことがあり、それにろくでもないやつらの密告がありましてな、——それというのも、相応のあいさつをしなかったとかで、ダーリヤ・フランツォヴナが煽動《せんどう》したんですよ、——そんなこんなで、わたしの娘ソーニャ・セミョーノヴナは、黄色い鑑札を受けねばならんはめになりましてなあ、もうわしらといっしょに暮すことができなくなってしまったんだよ。おかみのアマリヤ・フョードロヴナが、そんな女は家へ入れられないと言い出しおって（まえには自分からダーリヤ・フランツォヴナにたきつけたくせにさ）、おまけにレベジャートニコフ氏まで……うんもちあがったんですよ。はじめはソーネチカのあとを追いまわしていたくせに、こうなると掌《てのひら》を返したようにお高くとまって、《わたしのような文化人が、こんな女と一つ屋根の下に住めるか？》とぬかしくさった。そこでカテリーナ・イワーノヴナが黙っていられなくなって、つっかかった……そこでもちあがったというわけですよ……この頃ではソーネチカはたいていうす暗くなってから訪ねて来て、カテリーナ・イワーノヴナの手助けをしたり、あれなりの仕送りをしたりしてくれるんですよ……いまは仕立屋のカペルナウモフの家に住んでいます、間借りをしましてな。カペルナウモフはびっこで、おまけにどもり、わやわやいる家族が一人のこらずどもりですよ。女房までどもりで……みな一つ部屋に住んでるが、ソーニャだけは別に部屋があるんですよ、板壁で仕切った……うん、そう……貧しいどもりの一家ですよ……その朝、わたしは起きるとすぐ、ぼろを着て、両手を天にさしのべてお祈りをしてから、イワン・アファナーシエヴィチ閣下《かっか》のところへ出かけました。イワン・アファナーシエヴィチ閣下、ご存じかな？……知らない？　おやおや、あんな神のようなりっぱな方を知らんとは！　あの方は——ものやわらかなお方で……聖像のまえのろうそくのように、やわらかにとけなさって！……わたしの話をすっかりお聞きになると、閣下は涙ぐまれて、《なあ、マルメラードフ君、きみはすでに一度わしの期待を裏切った男だが……もう一度わしの個人の責任において採用してやろう、いいな、これを忘れちゃいかんぞ、よし帰りたまえ！》こうおっしゃってくだすったんですよ。わたしは、心の中で、閣下の足のちりをなめましたよ、だって閣下は高官で、新しい政治意識と教育思想の持ち主ですもの、ほんとにそんなことをしようと思っても許すはずがありませんよ。家へとんでかえって、また官職についたぞ、月給がもらえるぞ、と言うと、ああ、そのときの喜びようはどんなだったか……」

マルメラードフは深い感動にとらわれて、また口をつぐんだ。そのとき通りのほうからもうかなり酩酊《めいてい》した酔っぱらいの一団がどやどやと店へ入って来て、入り口のあたりで連れこまれたアコーデオン弾きの伴奏と、《小さな村》をうたう七つぐらいの子供の甲高《かんだか》い声がひびきわたって、にぎやかになった。亭主と給仕はそちらにかかりきりになった。マルメラードフは、新手《あらて》の客たちには見向きもしないで、また身の上話のつづきをはじめた。彼は、もうかなりまいったらしく見えたが、酔うほどに、ますます口がまわりだした。先頃の官職復帰成功の思い出は彼を元気づけたらしく、顔に晴れやかな生色のようなものさえあらわれた。ラスコーリニコフは注意深く聞いていた。

「それはね、あなた、つい五週間まえのことでしたよ。そうそう……これを知ったときのあれら二人、カテリーナ・イワーノヴナとソーネチカの喜びようったら、ほんとに、まるでわたしは天国へ行ったようでしたよ。それまでは、豚みたいにごろごろねそべって、悪態ばかりつかれていたのが、どうでしょう、そっと爪先立《つまさきだ》ちで歩いて、《セミョーン・ザハールイチはお勤めで疲れて、休んでいらっしゃるんだよ、しずかにしなさい!》なんて子供たちをしかりつける始末ですよ。朝出かけるまえにコーヒーはわかす、クリームは煮る! どうです、あなた、ほんもののクリームが出されるようになったんですよ! おまけに、どこから捻出《ねんしゅつ》したのか、とんとわからんが、十一ルーブリ五十コペイカをかけて、上から下までちゃんとした服装をととのえてくれました！　長靴、キャラコのワイシャツの胸当――これがすばらしく上等なやつなんですよ、それに制服、これが全部十一ルーブリ半でみごとにそろえられたってわけですよ。初出勤の日、勤めからもどって来ると、カテリーナ・イワーノヴナが料理を二品も作って待っていてくれましたよ。スープと、それにわさびおろしをかけた塩漬《しおづ》け肉、こんなものはそれまで見たことも聞いたこともありませんでしたよ。衣装なんて、あれには満足なものは一枚もなかった……文字どおり、一枚もなかった、それがどうです、まるでお客にでも行くみたいに、着飾っているじゃありませんか。それも何か別なものを着たというのじゃなく、あれには何もないところからなんでも作り出す才覚がありましてな。髪をきちんとなでつけ、ちょっとした工夫で小ざっぱりした襟や袖当《そであて》をあしらっただけですが、それですっかり見ちがえるようになって、おまけに若やいで、きりょうまでがあがったようで。ソーネチカは仕送りだけは欠かさずしておりましてな、自分では、ここしばらくの間あんまり来るとよくないから、人目につかないように暗くなってからこっそり来ますなんて、いじらしいことを言うんですよ。ねえ、泣かせるじゃありませんか？　わたしが昼飯のあとでひとねむりしようと思ってもどって来ると、どうでしょう、カテリーナ・イワーノヴナはもう黙っていられなかったのですねえ、つい一週間まえにおかみのアマリヤ・フョードロヴナとあんなひどい言い合いをしたばかりなのに、もうコーヒーに呼んで、二時間も坐りこんで、ぺちゃくちゃやってるんですよ。うちのセミョーン・ザハールイチが勤めについて、俸給《ほうきゅう》をもらうようになりましたのよ。うちのが閣下のところへ出かけて行きましたらね、閣下がご自分で出ていらして、みんなを待たせておいてですよ、そのまえをうちの人の手をとって別室へ案内したんですって》ええ、どうです？《そして閣下のおっしゃるには、わしはな、セミョーン・ザハールイチ君、きみがよくやってくれたことは忘れはせん、だからきみには少々軽はずみな弱点はあっても、いまはきみも約束していることだし、それに何よりも、きみがいなくなってからどうも成績があがらんのじゃよ（どうです、おどろくじゃありませんか？）、そこで、まあきみの誓いを信用することにしよう。こうおっしゃったんですって！》こんなことはみな、あれがその場で思いついたことですよ、それも軽はずみからでも、ただ自慢したいからでもありません！　ちがいますとも、あれは自分でそう信じこんでいるんですよ、自分でそう思って自分をなぐさめているんですよ、ほんとうです！　でもわたしは責めません、どうしてそれが責められますか！……六日まえ、はじめての俸給、二十三ルーブリ四十コペイカを、手つかずのまま持ちかえったとき、わたしを可愛《かわい》いペットって言いましたよ。《あなたはなんて可愛らしいペットでしょう！》それも二人きりでですよ、どうです？　まったく、わたしに可愛らしいところがあるみたいじゃありませんか、こんな亭主にねえ？　ところが、わたしの頰《ほお》をちょいとつついて、《ほんとに可愛いペット！》なんて言うんですよ」

マルメラードフは言葉をきって、笑おうとしたが、不意に下顎《したあご》がひくひくふるえだした。それでも、彼はこらえていた。この居酒屋、おちぶれはてた姿、乾草舟の五夜、酒びん、そのくせ妻と家族に対するこの病的な愛が、聞き手の心を乱した。ラスコーリニコフは一心に、しかし痛ましい気持で、聞いていた。彼はこんなところへ寄った自分がいまいましかった。

「学生さん、ねえ学生さん！」とマルメラードフは気をとり直して、大きな声で言った。「あんたにも、他《ほか》の連中みたいに、こんなことはつまらないお笑い草で、わたしの家庭生活のくだくだしい馬鹿話《ばかばなし》が、ただいやな思いをさせただけかもしれん。だがわたしにしてみれば、笑いごとじゃないんだよ！　だって、その一つ一つが胸にこたえますでなあ……まったく、わたしの人生に訪れたその天国のような一日は、昼も、夜も、まる一日中わたしまでが、あれやこれや空想しながら暮しましたよ。これですっかり生活をたて直せる、子供たちには着るものを買ってやり、家内を安心させ、たった一人の娘を泥水《どろみず》の中からあたたかい家庭へひきもどしてやろう……それからあれもしよう、これもしよう……いろんなことを考えましたよ……無理もないですよ、ねえ。それがですよ、あんた、（マルメラードフは突然誰かにどやされでもしたようにぎくっとして、顔をあげ、じっと聞き手に目を注いだ）、それが、あくる日になると、あんなにいろいろ楽しい空想をしたあとでですよ、つまりいまからかぞえるとちょうど五昼夜まえになりますが、日暮れ近く、わたしはうまいことだまして、まるでこそ泥みたいに、カテリーナ・イワーノヴナのトランクの鍵《かぎ》をぬすみ出し、持ちかえった俸給ののこりを、いくらあったかおぼえていませんがね、とにかく全部かっさらって、そして、ごらんなさい、いまのこのざまですよ！　家を出てからもう五日、家じゃ血まなこになってわたしをさがしていることでしょうよ、そして勤めもおじゃん、制服はエジプト橋のたもとの飲み屋に眠ってますわ、代りにこのぼろをあてがわれたってわけだよ……これで何もかもおしまいさ！」

マルメラードフは拳骨で自分の額をゴツンとたたくと、歯をくいしばり、目をつぶって、片肘をテーブルにおとして強くもたれかかった。ところが一分もすると、その顔が急に変って、妙にわざとらしいずるさと、つくった図々《ずうずう》しさで、ラスコーリニコフの顔を見上げ、にやッと笑って、言った。

「今日はソーニャのとこへ行ったんだよ、酒代《さかて》をねだりにね！　へへへ！」

「ヘエ、くれたかい？」と入って来た客の一人が横あいから叫んだ、そして割れるような声で笑いだした。

「この小びんがあれの金だよ」マルメラードフは、よそには目を向けようともしないで、ラスコーリニコフに言った。「なけなしの三十コペイカをくれましたよ、自分の手で財布の底をはたいてさ、わたしはこの目で見ていたんだよ……なんにも言わないで、ただじっとわたしを見つめました……これが生身の人間といえますか、まるで天使ですよ……家族たちの身を悲しんで、泣いていながら、とがめない、とがめてくれない！　とがめられないほうが、つらいよ、どれだけつらいか！……三十コペイカ、そうです、この金が、いまのあの娘にだって、どんなに欲しいかわかりませんよ！そうじゃありませんか、学生さん？　だっていまのあの娘《こ》には身なりをきれいにすることが大切ですからな。この身なりをきれいにするってことは、おわかりでしょうが、えらく金のくうものでなあ。そうでしょう？　まあ何ですよ、紅やクリームも買わにゃならん、まさかこれなしじゃね、どうにもなりませんわ、それに糊《のり》のきいたスカート、それに靴だって、水たまりをこえるとき、ピョイと足をあげても、なんとはなし風情《ふぜい》のあるようなものでなきゃね。どう、おわかりかな、学生さん、身なりをきれい虎《とら》の子にするってことが、どんな意味か？　ところが、この吸血鬼みたいな親父が、この三十コペイカを、酒代にふんだくったんだ！　そしていま飲んでいる！　もう飲んじまった！……どうです、わたしみたいなこんな男を、あわれんでくれる人がありますかね？　ええ？　あんたはいまわたしに同情しますかね、どうです？　おっしゃってください、同情しますか、しませんか？　へへへへ！」

彼は酒を注ごうと思ったが、もう一滴もなかった。小びんは空になっていた。

「なんでおまえをあわれむのさ？」と、またいつの間にか彼らのそばに来ていた亭主が、叫んだ。

どっと笑いが起った。ののしる声さえ聞えた。聞いていた者はもちろん、聞いていなかった者も、退職官吏の身なりを見ただけで、わあわあ笑って、罵声《ばせい》をなげつけた。

「あわれむ！　なぜおれがあわれまれるのだ！」不意にマルメラードフは、片手をまえにさしのべて立ち上がると、まるでこの言葉を待ちかまえていたように、きっとなって叫んだ。「どうしておれがあわれまれるのだ、言ってみい？　そうとも！　おれにはあわれまれるような理由はない！　おれみたいな奴《やつ》ははりつけにすりゃいいんだ、十字架にはりつけにすりゃいいのさ、あわれむなんてまっぴらだ！　でもな、判事さん、十字架にかけるのはいい、かけなされ、そしてかけたうえで、あわれんでやるものだ！　そしたらおれはすすんで十字架にかけてもらいに行くよ。それだって愉悦に飢えているからじゃない、悲しさと涙がほしいからだ！……おい、亭主、おまえが売ってくれたこの小びんが、おれを楽しませたと思うのかい？　悲しみさ、悲しみをおれはびんの底に求めたんだ、悲しみと涙、そしてそれを味わい、それを見つけたんだ。おれたちをあわれんでくれるのは、万人をあわれみ、万物を理解してなさるお方、唯《ただ》一人《ひとり》のお方、そのお方が裁《さば》き主《ぬし》なんだよ。裁きの日にそのお方があらわれて、こう聞きなさるだろう。《性悪な肺病の継母と、幼い他人の子供たちのために、わが身を売った娘はどこにいる？　役にも立たぬ飲んだくれの父に、そのけだものにも劣る行為をもおそれずに、あわれみをかけてやった娘はどこにいる？》そしてこう言いなさるだろう。《ここへ来るがよい！　わしはもう一度おまえを許した……一度おまえを許してやった……そしていまも、生前おまえはたくさんの人々に愛の心を捧《ささ》げたから、おまえのたくさんの罪は許されるであろう……》こうしてわたしのソーニャは許される、許されるとも、わたしは知ってるんだよ、許されることを……それをわたしは、さっきあの娘のところへ行ったとき、心の中で感じたんだ！……みんなが裁かれ、そして許されるんだ。善人も悪人も、かしこい者もおとなしい者も……そしてひとわたり裁きがすんでから、はじめてわしらの番になるのさ。《おまえたちも出てくるがいい！ 飲んだくれも出て来《こ》い、弱虫も出て来い、恥知らずも出て来い！》そこでわしらはみな臆面《おくめん》もなく出て行って、ならぶ。すると裁き主が言う。《おまえたちは豚どもだ！ けだものの相が顔に押されている、だが、おまえたちも来るがいい！》すると知者や賢者どもが申したてる。《主よ、どうしてこのような者どもを迎えるのです？》するとそのお方がおっしゃる。《知者どもよ、賢者どもよ、ようく聞くがいい、これらの者どもを迎えるのは、これらの誰一人として自分にその資格があると考えていないからじゃ……》そしてその御手《みて》をわしらのほうへさしのべる、わしらはひれ伏して……泣き出す……そしてすべてがわかるようになる！ そこではじめて目がさめるのだ！……みんな目がさめる……カテリーナ・イワーノヴナも……やはり目がさめる……主よ、汝《なんじ》の王国の来たらんことを！」

　彼は疲れはてて、まわりに人がいることを忘れたように、誰の顔も見ないで、ぐったりと椅子《いす》にくずれ、深いもの思いにしずんだ。彼の言葉はかなりの感銘をあたえたらしく、ちょっとの間店内がしーんとなったが、すぐにまた笑い声や、ののしる声々が起った。

「えらそうな口ききゃがったぜ！」

「でたらめさ！」

「そこは官吏さまだ！」

　こんな罵言が次々ととびだした。

「行きましょう、学生さん」マルメラードフは不意に顔をあげて、ラスコーリニコフを見ると、言った。「わたしを連れてってくださらんか……コーゼルの家の、中庭のとこですよ。もうそろそろ……カテリーナ・イワーノヴナのとこへ……」

　ラスコーリニコフはもう先ほどから出たいと思っていたところだし、送って行こうとは、自分でも考えていた。マルメラードフは、立ち上がってみると、口よりは、足のほうがずっと弱っていて、青年の肩に重くもたれかかった。そこからは二百歩から三百歩の距離だった。家が近づくにつれて、酔っぱらいをとらえた狼狽《ろうばい》と恐怖がますます大きくなってきた。

「わたしがいま恐れてるのは、カテリーナ・イワーノヴナじゃない」と彼はそわそわしながらつぶやいた。「髪の毛をかきむしられることでもないよ。髪なんかなんだ！……くだらん！　はっきり言うけど、髪をひっつかんでくれたほうが、かえってありがたいよ。わたしはそんなことが恐《こわ》いのじゃない……わたしは……あれの目が恐いんだ……そう……目だよ……頰の赤いぶちも恐い……それから――あれの息づかいも恐いよ……あんた、あの病気にかかった者が……気がたかぶったとき……どんな息づかいをするか、見たことがあるかい？　子供の泣き声も恐い……だって、ソーニャが食物をあてがってくれなかったら、いま頃は……どんなことになっているか！　とても考えられん！　だが、なぐられることなんぞなんでもない……なあ、学生さん、わたしにはね、せっかんが苦痛でないどころか、かえっていい気持なんだよ……だってそうされなきゃ、自分でも気持のやりばがない。なぐられたほうがいいんだよ。なぐってなぐって、せいせいした気持になってくれりゃ……ありがたいよ……そらもう家だ。コーゼルの家だよ。ドイツ人の錠前屋さ、金持で……連れてってください！」

彼らは中庭から入って、四階へのぼって行った。階段は上に行くほど、暗くなった。もうほとんど十一時近くで、その頃ペテルブルグは白夜《びゃくや》の季節とはいえ、階段の上のほうはひじょうに暗かった。

階段をのぼりつめたつきあたりに、煤《すす》だらけの小さな戸が、あけたままになっていた。燃えさしのろうそくが奥行十歩ばかりのみすぼらしい部屋を照らし出していた。入り口からすっかりまる見えだった。何もかも乱雑にひっちらかしてあったが、特にさまざまな子供のぼろが目立った。奥の隅《すみ》が穴だらけのシーツで仕切られていた。そのかげには寝台がおいてあるらしかった。室内には椅子が二つと、ぼろぼろの油布をはったソファが一つあるきりで、そのソファのまえに白木のままで、被《おお》いもかけてない、古い松の食卓がおいてあった。食卓の端に鉄の燭台《しょくだい》にさしたろうそくが燃えつきようとしていた。つまり、マルメラードフは片隅だけではなく、一つの部屋を借りていたのである。もっとも、その部屋は通りぬけになっていた。奥の戸がすこしあいていて、その向うはたくさんの小さな部屋というよりは、蜂《はち》の巣《す》のようになっていた。アマリヤ・リッペヴェフゼルは自分が借りた住居をこまかくいくつにも仕切ってまた貸ししていたのである。そちらのほうは騒々しく、どなりちらす声が聞えた。にぎやかな笑い声がしていた。トランプをやったり、茶を飲んだりしているらしかった。ときどきとんでもない卑猥《ひわい》な言葉がとんできた。

ラスコーリニコフはすぐにカテリーナ・イワーノヴナがわかった。それはおそろしいほどやせた女で、背丈はかなり高いほうで、すらりとして格好がよく、暗い亜麻色の髪はまだつややかで、たしかにぶちに見えるほどの赤味が頰にういていた。彼女は両手を胸にあて、かさかさに乾《かわ》いた唇《くちびる》で、きれぎれに乱れた息をしながら、せまい部屋の中をせかせかと歩きまわっていた。目は熱病やみのようにギラギラ光っていたが、視線はけわしく、うごかなかった。そして燃えつきようとするろうそくのちらちらゆれる最後の光に照らし出されて、肺病にそがれ、神経がたかぶっているその顔は、痛ましい印象をあたえた。ラスコーリニコフには彼女が三十前後に見えた、そしてたしかにマルメラードフには過ぎているると思った……彼女は人の入ってきたもの音も聞えなければ、姿も見えなかった。彼女は意識喪失のような状態におちているらしく、見えも、聞えもしないらしかった。部屋の中は息苦しかったが、彼女は窓もあけていない。階段のほうからは悪臭が流れこんでくるのに、入り口の戸はあけっぱなしだ。奥のほうからは、すこしあいた戸の隙間《すきま》から煙草《たばこ》のけむりが波のように入ってきて、彼女は咳《せ》きこんでいるのに、戸をぴったりしめるでもない。六つばかりの末の娘が、床の上に妙な坐り方をしたまままちぢこまって、ソファに頭をつっこんで眠っていた。一つ年上の男の子が、隅っこでぶるぶるふるえながら、泣いていた。いましがたぶたれたばかりらしい。九つばかりの、ひょろひょろとのびて、マッチの棒みたいに細い上の娘は、粗末なほころびだらけのシャツ一つで、裸の肩に古ぼけた毛織のマントをひっかけて、——それも、いまは膝《ひざ》までしかないところを見ると、おそらく、二年ほどまえに縫ってもらったものであろう、——隅っこの小さな弟のそばに佇《たたず》んで、マッチの棒のように細長いかさかさの腕で弟の首を抱きしめていた。彼女は弟をあやしていたらしく、何ごとかささやいて、また泣きださないように一生けんめいにおさえていた、そして同時に、大きな黒い目でこわごわ母の様子をうかがっていた。その目は、顔がやせ細っておびえきっているために、ますます大きく見えた。マルメラードフは、部屋へ入ろうとしないで、戸口のところにひざまずき、ラスコーリニコフをまえへ押しやった。女は、見知らぬ男に気づくと、ぼんやりそのまえに立ちどまった。はっとわれにかえって、この男は何しに来たのかしら？　と考えたらしかった。しかし、すぐに、この部屋は通りぬけになっているから、ほかの部屋へ行く人だろう、と考えたらしい。そう思うと、彼女はもう男には見向きもしないで、戸をしめに入り口のほうへ歩きかけたが、しきいの上にひざまずいている良人《おっと》に気づいて、不意に叫んだ。

「アッ！」と彼女は気ちがいのように叫びたてた。「もどってきやがった！　ごろつき！　ろくでなし！……お金はどこへやった？　ポケットには何があるの、見せなさい！　服もちがう！　あの服はどこへやったの？　お金はどこにあるの？　おっしゃい！……」

　そういうと彼女は良人の身体をさぐろうとしてとびかかった。マルメラードフはとたんに、ポケットがさぐりやすいように、おとなしく両腕をよこへひろげた。金は一コペイカもなかった。

「お金はどこへやったの？」と彼女はわめいた。「まさか、全部飲んでしまうなんて！　だって、トランクにはまだ十二ルーブリものこっていたんだもの！……」そして突然、はげしく身ぶるいすると、やにわに彼の髪をつかんで、部屋の中へひきずりこんだ。マルメラードフは妻がひきずりやすいように、自分から膝ではった。

「これがうれしいんだよ！　苦痛じゃないんだ、う、うーれしいんだよ、学生さん」と彼は髪をつかんで小突きまわされ、一度などは額を床にぶっつけながら、叫びたてた。寝台にねていた末娘が目をさまして、泣きだした。隅っこの男の子はがまんができなくなって、がくがくふるえだし、わっと叫ぶと、いまにも失神しそうにおびえきって、姉にしがみついた。姉娘はなかば気を失いかけて、木の葉《こは》のようにふるえていた。

「飲んじまった！　すっかり、すっかり飲んじまった！」と哀れな女はやけになって叫んだ。「服までなくして！　食うものもなくて、腹をすかしている子供たちを、どうしてくれるの！（そう言うと、彼女は両手をもみしだきながら、子供たちを指さした）。ああ、地獄の生活だ！　あなたもあなたよ、恥ずかしくないの」突然彼女はラスコーリニコフにつめよった。「酒場から来たのね！　いっしょに飲んだのね？　あんたまでいっしょになって！　出て行きなさい！」

　青年は何も言わずに、急いで部屋を出た。それに、奥の戸がすっかり開いて、もの好きそうな顔がいくつかのぞいていた。煙草やパイプをくわえて、まるいトルコ帽をかぶった頭がいくつか、無遠慮ににやにや笑っていた。だらしないガウン姿や、夏ものをはおってみだらに前をあけっぴろげにした者や、トランプを手に持ったままの者もいた。マルメラードフが、髪をつかんでひきまわされ、これがうれしいんだと叫んだとき、彼らの笑いは一段とはげしく爆発した。中には部屋の中へ入りこんでくる者までできた。そのうちに、ぞっとするような金切り声が起った。それはアマリヤ・リッペヴェフゼルが、明日中に出て行ってくれと口汚なく言いわたすことによって、哀れな女をおどしつけるという、もう百ぺんもつかった彼女一流ので、騒ぎをしずめようとして、人垣《ひとがき》をかきわけて出てくる前ぶれだった。ラスコーリニコフは出がけに、ポケットに手をつっこんで、居酒屋でくずれた一ルーブリのおつりの銅貨を、手にふれただけつかみ出し、誰にも見られずにそっと小窓の台へのせた。そしてもう階段を下りかけてから、思い直して、もどりかけた。

《チエッ、ばかなことをしたものだ》と彼は考えた。《彼らにはソーニャというものがいるじゃないか、ところがおれは自分がどうにもならんのだ》しかし、とりもどすことはもうできないし、よしんばできたところで、やはりとる気にはなれまい、と考えて、あきらめたように手を振り、自分の家のほうへ歩きだした。《ソーニャには紅やクリームも必要だろうからな》彼は通りを歩きながら、こんなことを考えて、とげとげしく笑った。《その身ぎれいにするってやつは金がかかるよ……フン！　ところで、ソーネチカとやらは、今日にも破滅しかねない。なにしろ猛獣狩りみたいな危険な稼業《かぎよう》だ……金鉱さがしみたいなものさ……そうしたら、おれのあの金がなかったら、あの一家は明日あてがはずれて、どうにもならんことになる……たいしたもんだよ、ソーニャ！　それにしても、よくまあこんな井戸を掘れたものだ！　そしてくみ上げている！　くみ上げて、飲んでいる！　あたりまえのような顔をして。はじめちょっとは泣いたが、もう慣れてしまっている。人間なんてあさましいものだ、どんなことにでも慣れてしまうのだ！》

彼は考えこんだ。

「だが、おれの言ったことがうそだとしたら」と彼は思わず大きな声を出した。「実際は、人間が、おしなべて、つまり人類全部が、卑劣でないとしたら、あとのことはすべて——偏見ということだ、見せかけの恐怖にすぎぬ、とすれば何の障害もあり得ない、当然そういうことになるわけだ！……」

3

彼は翌朝おそく不安な眠りからさめた。眠りも彼に力をつけてくれなかった。彼はむしゃくしゃするねばつくような重い気分で目をさますと、憎悪《ぞうお》の目であなぐらのような自分の部屋を見まわした。それは奥行六歩ばかりの小さな檻《おり》で、黄色っぽいほこりだらけの壁紙はところどころはがれて、いかにもみすぼらしく、天井《てんじょう》の低さは、なみよりちょっとでも背丈の高い者には窮屈で、いまにも頭がつかえそうに思われた。家具も部屋にふさわしく、どれも満足でない。古ぼけた椅子《いす》が三脚と、隅《すみ》っこに塗りの机が一つ、その上には何冊かのノートと本がのっていたが、ほこりがいっぱいにつもっているのを見ただけでも、もう長いこと誰《だれ》の手もふれていないことは明らかだった。それから、最後に、ほとんど壁の面を全部と、部屋の幅を半分も占領している、ばかでかい不細工なソファ。これは昔は更紗《さらさ》がはってあったらしいが、いまはぼろがひっついているだけで、ラスコーリニコフの寝台代りになっていた。よく彼は服もぬがず、シーツもしかずにその上に横になり、古いすりきれた学生外套《がいとう》をかぶり、それでもぺしゃんこの枕《まくら》だけはあてて、その下に洗ったのから汚れたのからありたけの下着をつっこんで、いくらかでも頭を高くしてねていた。ソファのまえに小さなテーブルが一つおいてあった。

これ以上落ち、これ以上不潔にすることは、容易なことではなかった。しかしラスコーリニコフのいまの心境には、このほうがかえって快かった。彼は亀《かめ》が甲羅《こうら》にもぐったように、徹底的に人から遠ざかって、彼の世話がしごとなのでときどき部屋をのぞきに来る女中の顔を見ても、むかむかして、ふるえがくるほどだった。偏執狂が何かに熱中しすぎると、往々にしてこんなふうになるものである。家主のおかみが食事を出さなくなってからもう二週間になるが、彼はいまだに話をつけに下りて行こうとは思わなかった。食べないでじっと坐《すわ》っていたほうがましなのである。おかみのたった一人の女中で、料理女もかねているナスターシヤは、下宿人のこうした気持を、いっそ喜んでいるふうで、彼の部屋の片づけや掃除からすっかり手をぬいてしまって、週に一度だけ、それも気まぐれに、箒《ほうき》を持つくらいだった。その女中がいま彼をつつき起した。

「起きなさい、いつまでねてるの！」と彼女はラスコーリニコフの耳もとで叫んだ。「もうすぐ十時よ。お茶をもってきてあげたわよ、せめてお茶でも飲んだらどう？　さぞお腹《なか》がすいたでしょうに？」

下宿人はぎくっとして目をあけると、ナスターシヤだった。

「この茶はおかみがよこしたのかい？」と彼は病人くさく、ゆっくりソファの上に身を起しながら、尋ねた。

「どこのおかみさんさ！」

彼女は出がらしの茶を入れた、少々ひびの入った自分の茶わんを彼のまえにおくと、黄色い砂糖のかけらを二つそえた。

「すまんが、ナスターシヤ、これを持って」そう言いながら彼は、ポケットをさぐって（彼は例によって着たままねていたのだった）、一つまみの銅貨をとりだした。「固パン《サイカ》を買ってきてくれんか。ついでに肉屋へよってカルバス（訳注　サラミソーセージ）をすこし、なるべく安いやつを」

「サイカはすぐ持ってきてやるけど、カルバスの代りに、シチー（訳注　キャベツ汁）じゃどうお？　おいしいシチーがあるのよ、昨日のだけど。昨日からあんたにとっておいたんだけど、帰りがおそかったでしょ。おいしいわよ」

シチーがはこばれて来ると、彼はそれをすすりはじめた。ナスターシヤはソファにならんでかけて、しゃべりだした。彼女は田舎生れで、ひどいおしゃべりだった。

「プラスコーヴィヤ・パーヴロヴナがね、あんたを警察に訴えるつもりなのよ」と彼女は言った。

彼はひどくしぶい顔をした。

「警察？　なんのために？」

「金は払わないし、部屋はあけないからよ。なんのためかなんて、わかりきってるじゃないの」

「チエッ、これでまだ足らんのか」と彼は歯をくいしばって、つぶやいた。「いや、なにいまはその……ちょっと都合がわるいんだよ……ばかな女だ」と彼は大声でつけ加えた。「今日おかみのところへ行って、話すよ」

「そりゃおかみさんは馬鹿《ばか》だわよ、わたしみたいにさ。じゃあんたは何なの、いくら利口だって、嚢《ふくろ》みたいにごろごろねそべってばかりいて、なんにもしてやしないじゃないの？　まえには、家庭教師をしてるとか言ってたけど、この頃《ごろ》はどうして何もしないのさ？」

「しているよ……」とぶしぶし、ぶっきらぼうに、ラスコーリニコフは言った。

「何をしてるの？」

「しごとだよ……」

「どんなしごと？」

「考えごとさ」彼はちょっと間をおいて、まじめな顔で答えた。

ナスターシヤはいきなり身体《からだ》をおりまげて笑いだした。彼女は笑い上戸《じょうご》で、笑わされると、身もだえし、全身をゆすりながら、胸がへんになるまで、声も立てずに笑いころげるのである。

「お金がたくさん入ることでも、考えついたのかい？」と彼女はやっと言った。

「靴《くつ》がなけりゃ子供たちに教えにも行けん。それにいやなこった」

「でもあんた、井戸に唾《つば》なんか吐くもんじゃないわよ」

「子供を教えたって銅貨にしかならんよ。銅貨で何ができる？」と彼は、自分の考えに答えるように、気のない受け答えをつづけた。

「それじゃ何さ、一度に大金をにぎりたいというの？」

　彼は異様な目で彼女を見た。

「そう、大金を」彼はちょっと間をおいて、きっぱりと答えた。

「まあ、せかないことよ、びっくりするじゃないの。おお恐《こわ》い。それよりサイカを買ってくる、それとももういらない？」

「どうでもいいよ」

「そうそう、忘れてた！　昨日あんたの留守に手紙が来てたのよ」

「手紙？　ぼくに！　誰から？」

「そんなこと、知らないわよ。郵便屋さんに三コペイカたてかえておいたわ。お金、返してくれるわね？」

「いいから持ってきてくれ、たのむよ、持ってきて！」ラスコーリニコフはひどく興奮して、叫んだ。「さあ、はやく！」

一分後に手紙がはこばれてきた。果して、R県の母からだった。彼はそれを手にとると、いくらか顔が蒼《あお》ざめさえした。もう久しく手紙というものをもらわなかった。しかしいまは、それとは別な何ものかが不意に彼の心をしめつけた。

「ナスターシヤ、たのむから、一人にしてくれないか。はい、たてかえの三コペイカ、いいね、おねがいだから、早く向うへ行ってくれ！」

手紙が彼の手の中でふるえていた。彼は彼女のいるところで封を切りたくなかった。手紙と二人だけになりたかった。ナスターシヤが出て行くのを待って、彼は急いで手紙を唇《くちびる》にあて、接吻《せっぷん》した。それから長いことしげしげと宛名《あてな》の筆跡をながめた。むかし彼に読み書きを教えた母の、見なれた、なつかしい、いくらか曲りかげんの細かい字体だった。彼はぐずぐずしていた。何かを恐れているようにさえ見えた。とうとう、封を切った。二十グラムをこえる、ひどく長文の手紙で、二枚の大きな便箋《びんせん》に細かい字がびっしり書きこんであった。

《わたしのかわいいロージャ》と母は書いていた。《わたしがおまえと手紙でおはなしをしなくなってから、もう二カ月の上になります。それが苦になって、あれやこれや考えて、夜も眠られないことがときどきあります。でも、おまえはきっと、わたしの心にもないこの無音《ぶいん》を許してくれることと思います。だって、わたしがどんなにおまえを愛しているかは、おまえがよく知っているはずですもの。おまえはわたしたち、わたしとドゥーニャのたった一人の頼りです、わたしたちのすべてです、わたしたちのすべての願いと望みはおまえ一人にかかっているのです。おまえがもう何カ月もまえに、生活が立たなくなったために大学をやめてしまい、家庭教師の口も、そのほかの収入の道もとだえてしまったことを知らされたとき、わたしの気おちはどんなだったでしょう！　わたしも年に百二十ルーブリの恩給でほそぼそと暮している身ですもの、どうしておまえに満足な仕送りができましょう？　四カ月まえにおまえに送った十五ルーブリは、おまえも知っていることと思いますが、この恩給を担保にして、アファナーシイ・イワーノヴィチ・ワフルーシンという当地の商人から借りた金なのです。ワフルーシンさんはやさしいお方で、それにおまえのお父さんのお友だちだった人です。それで、わたしの代りに恩給を受け取る権利をワフルーシンさんにわたしてしまったものですから、わたしは借金がすっかり片づくまで、待たなければなりませんでしたが、それがいまやっとすんだところなのです。そんなわけで、その間ずっとおまえに何ひとつ送ってあげられなかったのです。ところがいまは、おかげで、もうすこし送ってあげられそうだし、それに今度こそいよいよ運がひらけてきたことをおまえにも喜んでもらうことができそうです。それを早速おまえにお知らせしましょう。先《ま》ず第一に、かわいいロージャ、おまえの妹はもう一カ月半もわたしといっしょに暮していているんですよ、おどろいたでしょう。そしてこれからはもう別れて暮さずにすむのです。おかげで、あの娘《こ》の苦労もすみました。それでこれから、どんな様子だったか、どんなことをいままでおまえにかくしていたか、おまえによくわかってもらうように、順序をおってすっかりおはなしをしましょう。二月《ふたつき》ほどまえ、ドゥーニャがスヴィドリガイロフさんの家で乱暴なあつかいを受けて、ひどい苦労をしているというような噂《うわさ》が、誰かの口からおまえの耳に入ったと見えて、くわしい事情を知らせてくれと手紙で言ってきたことがあったけど、——あのときはどうにも返事の書きようがなかったのです。もしも本当のことをすっかり知らせたら、おまえのあの気性ですもの、きっと何もかもうっちゃって、歩いてでもかえって来て、妹に恥ずかしい思いをさせておかなかったにちがいありません。わたしだってまっくらな気持でしたが、そうかといってどうしようもなかったのです。それにわたし自身があの頃は、本当のことがすっかりわかっていたわけではありませんでした。いちばん困ったことは、ドゥーネチカが去年あの家に家庭教師に入るとき、俸給《ほうきゅう》から毎月かえしてゆくという約束で百ルーブリ前借りしたことです。だから、それが全部すまないうちは、やめたくもやめられなかったのです。この金は（いまだからおまえに言いますけど）あの娘が、あの頃おまえがあんなに欲しがっていた六十ルーブリをおまえに送るために、借りたものなのです。去年送ってあげたあのお金です。あのときはうそをついて、ドゥーネチカがまえに貯《た》めておいたお金からだしたなんて書いてやりましたが、そうではなかったのです。でもいまはすっかり本当のことを知らせます。というのは、いまはおかげで思いがけなく事情がいいほうに変りましたし、それにドゥーニャがおまえをどんなに愛しているか、あの娘はどんな美しい心を持っているかを、おまえに知ってもらいたいからです。ほんとうに、スヴィドリガイロフさんははじめのうちあの娘に辛《つら》くあたり、いろんな不躾《ぶしつけ》なことをしたり、食事の席でからかったりしたそうです……でもこんないやなことをくだくだとならべたてるのはよしましょう。もうすぎてしまったことですし、おまえにいやな思いをさせるだけですもの。簡単に言いますと、スヴィドリガイロフさんの奥さんのマルファ・ペトローヴナや、家族の人たちみんながやさしくしてくれたけど、やっぱりドゥーネチカにはひどく辛かったそうです。特に主人のスヴィドリガイロフさんが、昔の軍隊のときから習慣で、お酒をめしあがっているときなどは、たまらなかったそうです。そのうちにわかったことですが、おどろくじゃありませんか、この気ちがいじみた男がもうまえまえからドゥーニャに気があって、それをかくすためにわざとじゃけんにあたったり、軽蔑《けいべつ》したりしていたというのですよ。おそらく、あの人はもういい年をして、しかも一家の主人である自分が、こんな浮わついた気持でいるのを見て、自分でも恥ずかしくなり、同時に恐ろしくなって、そのために心にもなくドゥーニャを憎んだのでしょう。あるいはまた、乱暴にあつかったり、嘲笑《あざわら》ったりしたのは、ほかの人々の目から自分のほんとうの気持をかくすためだけだったのかもしれません。ところが、しまいには、とうとうがまんができなくなって、図々《ずうずう》しくドゥーニャに見えすいたけがらわしい申し出をして、あれもあげるこれもやるとか、そのうえ、何もかもすてていっしょにどこかほかの村へ逃げようとか、外国へ行ってもかまわないなんてまで言ったそうです。あの娘がどんなに苦しい思いをしたか、おまえにもわかるでしょう！　前借りをしているてまえもあるが、それよりも突然やめたりしたらマルファ・ペトローヴナがあやしむにちがいない、そうしたら平和な家庭がめちゃめちゃになるだろう、そう思うとマルファ・ペトローヴナが気の毒で、いますぐやめるわけにもゆかない。おまけにドゥーネチカにとっても、大きなスキャンダルになって、ただではすみそうもない。それにいろんなわけがあって、六週間というものドゥーニャはどうしてもこの恐ろしい家からぬけだす決心がつかなかったのでしょう。むろん、おまえも知ってるように、ドゥーニャは利口で、気性のしっかりした娘です。ドゥーネチカはたいていのことはがまんができて、どんなに辛いときでもしっかりした態度を失わないだけのひろい気持をもっています。わたしたちはこまめに手紙のやりとりをしていましたが、そのわたしにさえ、あの娘は心配させまいと思ってそのことを詳しくは知らせてきませんでした。破局は思いがけないときに訪れました。マルファ・ペトローヴナが偶然に、庭で良人《おっと》がドゥーニャをくどいているところを盗み聞いてしまったのです。そして奥さんは、反対にとり、あの娘のほうからもちかけたものだと考えて、あの娘だけを悪者にしてしまいました。たちまち庭におそろしい場面がもちあがりました。マルファ・ペトローヴナはドゥーニャをぶちさえしたそうです。そして何を言っても聞こうともしないで、まるまる一時間もわめきちらしたあげく、いますぐドゥーニャを百姓馬車にのせて町のわたしのもとへ送りかえせ、肌着《はだぎ》から服から、持ち物はいっさい、たたんだりつつんだりしなくてもいいから、そのまま馬車にほうりこめ、と言いつけたそうです。わるいことに篠《しの》つくような雨になりました。そしてドゥーニャは、さんざんな辱《はずか》しめを受けたあげく、覆いもない馬車にゆられて、百姓と二人きりで十七露里もの道をもどって来《こ》なければならなかったのです。考えてもみてください、二カ月まえにおまえの手紙をもらったとき、こんなことをおまえに知らせてやれたでしょうか？　わたし自身がまっくらな気持でした。そしてとてもおまえに本当のことを書き送る気にはなれませんでした。だっておまえにひどいみじめな思いをさせるだけで、それはおまえはかんかんになって、くやしがるでしょうが、だからといっておまえには何をどうすることもできなかったでしょうもの。それにやけでも起されたらたいへんですし、ドゥーネチカもとめましたし。心の中にこんな悲しみがあるのに、つまらないことを書きならべてお茶をにごすなんてことは、わたしにはできなかったのです。まる一月《ひとつき》というもの町中《まちじゅう》にこの事件の中傷が流れて、しまいにはさげすみの目やひそひそ話のために、それどころかわたしたちのまえで聞えよがしに悪口をいう人まででてくるしまつで、ドゥーニャといっしょに教会にも行かれなくなってしまいました。知人たちは申しあわせたようにわたしたちをさけ、街で会っても会釈《えしゃく》もしなくなりました。たしかに店の手代や事務員たちの仕業《しわざ》ですが、わたしたちに下品ないやがらせをしようとして、家の門にコールタールを塗りつけました。そのため家主に立ち退《たの》きをせまられるしまつでした。これというのもみんなマルファ・ペトローヴナのせいでした。あの女が軒なみにドゥーニャの悪口をしてあるいたのです。あの女は町中の人を知っていますし、この一月はのべつ町へ出て来ました、そしてすこし口軽なところへもってきて、非常によくないことですが、自分の家の中のことを人にしゃべったり、殊《こと》に自分の良人のことを相手かまわずにこぼすのが好きというのですから、たちまちのうちに町中はむろんのこと、郡中にまでこの噂をひろめてしまったのです。わたしは病気になってしまいました。ドゥーネチカはわたしよりもずっと気丈でした。そしてあの娘はじっとこらえぬいたばかりか、かえってわたしを慰めたり、励ましたりしてくれたのですよ。ほんとうにおまえに見せてあげたいくらいでした！　あの娘は天使です！　しかし、神さまもあわれんでくださったと見えて、わたしたちの苦しみをちぢめてくれました。というのは、スヴィドリガイロフさんが思い直して、自分の非を悔い、おそらくドゥーニャがかわいそうだと思ったのでしょう、ドゥーネチカにはぜんぜん罪がないというはっきりした証拠をすっかりマルファ・ペトローヴナに示したのです。なんといってもきめ手になったのは、庭であんなことになるまえに、ドゥーニャがあの人にしつこく迫られたひそかなあいびきや告白をことわるために、やむなく書いて、あの人にわたした手紙でした。その手紙が、ドゥーネチカが去ったあと、スヴィドリガイロフさんの手もとにのこったわけです。その手紙の中であの娘ははげしい怒りをこめて、せつせつと、マルファ・ペトローヴナに対するあの人の態度の不実を責め、あの人が一家の父親であることを述べ、そして最後に、そうでなくても不幸で、頼りのない娘を苦しめて、不幸にすることは、あの人としても実に恥ずべき行いだということを、はっきりと訴えていました。一言でいえばね、かわいいロージャ、その手紙にはあまりにも美しい心と胸をうついじらしさがにじみ出ていて、わたしは読みながら、もらい泣きしてしまったんだよ。いまでも涙なしに読むことはできません。そのうえ、しまいには召使たちまでドゥーニャの無実を証言してくれました。よくありがちなことですが、召使たちはスヴィドリガイロフさんが思っていたよりも、はるかに多くのことを見たり聞いたりしていたのでした。マルファ・ペトローヴナはひどいショックを受けて、あとでわたしたちに打ち明けてくれましたが、それこそ《改めてうちのめされた》ということです。でもその代りにドゥーネチカに罪のないことがつくづくわかって、あくる日は日曜日でしたので、さっそく教会に出かけて、主のまえにひざまずいて、この新しい試練に堪えて、自分の義務を果す力をおあたえくださるよう、涙ながらにお祈りしました。それがおわると、教会からどこへも寄らずにまっすぐわたしどもへ見えて、一部始終をわたしたちに打ち明けて、よよと泣きくずれ、すっかり後悔して、ドゥーニャを抱きしめ、許しを乞いました。そしてその日の朝、すこしもためらわずに、わたしどもを出るとその足で町中の家を軒並みに訪ねて、どの家でも、口をきわめてドゥーネチカをほめちぎりながら、涙ながらに、あの娘の潔白と、心と行いのりっぱなことを証明してくれました。それだけでは足らずに、ドゥーネチカがスヴィドリガイロフさんにあてた手紙をみんなに見せて、朗読し、さらにそのうつしをさえもとらせました（これまでなさらなくてもと思いますが）。こんなわけで、あのひとは何日かぶっつづけに町中をまわらなければなりませんでした、といいますのは、他人《ひと》に見せてわたしに見せないなんて不公平だなどと、ぶつぶつ言う者がでてきたからです。それで、順序が定《き》められました、それでどの家でももうその日を心待ちにしている有様で、どの日はどこでマルファ・ペトローヴナがドゥーネチカの手紙を朗読するということを、みんなが知っていて、自分の家や順番にあたった知人たちの家でもう何度も聞いた人たちまで、また聞きに集まってくるというふうでした。わたしとしては、何もそれほどまでしなくてもと思いましたが、マルファ・ペトローヴナはそういう気性のひとなのです。すくなくともあのひとはドゥーネチカの名誉をすっかり回復してくれましたが、その代りこのできごとの恥がことごとく、張本人である良人の肩に消すことのできない汚辱となってのこったわけです。なんだか気の毒なような気さえします。いくら気ちがいじみた良人に対する仕打ちでも、あまりに酷《ひど》すぎたようです。ドゥーニャはたちまち何軒かの家から子供の勉強をみてくれとたのまれましたが、あの娘はことわりました。とにかく、急に掌《てのひら》をかえしたように、みんながあの娘をことさらに尊敬の目で見るようになりました。こうしたことが大きな原因となって、わたしたちの運命を変えるといってもさしつかえないような、あの思いがけぬ幸運が訪れたのです。ねえ、かわいいロージャ、ドゥーニャが結婚を申しこまれて、もう承諾をあたえてしまったんだよ。その事情をこれから大急ぎでお知らせしましょう。これはおまえに相談もしないできめられてしまったけど、でもおまえは、きっと、わたしにも、妹にも反対しないだろうと思います。だってこの手紙を読んだら、おまえの返事が来るまでぐずぐず待っていられなかった事情を、わかってくれるでしょうから。それにおまえだって、はなれていては、何から何まで正確に判断することはむずかしいでしょうし。それはこういうわけなのです。その方はピョートル・ペトローヴィチ・ルージンといいまして、もう七等文官になっている方です。マルファ・ペトローヴナの遠縁にあたり、こんどのことではマルファ・ペトローヴナがたいへん骨折ってくれました。マルファ・ペトローヴナを通してわたしたちと近づきになりたいと言ってきたのが、事のおこりです。わたしたちは失礼にあたらないように迎えて、コーヒーをだしました、ところがそのあくる日早速手紙をよこして、びっくりするほどていねいに結婚の希望をのべて、至急にはっきりした返事をほしいとたのんできたのです。あの方は実務家で、忙しい身体《からだ》で、もうすぐペテルブルグへ行かなければならないので、一分の時間も惜しいというのです。あまりといえば急ですし、思いがけない話ですので、わたしたちははじめぽかんとしてしまいました。無理もありません。わたしたちはその日一日中いっしょにいろんなことを思いあわせて、思案に思案をかさねました。あの方は人間は見込みがあるし、生活は安定している、勤めは二つもっていて、もうかなりの財産を貯《たくわ》えている。もっとも、年はもう四十五だけれど、見てくれはかなりよく、まだまだ女に好かれそうだ、それにだいたい人間がしっかりしていて、礼儀をわきまえている。ただいくらか陰気なところがあって、高慢そうに見えるのが難といえば難だが、でもそれは、ちょっと見にそんなふうに思われるだけかもしれない。それから、かわいいロージャ、あらかじめおまえに注意しておくけど、ペテルブルグであの方に会ったら、もうじきにそういうことになるでしょうが、第一印象で何か気に入らないところがあっても、いつもの癖をだして、あまりにせっかちにきびしい判断など下したりしないように、くれぐれもおねがいしますよ。わたしがこんなことを言うのは、大丈夫あの方はおまえにいい印象をあたえるだろうとは信じていますが、万一ということがあるからなのです。それに、どんな人でもよく知るためには、ゆっくり時間をかけて注意深くつきあってみなければならぬものです。さもないとまちがいや偏見にとらわれてしまって、あとになってそれを直そう、消そうと思っても、なかなかできるものではありません。でもピョートル・ペトローヴィチは、まずまずどの角度から見ても、ほんとうにりっぱなお人です。はじめてお見えになったとき、あの方は、自分は実際家だと、はっきりわたしたちに申しました、でも多くの点で、あの方自身の言葉ですが、《もっとも新しい世代の信念》に共鳴しているそうですし、なべて偏見というものを嫌《きら》っています。それからいろんなお話をしました。どうやらいくらか見栄《みえ》っぱりらしいところがあり、人に話を聞いてもらうのがひどく好きらしいのです、でもこんなことはまあ欠点とはいえませんものね。わたしは、むろんのこと、あまりわからなかったけど、ドゥーニャが、あの人は教育はあまりないけど、頭がよくて、性質もいいらしいと、わたしに説明してくれました。ロージャ、おまえは妹の気性をよくのみこんでいるでしょう。あれはしっかりしていて、思慮が深く、忍耐強く、しかもおおらかな心をもった娘です。もっとも気性がはげしいことは、わたしも重々思い知らされてはいますけど。むろん、ドゥーニャのほうからも、あの人のほうからも、別に強い愛情というものがあったわけではありませんが、ドゥーニャは利口なうえに、天使のように気だてのやさしい娘ですから、良人を幸福にすることを自分の義務とするでしょうし、そうなれば良人のほうでもあの娘の幸福を考えるにちがいありません。それにいまのところ、ドゥーニャが不幸になるのではないかと案ずるような大きな理由は別にありませんもの。それはたしかに、きまるのが早すぎたことはわたしも認めます。それにあの方はひどく計算のこまかい人ですから、ドゥーネチカが結婚して幸福になればなるほど、自分たちの家庭生活の幸福がますます確かなものになるということくらい、わからないはずがありませんよ。性格にいくらかねじけたところがあるとか、古い習慣がぬけきらないとか、それに考え方にいくらかくいちがいがあるとかいったところで、たいしたことではありません（考えのくいちがいなどはどんなに幸福な夫婦の間にもきっとあるものです）。そのことではドゥーネチカが自分からわたしに言いました、自分というものを信頼しているから、すこしも心配はいりません、先々ずっと神に恥じない正しい関係がつづくことが約束されるなら、たいていのことはがまんできますって。例えば、あの人ははじめはわたしにもすこしぶっきらぼうすぎるみたいに見えました。でもそれはおそらく人間が率直だからそんなふうに見えたのでしょう、きっとそうにちがいありません。その証拠に、二度目に見えたとき、もう承諾したあとですけど、ドゥーニャを知るまえから、嫁にもらうなら人間が誠実で、しかも持参金のない娘、それもぜったいに苦しい境遇に堪えてきた娘にきめていたなんて、はっきり言うんですよ。その理由は、良人は妻に対してすこしの借りもあってはいけないし、妻に恩人と思わせたほうがはるかにいいからですって。でも、ことわっておきますけど、あの方はわたしが書いたよりもいくらかやわらかくやさしく言ったんですよ。それがわたしはその言いまわしを忘れて、意味だけをおぼえているものだから。おまけに、決してそう言うつもりがあって言ったわけじゃなく、つい話に身が入って、うっかり言ってしまったらしいのですよ。だってあとであわててそれを訂正し、やわらげようとしていましたもの。でもやっぱりわたしにはすこしぶっきらぼうすぎるように思われて、あとでドゥーニャに言いました。ところがドゥーニャは腹さえ立てて、《言葉はまだ行いじゃないわ》なんて答えたんですよ。それは、むろん、そのとおりだけどねえ。行くと決めるまえに、ドゥーネチカは一晩中ねむりませんでした、そしてわたしがもうねむっていると思って、ベッドから出て、一晩中部屋の中を行き来していました。しまいには、聖像のまえにひざまずいて、一心に祈っていました、そして朝、嫁ぐ決心をしたことを、わたしに打ち明けたのです。

ピョートル・ペトローヴィチがもうじきペテルブルグへ発《た》つことは、もう書きましたね。あの方はそちらに大きなしごとがいくつもたまっていて、それにペテルブルグに法律事務所を開く考えなのです。あの方はもうまえまえからいろんな訴訟事件の弁護をひきうけていて、ついこの間もかなり大きな訴訟に勝ったばかりです。今度ペテルブルグへ行かなければならないのは、元老院に大切な用件があるからだそうです。

こんなわけで、かわいいロージャ、あの方はおまえにも、何ごとにつけても、ひどく役に立つ人かもしれません。わたしとドゥーニャはもう、おまえは今日からでも将来のしごとをきめてかかり、自分の運勢はもうはっきりときまったものと考えてさしつかえないと、こんなふうに考えているんですよ。ほんとにそうなったら、どんなに嬉《うれ》しいことでしょう！　これはもったいないような幸運で、神さまがわたしたちにおめぐみくださったお慈悲と考えないと、それこそ罰《ばち》があたります。ドゥーニャはそればかり空想しています。わたしたちはもう思いきってちょっとだけこのことをピョートル・ペトローヴィチに話しました。あの方はひどく慎重な態度で、それはもちろん、秘書がいなければ困るから、どうせ俸給を払うなら、他人よりは身内に払ったほうがとくだ、といっても、兄さんがそのしごとに向いていることがわかったうえでの話だが、と言いました（おまえにそのくらいの力がないなんて、そんなはずがあるものですか！）。でもそのあとからすぐに、おまえには大学の授業があるから事務所ではたらく時間があるかしらなんて首をかしげていました。そのときはそれでおわりましたが、ドゥーニャはいまはそのことだけしか考えておりません。あの娘は、ここ数日、まるで熱病にとりつかれたみたいで、あとあとおまえが弁護士のしごとでピョートル・ペトローヴィチの友だちに、いや相談相手にさえなることができるようにと、もうこまかいプランを作りあげました。ましておまえは法科の学生ですもの。わたしはね、ロージャ、あの娘にすっかり賛成で、あの娘のプランと希望がきっとそっくりそのまま実現するものと信じています。そして、いまはピョートル・ペトローヴィチがなんとなく煮えきらない様子ですが、これはまったく無理もありません（だってまだおまえのことを知らないのですもの）、それでもドゥーニャは、未来の良人に心からやさしくはたらきかけることによって何もかも思いどおりにできると、かたく信じていますし、おまえのことにも自信をもっています。もちろん、わたしたちは用心して、ちょっぴりでもわたしたちの未来のゆめ、特におまえがしごとの上であの方の仲間になるなどということは、ピョートル・ペトローヴィチにもらさないように心がけています。あの方は実際家ですから、こんなことはみなただのゆめのような気がして、おそらくまじめにはとりあわないでしょう。そんなわけですから、わたしも、ドゥーニャも、おまえが大学を卒業するまで学資を援助していただけたらと、強い希望をもっていますが、そのこともまだおくびにも出しておりません。というのは、第一に、いずれはひとりでにそうなるだろうと思うからです。あの方は、きっと、よけいなことは言わなくても、自分からそれを申し出るでしょう（これくらいのことをドゥーネチカにことわるはずがありませんもの）。まして、おまえが事務所であの方の右腕になることができるとなれば、学資の援助だってほどこしとしてじゃなく、当然の報酬として受けることになるのですもの、なおのことです。ドゥーネチカはそんなふうにもってゆきたいと考えていますし、わたしもまったく賛成です。第二に、もうじきわたしたちは会うことになるでしょうが、そのときおまえにすこしのひけ目も感じさせたくないからです。ドゥーニャがわくわくしながらおまえのことを話したとき、あの方は、どんな人間でも判断するためには先ず身近に観察しなければならない、だからおまえと近づきになって、誰にも先入観念をあたえられることなく、自分でおまえという人間についての意見をまとめたい、という返事でした。ねえ、わたしのかけがえのないロージャ、わたしはいろいろ思いあわせてみましたが（でも、これは決してピョートル・ペトローヴィチに関したことではなく、ただ自分だけの、もしかしたら婆《ばあ》さんの気まぐれとさえいえるかもしれませんが）、――わたしは、もしかしたら、あの娘の結婚後は、いっしょにではなく、いまのように別々に暮すほうがいいのではないか、なんて気がするのですよ。あの方は心根が美しく、思いやりのこまかい人ですから、きっと自分からわたしに同居をすすめ、もうこれからは娘とわかれわかれになんて暮さないようにと言ってくれるにちがいありません、わたしはそう信じこんでいます。いままでそれを言いださないのは、むろん、言わなくてもわかっているからでしょう。でも、わたしはことわります。姑《しゅうと》が婿《むこ》とあまり気持がしっくりしない例を、わたしはこれまで何度となく見てきました。わたしはちょっとでも誰かの重荷になりたくないばかりか、自分でも、どんなにささやかでも食べるものがあり、それにおまえやドゥーネチカのような子供たちがいる間は、完全に自由な身でいたいのです。できることなら、おまえたち二人のそばに住みましょう。というのはね、ロージャ、いちばん嬉しいことをわたしは手紙のおしまいにとっておいたんですよ。ねえ、かわいいロージャ、もしかしたらもうじきわたしたちはいっしょになれて、もう三年になる別れののちに、また三人で抱きあうことができるかもしれないんだよ！　わたしとドゥーニャがペテルブルグへ行くことは、もう確実です。たしかな日取りは、まだわかりませんが、いずれにしてももうじきです。もしかしたら、一週間後かもしれませんよ。何もかもピョートル・ペトローヴィチの気持次第ですが、ペテルブルグに落ち着いたら、すぐにわたしたちに知らせをよこすことになっています。あの方は、考えるところがあって、できるだけ急いで結婚式をあげたい意向です。できたら今度の肉食期（訳注　降誕祭から大斎食までの間）に行いたいが、それが間に合わなかったら、どんなにおそくとも、聖母マリヤ昇天祭（訳注　八月十五日）がおわったらすぐに、というのです。ああ、わたしはどんなにしあわせな思いでおまえを胸に抱きしめることでしょう！　ドゥーニャはおまえに会える喜びで、まるでそわそわしていて、一度なんか冗談に、このひとことだけでもピョートル・ペトローヴィチと結婚したいくらいだわ、なんて言いました。あれはほんとに天使のような娘です！　あの娘はいまこの手紙には何も書きそえませんが、わたしにだけたっぷり書くように言いました。おまえと話すことがあんまりたくさんありすぎて、いまはとてもペンをにぎる気になれないんですって、だって二、三枚では何も書けないし、気がいらいらするだけだなんて言うんですよ。おまえをしっかり抱きしめて、数かぎりない接吻を送ってくれとのことでした。ところで、おそらく、わたしたちはそれこそもうじきに会えるものと思いますが、それでも二、三日うちにできるだけたくさんのお金をおまえに送ります。この頃は、ドゥーニャがピョートル・ペトローヴィチに嫁ぐことがもうみんなに知れわたって、そのためにわたしの信用が急に増したのですよ。それでアファナーシイ・イワーノヴィチが年金を担保に七十五ルーブリくらいまでは貸してくれることは、ほとんどまちがいありません。だから、ひょっとしたら、二十五ルーブリないしは三十ルーブリくらいまで送ってあげられると思います。もっとたくさん送ってあげたいのですけど、わたしたちの旅の費用のことも考えなければなりません。ピョートル・ペトローヴィチが親切にもペテルブルグ行きの費用の一部を引き受けてくださいました、というのは、わたしたちの荷物と大きなトランク類を自分の費用で送ってくれることを、自分から申し出てくだすったのです（どうやら知り合いの人の手を通じてやるらしいのです）。それでもやはりペテルブルグへ着いて当座の費用も考えなければなりません、まさか文無しでいるわけにもいきませんし、せめてはじめの二、三日だけでもね。でも、もうドゥーニャと二人でこまかいところまですっかり計算してみましたが、旅費は思いのほか少なくてすみそうです。わたしたちのところから汽車の駅までは九十露里くらいしかありませんし、わたしたちはもうそのときにそなえて知り合いのお百姓の御者さんと話をきめました。その先はドゥーネチカと二人で三等車で楽しい旅をするつもりです。ですから、おそらく、二十五ルーブリではなく、なんとか三十ルーブリくらいは送ってやれるのではないかと思います。ではこのへんでやめにしましょう。二枚の便箋にびっしり書いてしまって、もう余白がありません。わたしたちの身辺のことを洗いざらいすっかり書いてしまいました、よくもまあこんなにたくさんいろんなできごとがたまったものです！　では、わたしのかけがえのないロージャ、もう間もない会う日までおまえを抱きしめ、母親の祝福でおまえをつつみます。ロージャ、妹のドゥーニャを愛しなさい。あの娘がおまえを愛していると同じように、あの娘を愛してあげなさい、そしてあの娘ははかり知れぬほど強く、わが身よりもおまえを愛していることを、知ってあげなさい。あの娘は天使です、そしておまえは、ロージャ、おまえはわたしたちのすべてです——わたしたちの望みと頼みのすべてです。おまえだけが幸福になってくれたら、わたしたちも幸福なのです。ロージャ、いままでどおり神さまにお祈りしていますか、造物主と救世主の慈悲を信じていますか？　いまどきはやりの無信仰におまえがとりつかれていはしないかと、わたしはひそかに案じています。もしそうでしたら、わたしはおまえのために祈ります。かわいいロージャ、おまえが幼い子供だった頃、お父さんが生きていらした時分のことをおぼえていますか。おまえはよくわたしの膝《ひざ》の上でまわらぬ舌で祈りを唱えたものでした、そしてあの頃はわたしたちはみんなとっても幸福でした！　さようなら、いやそれよりは、また会う日までといいましょう。おまえをつよくつよく抱きしめ、かぎりない接吻を送ります。

死ぬまでおまえの変らぬ母

プリヘーリヤ・ラスコーリニコワ》

手紙を読みはじめるとすぐから、ほとんど読んでいる間中、ラスコーリニコフの顔は涙でぬれていた。だが、読みおわったときは、顔は蒼白《そうはく》で、みにくくひきつり、重苦しい、ひくひくふるえる、意地わるい薄笑いが、蛇《へび》のように唇をはった。彼は汚れたぺしゃんこの枕《まくら》に顔を埋めて、じっと、長いこと考えていた。心臓がはげしく動悸《どうき》し、考えがはげしく波打っていた。とうとう、この納戸《なんど》か長持のような黄色っぽい穴ぐらにいるのが、息苦しく窮屈になった。視線と考えが広々としたところを求めた。彼は帽子をつかむと、部屋を出た。今度はもう階段で誰かに会いはしないかなどという危《あや》ぶみはなかった。そんなことは忘れていた。彼はV通りをこえて、ワシーリエフスキー島のほうへ道をとった。まるでそちらに用事でもあるようにせかせかと急いだが、いつもの癖で、あたりに目をやりもしないで、歩きながらぶつぶつつぶやいたり、声にだしてひとりごとを言ったりして、道行く人をびっくりさせた。多くの者が彼を酔っぱらいだと思った。

4

母の手紙は彼をひどく苦しめた。しかしもっとも重要な根本問題については、まだ手紙を読んでいる間でさえも、彼の心にはちらとも疑いが生れなかった。問題のもっとも大切な要点は彼の頭の中で決められていた。しかもそれはもう動かすことのできない決定だった。《おれが生きている間は、この結婚はさせぬ、ルージン氏なんて知ったことか！》

《だって、あまりにも見えすいてるよ》彼はせせら笑って、自分の決定の成功を意地わるく前祝いしながら、つぶやいた。《だめだよ、母さん、だめだよ、ドゥーニャ、あんた方にはおれはだませないよ！……おまけに、おれに相談をしないで決めてしまったことを、あやまったりしてさ！　あたりまえだ！　いまとなってはもう話をこわすことができないと、思っているようだが、まあこれからのおたのしみだね——できるか、できないか！　いやはやたいへんな言いわけだよ、〈何しろピョートル・ペトローヴィチは実務家で、ひどくてきぱきした人だから、結婚も駅馬車の中でなきゃだめだ、汽車の中でなんて言いかねない〉、おどろいたね。だめだよ、ドゥーネチカ、おれはすっかり見通しだ。おまえはおれに話したいことがたくさんあるそうだけど、それが何だかおれにはわかっているんだよ。おまえが一晩中部屋の中を歩きまわりながら、何を考えていたかも、母さんの寝間にあるカザンの聖母の像のまえで、何を祈っていたかも、おれにはわかるんだよ。ゴルゴタの丘（訳注　キリストが処刑されたエルサレム近郊の丘）へのぼるのは苦しい。フム……なるほど、それじゃきっぱりと決心したわけだな、アヴドーチヤ・ロマーノヴナ（訳注　ドゥーニャの正式の名）、実務家でわけのわかった男、自分の財産をもっていて（すでに自分の財産をもっているといえば、重味もちがうし、聞えもぐっといいものだ）、勤めも二つもっており、新しい世代の信念にも理解があり（母さんの手紙によると〉、しかもドゥーネチカ自身の言葉では〈善良な方らしい〉男のもとへ嫁ぐんだね。このらしいが何よりも素敵だよ！　あのドゥーネチカがこのらしいと結婚する！……素敵だ！　実に素敵だ！……》

《……ところで、ちょっと気になるが、いったい何のために母さんは『新しい世代』なんて書いてよこしたのだろう？　その男の人間をよく説明するためだけか、それとも遠い目的があってか？　つまり、おれをたぶらかしてルージン氏に好意をもたせるというような？　へえ、考えたものだよ！　それからもう一つはっきりさせておきたいことがある。その日、その夜、そしてそれからずうっと、母さんと妹がどの程度まで腹をわって話し合ったかということだ。二人の間で言葉がすっかり思ったままに話されたか、それとも二人とも気持も考えも同じであることが、互いによくわかっていて、もう何もかもすっかり打ち明けて語り合うまでもなく、口をうごかすだけむだというものだったか？　おそらく、そういうことも多少はあったろう。手紙を見てもわかる。母さんには彼がいくらかぶっきらぼうなように思われて、悪気のない母さんのことだからそのとおりにドゥーニャに言った。ところがドゥーニャは、当然、腹を立てて、〈ぷりぷりしながら答えた〉というわけだ。あたりまえだ！　つまらないことを聞かれるまでもなくもうすっかりわかっていて、おまけにもう決ってしまって、何も言うことがないときに、そんなことを言われたら、怒らないほうがどうかしている。さらになんてことを書いているのだ。〈ドゥーニャを愛してあげなさい、ロージャ、あの娘はわが身よりおまえを愛しているのです〉なんて。娘を息子の犠牲にすることに同意したことで、もうひそかに良心の苛責《かしゃく》に苦しめられているにちがいないのだ。〈おまえはわたしたちの望みです、わたしたちのすべてです！〉ああ、母さん！……》

憎悪《ぞうお》がラスコーリニコフの身内にますますはげしく燃えたぎってきた。そしていまルージン氏に会ったら、いきなりたたき殺したかもしれぬ！

《フム、それはそうだ》彼は頭の中に旋風のように吹き荒れている考えのあとをたどりながら、ひとりごとをつづけた。《どんな人でもよく知るためには、ゆっくり時間をかけて注意深くつきあってみなければならぬものです。それはたしかにそのとおりだ。だが、ルージン氏の人間はもうわかっている。要は、〈実務家で、善良な人らしい〉とのことだが、荷物を引き受け、大きなトランクを自分の負担で運んでやるのは、たいへんなことだろうさ！　まあ善良でないとはいえまい。ところが花嫁と母親の二人は、百姓をやとって、むしろをかけた馬車に乗って行くんだ！　おれも何度か乗ったがね。それはまあいいよ！　たかだか九十露里だ、ところが〈その先は三等車で楽しい旅をする〉、約千露里だぜ。本人たちはそれでいいよ、分相応ってことがあるからな、ところでルージンさん、あんたはどういうつもりですかね？……だってこれはあんたの花嫁じゃありませんか……母が自分の年金を担保にして旅費を前借りしていることだって、知らなかったでは通りませんよ。そりゃもちろん、あんたにはこんなことは普通の商取引みたいなもので、儲《もう》けもお互い、分け前も平等だから、支出も半々だというでしょうよ。諺《ことわざ》にも、パンと塩はいっしょだが、煙草銭《たばこせん》はめいめい持っていいますからね。なるほど、実務の腕にものを言わせて女たち二人をちょいとだましましたな。荷物のほうが二人の旅費より安いし、うまくすれば、無料《ただ》になるというわけか。いったいあの二人は、これしきのことがわからないのだろうか。それともわざと知らぬふりをしているのか？　何しろ満足なのだ、満足しきっているんだ！　これはまだ花が咲いただけのことで、本当の果実は先のことだってことを、考えないのだろうか！　だってここで大切なことは、けちなことでもなければ、がめついことでもない。そうしたことすべてのトーンなのだ。そうさ、それが結婚後の将来のトーンになるんだからな。予言みたいなものさ……それにしても、母さんはいったい何をうきうきしているのだろう？　何をどれだけもってペテルブルグへ来るというのだ？　銀貨三枚か、札を二枚じゃないか、この札ってのはあの……婆《ばば》ぁの口癖だが……フム！　そのあとペテルブルグでいったい何をして暮そうというのだ？　だって、もうどんな理由があったのか知らんが、結婚後は、その当座だけでも、ドゥーニャといっしょに暮すことはできないだろうと、見ぬいているじゃないか？　おそらく、いわゆる親切な男が何かのはずみにうっかり口をすべらして、生地《きじ》を出し、さすがの母さんも両手をふって、〈こちらからことわりますよ〉てなことになったのだろう。とすれば、母さんは誰《だれ》をあてにしているのだ、百二十ルーブリの年金か？　それだってアファナーシイ・イワーノヴィチの借金をさしひかれるではないか。そのうちに冬の襟巻《えりまき》を編んだり、袖当《そであて》を縫ったりして、老いの目を悪くする。それに襟巻の手内職をしたところで、一年かかって百二十ルーブリに二十ルーブリを加えるくらいがおちだ、そんなことはわかりきっている。つまりは、やっぱりルージン氏の高潔な気持とやらをあてにしているのだ。〈先方から申し出て、頼んでくるようになるでしょう〉というわけだ。財布のひもをしめることだ！　ああいうシラーの劇の人物みたいに美しい心の持ち主はいつもそんな目にあうんだよ。いよいよというときまで相手を孔雀《くじゃく》の羽でかざり立て、ぎりぎりまで悪くはとらないで、よいことだけを当てにしている、そして事の裏側をうすうす感じても、そうなるまえに自分に本当の言葉を聞かせようとは決してしない。そんなことは考えただけで気が滅入《めい》ってしまうのだ。そしてりっぱだと思いこんでいる相手にまんまと鼻をあかされるまでは、両手で真実を突っぱねているのだ。ところで、ルージン氏は勲章をもっているだろうか。賭《か》けをしてもいい、ぜったいに聖アンナ勲章が襟穴についている、そして請負人や商人のところへ食事に招かれて行くときは、それを胸に光らせて行くことはまずまちがいない。ひょっとしたら、自分の結婚式にもつけかねない！　しかし、あんなやつはどうでもいい！……》
《……でも、母さんはまあいいさ、しかたがないよ、ああいうひとなんだ。ところでドゥーニャはどうなんだ？　ドゥーネチカ、かわいい妹、おれはおまえのことはよく知っているんだよ！　おれが最後に会ったとき、おまえはもうかぞえで二十歳だった。おまえの気性がおれにはもうわかっていた。〈ドゥーネチカはたいていのことには堪えられます〉と母さんは書いている。そんなことはおれだって知っているさ、それはおれはもう二年半まえに知っていたんだ、そしてそれ以来二年半の間そのことを考えてきたんだ、〈ドゥーネチカはたいていのことなら堪えられる〉ってことをさ。スヴィドリガイロフ氏と、それにからんで起ったすべてのできごとに堪えられたのだから、たしかにたいていのことには堪えられるわけだ。ところで今度は、母さんといっしょに、妻は貧しい家からめとって、良人《おっと》の恩に感謝の気持を抱かせたほうがいいなどという説を、しかも一度や二度目の訪問で口にするようなルージン氏だって、しんぼうできると思ったわけか。まあ、うっかり〈口をすべらした〉というのなら、それでもいいさ。わけのわかった人間でもそういうことはあるだろうからな（ひょっとしたら、決して口をすべらしたわけではなく、早いとこはっきりしておこうと思ったのかもしれん）、だがドゥーニャ、おまえはどうなんだ？　おまえにはその男の人間がよくわかってるはずじゃないか、一生連れそう相手だぞ。あの娘は黒パンだけかじって、水をのんでも、自分の魂は売らない女だ。まして楽をしたいために自分の精神の自由を渡すはずがない。ルージン氏どころか、シュレスイッヒとホルスタイン（訳注　いずれも公国の名）を全部やるといわれたって、自分を売るような女ではない。いいや、おれが知っているかぎりでは、ドゥーニャはそんな女ではなかった、そして……そうとも、今だって、むろん、変ってはいまい！……わかりきっている！　スヴィドリガイロフ夫妻も酷だ！　二百ルーブリの金のために一生家庭教師として県から県をわたり歩くのも辛《つら》いことだろう、しかしそれでもおれは知っている、おれの妹なら、尊敬もしていないし、いっしょになっても何もすることがないような人間と、自分一人の利益だけのために、永久に自分を結びつけて、自分の精神と道徳観をけがすくらいなら、いっそ植民地の農園に奴隷《どれい》となって雇われて行くか、あるいはバルト海沿岸地方のドイツ人の下女になるだろう！　また、ルージン氏が純金か高価なダイヤモンドに埋まっているような人間なら、妹はルージン氏の合法的なかこい者になることを承知しまい！　それならいまどうして承諾しているのか？　どこにどんなわけがあるのか？　どこにこの謎《なぞ》のかぎがあるのか？　真相ははっきりしている。自分のために、自分の安楽のために、自分を死から救うためにさえ、自分を売りはしないが、他人のためなら現にこのように売るのだ！　愛する者のために、尊敬する人間のために、売る！　要するに、これが真相なのだ。兄のために、母のために、売る！　すべてを売る！　おお、この殺し文句のために、時によるとわれわれは道徳心をおしつぶしてしまうのだ。そして自由も、安らぎも、良心までも、何もかも古物市へ運び去ってしまう。生活なんかどうにでもなれ！　愛する人が幸福になれさえすれば！　そのうえ、勝手な詭弁《きべん》を考えだし、ジェスイット教徒の教えを研究して、こうでなければならないのだ、崇高な目的のためならばこれでいいのだと、自分に納得させて、ひとときの安らぎを得ようとする。われわれとはこんな人間なのだ。そして何もかもが白日のようにはっきりしている。この芝居では、ほかならぬロジオン・ロマーヌイチ・ラスコーリニコフが登場し、しかも主役であることも、はっきりしている。なにいいさ、彼の幸福が築き上げられるのだ。彼を大学に学ばせ、事務所で主人の片腕にしてやり、彼の生涯《しょうがい》を保証してやることができる、もしかしたら、彼はのちに金持になり、人に尊敬されるようなりっぱな人になり、しかも名誉ある人間として生涯をとじるかもしれぬ！　だが母は？

でもいまはロージャが第一だ。かけがえのない長男のロージャさえよくなってくれたら！　この大切な長男のためならば、こんなかわいい娘でもどうして犠牲にせずにいられよう！　おお、なんというやさしい、しかしまちがった心だろう！　なんということだ、これではわれわれはソーネチカの運命も否定できないではないか！　ソーネチカ、ソーネチカ・マルメラードワ、世界あるかぎり、永遠のソーネチカ！　犠牲というものを、犠牲というものをあんた方二人はよくよくはかってみましたか？　どうです？　堪えられますか？　とくになりますか？　分別にかないますか？　ドゥーネチカ、おまえは、ソーネチカの運命がルージン氏といっしょになるおまえの運命にくらべて、すこしもいやしいものでないことを、知っているのかね？　〈愛情というようなものがあったわけではない〉——と母さんは書いている。愛情ばかりか、尊敬もあり得ないとしたら、それどころか、もう嫌悪《けんお》、侮蔑《ぶべつ》、憎悪の気持が生れているとしたら、どうなるだろう？　そうなれば、またしても、〈身なりをきれいにする〉ってことが必要になってくる。そうじゃないかね？　わかるかね、わかるかね、ドゥーニャわかるかね、このきれいということの意味が？　わかるかね、ルージンのきれいがソーネチカのきれいと同じだということが。いやもしかしたら、もっと悪く、もっといやらしく、もっときたないかもしれん、というのは、ドゥーネチカ、なんといってもおまえにはすこしでも楽をしようという打算があるが、あの娘は餓死というぎりぎりの線に追いつめられているからだよ！〈ドゥーネチカ、このきれいというやつは、高くつくよ、ひどく高くつくんだよ！〉あとで力にあまるようなときがきたら、どうする？後悔してももうおそいよ。どれだけ悲しみ、なげき、呪《のろ》い、人にかくれて涙を流さなければならぬことか、だっておまえはマルファ・ペトローヴナのような女じゃないもの！そうなったら母さんはどうなるだろう？もう今から心配で、胸を痛めているというのに、何もかもがはっきりわかるときがきたら、いったいどうなるだろう？ところで、おれは？……本当のところおれについておまえは何を考えたのだ？おれはおまえの犠牲なんかいらないよ、ドゥーネチカ、いやですよ、母さん！おれが生きている間は、そんなことはさせぬ、させないよ、させるものか！ことわる！》

彼は不意にはっとして、足をとめた。

《させるものか？じゃ、それをさせないために、おまえはいったい何をしようというのだ？ことわる？どんな権利があって？そういう権利をもつために、おまえのほうから母さんと妹に何を約束してやれるのだ？大学を卒業して、就職したら、自分のすべての運命、すべての未来を二人に捧《ささ》げるというのか？そんなごたくは聞きあきたよ、それにはっきりしない先のことじゃないか、いまはどうするんだい？　いまどうにかしなきゃならないんだよ、わかるかい？　ところがいまおまえのしていることは何だ？　かえって二人を食いものにしているじゃないか。その金は二人が百ルーブリの年金とスヴィドリガイロフ家の屈辱を抵当にして借りたものなのだ。スヴィドリガイロフたちやアファナーシイ・イワーノヴィチ・ワフルーシンとやらから、おまえは二人をどうして守るつもりだね、未来の百万長者さん、二人の運命をにぎるゼウスさん？　十年後に？　その十年の間に母さんは襟巻編みの手内職で、いやもしかしたら涙で、目をつぶしてしまうだろうよ。精進料理でやせほそってしまうよ。それに妹さんは？　まあ、考えてみるんだな、十年後に、いやこの十年の間に妹さんの身にどんなことが起り得るか？　わかったかい？》

こうして彼は自分を苦しめ、このように問いつめることによって、一種の快感をさえ感じながら、自分をからかった。しかし、こうした自問はどれも新しいものでも、突然のものでもなく、もうまえまえからの古い病みつきのものだった。もういつからかそれらが彼をさいなみはじめて、彼の心をずたずたに引き裂いてしまっていた。このいまのふさぎの虫が彼の身内に生れたのは遠い昔のことで、それが成長し、つもりつもって、それが近頃《ちかごろ》ではすっかり大きくなって、こりかたまり、おそろしい、奇怪な化け物のような疑問の形をとり、執拗《しつよう》に解決をせまりながら、彼の心と頭をへとへとに疲れさせたのである。そのうえいま母の手紙が不意に雷のように彼の胸を打った。いまは問題は解決されないなどと、頭の中でこねまわすだけで、煩悶《はんもん》したり、くよくよひっこみ思案をしているときではなく、ただちに、一刻《いっとき》も早く、どうしてもどうにかしなければならぬことは、明らかだ。いずれにしても心を決めなければならぬ、それがどんなことであろうと。さもなければ……

《さもなければ、生活を完全に拒否するのだ！》彼は不意に狂おしく叫んだ。《あるがままの運命を、永遠に、おとなしく受《う》け容《い》れて、行動し、生活し、愛するいっさいの権利を拒否して、自己の内部のいっさいを圧《お》し殺《ころ》してしまうのだ！》

《わかりますか、わかりますかね、学生さん、もうどこへも行き場がないということが、どういう意味か？》不意に彼の頭にマルメラードフの昨日の質問がうかんだ。《なぜって、どんな人間だってどこか行けるところがなかったら、やりきれませんよ……》

不意に彼はぎくっとした。ある一つの、これも昨日の考えが、また彼の頭をかすめたのである。しかし彼がぎくっとしたのは、その考えがかすめたためではなかった。それが必ず《かすめる》ことを、彼はたしかに知っていた、予感していた、そしてむしろそれを待っていたのだった。しかもその考えもぜんぜん昨日のままではなかった。そのちがいは、一月《ひとつき》まえは、まだ昨日でさえも、それはただの空想でしかなかったものが、いまは……いまは不意に空想の衣をすてて、新しい、おそろしい、まったく見知らぬ形をとって現われたことだ、そして彼は不意にそれを意識した……彼は頭をガンとなぐられたような気がして、目のまえが暗くなった。

彼は急いであたりを見まわした。何かをさがそうとしたようだ。腰を下ろしたかった。ベンチをさがしていたのだった。彼はそのときK通りを歩いていた。百歩ほど先にベンチが一つ見えた。彼はできるだけ足を早めた。ところが途中であるちょっとしたできごとが起って、数分の間彼はそれにすっかり気をうばわれてしまった。

ベンチのほうへ目をあてていると、彼は二十歩ほど前方を歩いている一人の女に気がついた、しかしはじめのうちは、それまで彼のまえにちらちらしたすべての対象と同じように、彼女にすこしも気をとめなかった。家へ帰ってから、歩いてきた道をぜんぜん思い出せないということが、これまで何度となくあったので、彼はもうそんなふうに街を歩くことに慣れていたのである。ところが前方を歩いている女には、一目見ただけで気になるような、どことなく奇妙なところがあったので、しだいに彼の注意はそちらへひかれはじめた、――はじめはしぶりがちで、いまいましそうな様子だったが、そのうちにますます強くひかれていって、どうしても目がはなせなくなってしまった。この女の奇妙なところはいったい何なのか、彼は急につきとめてみたくなった。先《ま》ず第一に、この女は、どう見てもまだひどく若い娘なはずなのに、この炎天に帽子もかぶらないで、パラソルもささず、手袋もしないで、なんとも滑稽《こっけい》に両手をふりまわしながら歩いていた。ふんわりとした絹地の服（いわゆる《絹物》）を着ていたが、その着方がまた実に妙で、ボタンがいまにも外れそうで、スカートの上はしが引き裂かれて、腰のあたりにたれさがり、ぶらぶらゆれていた。小さなショールがむきだしの首にまきついていたが、これもへんてこにまがって、横っちょにつきでていた。そのうえ、少女はおぼつかない足どりで、つまずいてよろけたり、あっちへよろよろこっちへよろよろふらついたりしながら、歩いていた。このめぐりあいは、ついに、ラスコーリニコフのすべての注意を呼びさました。彼はベンチのすぐそばで少女に追いついた。ところが少女は、ベンチまで来ると、倒れこむようにベンチの端へ坐《すわ》って、頭を背のもたれへ投げ、目をとじた。ひどく疲れているらしい様子だった。彼女をのぞきこむと、ラスコーリニコフはすぐに彼女がひどく酔っていることを見てとった。なんとも異様で、奇怪な光景だった。彼は白昼夢を見ているのではないかとさえ思った。彼のまえにあるのはまだ乳臭さの消えない小さな顔だった。十六くらいか、いやまだ十五にもなっていないかもしれぬ、――ちっちゃな、薄あま色の、かわいらしい顔だが、真っ赤にほてって、すこしむくんでいるようだ。少女はもうほとんど正体がないらしかった。足を組んでいたが、片方の足がみだらに高くあがりすぎていたし、どうやら、往来にいるということがほとんどわかっていないらしい。ラスコーリニコフはベンチにかけるでもなく、立ち去る気にもなれず、困ったように彼女のまえに立っていた。この並木道はふだんからさびしい通りで、ましていまは、かんかん照りの午下《ひるさ》がりの二時ときているので、ほとんど人影がなかった。ところが、十五歩ばかりはなれた並木道のはずれに、一人の紳士が立ちどまった。その紳士も、何か下心があるらしく、しきりに少女に近づきたそうにしていた。彼も、どうやら、遠くから少女に目をとめて、追ってきたところを、ラスコーリニコフに邪魔されたらしい。紳士は相手に気取られないように苦心しながら、にくらしそうな視線をラスコーリニコフにちらちら投げて、早くこのしゃくなぼろ男が立ち去って、自分の番がくるのを、じりじりしながら待っていた。それは見えすいていた。紳士は三十前後で、でっぷりとふとり、てらてらに脂《あぶら》ぎって、バラ色の唇《くちびる》の上にちょびひげをたくわえ、ひどくきざな服装をしていた。ラスコーリニコフは無性に腹が立って、不意に、この脂ぶとりの伊達男《だておとこ》をこっぴどく侮辱してやりたくなった。彼はちょっとの間少女をそのままにして、紳士のほうへ近づいて行った。

「おいきみ、スヴィドリガイロフ！　そんなところにつっ立ってなんの用があるのだ？」と彼は拳《こぶし》をにぎりしめ、憎悪のあまり泡《あわ》のういた唇をゆがめてせせら笑いながら、どなりつけた。

「それはどういうことです？」と紳士は眉《まゆ》をひそめ、小ばかにしたようなあきれ顔で、けわしく尋ねた。

「立ち去れ、というんだよ！」

「その笑い方はなんだ、ごろつきめ！……」

そう言うと、紳士はステッキを振り上げた。ラスコーリニコフは、がっしりした紳士が自分のような者が二人くらいかかっても歯のたつ相手じゃないことを考えもせずに、拳を振ってとびかかった。しかしそのとき、誰かのたくましい腕が彼をむんずとうしろからおさえた。巡査が二人の間に割って入った。

「やめなさい、往来で喧嘩《けんか》をしちゃいけませんな。どうしたというのです？　きみは何者だ？」巡査はラスコーリニコフのぼろぼろの服装をじろじろ見て、急に声をきびしくした。

ラスコーリニコフは巡査を注意深く観察した。それは灰色の口髭《くちひげ》と頰髯《ほおひげ》を生やした強そうな兵隊面《づら》の男で、もののわかりそうな目をしていた。

「あなたに来てもらいたかったんだ」と彼は巡査の腕をつかみながら、叫んだ。「ぼくは元学生、ラスコーリニコフといいます……これはあんたにも知ってもらいたいな」と彼は紳士のほうへ顔を向けた。「あなた、さあ行きましょう、あなたに見てもらいたいものが……」

そういうと、彼は巡査の腕をつかんで、ベンチのほうへひっぱって行った。

「これです、見てください、すっかり酔っています、いましがたこの並木道を歩いていたのです。どこの何者か知りませんが、商売女とも思われません。おそらくどこかで飲まされて、だまされたのでしょう……はじめて……わかりますか？　あそばれたあげく、通りへ放《ほう》り出されたのです。ごらんなさい、服がこんなに破られているし、それに、この着方、これは着せられたんですよ、自分で着たんじゃありません。しかも着せたのは、慣れない、男の手ですよ。それは明らかです。さあ今度はこっちを見てください。ぼくがいま喧嘩しようとしたあのきざな男は、何者か知りません、はじめてです。あの男もいま道でこのほとんど正体もない酔った娘を見かけて、しきりに近づこうとしたのです、彼女をつかまえて、――だってこんな状態ですからねえ、――どこかへ連れて行こうって下心ですよ……きっとそうです、ぼくの目にくるいはありませんよ。彼がこの娘をねらって、あとをつけてきたのを、ぼくは見ていたんです。ぼくが彼の邪魔をしただけのことです、だから彼はさっきからずっと、ぼくが去るのを待っているんです。そら、ちょっとはなれて、煙草を巻くような振りをして、立ってるでしょう……どうしたらあいつの手にわたさずにすむでしょうか？　どうにかしてこの娘を家へとどけてやりたいものです、——考えてやってください！」

巡査はたちまちすべてを見てとって、ことのあらましを想像した。ふとった紳士の件は、むろん疑う余地がなかったので、のこった問題は少女だけだ。巡査は少女の上へ身をかがめてつくづくのぞきこむと、本当に気の毒そうな顔をした。

「やれやれ、かわいそうになあ！」と彼は頭を振りながら、言った。「まだまるっきり子供じゃないか。だまされたんだな、うんそのとおりだ。もしもし、お嬢さん」と彼は娘に声をかけた。「どこにお住まいですかな？」娘は力ないにごった目をあけて、ぼんやり巡査を見ると、片手を振った。

「ねえ」とラスコーリニコフは言った。「これで（彼はポケットをさぐって、手にふれた二十コペイカをつかみだした）、これで、馬車を呼んで、家まではこんで行くように言ってください。なんとか住所さえ聞き出せれば！」

「娘さん、ねえ娘さん？」巡査は金を受け取ると、また呼びはじめた。「わたしがいま馬車をひろってきて、家まで送ってあげるからね。家はどこ？　あ？　どこのアパート？」

「あっち へ行って！……うるさいわねえ！……」と少女はつぶやいて、またつきのけるように片手を振った。

「おやおや、よくないことですぞ！　えッ、恥ずかしくないのですか、娘さん、いいかげんにしなさい！」彼は屈辱と、同情と、怒りのまじりあった気持で、また頭を振った。「どうも困りましたなあ！」と巡査はラスコーリニコフを振り向いた。そのついでにまたちらッと頭から足へ目をはしらせた。こんなぼろをまとっていながら、気前よく金を出すなんて、どうにも腑《ふ》におちなかったらしい。

「あなたがこの娘を見かけたのは、ここから遠くでしたか？」と巡査はラスコーリニコフに尋ねた。

「さっきも言ったように、並木道のあのへんで、ぼくの前方をふらふら歩いていたんです。そしてベンチまで来ると、倒れるように坐りこんだのです」

「なげかわしいことだ。この頃の若い者の堕落はまったく目にあまる！　こんな西も東もわからぬ小娘が、もう酒を飲みくさって！　だまされたんだよ、そうにちがいない。そら、服がこんなに破られて……ああ、この頃はなんというふしだらがはやりだしたものか！……この娘はどうやらもとはよかったが、おちぶれた家の娘らしい……いまどきはこういう娘がたくさんふえてきた。見たところ、華奢《きゃしゃ》で、まるで大家《たいけ》のお嬢さんのようだ」そう言って、巡査はもう一度娘の上に身をかがめた。

あるいは、巡査にもこんな娘があったのかもしれぬ——《華奢でお嬢さんのような娘》、流行にかぶれて、お嬢さんを気取っているような娘……

「問題は」とラスコーリニコフは心配そうに言った。「あの卑劣な男の手にわたさないようにすることです！　どうです、あの男はまだこの娘をなぐさみものにしようとねらっています！　あいつの腹の中なんか、見なくともわかりますよ、そら、まだあのへんにうろうろしてるでしょう！」

ラスコーリニコフはわざと大きな声で言いながら、まっすぐに彼のほうを指さした。紳士はそれを聞きつけて、またかっとなりかけたが、思い直して、さげすみの目を投げつけることでがまんした。それからゆっくり更に十歩ほどはなれて、また立ちどまった。

「あの男にわたさないようにすることはできますよ」と下士官あがりの巡査は思案顔で答えた。「ただどこへ連れて行ったらいいのか、それを言ってくれればいいのですがなあ、でないと……お嬢さん、もしお嬢さん！」彼はまたかがみこんだ。

娘は不意にぱっちり目をあけて、まるで何ごとかを思い出したらしい注意深い目になると、ベンチから立ち上がって、もと来たほうへ歩きだした。

「フン、恥知らず、しつこいわね！」彼女はまたはらいのけるように手を振って、つぶやいた。彼女は急いで歩いたが、足もとはまだひどくふらついていた。しゃれ者は反対側の並木をつたって、娘から目をはなさないようにしながら、あとをつけはじめた。

「大丈夫です、わたしません」と髯の巡査はきっぱり言って、二人のあとを追った。

「やれやれ、この頃はなんてふしだらがはやりだしたものか！」と巡査は聞えよがしにため息をつきながらくりかえした。

その瞬間、ラスコーリニコフはいきなり何かに刺されたような気がして、とたんに考えがひっくりかえってしまったようだ。

「おーい、ちょっと！」と彼は髯の後ろ姿に叫んだ。

髯は振り向いた。

「よしたまえ！　あなたになんの関係があるんだ？　放《ほ》っておきなさい！　あいつに世話をさせるんだな（彼はしゃれ者を指さした）。どうだっていいじゃありませんか？」

巡査はきょとんとして、目を皿《さら》のようにした。ラスコーリニコフはにやりと笑った。
「ば、ばかな！」とはきすてると、巡査はあきれたように手を振って、しゃれ者と娘を追ってかけ出して行った。どうやらラスコーリニコフを頭がおかしいか、あるいはそれよりも始末のわるい何かの病人と思ったらしい。
《二十コペイカを持って行かれてしまったわい》一人きりになると、ラスコーリニコフは苦りきってつぶやいた。《なあに、あいつからもとるんだな、そして娘をわたしてやりゃいいのさ、それでおわりだよ……なんだっておれは助けようなんてかかりあったのだ？　おれに助ける力があるというのか？　おれは助ける権利をもっているだろうか？　なあに、あいつらは生きたまま呑《の》み合《あ》いをすればいいのさ——それがおれにどうしたというのだ？　それにあの二十コペイカをくれてやったりして、そんなことがおれにできるというのか。そもそもあれはおれの金か？》
こんなおかしなことを言ってはみたが、彼は苦しくてたまらなくなった。彼は置き去りにされたベンチに腰をおろした。考えはとりとめもなくみだれた……そうでなくとも、そのときはどんなことでもものを考えるということが、彼には苦しかった。彼はすっかり忘れてしまいたいと思った、何もかも忘れてひとねむりし、目がさめてから、まったく新しい気持でやり直しをしたかった……

「あわれな少女だ！」彼はからっぽのベンチの隅《すみ》へ目をやって、つぶやいた。「気がついて、泣く、やがて母親に知られる……はじめのうちはぶつ程度だが、そのうちにはげしいせっかん、口汚ないののしり、そしてもしかしたら、追い出されるかもしれぬ——追い出されないにしても、やっぱりダーリヤ・フランツォヴナのような女どもに嗅《か》ぎつけられて、あの少女は人目をさけて、今日はあちら明日はこちらと袖をひくようになる……やがてたちまち病院行き（母のまえではひどく行儀よくしていて、ちょいちょい目をかすめてはこっそりわるさをしているような娘にかぎって、きまってこんなことになるものだ）、せっかく病院を出ても……しばらくするとまた病院に逆もどり……酒……居酒屋……そしてまた病院……二、三年もすると——廃人、これが彼女の十九年か、あるいは十八年の生涯の結末だ……おれはこんな例をこれまで見てこなかったろうか？　彼女らはどんなふうにしてそうなったか？　なあにみんなこんなふうにして、ああなったんだ……チエッ！　勝手にそうなりゃいいのさ！　誰かじゃないが、そうなるようにできているんだよ。何パーセントかは年々おちて行かなきゃならんのだそうだ……どこかへ……まあ悪魔のところだろうさ、ほかの娘たちを清らかにしてやり、邪魔をしないためだそうだ。パーセント！　彼らに言わせれば、これはまったく素晴らしい言葉だ。まったく気休めになるし、科学的な言葉だからな。

何パーセントか、それじゃびくびくすることもあるまい、というわけだ。これがもしほかの言葉だったら、それこそ……おそらく、安閑としてはいられまい……それはさて、ドゥーネチカも何かのはずみでこのパーセントの中へおちるようなことになったら！……このパーセントでないまでも、何かほかの？……」

《ところでおれはどこへ行こうとしているのか？》と彼は不意に考えた。《おかしい。おれは何か目的があって出かけて来たはずだ。手紙を読みおわると、すぐに出た……ワシーリエフスキー島のラズミーヒンのところへ行くんだった。そうだ、やっと……思い出した。しかし、何のために？ それにしてもラズミーヒンのところへ行くなんて考えが、どういうわけで、それも今日、頭にうかんだのか？ 実に不思議だ》

彼は自分におどろいた。ラズミーヒンは大学の頃の友人の一人だった。ことわっておくが、ラスコーリニコフは大学当時ほとんど友だちというものを持たず、みんなをさけて、誰のところへも行かないし、人が来てもいい顔をしなかった。そんなふうだから、間もなく誰も相手にしなくなった。彼は学内の大会にも、学生同士の話にも、娯楽にも、どんなことにも、いっこうに加わろうとしなかった。勉強には精を出し、骨身を惜しまなかったから、学生たちは彼に一目おいていたが、誰一人彼を好きになる者はなかった。彼はひどく貧しかったが、妙に傲慢《ごうまん》で、まるで何かを秘しかくしているように、決して人にまじわらなかった。学生の中には、彼は学生全体を子供あつかいにして、まるで自分が知能の発達も、知識も、思想も一歩先んじているかのように、上から見くだし、彼らの思想や関心を何か低級なもののように見ている、と思っている者もいた。

ラズミーヒンとは、彼はどういうわけか親しくなった、とはいってもいわゆる親しみとはちがって、彼とならわりあいに話もしたし、腹もわったという程度である。しかも、ラズミーヒンとではそれ以外の関係はもち得なかった。それはいままでもかわりがない。彼は並はずれて陽気な、かくしごとのできぬ青年で、素朴《そぼく》なほどお人よしだ。しかし、この素朴のかげには深みも威厳もかくされていた。友人たちの中でも目のある連中はそれを見ぬいていたし、彼は誰にでも好かれた。たしかにときには軽率なことをしたが、彼は決してばかではなかった。その外貌《がいぼう》も印象的だった——ひょろりと背が高く、いつも無精ひげをはやして、髪はまっくろい。彼はときどき腕力を振るって、力持ちで通っていた。ある夜、会合で、大男の警官を一撃でなぐりたおした。酒は飲みだしたら底無しだが、ぜんぜん飲まなくてもよかった。ときどき許せぬようないたずらをしたが、ぜんぜんしなくても平気だった。ラズミーヒンのもう一つの人と変ったところは、どんな失敗にも決して頭をかかえこまないし、どんな困った事態がおきても、外から見ただけでは、決してへこまないということである。彼は屋根の上にでも暮せたし、どんなにひどい飢えも寒さもしのぶことができた。彼はひじょうに貧しく、何やかや仕事らしいことをしては金をかせぎながら、完全に独力で生活を支えていた。彼はかせぎを汲《く》みあげることのできる泉が、その気になりさえすれば無限にあることを知っていた。一度など、彼は冬中火の気なしで暮したことがあった、そして室内は寒いほうがよくねむれるから、このほうがかえって気持がいいなどとうそぶいていた。いまでは彼もやむなく大学をすてたが、といっても一時のことで、学業をつづけられるように、状態のたてなおしに懸命になっていた。ラスコーリニコフはもうかれこれ四カ月も彼を訪ねなかったし、ラズミーヒンはラスコーリニコフがどこに住んでいるのかさえ知らなかった。一度、二月《ふたつき》ほどまえ、彼らは街で出会いそうになったことがあったが、ラスコーリニコフは顔をかくして、見つからないように、横町へ走りこんだ。ラズミーヒンは気がついたが、友人に迷惑をかけまいとして、素知らぬ顔で通りすぎたのだった。

5

《たしかに、おれはこの間まではまだラズミーヒンにたのんで、家庭教師の口か何か、しごとを見つけてもらうつもりだった……》とラスコーリニコフは考えの糸をたぐっていった。《だがいまとなっては、彼はおれにどんな力をかしてくれることができよう？　かりに、家庭教師の口を見つけてくれて、更になけなしの一コペイカをおれに分けてくれたにしてもだ、それもその一コペイカがあればの話だが、というのは家庭教師に行くには、靴《くつ》も買わにゃならんだろうし、服も直さにゃならんからな……フム……さて、その先は？　五コペイカばかりでいったい何ができるのだ？　いまのおれにはそんなものが必要だろうか？　まったく、おれがいまラズミーヒンのところへ行くなんて、ナンセンスだ……》

いまなぜラズミーヒンのところへ行くのか、という疑問は、自分で思った以上に、彼を不安にした。このすこしもなんでもなく思いたい行為の中に、彼はびくびくしながら自分にとって不吉なある意味をさぐっていたのである。

《なんということだ、いったいおれはすべての事態をラズミーヒン一人によってたてなおそうとして、その出口をラズミーヒンの中にもとめていたのか？》と彼はあきれて自分に尋ねた。

彼はこんなことを考えながら、額の汗をぬぐった。すると、おかしなことに、まったく思いがけず、不意に、しかもほとんどひとりでに、こんなにさんざん考えぬいたあげくに、ある実に奇妙な考えがヒョイと浮んだ。

《フム……ラズミーヒンのところへか》彼はすっかり腹がきまったように、急におちつきはらってつぶやいた。《ラズミーヒンのところへ行く、むろん行くさ……だが――いまじゃない……彼のところへは……あれの翌日行くことにしよう、あれがもうすんで、すべてが新しい軌道にのってからだ……》

とたんに、彼ははっとわれにかえった。

《あれのあとで》彼はベンチからとびあがって、叫んだ。《とすると、あれをやるのだろうか？　ほんとうにあれをやるのか？》

彼はベンチをすてて、ほとんど走るように歩きだした。彼は家へ引き返しかけたが、家へもどるのが急にいやでたまらなくなった。あの隅《すみ》っこで、あのおそろしい納戸《なんど》のような部屋で、あれがすっかりもう一月《ひとつき》もまえから熟しつづけてきたのだ。彼はそこで足の向くままに歩きだした。

神経性のふるえが熱病の発作のようなものにかわった。彼は悪寒《おかん》をさえ感じた。この炎天に彼は寒気がした。彼は内からの声のようなものにせっつかれて、ほとんど無意識に、行きあうものすべてに無理にひとみをこらして、なんとか気をまぎらわそうと骨折ってみたが、さっぱりその甲斐《かい》がなかった、そして彼はたえずもの思いにおちた。ぎくっとして、顔をあげ、あたりを見まわすと、とたんに、いま何を考えていたのか、そしてどこを通っていたのかをさえ、忘れているのだった。こんなことをくりかえしながら、ワシーリエフスキー島をはしからはしまで歩いて、小ネワ河へ出ると、橋をわたって、群島《オストロワ》のほうへまがった。みどりとさわやかな空気が、都会の埃《ほこり》や、漆喰《しっくい》や、ぎっしりのしかかるようにたちならんだ大きな家々を見なれた彼のくたびれた目には、はじめ快かった。そこには息苦しさも、悪臭も、居酒屋もなかった。しかししばらくすると、この新しい快い感触も病的な苛立《いらだ》ちにかわった。彼はときどきみどりの木立ちの間にあざやかに塗装された別荘のまえに足をとめて、垣《かき》の中をのぞいたり、遠くのバルコンやテラスに憩《いこ》っている美しく着飾った婦人たちや、庭先を走りまわっている子供たちをながめたりした。特に彼は花に心をひかれて、花にはほかのものよりも長い時間、目をとめていた。彼ははなやかな軽馬車や、男女の乗馬姿にも出あった。彼は好奇の目でそれらを見送ったが、視界から消えないうちに、もう忘れていた。一度彼は立ちどまって、ポケットの金をかぞえてみた。三十コペイカほどあった。《二十コペイカを巡査にやり、手紙の立替え分としてナスターシヤに三コペイカ……すると昨日マルメラードフの一家には四十五コペイカか五十コペイカおいてきたわけだ》なんのためか金をかぞえながら、彼はこんなことを考えたが、間もなくなんのために金をポケットからとり出したのかさえ忘れてしまった。彼は安食堂風の一軒の飲食店のまえを通りかかったときに、ふとそれを思い出した。そして急に空腹を感じた。店へ入ると、彼はウォトカを一杯飲んで、何やらあやしげなものを詰めたピローグ（訳注 ロシア風パイ）を食べた。そののこりは歩きながら平らげた。彼はもうずいぶん久しくウォトカを飲まなかったので、たった一杯だったが、たちまちききめがでた。足が急に重くなって、ひきこまれるような眠気を感じはじめた。彼は家へ帰ろうと思ったが、ペトロフスキー島までくると、もうくたびれはてどうにも動けなくなり、道をそれて、灌木《かんぼく》の茂みに入ると、草の上に倒れて、そのまま寝こんでしまった。

病的な状態で見る夢は、間々、異常に鮮明で、気味わるいほど現実に似通っていることがある。時によると、奇怪な光景が描き出されるが、その夢ものがたりの舞台装置や筋のはこびが、あまりにも正確で、しかもそのデテールがびっくりするほど細密で、唐突だが、芸術的に絵全体が実にみごとに調和している。それでその夢を見た本人が、たとえプウシキンかツルゲーネフのようなすぐれた芸術家でも、現《うつつ》のときにはとても考え出せないというような場合があるものだ。このような夢、つまり病的な夢は、いつも長く記憶にのこっていて、調子をみだされてたかぶった人間の神経に強烈な印象をあたえるものである。

おそろしい夢をラスコーリニコフは見た。彼が夢に見たのは、まだ田舎の小さな町にいた子供の頃《ころ》のことだった。彼は七つくらいの少年で、お祭りの日の夕暮れ近く、父といっしょに郊外を散歩していた。しめっぽい季節で、息がつまりそうな日で、そのあたりの風景は彼の記憶にのこっているのとそっくりそのままだった。彼の記憶の中でさえ、それはいま夢にあらわれたよりも、はるかにうすれていた。町はまるで掌《てのひら》の上にあるようにまわりがすっかり見通しで、しろやなぎ一本なかった。はるかに遠く、どこか地平線のあたりに、小さな森が黒ずんでいる。町はずれの野菜畑からすこしはなれたところに、一軒の居酒屋があった。大きな居酒屋で、父といっしょに散歩しながらそのまえを通ると、彼はいつもひどくいやな気がして、おそろしくさえなるのだった。そこにはいつも大勢の人々がむらがっていて、わめきちらしたり、笑ったり、ののしったり、調子外れのしゃがれ声でうたったりしていて、喧嘩《けんか》もしょっちゅうあった。居酒屋のまわりにはいつも酔っぱらいのおそろしい形相がうろうろしていた……そういう人たちに会うと、彼はしっかり父にしがみついて、がたがたふるえていたものだ。居酒屋のそばを村道が通っていて、いつも埃っぽく、その埃はいつも真っ黒だった。この道はまがりくねりながら先へのびて、三百歩ほど行くと、町の墓地を巻いて右へ折れていた。墓地の中にみどりの円屋根の石造の教会があった。その教会に彼は年に一度ほど、もうずっと昔に死んだ、一度も見たことのない祖母の供《く》養《よう》があるときに、父母につれられてお詣《まい》りに行った。そのときは父母はいつも白い皿《さら》に聖飯を盛って白いナプキンで包んで持って行った。聖飯は砂糖を入れた御飯で、その上に乾《ほし》ぶどうで十字架が形どってあった。彼はこの教会と、その中にある大部分は縁飾りのない古びた聖像と、いつも頭をふるわせている老神父が好きだった。平たい墓石がすえてある祖母の墓のそばに、生後六カ月で死んだ彼の弟の小さな墓があった。彼はこの弟もぜんぜん知らなかったし、思い出すこともできなかった。しかし彼は、小さな弟があったと聞かされて、墓地を訪ねるたびに、小さな墓のまえで敬虔《けいけん》な気持でうやうやしく十字を切り、墓におじぎをし、接吻《せっぷん》したものだった。いまそれが彼の夢にあらわれた。彼は父といっしょに墓地へ行く道を通って、居酒屋のまえまで来た。彼は父の手にしがみついて、こわごわ居酒屋のほうを見た。変った光景が彼の注意をひきつけた。ちょうどお祭りでにぎやかに騒いでいるらしく、着飾った商家のおかみや、百姓の女房《にょうぼう》や、その亭主《ていしゅ》たちや、その他さまざまな連中が群がっていた。みんな酔っぱらって、歌をうたっている。居酒屋の軒先に一台の荷馬車がとまっていたが、それが珍しい馬車だ。それは大きな挽《ひ》き馬《うま》をつけて、品物や酒樽《さかだる》をはこぶあの大型馬車の一つだった。彼はいつもこうしたたてがみの長い、足のふとい大きな挽き馬が、まるで荷物があったほうがないよりも楽だとでもいいたげに、すこしの疲れた様子もなく、ゆったりときまった歩調で山のような積荷をひいて行くのを、見るのが好きだった。ところがいまは、おかしなことに、その大きな荷馬車につながれているのが、小さなやせた百姓馬なのだ。それは——彼はよく見かけたものだが——よく薪《まき》や乾草を山のように積んで、あえぎあえぎひいて行き、特に車輪がぬかるみかわだちにはまりこんだりすると、いつも百姓どもにこっぴどく鞭《むち》でなぐられ、どうかすると鼻面《はなづら》や目までなぐりつけられて、必死にあがいているような、あんな馬だった。彼はそんなところを見るとかわいそうで、かわいそうでたまらなくて、いまにも泣き出しそうになり、いつも母に窓からひきはなされたものだった。そのとき不意にひどく騒がしくなった。居酒屋からどやどやと、わめいたり、うたったり、バラライカをひいたりしながら、赤や青のルバシカの上に百姓外套《がいとう》をひっかけた大男の百姓たちが出てきたのである。《乗れ、みんな乗れや!》と、首がふとく、肉づきのいいにんじんみたいに真っ赤な顔をした、まだ若い男がどなった。《みんな連れてってやるぞ、さあ乗った乗った!》するとたちまちげらげら笑う声やどなり返す声がどっとあがった。

「そんなやせ馬がひけるってか!」

「おい、ミコールカ、気はたしかか。よくもそんなやくざ馬をこんなでっけえ馬車につけたもんだ！」

「まったくだ、この駄馬《だば》はもうてっきり二十《はたち》からになってるぜ、なあ皆の衆！」

「乗れ、みんな連れてってやるぞ！」ミコールカは真っ先に馬車にとびのり、手綱《たづな》をにぎると、御者台に仁王立ちになって、また叫んだ。

「栗毛《くりげ》はさっきマトヴェイのやつがひいてったんだ」とミコールカは馬車の上から叫んだ。「このめす馬ときたひにゃ、じれったいったらねえや。ぶっ殺してやりてえくれえだよ、無駄飯ばかり食らいやがって。さあ、乗れってば！すっとばすぜ！そら行くぞ！」そう言うと彼は鞭を両手ににぎりしめて、意地わるい喜びにぞくぞくしながら、やせ馬をなぐりつけようと身がまえた。

「かまうこたねえ、乗れや！」群衆の中にどっと笑い声がおこった。「聞いたかい、とばすんだってよ！」

「とばすって、なあにこんなど馬ぁもう十年も走ったことがねえさ」

「とばせてみろ！」

「容赦するこたねえや、みんな、鞭をもって支度しろ！」

「それそれ！ひっぱたけ！」

みんなげらげら笑いながら、好き勝手なことを言って、ミコールカの馬車にはいあがった。六人ばかり乗りこんだが、まだ場所があった。ふとった真っ赤な顔をした女を一人ひっぱりあげた。女は赤い綾織《あやおり》の晴れ着をきて、ビーズのついた頭巾《ずきん》をかぶり、百姓靴《ひやくしようぐつ》をはいて、くるみを割りながらにやにや笑っていた。まわりをとりまいた人々も笑っていた、たしかに、笑わずにはいられなかった。このやせためす馬がこの重い積荷をひいて走ろうというのだ！　馬車の上では若者が二人、ミコールカを助けようとして、すぐに一本ずつ手綱をとった。《そら！》というかけ声がかかった。やせ馬は力いっぱいひっぱったが、走るどころか、歩くことさえほとんどできず、その場で足をふみかえるばかりで、ぜえぜえ息をきらし、豆をはじくようにふりそそぐ三本の鞭の下で膝《ひざ》がつきそうにもがいた。馬車の上とまわりの人だかりの笑い声がひときわはげしくなった。ミコールカは腹を立てて、なぐれば走り出すと本気で考えているのか、気ちがいのように、めす馬をますますはげしくなぐりつけた。

「おれも乗せてくれや、いいな！」と人だかりの中から、一人の若者がいたずらっ気をそそられて叫んだ。

「乗れ！　みんな乗れ！」ミコールカがどなりかえした。「みんな連れてってやるぜ。ぶちのめしてやるぞ！」

そしてなぐって、なぐって、なぐりまくった。彼はもう頭がカーッとなってしまって、何でなぐったらいいのかわからなかった。

「お父さん、お父さん」と彼は父に叫んだ。「お父さん、あの人たちは何をしてるの！　お父さん、かわいそうな馬をあんなにたたいて！」

「行こう、行こう！」と父は言った。「酔っぱらって、わるふざけしてるんだよ、ばかなやつらだ。行こう、見るんじゃないよ！」そう言って、父は彼を連れ去ろうとしたが、彼は父の手をふりきって、夢中で馬のほうへかけだした。だがかわいそうな馬はもういけなかった。馬は息をきらして、立ちどまっては、またひっぱる。いまにも倒れそうだ。

「死ぬまでぶちのめせ！」とミコールカがわめいた。「こんなやくざ馬ぁ、それでいいんだ。なぐれ！」

「おめえは十字架もっていねえのか、鬼め！」と群衆の中から一人の年寄りが叫んだ。

「こんなやせ馬がこんな荷をひくなんて、見たこともねえ」と誰《だれ》かが年寄りの味方をした。

「なぶり殺す気か！」ともう一人が叫んだ。

「つべこべぬかすな！　おれのものだ！　どうしようと、おれの勝手よ。もっと乗れ！　みんな乗れ！　こうなったら意地でも走らせてやるんだ！……」

不意に笑いがどっと爆発して、何も聞えなくなった。めす馬はますますはげしくなった鞭にたえられなくなって、力なく後足で蹴《け》りはじめた。いまの年寄りまでこらえきれず、くすッと笑った。たしかに滑稽《こっけい》だった。こんな老いさらばえたやせ馬のくせに、まだ蹴ることは忘れないのだ！

群衆の中からさらに二人の若者がてんでに鞭をつかんで、あっち側とこっち側から馬めがけてかけだした。両脇《りょうわき》から打とうというのだ。

「鼻面をくらわせろ、目だ、目をなぐれ！」とミコールカがどなった。

「みんな、歌ではやせ！」誰かが馬車の上から叫んだ。すると馬車の上の連中が声をそろえてうたいだした。威勢のいいみだらな歌がひびきわたり、太鼓がとどろき、口笛がはやしたてた。女はくるみを割りながら、にやにや笑っていた。

……彼は馬のそばへ走って行った、馬の前方へ走りでた、そして目をうたれているのを見た、鞭が目にまともにあたった！ 彼は泣いていた。胸がいっぱいになって、涙があとからあとからあふれでた。誰かの鞭が彼の顔にあたったが、彼はなんにも感じなかった。彼は両手をもみしだいて、泣き叫びながら、白いあごひげを生やした白髪の老人にとびついた。その老人は頭を振りながら、非難の目でこの光景を見ていたのだった。一人の女が彼の手をひいて、連れ去ろうとした。しかし彼はその手を振りちぎって、また馬のほうへかけ出した。馬はもう最後のふんばりだったが、それでももう一度蹴りはじめた。

「あ、畜生、くたばりゃがれ！」ミコールカはかんかんになってどなった。彼は鞭をすてると、腰をかがめて、馬車の底から太く長い轅《ながえ》をひっぱり出し、もろ手でその端をつかみ、いきなりやせ馬の上にふりかぶった。

「骨がくだけてしまうぞ！」とまわりの人々が口々に叫んだ。

「殺す気か！」

「おれの勝手だ！」そう叫びざま、ミコールカは力まかせに轅を振り下ろした。にぶい音がひびいた。

「なぐれ、なぐれ！　どうしたんだ！」と人だかりの中から何人かの声がけしかけた。

ミコールカはもう一度振りかざし、力まかせの打撃がもう一度あわれなやせ馬の背におちた。馬はへたへたッと後足を折ったが、すぐにまたおどりあがって、ひっぱった。なんとか車をうごかそうと、最後の力をふりしぼって、右へ左へはげしくもがいた。しかし四方八方から六本の鞭が馬をとらえ、轅は風をきって、三度目、さらに四度目、正確な間をおいて馬の背に落下した。ミコールカは一撃で倒せなかったので、すっかりいきり立っていた。

「まだ生きてるぞ！」とまわりが叫んだ。

「もうじき倒れるさ、いよいよおしまいだよ！」群衆の中から一人の物好きな男が言った。

「何をしてるんだ、斧《おの》をくらわせろ！　一思いに殺してやれ」と誰かが叫んだ。

「ええ、うるさい！　どけろ！」とミコールカは気ちがいのようにわめくと、轅をすてて、またかがみこみ、今度は馬車の底から鉄棒をひきずり出した。「危ねえぞ！」と叫んで、彼は鉄棒を振り上げ、渾身《こんしん》の力をこめてあわれな馬の背へ振り下ろした。ガッとにぶい音がして、馬はよろめき、へたへたとくずれたが、またはね上がろうとした。鉄棒がまた風をきって馬の背へおちた、すると馬はまるで四本の足を一度になぎはらわれたように、どさッと倒れた。

「息の根をとめろ！」と叫んで、ミコールカは夢中で馬車からとび下りた。一杯機嫌《きげん》で真っ赤な顔をした若者が数人、鞭、棒、轅と、手にふれたものをひっつかんで、息もたえだえのめす馬のほうへかけだした。ミコールカは馬の横に立ちはだかって、もう放《ほう》っておいても死ぬのに、めったうちに鉄棒で馬の背をなぐりだした。馬は鼻面をのばして、苦しそうに最後の息をひきとった。

「とうとうくたばらせやがった！」という声が人ごみの中から聞えた。

「どうして走らなかったかなあ！」

「おれのものだ！」ミコールカは鉄棒をにぎりしめ、血走った目で叫んだ。彼はもうなぐる相手がないのが口惜《くや》しそうに、立ちはだかっていた。

「たしかにおめえにゃ、十字架ってものがねえよ！」今度はもうたくさんの声々が群衆の中から叫んだ。

ところで、あわれなラスコーリニコフ少年は、もう何も考えられなかった。彼はわっと泣きながら人ごみの間をぬけると、やせ馬のそばへかけより、もう死んでしまった血だらけの鼻面をだきしめて、顔に、目に、唇《くちびる》に接吻した……そして、不意にとびおきると、小さな拳《こぶし》を振りあげて気ちがいのようにミコールカにとびついた。そのとき、もうさっきから彼のあとを追ってきた父が、やっと彼をつかまえて、人ごみから連れ出した。

「行くんだよ！　ね、行くんだよ！」と父は彼に言った。「お家《うち》へかえろうね！」

「お父さん！　どうしてあの人たちは……かわいそうな馬を……殺したの！」と彼はしゃくりあげながら言ったが、息がきれて、言葉は叫びとなって彼のしめつけられた胸からはじけ出た。

「酔っぱらいどもが、わるふざけしたんだよ、ぼくにはなんのかかりあいもないんだよ、さあ行こうね！」と父は言った。彼は父にしがみついたが、胸はますます苦しくしめつけられた。彼は息苦しくなって、叫ぼうとすると、目がさめた。

目がさめてみると、身体中《からだじゅう》汗でびっしょりで、髪までぬれていた。彼は肩で息をしながら、恐ろしそうに身をおこした。

「夢で、よかった！」彼は木の根方に坐《すわ》って、深く息をつきながら、言った。「それにしてもどうしたことだろう？　熱病にかかったのではあるまいか。実にいやな夢だ！」

彼は身体中がうちのめされたみたいで、心はみだれて、暗かった。彼は両膝に肘《ひじ》をついて、両手で頭をかかえこんだ。

「ああ！」と彼は思わず叫んだ。「いったい、いったいおれはほんとに斧で頭をわり、頭蓋骨《ずがいこつ》をたたきわって……あたたかいねばねばする血に足をとられながら、鍵《かぎ》をこわし、金をぬすむつもりなのか？　そして返り血をあびて、がたがたふるえながら、身をかくすのか……斧をもって……おお、果してそんなことができるだろうか？」

彼はこんなことを口走りながら、木の葉のようにわなわなとふるえていた。

「おれはいったいなんてことを！」彼はまた頭を上げながら、ぎょっとしたように言葉をつづけた。「あれがおれには堪えられぬことは、知っていたはずじゃないか、それならどうしておれはいままで自分を苦しめてきたのか？　もう昨日、昨日、あれの……下見に行ったとき、神経がもたぬことを、とくとさとったはずではないか……それが、いまになってどうして？　どうしていままで疑っていたのか？　だってもう昨日、階段を下りながら、おれは自分に言い聞かせたじゃないか、あれは卑《いや》しいことだ、いやなことだ、下《げ》の下《げ》だと……あれを現実に考えただけでも、おれは吐き気がして、恐怖におそわれたではないか……」

「いや、おれは堪えられぬ、堪えられぬ！　たとえこのすべての計算には一点の疑いさえないにしても、この一月の間に決められたことがみな、白日のように明らかで、算術のように正しいとしても、だめだ。ああ！　おれはやっぱり思いきれぬ！　だっておれは堪えられぬ、堪えられぬのだ！……それなのにどうして、どうしていま頃まで……」

彼は立ち上がると、ここへ来たのが不思議そうに、びっくりしてあたりを見まわした。そしてT橋のほうへ歩きだした。顔は蒼白《そうはく》で、目は熱っぽくひかり、身体中に疲労があったが、彼は急に呼吸《いき》が楽になったような気がした。彼は、こんなに長い間重くのしかかっていたあの恐ろしい重荷を、もうはらいのけてしまったような気がして、心が一時に軽くなり、安らかになった。《神よ！》と彼は祈った。《わたしに進むべき

道を示してくださいい、わたしはこの呪《のろ》われた……わたしの空想をたちきります！》
橋をわたりながら、彼はおだやかな目でしずかにネワ河と、真っ赤な太陽の明るい夕映《ゆうば》えを見やった。彼は弱っていたけれど、疲れを感じもしなかった。まるでまる一月の間彼の心にかぶさっていたものが、一時にとれてしまったようだ。自由、自由！彼はいまあの諸々《もろもろ》の魔力から、妖術《ようじゅつ》から、幻惑から、悪魔の誘惑から解放されたのだ！

あとになって、彼はこのときのことと、この数日の間に彼の身に起ったことを一秒、一点、一線も見のがさず、細大もらさず思い起すとき、必ずひとつのできごとに行きあたって、迷信じみたおどろきにおそわれるのだった。それはそのこと自体はそれほど異常なことではないが、あとになってみるとどういうものか彼の運命の予言のように思われてならなかった。というのは、へとへとに疲れ果てていた彼が、直線の最短距離を通って家へ帰ったほうがどんなにとくか知れないのに、どういうわけか、ぜんぜん立ち寄る必要のなかったセンナヤ広場をまわって帰ったことである。その理由は自分でもどうしてもわからなかったし、説明もつかなかった。まわり道といっても大したことはなかったが、どう見てもぜんぜん必要のないことだ。たしかに、どこを通ったかまるでおぼえがなく、家へ帰ったことが、これまで何十度となくあった。それにしてもなぜ？　彼はあとになっていつも自問するのだった。いったいなぜあんな重大な、彼にとってあれほど決定的な、同時にめったにない偶然のめぐりあいが、（通る理由さえなかった）センナヤ広場で、ちょうどあの時間に、彼の人生のあの瞬間に、それもあんな心の状態のときに、しかもこのめぐりあいが彼の全運命にもっとも決定的な、最後的な影響をあたえるには、いまをのぞいてはないというような状況のときに、起ったのか？　まるで故意に彼を待ち受けていたかのようだ！

彼がセンナヤ広場を通っていたのは、九時頃だった。台や箱の上に商品をならべたり、屋台をはったりしていた商人たちは、店じまいをして、商品を片づけ、お客たちと同じように、それぞれ家路へ散って行く頃だった。地下室の安食堂のあたりや、センナヤ広場の家々の悪臭ただよう泥《どろ》んこの内庭や、特に居酒屋の近くには、たくさんの雑多な職人やぼろを着た連中がむらがっていた。ラスコーリニコフはあてもなくぶらりと街へ出たとき、特にこのあたりや、この近所の横町を歩きまわるのが好きだった。このへんでは彼のぼろ服も、誰からも見下すような目でじろじろ見られなかったし、誰に気がねもなく、好き勝手な格好で歩くことができたからである。K横町へ入る曲り角の片隅で、露天商の夫婦が台を二つならべて、糸や、撚紐《よりひも》や、更紗《さらさ》のプラトークなどの品物を売っていた。彼らも店をしまいかけていたが、立ち寄った知り合いの女との立ち話に手間どっていた。その知り合いの女はリザヴェータ・イワーノヴナ、あるいは普通みんながただリザヴェータとだけ呼んでいる女で、昨日ラスコーリニコフが時計をあずけに行って下見をしてきた、あの十四等官未亡人で金貸しをしている老婆《ろうば》アリョーナ・イワーノヴナの妹である。彼はもうまえまえからリザヴェータのことはすっかり知っていたし、リザヴェータも彼のことをいくらか知っていた。それは背丈が高すぎて格好のわるい、いじけたおとなしい売れのこりの娘で、三十五にもなるのに、まるでばかみたいに、すっかり姉のいいなりになり、びくびくしながら昼も夜も姉のためにはたらき、なぐられても黙ってこらえているような女だった。彼女は包みを持ったまま商人夫婦のまえに思案顔に佇《たたず》んで、じっと二人の話を聞いていた。夫婦は何ごとか熱心に説明していた。ラスコーリニコフは思いがけず彼女の姿を見かけたとき、このめぐりあいにはおどろくようなことは何もなかったけれど、深い驚愕《きょうがく》に似た奇妙な感情に、いきなり抱きすくめられた。

「ねえ、リザヴェータ・イワーノヴナ、自分できめたらいいですよ」と町人が大きな声で言った。「明日、七時頃いらっしゃいよ。あの連中も来ますから」

「明日?」リザヴェータはどうしようかと迷っているような様子で、のろのろと考えこみながら言った。

「じれったいねえ、あなたってひとは、アリョーナ・イワーノヴナにまるで頭があがらないんだから！」と威勢のいい商人の女房が早口にしゃべりだした。「あんたを見ていると、まるで赤ちゃんみたいだよ。おまけに姉とはいっても、血のつながりのない義理の姉じゃないの、それなのにすっかり自由にされてさ」

「そうだとも、いいかね、今度のことはアリョーナ・イワーノヴナに何も言いなさんなよ」と商人が口をいれた。「わたしは老婆心から言いますがね、こっそり家へ来なさるがいい。これはいい儲《もう》け口《ぐち》ですよ。姉さんだってそのうちにわかりますよ」

「寄ってみようかしら？」

「七時ですよ、明日の。あっちからも来ますから、自分できめるんですな」

「サモワールの用意もしておきますよ」と女房がつけ加えた。

「いいわ、行ってみるわ」リザヴェータはまだすっきりしない様子で言うと、のろのろとその場をはなれて行った。

ラスコーリニコフはちょうどそのとき通りすぎたので、その先は聞えなかった。彼は一言も聞きもらすまいとして、そっと、気付かれないように通りすぎた。ひどい寒気が背筋を通るように、最初の驚愕がしだいに恐怖にかわった。彼は知った。突然、不意に、しかもまったく思いがけなく、明日、晩のちょうど七時に、老婆の妹で、たった一人の同居人であるリザヴェータが家にいないことを、従って老婆は、晩のちょうど七時には、たった一人で家にいることを、彼は知ったのである。

家まではもう五、六歩のところまで来ていた。彼はまるで死刑の宣告を受けた人のように、自分の部屋へ入った。何も考えなかったし、ぜんぜん考えることができなかった。しかし不意に全身で、もう考える自由も、意志もなくなり、いっさいが決定されてしまったことを、直感した。

むろん、このような計画を持ちながら、何年間も適当な機会を待ちつづけたとしても、それでさえ、いま思いがけなく彼のまえにあらわれた機会以上に、この計画の成功への確実な一歩は、おそらく望めなかったにちがいない。いずれにしても、明日のこれこれの時間に、謀殺をねらうこれこれの老婆が、たった一人で家にいるということを、その前夜に確実に、ほとんど危険をおかすことなく、いっさいの危ない聞きこみやさぐりをせずに、詳細につきとめるということは、難かしいことにちがいない。

6

あとになってラスコーリニコフは、どうして商人夫婦がリザヴェータを自分の家に呼んだのかを、偶然に知った。それはごくありふれた用件で、別に何も変ったことではなかった。よそから移ってきて、生活に追われたある家庭が、品物や衣類やその他いろんな女ものを手放すことになったが、市場で売ると損なので、売りさばいてくれる女商人をさがしていた。ところがリザヴェータがちょうどそういうしごとをしていたというわけである。彼女は手数料をもらって、得意先をまわって商いをしていたが、ひどく正直で、いつも掛け値なしの値段を言い、一度言ったら、もう絶対にまけないので、なかなか評判がよく、方々で重宝がられていた。だいたい口数が少なかったし、それにまえにも述べたように、いたって気が小さく、おとなしすぎるほどだった……

しかし、ラスコーリニコフはこの頃《ごろ》迷信深くなった。その迷信のあとはその後長く彼の中にのこって、ほとんど消すことができないものになった。そしてこの事件全体に、あとになって考えるといつも、彼は何かしら奇妙な神秘的なものがあるような気がして、目に見えぬ何ものかの力と符合の存在を感じるのだった。まだ冬の頃、ポコレフという知り合いの学生がハリコフへ帰るときに、話のついでに何気なく、何か質入れでもするようなときがあったらと、老婆アリョーナ・イワーノヴナの住居《すまい》を彼におしえてくれた。しかししばらくは、家庭教師のしごとがあったし、どうにか暮しが立っていたので、老婆のところへ足を向けなかった。彼が老婆の住居を思い出したのは一月半《ひとつきはん》ほどまえのことである。彼には質草になりそうなものが二つあった。父のおさがりの古い銀時計と、故郷を発《た》つときに妹が記念にくれた、小さなルビーのようなものが三つちりばめてある小さな金の指輪である。彼は指輪を曲《ま》げることにきめて、老婆の住居を訪ねあてたが、一目見ただけで、まだ老婆のことは何も知らないのに、どうにもならぬ嫌悪《けんお》の気持をおぼえた。そして札を二枚借りてのかえりみち、一軒のきたない飲食店に立ち寄った。彼は茶をたのんで、椅子《いす》に腰をおろすと、深いもの思いにしずんだ。ひなが卵をつつきやぶるみたいに、奇妙な考えが彼の頭の中にでてきて、すっかり彼をとりこにしてしまった。

すぐとなりのテーブルに、彼のぜんぜん知らぬ、見おぼえもない一人の大学生と、一人の若い士官が向いあっていた。彼らは玉突きをおわって、茶を飲みはじめたところだった。不意に彼は、大学生が士官に十四等官未亡人の金貸しの老婆アリョーナ・イワーノヴナの話をして、その住居をおしえているのを、耳にした。もうそれだけでもラスコーリニコフは何かしら妙な気がした。彼はいまそこから出てきたばかりなのに、ここでまたその噂話《うわさばなし》を聞かされる。むろん、偶然にはちがいないが、彼があるまったく異常な印象からぬけきれずにいるのを見ぬいて、まるで何者かがおせっかいに耳打ちしてくれているようだ。大学生は不意にアリョーナ・イワーノヴナについていろんなことをこまかく相手におしえはじめた。

「便利な婆《ばあ》さんだよ」と大学生は言った。「いつだって借りられるよ。ユダヤ人みたいに金持で、一度に五千も貸してくれるし、一ルーブリの質でもいやな顔をしない。ぼくたちの仲間はずいぶん世話になってるよ。ただなにしろひどい婆《ばば》ぁで……」

そう言って彼は、老婆が意地わるいうえにむら気で、期限が一日でもすぎたら、たちまち流してしまうし、値段の四分の一しか貸さないで、利息は月に五分か、ひどいときには七分もとるなどという話をはじめた。大学生はすっかり調子づいて、そのほか、老婆にはリザヴェータという妹がいて、自分はひからびたちっぽけな婆ぁのくせに、少なくみても一・六メートルくらいはあるという大女のリザヴェータを、しょっちゅうひっぱたいて、まるで小さな子供のように、すっかり言いなりにしている、などということまでおしえた……

「これもまさに稀有《けう》なる現象だよ!」と大学生は大声で言って、からからと笑った。

二人はリザヴェータの話をはじめた。大学生はいかにも満足そうに、たえずにやにや笑いながら彼女の話をし、士官はおもしろそうに身をのりだして聞いていたが、下着の洗濯《せんたく》にぜひそのリザヴェータを家へよこしてほしい、と学生にたのんだ。ラスコーリニコフは一語も聞きもらすまいと耳をそばだてて、そこで彼女のあらましを知った。リザヴェータは老婆の腹ちがいの妹で、年はもう三十五になっていた。彼女は姉のために夜も昼もはたらき、家では料理女や洗濯女の代りまでして、そのうえ、下うけの針仕事から、床洗いにまでやとわれて、もらった金はすっかり姉にわたしていた。老婆のゆるしがなければ、一つの注文も、一つのしごとも引き受けることができなかった。老婆はもう遺言状をつくっていた。それはリザヴェータも知っていたが、その遺言状によれば老婆の死後彼女の手に入るものは、テーブルや椅子などの家財道具や、その他こまごましたものだけで、金は一文もなく、金はのこらずN郡のある修道院に寄付して、末代までも供養《くよう》をしてもらうことになっていた。リザヴェータは官吏の娘ではなく、商人の生れで、まだ一人ものだった。おそろしく不格好で、背丈が高すぎ、長い足はまるでねじったみたいにまがっていて、年中すりへった山羊皮《やぎがわ》の靴《くつ》をはき、浮いた噂はなかった。学生があきれ顔に笑っていたいちばんおもしろいことは、リザヴェータが年中妊娠しているということであった……

「でも、きみの話では、ひどい不器量だっていうじゃないか？」と士官が言った。

「うん、まっくろくて、仮装した兵隊みたいだが、しかし不器量とはいえないな。顔と目が実にやさしいよ。ひじょうにといってもいいくらいだ。その証拠に――みんなに好かれる。しずかで、やさしくて、素直で、従順で、どんなことでもいやとは言わないし、微笑をうかべた顔なんてほんとに素敵だぜ」

「なるほど、きみも好いている一人か？」と士官はにやりと笑った。

「たで食う虫でな。そんなことより、ぼくがきみに言いたいのはこれだよ。つまりぼくがあの呪《のろ》われた老婆を殺害して、あり金を盗んだとしてもだ、ぼくは断じて、これっぽっちの良心の苛責《かしやく》も感じないな」と学生ははげしい口調でつけ加えた。

士官はまたからからと笑った、が、ラスコーリニコフはぎくッとした。なんという不思議なことだ！

「そこでだ、ぼくはきみに一つのまじめな問題を提起したい」と学生はむきになった。「いまのは、もちろん、冗談だが、いいかね、一方では、愚かな、無意味な、なんの価値もない、意地わるい病気の老婆、誰《だれ》にも役に立たないどころか、かえってみんなの害になり、なんのために生きているのか自分でもわからず、放《ほう》っておいても明日になれば死んでしまうような老婆がいる。わかるかね？　わかるかね？」

「うんまあ、わかるよ」士官は興奮した相手をじっと見つめながら、答えた。

「まあ聞きたまえ。その半面には、支えてくれるものがないためにむなしく朽ちてゆく、若い、みずみずしい力がある、しかもそれは何千となく、いたるところにいるのだ！　修道院に寄付されるはずの老婆の金があれば、何百、何千というりっぱなしごとや計画が実施され、改善されるのだ！　何百人、あるいは何千人の人々が世に出ることができ、何十という家庭が貧窮から、崩壊から、破滅から、堕落から、性病院から、救われるのだ、——それがみな老婆の金があればできるのだ。老婆を殺し、その金を奪うがいい、ただしそのあとでその金をつかって全人類と公共の福祉に奉仕する。どうかね、何千という善行によって一つのごみみたいな罪が消されると思うかね？一つの生命《いのち》を消すことによって——数千の生命が腐敗と堕落から救われる。一つの死と百の生命の交代——こんなことは算術の計算をするまでもなく明らかじゃないか！それに社会全体から見た場合、こんな愚かな意地わるい肺病の老婆の死なんて、いったい何だろう？たかだかしらみか油虫の生命くらいのものだ。いやそれだけの価値もない。あの老婆は有害だからな。あいつは他人の生命をむしばんでいる。この間怒《おこ》ってリザヴェータの指にかみつき、危なくかみきるところだったよ！」

「むろん、そんな老婆は生きている価値がなかろうさ」と士官が意見をのべた。「でもそれが自然というものじゃないか」

「おい、きみ、だって自然は改善したり、方向を変えたりできるじゃないか。それがなかったら偏見の中で溺《おぼ》れ死んでしまうほかないよ。それがなかったら偉人なんて一人も出なかったろうよ。《義務、良心》と世間ではいう、——ぼくは義務や良心に対してなんの文句もつけるつもりはないが、——しかしだ、われわれはそれらをどう解釈しているか？　待ちたまえ、もう一つきみに問題を提起したい。聞いてくれ！」

「いや、待て、ぼくのほうから一つ聞きたい。いいかね！」

「よかろう！」

「いまきみはとうとう意見をのべたがだ、ぼくが聞きたいのは、きみが自分で老婆を殺すのか、どうかだ？」

「もちろん、ちがうさ！　ぼくは正義のために論じたまでで……ぼくに関係したことじゃないよ……」

「ぼくに言わせれば、きみが自分でやる決意がないのなら、正義もへったくれもないよ！　どれ、もうワンゲームやろうや！」

ラスコーリニコフは極度の興奮にとらわれていた。むろん、これはすべて、形式とテーマがちがうだけで、もう何度となく聞かされた、ごくありふれた、しごくあたりまえの青年たちの話題や思想であった。しかしどうして時もあろうに、彼自身の頭の中に——それとまったく同じ考えが生れたばかりのいま、そんな話とそんな考えを聞くはめになったのか？　そしてどうして、老婆のところから自分の考えの芽生えをもちかえってきたいま、まるでおあつらえむきに老婆の噂にでっくわしたのか？……その後思い出すごとに、この符合が彼には不思議に思われた。この飲食店で聞いたつまらない会話が、事態のその後の発展につれて、彼にきわめて大きな影響をもった。まるで実際にそこに宿命とでもいうか、指示のようなものがあったかのようだ……

……………………………………………………………………

センナヤ広場からもどると、彼はソファの上に身を投げて、一時間ほど身じろぎもせずにじっとしていた。そのうちに暗くなった。ろうそくはなかったし、あかりをともそうという考えも頭にうかばなかった。彼はそのとき何かを考えていたのかどうか、あとになってどうしても思い出せなかった。しまいに、彼はまた先ほどの熱病のようなふるえと悪寒《おかん》を感じて、ソファの上にこのままねてもいいのだと思いあたると、嬉《うれ》しくなった。間もなく鉛のような重い眠気が、おしつぶすように、彼の上におそいかかった。

彼はいつになく長く、夢も見ないで眠った。ナスターシヤが、翌朝十時に部屋へ入ってきて、はげしく彼をゆすぶった。彼女は茶とパンをはこんできたのだった。茶はまた出がらしで、また彼女の茶わんだった。

「まあ、ほんとによくねること！」と彼女はぷりぷりしながら叫んだ。「いつもねてばかりいて！」

彼はやっと身体《からだ》を起した。頭がずきずきした。彼は立ちあがりかけたが、せまい部屋の中でぐるりと身体の向きを変えると、またソファの上にたおれた。

「またねるのかい！」とナスターシヤが大声をたてた。「どうしたの、病気なの？」

彼は何も答えなかった。

「茶を飲む？」

「あとで」彼はまた目をつぶると、壁のほうへ寝返りをうちながら、苦しそうにつぶやいた。ナスターシヤは突っ立ったまましばらく彼の様子を見ていた。

「ほんとに、病気かもしれないわ」と言うと、彼女はくるりと向うをむいて、出て行った。

彼女は二時にまたスープをはこんで来た。彼はさっきのまま横になっていた。茶は手をふれずにおいてあった。ナスターシヤはばかにされたような気さえして、意地わるくゆすぶりはじめた。

「なんだってねてばかりいるのさ！」彼女は気色わるそうに彼をにらみながら、どなった。彼は身を起して、坐《すわ》ったが、彼女には何も言わずに、じっと床に目をおとしていた。

「病気なの？」とナスターシヤは聞いたが、また返事はなかった。

「すこしは外へ出てみたら」ちょっと間をおいて、彼女は言った。「風にあたったら気分がなおるよ。食事は、する？」

「あとで」と彼は弱々しく言った。「あっちへ行ってくれ！」そして片手を振った。

彼女はそれでもしばらく突っ立って、気の毒そうに彼を見ていたが、やがて出て行った。

二、三分すると、彼は目をあげて、長いこと茶とスープをながめていた。それからパンをとり、匙《さじ》をとって、食べだした。

彼はまずそうに、ほんのすこし食べた。匙を三、四度、機械的に口へはこんだだけだった。頭の痛みがすこしやわらいだ。食べおわると、またソファの上に長くなったが、もう眠ることができなかった。俯伏《うつぶ》せになって、枕《まくら》に顔を突っこんだまま、身動きもしないでじっとしていた。たえず夢を見た。なんとも奇妙な夢ばかりだった。いちばん多く見たのは、アフリカかエジプトのオアシスのようなところにいる夢だった。キャラバンが休憩《きゆうけい》し、ラクダがおとなしく腹ばいになって休んでいる。まわりにはしゅろがまるく茂っている。みんな食事をしている。彼はすぐそばをさらさらと流れている小川に口をつけて、水ばかり飲んでいる。ひんやりと涼しく、なんともいわれぬ美しい空色のつめたい水が、色とりどりの小石の上や、金色にぴかぴか光るきれいな砂の上を流れている……不意に彼は時計がうつ音をはっきり聞いた。彼はハッとわれにかえって、頭をもたげて、窓を見た。時間をさとると、突然、はっきり正気にもどって、まるで誰かにつきとばされたように、ソファからとびおきた。彼は爪先立《つまさきだ》ちでドアのまえへ近づき、そっと細目にあけて、下の階段の気配をうかがった。胸がおそろしいほどどきどきした。しかし階段はひっそりとしずかで、まるでみんな眠っているようだ……昨日からまだ何もしないで、何の準備もしないで、よくもこんなにぐっすり眠りこけていられたものだと、彼は自分でも不思議な気がした……それはそうと、さっきたしかに六時をうったようだ……そう思うと不意に、いつになく熱にうかされたような、うろたえ気味のあせりにとらわれて、眠気ももやもやなどすっとんでしまった。しかし、準備といってもいくらもなかった。彼はすべてを思いあわせ、忘れていることが何もないように、極度に気をはりつめた。しかし胸の動悸《どうき》は高まるばかりで、どきんどきんして、息をするのも苦しくなった。先《ま》ず第一に、輪をつくって、外《がい》套《とう》に縫いつけることだ——それは一分もあればできる。彼は枕の下をさぐって、おしこんである下着の中からすっかりぼろぼろになって汚れたままの古シャツをさがしだした。そのぼろから幅三センチ長さ二十五センチほどの平打ち紐《ひも》をさきとると、それを二つに折りかさねて、着ていた厚い木綿地のようなものでつくった丈夫なだぶだぶの夏外套（彼にはコートと名のつくものはこれが一枚しかなかった）をぬぎ、紐の両はしを左のわきの下の内側へ縫いつけはじめた。縫いつけるとき、両手がふるえたが、それをおしきって、着たとき外からぜんぜんわからないようにしあげた。針と糸はもう大分まえから用意されて、紙に包んで卓のひきだしに入れてあった。輪といえば、これは彼の実に巧妙な思いつきで、斧《おの》をかくすためのものであった。斧を手にさげて通りを歩くわけにもゆかぬ。といって、外套の下へかくしても、やはり片手でおさえていなければならぬし、人に見とがめられるおそれがある。そこでいまのように、輪をつければ、それに斧の刃を通すだけで、斧は途中ずっとしずかに腋《わき》の下の内側にさがっているというわけだ。左手を外套の脇《わき》ポケットへ入れれば、斧がぶらぶらしないように、柄《え》のはしをおさえることもできる。それに外套はまるでほんものの嚢《ふくろ》のように、たっぷりしすぎているほどだから、ポケット越しに何かをおさえているなどと、外から気づかれるはずがなかった。この輪も彼がもう二週間もまえに考えついたものだ。

　これがおわると、彼はトルコ風ソファと床板の間の小さな隙間《すきま》へ指をつっこんで、左隅《すみ》のほうをさぐり、もうまえまえから用意して、そこにかくしておいた質草をひっぱり出した。それは質草とはいっても、ぜんぜんまともな質草ではなく、つるつるにかんなをかけたただの板きれで、大きさと厚さは、せいぜい銀のシガレットケースと思われるくらいだった。この板きれは、彼が散歩のときに、脇屋が何かの仕事場にな

っている ある家の外庭で、偶然に見つけたものである。その後彼はこの板きれに、やはりその日に往来でひろった、何かの破片らしいつるつるのうすい鉄板をはりつけた。この二枚をはりあわせると、鉄板のほうがいくらか小さかったが、糸で十文字にぎりぎりしばりつけた。そのうえでそれを白いきれいな紙に体裁よくきちんと包み、それを容易なことではとけないようにしっかり結んだ。それは老婆がその結び目をときにかかったときに、いっときそれへ注意をそらさせて、その隙をとらえるためだった。鉄板は、もうひとつは重さを加えて、ものが木であることを、老婆にとっさにさとらせないためでもあった。こうしたものがみな時が来るまでソファの下にかくされていたのである。彼がその質草をとり出すと同時に、不意に庭のほうで誰かの叫ぶ声が聞えた。

「六時はとっくにすぎたぞ！」

「とっくに！　さあたいへんだ！」

彼は戸口へかけより、そっと気配をうかがってから、帽子をつかみ、猫《ねこ》のようにそっと足音を殺して、例の十三階段を下りはじめた。台所から斧をぬすみ出すという、もっとも重大なしごとがひとつのこっていた。斧で片をつけなければならぬということは、もうまえまえから決めていた。彼にはそのほか庭師のつかう折りたたみナイフがあったが、ナイフに、それよりも自分の力に、彼は望みがもてなかった。そこで結局は斧にきめたわけだ。ついでに心にとめておきたいのは、この事件で彼がとったすべての最終的決定には、一つの変った性格があったことである。その性格というのは実に奇妙なもので、決定が最終的なものになるにつれて、それが彼の目にはぶざまな理にあわぬものに見えてきたということである。心の中でたえまなく苦しいたたかいをつづけてきたが、彼はこれまでの間ひとときも自分の計画が実行可能であるとは信ずることができなかった。

だから、いずれ、もうすべては最後の一点までしらべつくされて、最後的に決定されたものであり、そこにはもうすこしの疑いものこされていない、というような状態になったとしても、そのときでも彼は、理にあわぬおそろしい不可能なことととして、すべてを断念したことであろう。しかし未解決の点と疑惑はまだまだ無限にのこっていた。さて斧をどこで手に入れるかという問題だが、こんな些細《ささい》なことは彼にすこしの不安も感じさせなかった。これほどたやすいことはなかったからだ。というのは、ナスターシヤは、わけても晩には、ほとんど家にいたためしがなかったからである。近所の家へ行っているか、そこらの店であぶらを売っているかで、戸はいつもあけっ放しだった。それだけが主婦《おかみ》と彼女の言い合いの種だった。というわけで、いよいよというときに、そっと台所へしのびこんで、斧をもち出し、あとで、一時間もしたら（すべてが終ってから）、またしのびこんで、元どおりにもどしておきさえすればよかった。だが、疑惑もあった。一時間後にもどしにかえってきたとき、折あしくナスターシヤがもどっていたらどうしよう。もちろん、素通りして、彼女がまた出て行くのを待たねばならぬ。しかしその間に斧がないことに気づき、さがしはじめて、さわぎたてたら、――そこに嫌疑《けんぎ》が生れる、あるいは少なくとも嫌疑の理由になる。

しかしこんなことはまだ些細なことで、彼は考えをすすめようともしなかったし、そんな暇もなかった。彼が考えていたのは大筋で、自分ですべてに確信がもてるようになるまで、枝葉末節はのばしておいた。しかし、確信をもつなどということは、絶対にあり得ないような気がした。少なくとも自分ではそう思っていた。いってみれば、いずれは考えをおわって、みこしをあげ――あっさりとそこへ出かけて行くときがくるなどとは、彼は想像することもできなかった。先日のあの下見（つまり最後的に間取りを検分する意図をひめた訪問）でさえも、ただ下見のための下見であって、決して本気ではなかった。《空想ばかりしていてもはじまらん、ひとつ出かけて、ためしてみよう！》という気持だった、――ところがすぐにがまんができなくなって、ペッと唾《つば》をはき、われとわが身をののしりながら逃げだしたのだった。しかし一方、問題の道徳的解決という意味では、いっさいの分析がもう完成されていたようだ。彼の詭《き》弁論《べんろん》はかみそりのように研《と》ぎすまされて、彼はもう自分で自分の中に意識的な反論を見出《みい》だすことができなかった。ところがいよいよとなると、彼はただわけもなく自分が信じられず、まるで誰かに無理やりそこへひきよせられたように、かたくなに、卑屈に、本道をはずれた脇道のほうに手さぐりで反論を求めるのだった。まったく思いがけなく訪れて、一挙にすべてを決定してしまったあの最後の日は、ほとんど機械的に彼に作用した。まるで誰かが彼の手をつかんで、超自然的な力で、有無を言わさずひっぱったようであった。彼は目をあけることも、さからうこともできなかった。着物のすそが機械の車輪にはさまれたようなもので、彼はぐいぐい巻きこまれていったのである。

最初、——といっても、もうずいぶんまえのことだが、——彼はひとつの問題に興味をもっていた。どうしてほとんどすべての犯罪があんなにたやすくさぐり出されてしまうのか？　どうしてほとんどすべての犯罪者の足跡があんなにはっきりあらわれるのか？　彼はすこしずついろいろなおもしろい結論を出していったが、彼の見解によれば、最大の原因は犯罪をかくすことが物質的に不可能であるということよりは、むしろ犯罪者自身にあるというのである。犯罪者自身が、これはほとんどの犯罪者にいえることだが、犯行の瞬間には意志と理性がまひしたような状態になって、それどころか、かえって子供のような異常な無思慮におちいるからだ。しかもそれが理性と細心の注意がもっとも必要な瞬間なのである。彼の確実な結論によれば、この理性のくもりと意志の衰えは病気のように人間をとらえ、しだいに成長して、犯罪遂行のまぎわにその極限に達する、そしてそのままの状態が犯行の瞬間まで、人によっては更にその後しばらく継続する、それから病気がなおるように、その状態もすぎ去る。そこで一つの問題が生れる。病気が犯罪自体を生み出すのか、それとも犯罪自体が、その特殊な性質上、常に病気に類した何ものかを伴うのか？――彼はまだこの問題の解決はできそうもなかった。

このような結論に達しながら、彼は、例のしごとに際して自分にだけはそのような病的な転倒はあり得ない、理性と意志が計画遂行の間中ぜったいに彼を見すてるはずがない、と断定した。なぜなら、そのたった一つの理由は、彼の計画が――《犯罪ではない》からである……彼が最後の決定に達するにいたった過程の詳細は省略しよう。そうでなくてもあまりに先へ走りすぎたようだ……ただつけ加えておきたいのは、このしごとの実際上の、純粋に物質的な困難というものが、彼の頭脳の中ではいつも第二義的な役割しか演じていなかったということである。《なあに計画を練るにあたっては、意志と理性さえしっかりしていればそれでいい。いずれ、問題のあらゆるデテールをつきつめて検討すべきときがきたら、そんな困難なんてすべて征服されてしまうだろうさ……》ところがしごとはいっこうにすすめられなかった。自分の最終決定が、彼にはいまだにほとんど信じられなかったのである。だから最後の時がうたれると、何もかもが思っていたこととはまったくちがって、不意をうたれたというか、ほとんど意外な感じさえした。

ほんのちょっとしたことが、まだ階段を下りきらぬうちに、彼をとまどわせた。いつも開けはなしになっている主婦《おかみ》の台所の戸口までおりてくると、ナスターシヤが留守でも主婦がいはしないか、いないとしたら、斧をとりに入っても、そちらから見とがめられることのないように、主婦の部屋へ通じるドアがしっかりしめられているかどうか、あらかじめ見定めるために、彼はそっと横目でうかがった。ところが、思いがけなくナスターシヤが台所にいたのである。そのときの彼のおどろきはどんなだったろう！　しかも彼女はしごとをしていた。かごから洗濯物を出して、せっせと綱にかけている。彼に気づくと、彼女はしごとの手を休めて、彼のほうに向き直り、彼が通りすぎてしまうまで、じっと見まもっていた。彼は目をそらして、何も気づかないようなふりをして通りすぎた。しかし万事休した。斧がない！　彼はおそろしいショックで目のまえが暗くなった。

《それにしてもどこからおれは考えだしたのだ》彼は門の下へおりて行きながら、考えた。《彼女はこの時間にはぜったいに家にいないなんて、どこから考えだしたのだ？　なぜ、なぜ、なぜ、おれはぜったいにそうだと決めたのだ？》彼はすっかりうちのめされて、妙にみじめな気持にさえなった。自分の間抜けを笑いとばしてやりたかった……にぶい、残忍な憎悪《ぞうお》が胸の中に煮えたぎった。

彼は思いまどいながら門の下に立ちどまった。散歩へ出るようなふりをして、通りへ出て行くのは、いやだったし、部屋へもどるのは――なおさらいやだ。《またとないチャンスを、永久に逃がしてしまった！》――彼はぼんやり門の下に佇《たたず》みながら、つぶやいた。彼の目のまえにはうす暗い庭番小舎《ごや》が、やはり戸が開いたままになっていた。不意に彼はぎくッとした。二歩ばかりしかはなれていない庭番小舎の中で、腰掛けの右下のあたりでピカッと彼の目を射たものがある……彼はあたりを見まわした――誰もいない。彼は爪先立ちで庭番小舎へ近づき、石段を二つほど下へおりて、小声で庭番を呼んだ。《案の定、いないぞ！　だが、どこかそこらにいるにちがいない、戸が開けっ放しだからな》彼はすばやく斧へとびついて（それはたしかに斧だった）、腰掛けの下の二本の薪《まき》の間からとり出した。そしてその場で、例の輪へしっかりさしこむと、両手をポケットへつっこんで、庭番小舎を出た。誰にも見られなかった！　《理性じゃない、悪魔の助けだ！》――彼は奇妙な笑いをうかべながら、ふと思った。この偶然は彼を極度に元気づけた。

彼はすこしも怪しまれないようにしずかに、落ち着きはらって、ゆっくり通りを歩いていった。彼はあまり通行人へ目をやらなかった。それどころか、人の顔はほとんど見ないようにして、こちらもできるだけ人目につかないようにつとめた。すると、帽子のことが思い出された。《しまった！　一昨日《おととい》から金をもっていながら、学帽を買うのを忘れていたとは！》彼は思わず自分をののしった。

何気なくちらと横目を小店へなげると、柱時計がもう七時十分をさしていた。急ぐことも必要だが、同時にまわり道をして、向う側から建物へ近づかなければならなかった……

まえには、たまたま頭の中でこの計画をすっかりたどったりすると、よくいざとなったらすっかり怯気《おじけ》づいてしまいそうな気がしたものだ。ところがいまはそれほど恐ろしくなかった。ぜんぜん恐ろしくないといってもいいくらいだ。いまここへきて、彼の心をとらえたのは、かえってつまらないよそごとだった。ただどれも長つづきはしなかったが。ユスポフ公園のそばを通るときなど、高い噴水をつくったら、広場という広場の空気がどんなに爽《さわ》やかになることだろうと、真剣に考えこんだほどだ。そして彼の考えは、しだいに、夏公園を練兵場までひろげ、さらにミハイロフスキー宮庭園にまでつづけたら、市にとっては実に美しい、そして有益なものになるだろう、という確信に移っていった。すると不意に、一つの疑問にひっかかった。どこの大都会でも人間は、やむを得ない事情からばかりではなく、どういうわけかことさらに、公園もなければ噴水もなく、ぬかるみや悪臭やあらゆるきたないものが吹きよせられているような、ごみごみした場所にかたまりたがる傾向があるが、それはいったいなぜだろう？　とたんに、センナヤ広場をさまよい歩いたことが思い出されて、彼はハッとわれにかえった。《何をつまらないことを》と彼は考えた。《いや、それより何も考えないことだ！》

《きっとこんなふうに、刑場へひかれて行く者も、途中で目にふれるすべてのものに、考えがねばりついてゆくにちがいない》——こんな考えが彼の頭にひらめいた、が、稲妻のように、チカッとひらめいただけだった。彼は自分ですぐにその考えを消した……いよいよもうすぐだ、そら建物が見える、あそこが門だ。不意にどこかで時計が一つ打った。《おや、もう七時半か？　そんなばかな、すすんでいるにちがいない！》

幸運にも、門をまたうまく通りぬけることができた。そのうえ、まるでおあつらえむきに、そのとたんに彼のまえを乾草《ほしくさ》を積んだ大きな馬車が門へすべりこんで、門を通りぬける間彼をすっかりかくしてくれた。そして馬車が門から庭へ出ると同時に、彼はさっと右のほうへすべりこんだ。そのとき、馬車の向う側に、いくつかの声々が叫んだり、言い争ったりしているのが聞えたが、彼は誰にも見られなかったし、誰とも会わなかった。この大きな四角の内庭に面したたくさんの窓が、そのとき開け放しになっていたが、彼は顔を上げなかった——上げる勇気がなかった。老婆の部屋へのぼる階段は、門からちょっと右へいったとっつきにあった。彼はもう階段ののぼり口へ来ていた……

一息ついて、どきどきする心臓のあたりを手でおさえ、すぐさまもう一度手さぐりで斧をたしかめると、彼はたえずあたりに気をくばりながら、そっと階段をのぼりはじめた。しかしこの時間は階段もまったく人気《ひとけ》がなく、戸は全部しめられていて、誰にも会わなかった。もっとも、二階には一つ空室があって、ドアがすっかり開け放され、中でペンキ屋がはたらいていたが、彼らはラスコーリニコフを見向きもしなかった。彼は立ちどまって、ちょっと思案したが、また歩きだした。《もちろん、誰もいないにこしたことはないが、でも……上にまだ二階ある》

ところで、もう四階だ、ドアが見えた、向いに部屋が一つあるが、空室だ。三階の、老婆の部屋の真下にあたる部屋も、どう見ても空室らしい。小さな釘(くぎ)でドアにうちつけられていた名刺が、なくなっている、――引っ越して行ったのだろう!……彼は息が苦しくなった。一瞬彼の頭に、《このまま帰ろうか?》という考えがちらと浮んだ。しかし彼はその考えに返事をあたえないで、老婆の部屋の気配に耳をすましはじめた。気味わるいほどひっそりとしている。やがてもう一度階段の下のほうへきき耳をたてて、長いこと注意深く様子をうかがった……それから最後にもう一度あたりを見まわしてから、そっとしのびより、服装を直し、もう一度輪にさした斧をたしかめた。《顔が……真《ま》っ蒼《さお》ではないだろうか?》ふと彼は思った。《おかしいほど、びくびくしすぎてはいまいか? あいつはうたぐり深いから……もうすこし待ったほうがよくはないか……動悸がおさまるまで?……》

しかし、動悸はおさまらなかった。どころか、まるでわざとのように、ますますはげしくなるばかりだ……彼はがまんができなくなって、こわごわ手を呼鈴《よびりん》へのばすと、ひっぱった。三十秒ほどしてもう一度、今度はすこし強く鳴らした。

返事がない。むやみに鳴らしてもおかしいし、それにかえってうたがわれる。老婆は、むろん、部屋の中にいたのだが、うたぐり深いうえに、一人きりだ。彼は老婆の癖をいくらか知っていた……そこでもう一度耳をぴったりドアにつけた。彼の感覚がかみそりのようにとぎすまされていたのか（とは先《ま》ず普通には考えられないが）、あるいは実際によく聞えたのか、彼は不意に手がそっと把手《とって》にさわったような音と、衣装がドアにふれたような音を聞いた。何者かがきっとドアの把手のところに立って、こちら側の彼のように、内側から息を殺して、耳をすましているにちがいない、そしてやっぱりドアにぴったり耳をつけているらしい……

彼はかくれているなどと思わせないために、わざと身体をうごかして、すこし大きな声で何やらひとりごとをいった。それから三度目の呼鈴を鳴らしたが、しずかに、落ち着きはらった態度で、すこしのためらいも感じさせなかった。あとでそれを思い出したとき、この瞬間がはっきりと、あざやかに、永遠に彼の記憶に刻みこまれた。それほどのずるさがどこから来たのか、彼は理解できなかった。まして頭が瞬間的にいくらか曇ったようになり、自分の身体をほとんど感じなかったようなときだから、なおさらである……すぐに鍵《かぎ》をはずす音が聞えた。

7

ドアは、あのときのように、細目に開いて、また二つのけわしいうたぐり深そうな目が暗闇《くらやみ》から彼にそそがれた。とっさにラスコーリニコフはうろたえて、とんでもないミスをしでかそうとした。

　老婆が彼と二人きりなのを恐れるのではないかと危《あや》ぶみ、同時に自分の様子が老婆を安心させるとは思えなかったので、ラスコーリニコフは老婆がまたドアをしめようなんて気を起さないうちにと思って、いきなりドアに手をかけて、ひっぱった。それを見ても、老婆はドアをひきもどそうとはしなかったが、把手にかけた手をはなそうともしなかったので、彼はすんでに老婆をドアごと階段のほうへひき出すところだった。老婆が戸口に立ちはだかって、彼を通そうとしないのを見て、彼はつかつかとまっすぐに老婆のほうへ歩きだした。老婆はぎょっとしてとび退《すさ》り、何か言おうとしたが、声がでないらしく、いまにもとびだしそうな目で彼を見守った。

「今日は、アリョーナ・イワーノヴナ」と彼はできるだけぞんざいにきりだしたが、声が意にしたがわないで、ふるえて、とぎれた。「ぼくはその……質草をもってきたんですよ……とにかく、あちらへ行きましょうよ、……明るいほうへ……」そう言うと、老婆にかまわずに、彼は入れともいわれないのにいきなり部屋へ通った。老婆はそのあとを小走りに追った。舌がやっとほぐれた。

「あきれた！　いったいなんの用だね？……あなたは誰《だれ》だえ？　どうしたというんだね？」

「ごめんなさい、アリョーナ・イワーノヴナ……あなたのご存じの……ラスコーリニコフですよ……ほら、質草をもって来たんですよ、この間の約束の……」そう言って、彼は質草を老婆のほうへさしだした。

老婆は質草へ目をやりかけたが、すぐにまた押しかけ客の目へけわしい視線をもどした。老婆は注意深く、意地わるく、うたぐり深そうに見すえていた。一分ほどすぎた。ラスコーリニコフは老婆の目に何かしら冷笑のようなものを見たような気がして、もうすっかり見ぬかれてしまったのではないかと思った。彼はうろたえを感じた。ほとんど恐怖といってよかった。あまりの恐ろしさに、老婆がもう三十秒ほど何も言わずに、こんな目で見つめていたら、彼はここを逃げだしてしまったかもしれない。

「どうしてそんなにじろじろ見るんだね、まるで見おぼえがないみたいに?」と彼は不意にいつもの嫌味《いやみ》たっぷりな調子でつっかかった。「とる気があるのかね、ないなら――ほかへ行くよ、時間がないんだ」

彼はそんなことを言おうとは思いもよらなかった。突然、ひとりでに口をついて出たのである。

老婆はわれにかえった、そして客のはっきりした態度を見て、急に元気がでたらしい。

「でも、びっくりするじゃないの、こんなにだしぬけに……それは何だね？」と老婆は質草を見ながら、尋ねた。

「銀のシガレットケースですよ。この間言ったでしょう」

老婆は片手をさしだした。

「でもまあ、いったいどうしたんだね、真《ま》っ蒼《さお》な顔をして？　手もふるえてるじゃないの！　悪いことでもしたのかえ？」

「熱がひどくあるんですよ」と彼はとぎれとぎれに答えた。「いやでも青くなりますよ……何も食べていないんですからねえ」と彼は口をうごかすのもやっとのように、つけ加えた。また力が彼を見すてた。しかしその返事はいかにももっともらしく聞えて、老婆は質草を手にとった。

「何だねこれは？」老婆はもう一度けわしい目でラスコーリニコフを見まわすと、掌《てのひら》の上で質草の重味をはかりながら、尋ねた。

「なに……シガレットケースですよ……銀の……見てください」

「おかしいね、銀じゃないみたいだが……またおそろしくゆわえたものだねえ」

結び目をとこうとして、窓明りのほうへ向きながら（むっとするような暑さなのに、窓は全部しめきってあった）、老婆は数秒の間すっかり彼を忘れて、背を向けていた。

彼は外套《がいとう》のボタンをはずして、斧《おの》を輪からはずしたが、まだとり出さないで、右手で外套の下におさえていた。手はおそろしいほど力がなかった。一秒ごとに、ますます手の感覚がまひして、重くこわばってゆくのが、自分でもはっきりわかった。斧が手からすべりおちるのではあるまいか、そう思うと……不意に彼ははげしいめまいのようなものを感じた。

「まあ、なんだってこんなにゆわえつけたのさ！」と、老婆はじれったそうに叫ぶと、わずかに彼のほうへ身をうごかした。

もう一刻の猶予《ゆうよ》もならなかった。彼は斧をとり出すと、両手で振りかざし、辛《かろ》うじて意識をたもちながら、ほとんど力も入れず機械的に、斧の背を老婆の頭に振り下ろした。そのとき力というものがまるでなかったようだったが、一度斧を振り下ろすと、急に彼の体内に力が生れた。

老婆は、いつものように、帽子をかぶっていなかった。白いもののまじった灰色のうすい髪は、例によってこってり油をつけ、ねずみのしっぽみたいに編んで、うしろにつかね、角櫛《つのぐし》のかけらでおさえていた。角櫛のかけらはうなじのあたりにぴょこんととび出して見えた。老婆は背丈が低かったので、いいぐあいに斧はちょうど頭のてっぺんにあたった。老婆は叫び声をあげたが、それは蚊の鳴くような声だった。そして両手を頭へ上げることは上げたが、すぐに床へくずれた。片手にはまだ《質草》をにぎりしめていた。そこで彼はもう一度、さらに一度、力まかせに斧の背で頭のてっぺんをねらってなぐりつけた。コップをひっくりかえしたように、血がどっと流れて、身体《からだ》が仰向《あおむ》けに倒れた。彼は身をひいて、倒れさせたうえで、すぐに老婆の顔をのぞきこんだ。老婆はもう死んでいた。目はいまにもとび出しそうに、大きく見開かれていたが、額と顔はすっかりしわにおおわれ、痙攣《けいれん》のためにみにくくゆがんでいた。

彼は斧を死体のそばにおくと、すぐに流れ出る血で服や手をよごさないように気をつけながら、老婆のポケットをさぐりにかかった、――老婆がこのまえ鍵《かぎ》をとり出したあの右のポケットである。彼は理性が完全にはっきりしていて、くもりやめまいはもうなかったが、手はやっぱりふるえていた。そのときは非常に細心で、注意深く行動し、血を服につけないようにたえず気をくばっていたことが、あとになってはっきり思い返されたほどだ……鍵はすぐに見つかった。あのときのように、みな一束になって、小さな鋼鉄の輪に通してあった。彼はそれをもってすぐに寝室へかけこんだ。それはひどく小さな部屋で、大きな聖像箱が一つおいてあった。向うの壁際《かべぎわ》に大きなさっぱりした寝台があって、絹の端布《はぎれ》をはぎあわせた綿入れ布団《ふとん》がかけてあった。もう一方の壁際にタンスがおいてあった。不思議なことに、鍵をタンスの鍵穴にあわせようとして、そのガチャガチャという音を聞いたとたんに、戦慄《せんりつ》のようなものが彼の身体をはしった。彼は不意にまた、何もかもうっちゃらかして、逃げ出したくなった。しかしそれは一瞬のことにすぎなかった。逃げようにももうおそかった。彼は自分の弱気にあざけりの笑いさえうかべた、とたんに今度は、別な不安が彼の頭を打った。もしかしたら老婆がまだ生きていて、いまに目をさますのではないか、不意にそんな気がした。彼は鍵とタンスをすてて、死体のそばへかけもどり、斧をひっつかみざま、また老婆の頭上にふりかぶったが、しかしふりおろさなかった。死んでいることに、うたがいはなかった。彼はかがみこんで、また近くから丹念に観察した、そして頭蓋《ずがい》骨《こつ》がくだけて、わずかにずれてゆがんでいるのまで、はっきりと見てとった。彼は指でつついてみようと思ったが、手をひっこめた。それまでしなくてももうわかっていた。わずかの間に血はもう水たまりほど流れ出ていた。不意に彼は老婆の首にひもがかかっているのに気がついて、それをひっぱったが、ひもは強くてきれなかった。おまけに血でぬれていた。そこで彼は懐《ふとこ》ろの中からひき出そうとしてみたが、何かにひっかかって出て来《こ》ない。彼はいらいらして、斧を振りあげて、身体ごとひもをたたききってやろうと思ったが、さすがにそれはできなかった、そして手と斧を血だらけにして、二分もかかってやっと、斧で身体を傷つけないで、ひもを切ってひっぱりだした。果して——財布だった。ひもには糸杉《いとすぎ》と銅の二つの十字架がついていた、さらに、そのほかに、エナメル塗りの小さな聖像がついていて、それらのものといっしょにひもの先は、小さな脂《あぶら》じみた鹿皮《しかがわ》の鉄縁の財布の小さな鉄の輪に通っていた。財布はぎっしりつまっていた。ラスコーリニコフは中身をしらべもしないでそれをポケットにつっこみ、十字架を老婆の胸になげすてると、今度は斧をもって、寝室へかけもどった。

彼はひどくあわてて、いきなり鍵束をつかむと、またせかせかとひねくりまわしはじめたが、どういうわけかどれもうまくいかない、どれも鍵穴に合わないのだ。手がそれほどふるえていたというわけではないが、彼はさっきからまちがいをおかしていた。というのは、この鍵はちがう、合いっこないと知りながら、さしこもうさしこもうとしていたのだ。そうこうするうちに不意に、彼は、他《ほか》の小さな鍵にまじってぶらぶらゆれている、ギザギザのついたこの大きな鍵は、きっとタンスの鍵ではなく（これはこのまえのときも頭にうかんだことだが）、長持のようなものの鍵にちがいない、その長持の中にこそいろんなものがかくされているはずだ、と気がついた。彼はタンスをすてて、すぐに寝台の下をのぞきこんだ。年寄りというものはたいてい長持を寝台の下においておくことを、知っていたからだ。思ったとおりだった。りっぱなトランクがでてきた。長さが一メートル近くもあって、蓋《ふた》がまるくもりあがり、赤いモロッコ皮がはられて、鉄鋲《てつびょう》がうってあった。ギザギザの鍵がぴったり合って、蓋があいた。上からかぶせてある白いシーツをめくると、赤い絹裏のついた兎《うさぎ》の毛皮外套があった。その下には絹の衣装、それからショール、さらにその下は底までこまごました衣類ばかりらしかった。彼は先《ま》ず赤い絹裏で血によごれた手をふきにかかった。《赤いきれか、ふん、赤いきれなら血が目立つまい》——彼はこんなことを考えたが、不意にわれにかえった。《おれは何を考えているのだ！　気が狂うのではあるまいか？》

——彼はぞうッとしながら考えた。

ところが、そのきれをちょっとひっぱると、とたんに毛皮外套の下から金時計がすべりおちた。彼はとびつくようにして片っぱしからひっかきまわした。果して、きれの間から次々と金の品物がでてきた、——おそらく、みな抵当物で、流れたのもあれば、まだ期限中のものもあろう、——腕輪、鎖、耳飾り、ブローチその他の品々だった。ちゃんとケースに入っているのもあったし、ただ新聞紙に包んだだけのものもあった。もっとも新聞紙といっても二枚重ねにして、きちんとていねいに包み、しっかりひもでくくってあった。すこしもためらわずに、彼は手当りしだいに、ケースや包みをあけて見もしないで、ズボンと外套のポケットにおしこみはじめた。しかしたくさん集めることはできなかった……

不意に、老婆が死んでいる部屋に、人の足音が聞えた。彼は手をとめて、死んだように息を殺した。しかしあたりはし一んとしずかだ、気のせいだったかもしれぬ。突然、今度ははっきりとかすかな悲鳴が聞えた、というよりは誰かがかすかにきれぎれに呻《うめ》いて、息をのんだような気配だ。つづいてまた死にたえたような静寂、一分、あるいは二分もつづいたかもしれぬ。彼はトランクのそばにうずくまって、やっと息をつぎながら、待ちかまえていたが、不意に立ち上がると、斧をつかんで、寝室からおどり出た。

部屋の中ほどに、大きな包みをもったリザヴェータが突っ立って、殺された姉を呆《ぼう》然《ぜん》と見つめていた。白布のように青ざめて、声も出ないらしかった。おどり出たラスコーリニコフを見ると、彼女は木の葉のようにわなわなとふるえだした、そして顔中を痙攣がはしった。彼女は片手をまえへつきだし、口を開きかけたが、やはり声にならなかった、そしておびえた目を彼にじっとあてたまま、後退《あとずさ》りに、そろそろと隅《すみ》のほうへのがれはじめた。それでもまだ、叫ぶには空気が足りないように、声が出なかった。彼は斧を振りあげてとびかかった。彼女の唇《くちびる》は、幼い子供が何かにおびえて、そのおそろしいものに目を見はりながら、いまにも泣き出そうとする瞬間のように、みじめにゆがんだ。そして哀れにもリザヴェータは、いやになるほど素朴《そぼく》で、いじめぬかれて、すっかりいじけきっていたので、斧が顔のすぐまえに振りあげられているのだから、いまこそそれがもっとも必要でしかも当然の動作なのに、両手をあげて顔を守ろうとさえしなかった。彼女は顔からはずっと遠くに、あいている左手をほんのすこしあげただけで、まるで彼をつきのけようとでもするように、その手をゆっくり彼のほうへのばした。斧の刃はまともに脳天におち、一撃で頭の上部をほとんど耳の上までたちわった。彼女はその場にくずれた。ラスコーリニコフはすっかりとりみだして、彼女の包みをひったくったが、すぐにまたほうり出して、控室のほうへかけだした。

恐怖がますますはげしく彼をとらえた。このまったく予期しなかった第二の凶行のあとは、それが特にひどくなった。彼は一刻も早くここを逃げ出したいと思った。そしてもしもその瞬間に彼がもっと正確に事態を見て、そして判断することのできる状態にあったなら、自分の立場の行き詰り、絶望、醜悪、そして愚劣さのすべてをさとり、そしてここを逃げ出して、家までたどり着くためには、このうえさらにどれほどの困難を克服し、あるいはもしかしたら凶行をさえ犯さなければならぬかを、理解することができさえしたら、彼はおそらくすべてを投げすてて、いますぐ自首してでたにちがいない。それも自分の良心がこわいからではない、ただ自分のしでかしたことに対する恐怖と嫌悪《けんお》のためである。わけても嫌悪は刻一刻彼の内部に高まり、そして育っていった。いまはもうどんなことがあっても、彼はトランクのほうへ、いや部屋の中へさえ、引き返すことはできなかった。

ところが放心というか、瞑想《めいそう》とさえいえるような状態が、しだいに彼をとらえはじめた。数分の間彼は自分を忘れたようになっていた。いやそれよりも、肝心なことを忘れて、つまらないことにばかりひっかかっていた。しかし、台所へ目をやって、腰掛けの上に水が半分ほど入ったバケツがおいてあるのを見ると、彼は手と斧を洗うことを思いついた。手は血がついて、べとべとしていた。彼は斧を刃のほうから水へつっこむと、小窓の棚《たな》のかけた小皿《こざら》から石鹸《せっけん》のかけらをとって、バケツの中へじかに両手をつっこんで洗いはじめた。手を洗いおわると、今度は斧をつかみ出して、鉄の部分を洗い、さらに三分ほどかかって、血のこびりついた木の部分を、石鹸までつかってていねいに洗いおとした。それから、いいぐあいに台所に張りわたした綱に下着がほしてあったので、それですっかりふきとり、次いで窓際へ行って、かなりの時間をかけて、丹念に斧をしらべた。あとはのこっていなかった。木の柄《え》がまだぬれているだけだ。彼は入念に斧を外套の裏の輪へおさめた。それから、うす暗い台所の光で見わけられるかぎり、外套や長靴《ながぐつ》をしらべた。外からちょっと見たのでは何の異状もないようだ。ただ長靴にすこし血のあとがついていた。彼はぼろをぬらして、それをこすりおとした。しかし彼は、まだよくよく見きわめたわけではないから、見おとしているもので、何か人目につくものがあるかもしれないことを、知っていた。彼は思いまよいながら、部屋の中ほどにつっ立っていた。苦しい、暗い考えが大きくひろがってきた――自分は気が狂いかけているのではないか、いまはものを判断することも、自分をまもることもできまい。そしてだいたい、いまやっていることは、もしかしたら、なんの必要もないことかもしれぬ……《何をしているのだ！　逃げるのだ、逃げることだ！》こう呟《つぶや》くと、彼は控室のほうへかけだした。ところがそこに、彼がこれまでに一度も経験したことのないような恐怖が待ちうけていた。

彼は立ちどまって、目を見はったが、自分の目が信じられなかった。ドア、控室から階段へ出る外のドア、彼がさっき呼鈴《よびりん》を鳴らして入ったあのドアが、鍵がはずれたままになっていて、そのうえ、掌《て》が入るほどあいていたのである。さっきから、あの間中、鍵も、掛金もかけてなかったのだ！　ひょっとしたら老婆が、彼が入ったあと、用心のためにしめなかったのかもしれぬ。うかつだった！　現に、あのあとで彼はリザヴェータを見たではないか！　どうして、どうして、彼女がどこから入って来たか、察知できなかったのか！　まさか壁をつきぬけて入るわけもあるまいに。

彼はドアへとびついて、掛金をおろした。

「いや、ちがう、またヘマをやっている！　出なくちゃならんのだ、出るのだ……」

彼は掛金をはずして、ドアをあけ、階段のほうに耳をすましはじめた。

長いあいだ彼は気配をうかがっていた。どこかはるか下のほうで、おそらく門の下のあたりだろう、二つの甲高《かんだか》い声がわめきちらしたり、言い争ったり、ののしりあったりしていた。《何をしているのだ？……》彼はしんぼう強く待った。とうとう、まるで切りとったように、急にしずかになった。散って行ったらしい。彼がいよいよ出ようとすると、不意に一階下でバタンと階段へ出るドアが乱暴にあいて、誰かが鼻唄《はなうた》をうたいながら、階段を下りて行った。《どうしてこうみんながさつなんだろう？》こんな考えがちらと彼の頭にうかんだ。彼はまたドアをしめて、足音の消えるのを待った。ついに、あたりはしーんとなった、もう誰もいない。彼はもう階段を一歩下りかけた、とたんにまた、誰かの別な足音が聞えてきた。

その足音はひじょうに遠くに聞えた。まだ階段ののぼり口のあたりらしい。ところが、彼はあとになって思い返しても、はっきりと記憶しているのだが、その足音を聞くと、とっさに、どういうわけかそれはきっとここへ、この四階の老婆のところへ来るにちがいない、と思いはじめた。なぜか？　その足音に何か特別の意味でもあったのか？　足音は重々しく、ゆったりとしていて、よどみがなかった。そらもう彼は一階をすぎた、さらにのぼってくる。足音がしだいに、いよいよはっきりしてきた！　のぼってくる男の苦しそうな息ぎれが聞えた。そら、もう三階にかかった……ここへ来る！　不意に彼は、身体中《からだじゅう》がこわばったような気がした。まるで夢の中で、追いつめられ、もうそこまで来て、いまにも殺されそうだが、まるでその場に根が生えたようになって、手も動かせない、そんな気持だった。

そして、ついに、客がもう四階の階段をのぼりはじめたときに、はじめて彼は不意にはげしく身ぶるいして、素早くするりと踊り場から部屋の中へすべりこみ、背後のドアをしめることができた。それから掛金をつかんで、音のしないように、しずかに穴へさしこんだ。本能がそれをさせたのである。それがおわると、彼はそのままドアのかげにぴたりとかくれて、息を殺した。招かれぬ客ももうドアの外に来ていた。彼がさっきドアをはさんで老婆と向いあい、身体中を耳にしていたときとまったく同じように、二人はいまドアをはさんで向いあった。

客は二、三度苦しそうに息をついた。《ふとった大きな男にちがいない》とラスコーリニコフは、斧をにぎりしめながら考えた。実際に、まるで夢を見ているような気持だった。客は呼鈴をつかんで、はげしく鳴らした。

呼鈴のブリキのような音がひびきわたると、不意に彼は、部屋の中で何かがうごいたような気がした。数秒の間彼は本気で耳をすましたほどだ。見知らぬ男はもう一度鳴らして、ちょっと応答を待ったが、不意に、しびれをきらして、ドアの把手を力まかせにひっぱりはじめた。ラスコーリニコフは恐怖にすくみながら、穴の中でおどる掛金に目をすえつけ、いまにもはずれるのではないかと気が気でなかった。たしかに、それは起りそうに見えた。それほどドアははげしくひっぱられた。彼はすんでに手で掛金をおさえようとしたが、そんなことをしたら相手に感づかれるおそれがある。まだ頭がくらくらしだしたような気がした。《もうだめだ、倒れる！》こんな考えがちらと浮んだが、そのとき見知らぬ男の声が聞えたので、とたんにハッとわれにかえった。

「チエッ、どうしやがったんだ、寝くされてるのか、それとも誰かに絞め殺されたか？　ばちあたりめ！」彼はこもったふといだみ声でどなりたてた。「おい、アリョーナ・イワーノヴナ、鬼婆《おにばば》ぁ！　リザヴェータ・イワーノヴナ、すてきなべっぴんさん！　あけてくれ！　はてな、ばちあたりめ、眠ってやがるのかな？」

そしてまた、腹立ちまぎれに、彼は十度ほどたてつづけに、力まかせに呼鈴をひっぱった。どうやらこの男は、この建物では顔のきく親しい人間らしいことは、明らかだ。

ちょうどそのとき、不意にちょこまかしたせわしい足音が、近くの階段に聞えた。また誰かがのぼってきた。ラスコーリニコフははじめその足音に気づかなかった。「おかしいな、誰もいないのですか？」のぼってきた男は、まだ呼鈴をひっぱりつづけている最初の訪客に、いきなりよくとおる元気な声で呼びかけた。「こんにちは、コッホさん！」《声から判断すると、ひどく若い男らしい》とラスコーリニコフは考えた。

「しようがないやつらだ、危なく鍵をこわしてしまうところさ」とコッホと呼ばれた男が答えた。「ところで、あなたはどうしてわしをご存じかな？」

「どうしてって！　一昨日《おととい》、《ハムブリヌース》でさ、あなたと球を突いて三ゲームつづけざまに勝たせてもらいましたよ」

「あ、あ、あ……」

「で、留守ですか？　おかしいな。しかし、そんなばかなことはありませんよ。あの婆《ばあ》さんどこへも行くはずがないが？　ぼくは用があるんですよ」

「わしだって、用があって来たんだよ！」

「はて、どうしたものかな？　しかたがない、引き返すか。チエッ！　せっかく金を借りようと思ったのにさ！」と若い男はやけくそのように叫んだ。

「まあ、引き返さざるを得ないな、それにしてもどうしてあんなことを言ったんだろう？　あの鬼婆ぁめ、自分でわたしに時間を指定したんだよ。わざわざ来たのに。いったいどこをぶらついてやがるのか。わからんねえ？　年中こもりきりで、足が痛いなんてしぶい面《つら》していてからに、とつぜん散歩もないものさ！」

「庭番に聞いてみたら？」

「何を？」

「どこへ行ったのか、そしていつ帰るか？」

「フム……癪《しゃく》だな……聞いてみるか……でもどこへも行くはずがないがな……」そう言って彼はもう一度ドアの把手をひっぱった。「くそ、しかたがない、行こう！」

「待ってください！」と不意に若い男が叫んだ。「ごらんなさい、わかりませんか、ひっぱると、ドアがうごきますよ？」

「それで？」

「つまり、ドアは鍵がかかっているんじゃなく、内から掛金がさしこんであるんですよ！　そら、掛金がガチャガチャ鳴ってるでしょう？」

「それで？」

「おやおや、まだわからないのですか？　つまり、二人のうちどっちかが部屋の中にいるということですよ。二人とも出かけたとしたら、外から鍵をかけてあるはずで、内から掛金をかけることはできませんよ。ところが、――そら聞えるでしょう、掛金がゆれている音が？　で、内から掛金をかけるには、誰かが部屋の中にいなければならない、わかりますね？　つまり、中にいるくせに、開けようとしないのですよ！」

「なるほど！　たしかにそのとおりだ！」とコッホはびっくりして叫んだ。「中で何をしてやがるんだ！」

　そう言うと、彼はいきりたってドアをひっぱりはじめた。

「待ちなさい！」とまた若い男が叫んだ。「ひっぱるのはやめなさい！　何か変ったことがあるんですよ……だって、あなたは呼鈴を鳴らして、ひっぱりましたね――それでも開けないということは、つまり二人とも気絶してぶっ倒れているか、あるいは……」

「何です？」

「とにかく、庭番を呼びに行きましょう。庭番に開けさせるんです」

「そうしよう！」

二人は階段をおりかけた。

「待てよ！　あなたはここにいてください、ぼくがひとっ走り庭番を呼んで来ますから」

「どうしてわたしがここに？」

「だって、何が起るかわかりませんよ……」

「それもそうだな……」

「ぼくはね、予審判事になろうと思って勉強中なんですよ！　これはきっと、きっと何かありますよ！」若い男は熱をこめて言いすてると、階段をかけおりて行った。

コッホはあとにのこると、もう一度そっと呼鈴を押してみた。カランとひとつ鳴った。それから小首をかしげたり、つくづくながめたりしながら、ドアの把手をうごかしはじめた。彼はドアに掛金だけしかかかっていないことを、もう一度たしかめようとして、把手をひっぱったり、はなしたりしてみた。それから苦しそうに屈《かが》みこんで、鍵穴から内部をのぞいてみたが、内側から鍵がさしこんであったので、何も見えるはずがなかった。

ラスコーリニコフは立ったまま、斧をにぎりしめていた。まるで悪夢にうなされているような状態だった。彼は二人が入って来たらたたかう腹さえきめていた。彼らがドアをたたいたり、話しあったりしていたとき、何度か不意に、ドアのかげから叫んで、ひと思いにきめてしまおうという考えが彼をおそった。ときどき、まだドアが開けられないうちに、彼らとののしりあいをはじめて、からかってやりたくなった。《早くなんとかしなければ！》——という考えが彼の頭にちらとうかんだ。

「だが、あいつがいやがる、畜生……」

時間がすぎた、一分、二分——誰の足音も聞えぬ。コッホはごそごそしだした。

「くそ、いまいましい！……」

彼は不意にこう叫ぶと、待ちきれなくなって、見張りをやめて、せかせかと、長靴《ながぐつ》で階段を鳴らしながら、おりて行った。足音が消えた。

「助かった、さてどうしよう？」

ラスコーリニコフは掛金をぬいて、ドアを細目に開けた。何も聞えぬ。すると不意に、もうぜんぜん何も考えずに、彼は廊下へ出た、そして後ろ手にできるだけしっかりドアをしめると、階段をおりはじめた。

彼がもう階段を三つおりたとき、不意に下のほうではげしい物音が聞えた、——どこへかくれよう！　どこもかくれるところがなかった。また部屋へかけもどろうかと思った。

「おい、こら、畜生！　待たんか！」

こう叫びながら、誰かがどの部屋からかとびだして、階段をかけおりて行った。かけおりるというよりは、まるで精いっぱいわめきながら、ころげおちたといったほうが早かった。

「ミチカ！　ミチカ！　ミチカ！　ミチカ！　ミチカ！　ふざけるな、ま、またんか！」

叫びは金切声でおわった。最後の声はもう庭のほうで聞えた。あたりがしーんとなった。と、今度は数人の声が、声高《こわだか》にせわしく話しあいながら、騒々しく階段をのぼりはじめた。三人か四人の声だった。彼はよく透《とお》る若い男の声を聞きわけた。

《あいつらだ！》

彼はやぶれかぶれになって彼らのほうへ向って歩きだした。なるようになれ！　呼びとめられたら、おわりだ、無事にすれちがったとしても、やはりおわりだ。顔をおぼえられる。いよいよ近づいてきた、もう一つの階段をのこすだけだ、――そのとき、不意に救いが現われた！　彼の数段先の右手のほうに、ドアが開け放しの空室があった。ペンキ屋がしごとをしていたが、さっき、まるで願ってもなくとび出して行った、二階のあの部屋だ。いましがた、あんなに叫びながらかけおりて行ったのは、きっと彼らだ。床は塗ったばかりで、部屋のまん中に小さな桶《おけ》と、ペンキと刷毛《はけ》を入れた欠け皿がおいてあった。とっさに彼は開いた戸口へとびこんで、壁のかげに身をひそめた。間にあった。彼らはもう踊り場まで来ていた。そしてもうひとつ曲ると、空室のまえを通って、声高に話しあいながら四階のほうへのぼって行った。彼はちょっと待って、爪先立《つまさきだ》ちで部屋を出ると、走るようにして階段をおりた。

階段には誰もいなかった！　門のところにも誰もいなかった。彼は急いで門の中をくぐりぬけると、通りへ出て左へ折れた。

彼は知りすぎるほど知っていた。いまごろはもう部屋の中にいる彼らの様子が、目に見えるようだった。彼らはさっきまでしまっていたドアが、あいているのを見て、あっと驚いたにちがいない。そしていまごろはもう死体を見て、一分もたたないうちに、気がついて、殺人はいましがた行われたばかりで、犯人はどこかにかくれて、彼らをやりすごし、まんまと逃亡したのだという、完全な推理を組み立てるにちがいない。おそらく、空室にかくれて、彼らが通りすぎるのを待ったことも、気がつくだろう。しかし彼は、最初の曲り角までまだ百歩ほどもあるのに、どうしても目立つほど歩を早める勇気がなかった。

《どこかの門へすべりこんで、知らない建物の階段ででも時間をつぶそうか？　いや、

だめだ！　それともどこかへ斧を捨てようか？　馬車にでも乗るか？　だめだ！　だめだ！》

とうとう、横町まで来た。彼は半分死んだようになって横町へ折れた。これで彼はもうなかば救われたようなものだ。彼にはそれがわかった。ここまで来れば、それほど嫌疑《けんぎ》をかけられずにすむし、おまけにひどい人ごみだ。彼は砂粒のように、その中へまぎれこんだ。しかしこれまでの苦しみにすっかり力をうばわれてしまって、彼は歩くのがやっとだった。汗がしずくのように流れおちて、首筋がすっかり濡《ぬ》れていた。《おい、大分酩酊《めいてい》だな！》運河のほとりへ出たとき、誰かが叫びかけた。

彼はいまはあまりよく自分を意識していなかった。先へ行くほど、それがひどくなった。それでも、運河のほとりへ出たとき、ふと、人通りが少ないので目につきやすいと気がつき、ぎくっとして、横町へもどりかけたことを、彼はポツンと記憶していた。彼はいまにも倒れそうだったが、それでもやはりまわり道をして、反対側から家へもどった。

彼はどうして家の門を通ったか、うつろにしかおぼえていなかった。もう階段のところまで来てしまってから、やっと斧に気がついた。ところで、できるだけ人目につかないように、斧をそっと元へもどすという、ひじょうに重大なしごとがのこっていた。もちろん彼には、いま斧を元の場所へもどそうとしないで、あとででも、どこか他の家の庭へ捨てたほうが、ずっと安全かもしれない、と判断する力はなかった。ところが、万事都合よくいった。庭番小舎《ごや》の戸はしまっていたが、鍵がかかっていない、とするといちばん考えられることは、庭番が小舎の中にいるということだ。だが、彼はもうものを考える力をすっかり失っていたので、つかつかと庭番小舎のまえへ行って、いきなり戸を開けた。もしも《何用かね?》と庭番に聞かれたら、彼はものも言わずに斧をさし出したかもしれない。ところが庭番はまたいなかった。それで彼は斧を腰掛けの下の元の場所におき、おまけに元のように薪《まき》でかくすことさえできた。それから自分の部屋へかえるまで、彼は誰にも会わなかった。おかみの部屋のドアはしまっていた。部屋へ入ると、彼は出かけるまえのように、ソファに身を投げ出した。眠りはしなかったが、もうろうとしていた。もしもそのとき誰かが部屋へ入って来たら、彼はいきなりはね起きて、どなりつけたにちがいない。いろんな想念のちぎれやかけらが頭の中にうようよしていた。しかし彼はどんなに躍起となっても、その一つもとらえることができなかった、どの一つにも考えをとどめることができなかった……

第二部

1

そのまま彼はずいぶん長い間横になっていた。ときどき、目がさめたような状態になって、もうかなり夜更《よふ》けになっていることに気がついたが、起きようという考えが頭にうかばなかった。とうとう、彼はもう昼のような明るさになっていることに気がついた。彼は先ほどのもうろうとした状態からまださめきらずに、ソファに仰向《あおむ》けに寝ていた。通りのほうからぞっとするような、気ちがいじみたわめき声が、鋭く彼の耳に聞えた。もっともそれを彼は毎夜二時すぎに、窓の下のほうに聞いていた。それがいま彼の目をさまさせた。《あ！　もう居酒屋から酔っぱらいどもがつまみ出される時間か》彼はふと考えた。《二時すぎだな》と不意に、まるで誰《だれ》かにソファからつきとばされたように、とび起きた。《なんと！　もう二時すぎか！》彼はソファに腰を下ろした、——とたんにすべてを思い出した！　不意に一瞬にしてすべてを思い出した！

最初の瞬間、彼は気が狂うのではないかと思った。おそろしい寒気が彼をおそった。しかしそれはまだ寝ているうちからはじまって、もうかなりの時間になる熱病のせいでもあった。それがいま突然、歯がガチガチなるほどのおそろしい悪寒《おかん》におそわれて、身体中《からだじゅう》がはげしくふるえだした。彼はドアを開けて、耳をすましはじめた。建物の中はすっかり寝しずまっていた。彼は自分の姿を、それから部屋の中を見まわして、おどろいた。彼はどうして昨日部屋へ入ってから、ドアに鍵《かぎ》もかけないで、服を着たまま、帽子さえもぬがずにソファにころがるようなことができたのか、自分でもわからなかった。帽子は枕《まくら》もとの床板の上にころがっていた。《もし誰かがのぞいたら、いったいなんと思ったろう？　酔っていると思ったかな、だが……》彼は窓のそばへかけよった。明るさは十分だった。彼は急いで着ている服をすっかり足の先から頭のてっぺんまでしらべはじめた。痕《あと》はのこっていないか？　だが、それでは足りなかった。彼は悪寒にぞくぞくふるえながら、着ているものをすっかりぬいで、もう一度丹念に見まわしはじめた。彼は糸屑《いとくず》からぼろのはてまで、すっかりひっくりかえして見たが、それでも安心ができないで、そうした検査を三度ほどくりかえした。しかし痕は何もないようだ。ただズボンの裾《すそ》がさけて、ほころびが垂れ下がっている個所《かしょ》があったが、そのほころびにかたまった血の痕が濃くこびりついていた。彼は折りたたみ式の大きなナイフを出して、そのほころびを切りとった。あとはもう何もなかったような気がする。不意に彼は、老婆のトランクの中から盗み出した財布や品物が、まだポケットに入れっ放しになっていることに気がついた！　いままでそれをポケットから出して、かくそうという考えが、頭にうかばなかったのだ！　服をしらべていた今でさえ、それを思い出さなかった！　なんとしたことだ？　彼はあわててそれをポケットから机の上にほうり出しはじめた。すっかりほうり出すと、ポケットを裏返しにまでして、もう何もないことをたしかめたうえで、ひとまとめにして部屋の隅《すみ》へもっていった。いちばん隅の下のほうが一カ所、壁紙が破れてはがれかけていた。彼は大急ぎでそれをその壁紙のかげにある穴へおしこみはじめた。《入ったぞ！　これで目にふれまい、どれ財布もかくしてやろう！》彼は中腰になって、さっきより大きくなった穴をぼんやりながめながら、ほっとしてこんなことを考えた。とたんに、彼は身体中が凍るような恐怖をおぼえた。《なんということだ》彼は絶望的につぶやいた。《おれはどうかしたのか？　こんなことでかくしたといえるか？　こんなかくし方ってあるだろうか？》

たしかに、彼は品物のことは計算においてなかった。金だけだろうと思っていたから、あらかじめかくし場所を用意しておかなかったのだ。《それなのにいま、いまおれは何を嬉《うれ》しがっているのだ？》と彼は考えた。《こんなかくし方ってあるだろうか？　ほんとうにおれは理性を失っているのだ！》彼はぐったりとソファへ腰を下ろした、するとたちまちたえがたい悪寒がまた彼をおそった。彼は反射的に、そばの椅《い》子《す》の上にうっちゃってあった、あたたかいことはあたたかいが、もうすっかりぼろぼろになってしまった学生時代の冬外套《ふゆがいとう》をひきよせて、すっぽりとかぶった、すると急にまた眠気と悪夢がおそいかかった。彼はもうろうとなった。

五分もしないうちに、彼はまたガバととびおきて、いきなりまた、気が狂ったように、自分の服のほうへかけよった。《まだ何も始末していないのに、また眠るなんて、よくもそんなことができたものだ！　まったくだ、たしかに、腋《わき》の下の輪はまだとってなかった！　忘れていた、こんなことを忘れていたなんて！　これこそりっぱな証拠になる！》彼は輪をむしりとって、それをこまかくひきちぎり、枕の下の下着の中へおしこんだ。《ぼろのちぎれなら先《ま》ず絶対に怪しまれることはあるまい、だろうな、だろうさ！》彼は部屋の真ん中につっ立ちながら、こんなことをくりかえした。そしてまだ何か忘れていることがありはしないかと、頭がずきずきするほどの注意をこらして、また床から隅々へ部屋中のものに目をこらしはじめた。すべてが、記憶や簡単な思考力までが、失われかけていると思いこむと、いても立ってもいられないような気持になってきた。《これはどうしたことだ、もうはじまっているのではあるまいか、もう罰が下されかけているのではなかろうか？　そうだ、それにちがいない！》そう言えば、ズボンから切りとったほころびのちぎれが、床の上におちているではないか、しかも部屋のどまん中に、真っ先に見つけてくれといわんばかりに！　《いったいおれはどうしたというのだ！》彼はがっかりして、思わず叫んだ。

するとと妙なことが気になりだした。もしかしたら服がすっかり血をあびて、たくさんの血痕《けっこん》がついているのに、思考力が弱って、すっかり散漫になっているために、それが見えないで、気がつかないでいるだけではあるまいか……理性がくもっているために……不意に彼は、財布に血がついていたことを思い出した。《あッ、いけない！そうすると、ポケットの中にも血がついているはずだ、だってあのとき、ポケットへおしこんだとき、財布はまだ濡《ぬ》れたままだった！》彼はあわててポケットを裏返しにした、すると——果して——ポケットの裏に血の痕があった！　《してみると、まだすっかり理性を失ってしまったわけではない、自分で気がついたのだから、思考力と記憶があるということだ！》彼はほっと胸中の重苦しい息を吐きだして、嬉しそうに考えた。《熱病のために衰弱しただけだ、いっとき頭がもうろうとしただけだよ》そして彼はズボンの左のポケットの裏をすっかりひきちぎった。そのとき太陽の光線が彼の左の長靴《ながぐつ》にあたった。長靴の爪先《つまさき》の穴からのぞいていた靴下に、痕が見えたような気がした。彼は長靴をぬぎすてた。《たしかに血の痕だ！　靴下の先にすっかり血がしみこんでいた》あのとき血のたまりへうっかり踏みこんだものらしい……《ところで、さてこれらのものをどう処分しよう？　この靴下と裾のきれっぱしとポケットの裏を、どこへすてたらいいだろう？》

彼はそれらをひとまとめににぎりしめて、部屋のまん中につっ立っていた。《ペチカへほうりこもうか？　だがペチカの中はまっ先にかきまわされるだろう。燃やしてしまうか？　だが、何で？　マッチもない。いや、それよりどこかへ行って、捨ててこよう。そうだ！　捨てたほうがいい！》彼はまたソファに腰を下ろしながら、自分に言いきかせた。《いますぐ、捨てに行こう、ぐずぐずしてはいられぬ！……》しかし、そう思いながらも、彼の頭はまたもや枕の上へ垂れおちた。またたえがたい悪寒が彼の身体を氷のようにした。また彼は外套をひきよせた。そして何時間か、かなり長いこと、たえず一つの考えにうなされつづけていた――《いますぐ、即刻、どこかへ行って、すっかり捨ててしまうんだ、目につかないように、早く、一刻も早く！》彼は何度かソファからとび起きようとして、もがいたが、もう起き上がることができなかった。ドアをはげしくノックする音で、彼はやっとはっきり目をさました。「開けなさいな、生きてるのかい、それとも死んでるの？　ほんとに、ごろごろ寝てばかりいるんだから！」とナスターシヤが、拳《こぶし》でドアをどんどん叩《たた》きながらどなった。「日がな一日、犬みたいに、寝くさってさ！　ほんとに犬だよ！　開けなさいってば。もう十時すぎだよ」

「はてな、留守かもしれんぞ！」と男の声が言った。

《やっ！　あれは庭番の声だ……何しに来たのだろう？》

彼はとび起きて、ソファの上に坐《すわ》った。胸が痛くなったほど、心臓がどきどきした。

「だって、誰が鍵をかけたのさ？」とナスターシヤが言い返した。「あきれたよ、鍵なんてかけてさ！　誰もあんたなんか盗みゃしないよ！　開けなさいったら、しようがないねえ、もう寝あきたでしょ！」

《何用だろう！　どうして庭番が？　ばれたな。頑張《がんば》るか、それとも開けるか？　くそ、なるようになれ……》

彼は腰をうかして、身体を前へのばし、鍵をはずした。

部屋はソファから手をのばして鍵をはずせるほどの狭さだった。

果して、庭番とナスターシヤが立っていた。

ナスターシヤはなんとも妙な顔をして彼を見まわした。彼は突っかかるようなふてくされた態度でジロッと庭番をにらんだ。庭番は、緑色の蠟《ろう》で封印をした灰色の二つ折りの紙を、黙ってさしだした。

「通達だよ、役所から」庭番はその紙をわたしながら、言った。

「どこの役所から？……」

「警察から呼び出しだよ、署へ出頭しろって。どこの役所が、聞いてあきれるよ」

「警察へ！……なぜ？……」

「そんなことおれが知るかい。来《こ》いっていうんだから、行ったらいいさ」

庭番はさぐるような目でラスコーリニコフを見て、それからあたりを見まわしたうえで、くるりと背を見せて立ち去りかけた。

「なんだかすっかり病人になってしまったようだね？」とナスターシヤが、彼から目をはなさないで言った。庭番もちょっと振り向いた。

「昨日から熱があったから」と彼女はつけ加えた。

ラスコーリニコフは返事をしないで、封も切らずに手紙をにぎりしめていた。

「だったら、起きないほうがいいよ」ナスターシヤはすっかりかわいそうになって、彼がソファから足をおろしかけるのを見ると、急いで言った。「病気なんだから、行かなくたっていいよ。怒りはしないさ。おや、その手に持ってるのは何だね？」そう言われて見ると、彼は右手に切りとったズボンの裾、靴下、ポケットの裏のちぎれをにぎりしめていた。そのまま眠っていたのだった。あとになって、そのときのことをいろいろ考えてみると、熱にうかされてうとうとしながら、ますますかたくそれらをにぎりしめ、そのままた眠ってしまったことが思い出された。

「あきれたねえ、ぼろを集めて、宝ものみたいに抱いて寝ているんだよ……」そう言ってナスターシヤは、例の病的に神経質な声をあげて笑いころげた。彼はとっさにそれを外套の下へおしこむと、食い入るような目で彼女を見すえた。彼はそのとき思考力が極度に弱まっていたが、それでも、逮捕に来たのなら、こんな扱いはしないだろうということは感じていた。《だが……警察から？》

「お茶でも飲んだら？　どう、飲んでみる？　持ってきてやるよ、残ってるから……」

「いいよ……でかけるから、すぐでかける」彼は立ち上がりながら、呟《つぶや》いた。

「行くのはいいけど、階段からころげおちない？」

「でかけるよ……」

「勝手になさい」

彼女は庭番のあとについて立ち去った。彼はすぐに明るいほうへとんで行って、靴下とぼろきれをしらべた。《しみはあるが、それほど目立たぬ。すっかり汚れて、すれて、もう色がなくなっている。そうと知っている者でなけりゃ——ぜんぜん見分けがつくまい。とすれば、あれだけ離れていたし、ナスターシヤは気がつかなかったろう。よかった！》そこで今度はびくびくしながら封を切って、通達を読みはじめた。長いことかかって読んで、やっと意味がわかった。それは今日の九時半に区の警察署に出頭せよという、なんでもない通達だった。

《それにしても、こんなことがいままでにあったろうか？　警察に呼ばれる理由なんておれにはぜんぜんないがなあ！　しかもどうしてよりによって今日あたり？》彼は苦しい疑惑につつまれながら考えた。《ああ、もうさっさとどうともしてくれ！》彼はひざまずいて祈ろうとして、自分でも笑い出してしまった、——祈りがおかしかったのではない、そんな自分がおかしかったのである。彼は急いで服を着はじめた。《だめになるならなればいいさ、どうせ同じことだ！　靴下をはいてやろう！》という考えがふと頭にうかんだ。《もっと埃《ほこり》に汚れてこすられたら、痕がなくなるだろう》ところが、はいたとたんに、ぞうっとして、またすぐけがらわしそうに脱ぎすてた。脱ぎすててはみたものの、考えてみると、他《ほか》にはくものがないので、またそれをひろってはいた——そしてまた笑いだした。《こんなことは無意味だよ、大したことじゃない、形の上だけのことさ》彼はちらっと、意識のはしっこでこんなことを考えたが、そのくせ全身ががたがたふるえていた。《現に、このとおりはいたじゃないか！　結局は、はいてしまったじゃないか！》しかし笑いは、すぐに絶望にかわった。《だめだ、おれにはできない……》――彼はふと思った。足がふるえた。《恐怖のためだ》――彼はそっと呟いた。熱のためにめまいがして、頭がずきずき痛んだ。《これはずるい計画だ！　おれを欺《だま》して呼びよせて、不意打ちに責めて泥《どろ》をはかせようというのだ》彼はこんなひとり言をつづけながら、階段へ出た。《いけない、こんなうわごとばかり言っていては……うっかりばかなことを言いだしかねんぞ……》

階段をおりかけて、彼は品物をすっかり壁紙のかげの穴にかくしたままにしてきたことを思い出した。《ひょっとしたら、わざとおれを誘い出して、留守の間に家《や》さがしをする肚《はら》かもしれん》そう思うと、彼は足をとめた。ところが深い絶望と、そんな言い方があるとしたら、破滅のシニスムというようなものが、突然はげしく彼をおそった。そこで彼はなげやりに片手をふると、階段をおりはじめた。

《ただ早くなんとかなってくれ！……》

通りはまた気が狂いそうな暑さだった。この数日一滴の雨も降らないのだ。またしても土埃、煉瓦《れんが》、石灰、またしても小店や居酒屋から流れでてくる悪臭、そしてのべつ行き交《ゆか》う酔っぱらい、フィン人の行商人、半分こわれかかった馬車。強い日光にちかちか目をさされて、ラスコーリニコフは目が痛くなり、頭がひどくぐらぐらしだした。――これは明るく晴れわたった日に急に外へ出た熱病患者には、よくある症状である。

昨日の通りへ折れる曲り角まで来ると、彼は苦しい胸さわぎがして、ちらとそちらへ目をやり、あの建物を見た……が、すぐに視線をそらした。

《聞かれたら、おれは、言ってしまうかもしれぬ》彼は警察署のほうへ近づきながら、ふと思った。

警察署は彼の住居《すまい》から二百五、六十メートルのところにあった。まだ、新築の建物の四階に移転したばかりだった。もとの署には、いつだったかもうだいぶまえのことだが、ちょっと立ち寄ったことがあった。門をくぐりながら、右手のほうの階段を見ると、帳簿をもった男が下りてくるのが目についた。《庭番らしいな。すると、署はあっちだな》そう思うと、彼は見当で階段をのぼりはじめた。誰にも何も聞きたくなかった。

《入ったら、ひざまずいて、いっさいを告白しよう……》と、四階の階段にかかると、彼は心に思った。

階段はせまくて、急で、一面に汚れ水がこぼれていた。一階から四階までどの部屋の台所も階段に向いて開けっ放しになっていて、ほとんど一日中こうだった。そのためにむしむしして息がつまりそうだった。帳簿を小脇《こわき》にかかえた庭番や、巡査や、さまざまな男女の外来者などが、階段をのぼり下りしていた。署のドアも大きく両側へ開け放されていた。ラスコーリニコフは控室へ入ると、立ちどまった。そこには百姓風の男たちが立ったまま待っていた。ここもひどいむし暑さだった。おまけに、部屋の塗り直しをしたために、腐ったニスの上に塗ったペンキがまだ生乾《なまかわ》きで、むかむかするような臭《にお》いが鼻をさした。しばらく待ってから、彼はもうひとつ先の部屋へ行ってみることにきめた。どの部屋もせまくて、天井《てんじょう》が低かった。せきたてられるような焦《あせ》りが彼を先へ先へ進ませた。誰も彼に気がつかなかった。二番目の部屋には書記らしい男たちが机に向って書きものをしていた。彼よりいくらかましという程度の身なりで、なんとも妙な風采《ふうさい》の男たちばかりだ。彼はその中の一人のまえへ進んだ。

「何用だね？」

彼は警察からの呼出状を示した。

「きみは学生だね？」と、相手は呼出状をちらと見て、尋ねた。

「そう、元学生です」

書記は彼をじろじろ見たが、別になんの興味もなさそうな顔つきだった。それはどういうのかことさらに髪をぼさぼさにした男で、目には片意地な考えがやきついていた。

《こんな男には何を聞いてもむだだ、何がどうなろうと知っちゃいないって面《つら》だよ》と、ラスコーリニコフは考えた。

「あちらへ行きなさい、事務官のところへ」と言って、その男は指を一本つきだして、いちばん奥の部屋をさした。

彼はその部屋へ入った（かぞえて四番目の部屋だ）。そこもせまくるしい部屋で、人でいっぱいだった、——いままでの部屋よりはいくらかましな服装の連中である。出頭者の中に婦人が二人まじっていた。一人はみすぼらしい喪服を着て、事務官の机のまえに坐って、彼の口述で何か書かされていた。もう一人はまるまるとふとって、赤黒い顔にぶちのある派手な女で、どういうのかおそろしくけばけばしい服を着て、胸に茶わんの受け皿《うざら》ほどもあるブローチをつけ、わきのほうに立って、何かを待っていた。ラスコーリニコフは呼出状を書記官のまえへさしだした。事務官はそれへちらッと目をやって、《しばらく待っていてください》と言うと、また喪服の婦人とのしごとをつづけた。

彼はほっと息をついた。《どうやら、ちがうらしいぞ！》彼はしだいに元気がでてきた。そしてせいいっぱい自分をはげまし、気をしっかりもつようにと自分に言いきかせた。《ほんのちょっとした失敗、ごく些細《ささい》な不注意で、おれは身を滅ぼしてしまうかもしれんのだ！　うん……困ったことに、ここは空気が足りない》と彼はつけ加えた。《息苦しい……頭がますますくらくらする……思考力も……》

彼は自分がおそろしくとりみだしていることを感じた。自分で自分を抑えられないのではないかと恐《こわ》かった。彼は何かにしがみつき、何でもいいからぜんぜんよそごとを考えようとつとめたが、どうしてもだめだった。しかし、事務官が強く彼の興味をひいた。そして彼はしきりに事務官の顔をうかがい、何かを読みとろうとした。それは二十二、三のひどく若い男で、浅黒い顔は表情にとみ、年よりも老《ふ》けて見えた。流行の服を着たしゃれ者で、ポマードをテカテカにつけてきれいに櫛《くし》を入れた髪は、後頭のあたりまでかっきりと分け目をつけ、小さなブラシでみがきあげた白い指にはさまざまな指輪をたくさんはめて、チョッキには何本も金の鎖を下げていた。そこに居あわせた一人の外国人と、彼は二言ばかりフランス語をさえしゃべったが、えらくなめらかな調子だった。

「ルイザ・イワーノヴナ、おかけになったら」と彼は、椅子がすぐよこにあるのに、勝手にかけるわけにもいかぬらしく、さっきから立っていた赤黒い顔のおしゃれな婦人へちらと目をやって、言葉をかけた。

「ありがとうございます《イッヒ・ダンケ》」と婦人は、絹のすれる音をのこしながら、しずかに椅子に腰をおろした。白いレースの飾りのついた明るい空色の衣装が、まるで気球のようにふわッと椅子のまわりにひろがり、ほとんど部屋の半分を占領した。香水の匂《にお》いが流れた。だが婦人は部屋を半分も占領し、香水の匂いをぷんぷんさせていることを、明らかに気がねしているらしく、卑屈ともあつかましいともとれる微笑をうかべてはいたが、いかにも腰のおちつかない様子だった。

　喪服の女はやっと終って、立ちあがりかけた。そのとき不意に、かなり乱暴な音をたてて、一歩ごとにことさらに肩で風をきりながら、あふれそうな元気で一人の警部が入ってきて、徽章《きしょう》のついた制帽を卓の上にほうり出すと、どっかとソファにすわった。それを見ると、けばけばしい婦人ははじかれたように立ちあがって、こぼれるような愛嬌笑《あいきょうわら》いをつくって小腰をかがめかけた。ところが警部は素知らぬ顔で見向きもしなかったので、彼女はすっかりいじけて、もう腰をおろすことができなくなってしまった。この男は区警察署の副署長で、にんじん色の八字《はちじ》髭《ひげ》をピンと水平にはね、並はずれて卑《いや》しい顔つきをしていたが、しかしその顔もいくらかあつかましいところが目につくほかは、別にこれといってなんの表情もなかった。彼はすこしむっとした様子で、横目でラスコーリニコフをにらんだ。着ているものは一通りのきたなさではない、それに、いくら小さくなろうとしても、身なりに似合わず態度が大きい。ラスコーリニコフはなんの気なしにあまりにも長いあいだまともに副署長の顔を見つめていたので、相手はとうとう怒ってしまった。

「なんだおまえは？」と彼はどなった。こんなぼろをまとっているくせに、彼の鋭い目でにらまれてもケロッとしているのを見て、びっくりしたらしい。

「呼び出されたんです……通達で……」とラスコーリニコフはしどろもどろに答えた。

「それはその男、つまり大学生に金の支払いを督促する件ですよ」事務官は書類から目をはなしながら、あわてて言った。「これです！」そう言って彼は帳簿の中のその部分を指で示して、ラスコーリニコフのほうへほうってやった。「読んでみたまえ！」

《金？　どんな金だろう？》ラスコーリニコフは考えた、《でも……とにかく、あれでないことはたしかだ！》そう思うと、彼は嬉しさにぞくッとした。彼は急に言いようのないほど楽な気持になった。肩の重荷がすっかりおりた。

「で、何時に出頭せよと書いてあったかね、きみ？」と、どういうわけかますますいきり立ちながら、副署長が叫んだ。「九時と指定されているのに、もう十一時すぎじゃないか！」

「とどけられたのがやっと十五分まえですよ」ラスコーリニコフもだしぬけに、自分でも思いがけなくむかっとして、しかも腹を立てたことにいくらか満足をさえおぼえながら、肩ごしにどなるように答えた。「しかも熱病をおして来たんですよ、それだけでも結構じゃありませんか」

「どならないでもらいたい！」

「ぼくはどなっちゃいませんよ、しごくおだやかにしゃべっています。ぼくにどなっているのはあなたですよ。ぼくは大学生だ、どなりつけることは許しません」

副署長はかんかんに腹を立てて、しばらくは口もきけず、口をぱくぱくさせて泡《あわ》のようなものをはじきとばすばかりだった。彼はいきなり立ちあがった。

「だ、だ、だまりたまえ！　きみは役所にいるのですぞ。ぶ……ぶれいな言動はよしたまえ！」

「役所にいるのはあなたも同じだ」とラスコーリニコフは叫びかえした。「しかも、どなるばかりか、煙草《たばこ》をすっている。ぼくたちをばかにしている証拠だ」

こう言ってしまうと、ラスコーリニコフはなんとも言えぬ快感を感じた。

事務官はにやにや笑いながら二人を見ていた。怒りっぽい副署長は明らかにやりこめられたようだ。

「そんなことはきみの知ったことではない！」しばらくして彼は妙にうわずった不自然に高い声で叫んだ。「さあ、しかるべく答弁をしてもらおうか。この男に見せてやりたまえ、アレクサンドル・グリゴーリエヴィチ。きみに対する告訴だよ！　借金を払わんのだな！　まったく、たいした度胸だ！」

しかしラスコーリニコフはもう聞いていなかった。彼は一刻も早く謎《なぞ》をとこうとして、ふるえる手でしっかり書類をつかんだ。一度読み、二度読んでみたが、なんのことかわからなかった。

「これはいったいどういうことですか？」と彼は事務官に聞いた。

「つまりあなたは借用証書によって借金の返済を要求されているのですよ、支払い要求ですよ。あなたは手数料その他いっさいの費用をこめた金額を支払うか、さもなければいつ支払えるかということを書面をもって返答しなきゃならんわけです。それと同時に支払うまでは首都を出ることも、自分の持ち物を売ることもかくすことも許されません。しかも債権者はあなたの持ち物を売ることも、法律にしたがってあなたを処置することも自由です」

「でもぼくは……誰にも借金なんかありませんよ！」

「それはもうわれわれの関知したことではありませんな。われわれのところへはこのとおり期限がきれて、法律的に抗告が有効となった百十五ルーブリの借用証書が提出されているわけです。これは九カ月まえにあなたが八等官未亡人ザルニーツィナにわたした証書です。それが手形として七等官チェバーロフに支払われた。そこでわれわれは今日あなたに出頭してもらったというわけです」

「だってそれはぼくの下宿のおかみさんじゃありませんか？」

「おかみさんならどうだというのかね？」

事務官は、《どうだね、ご気分は？》とよってたかって新参者をからかいはじめたときのように、あわれみと同時にいくらかざまァ見ろといいたげにゆったりした微笑をうかべながら、ラスコーリニコフを見つめた。しかしいまのラスコーリニコフには借用証書が、督促が何だろう！　そんなものがいまの彼にとっていくらかでも不安の種になり得たろうか、ほんのすこしでも注意を向ける価値があったろうか！　彼は突っ立ったまま、読みもしたし、聞きもしたし、答えもしたし、自分から尋ねまでしたが、機械的にそうしていたにすぎなかった。自衛の勝利、重くおおいかかっていた危険からの解放——これがこの瞬間の彼の全存在をみたしていた。そこには予見もなければ、分析もなく、未来の憶測も見透《みとお》しも、疑惑も疑問もなかった。それは完全に衝動的な、純粋に動物的な歓喜の瞬間だった。ところがちょうどそのとき役所の中で、不意に稲妻が走り、雷が落下したようなできごとが起った。無礼な言葉に腹わたが煮えくりかえるような思いで、まだかっかしていた副署長が、明らかに傷つけられた名誉をばんかいしようとしたらしく、彼が入ってきたときからばかの見本のようなうす笑いをうかべながら彼をみつめていた例のかわいそうな《けばけばしい婦人》を、いきなりものすごい剣幕でどなりつけたのである。

「おい、貴様はなんという性《しょう》こりのない女だ」と彼はだしぬけに割れるような声でどなりつけた（喪服の婦人はもう帰っていた）。「昨夜の店のさわぎはなんだ？　あ？　またしても恥さらしな、町中《まちじゅう》に聞えるような大さわぎをしくさって、性こりもなくまた飲んだくれてとっくみあいだ。刑務所へでもぶちこまれたいのか？　わしはもう何度も言ったじゃないか、十度おまえに注意したはずだ、十一度目にはもう許さんとな！　それをおまえはまたやらかしおって、なんという性こりのない女だ！」

ラスコーリニコフは手にもっていた書類さえ思わずとりおとして、あっけにとられて、人まえでこれほど遠慮なくやっつけられた派手な婦人をきょとんとながめていたが、間もなくできごとの意味がわかると、急にそれに興味を感じはじめた。彼はおもしろそうに聞いていた。するとそのうちに、大声をあげて笑いころげたい気持にさえなった……身体中の神経がとめどもなくおどりくるった。

「イリヤ・ペトローヴィチ！」と事務官は見かねて口を出しかけたが、やめて、しばらく待つことにした。副署長がかっとなったら、腕をおさえる以外にとりしずめる方法のないことを、自分の経験で知っていたからである。

けばけばしい婦人はといえば、はじめのうちこそだしぬけの落雷にひどくふるえあがっていたが、おかしなことに、ののしりの口調がはげしくなり、言葉数が多くなるにつれて、彼女の態度はしだいにやさしくなり、雷警部に向けられた微笑はますますいろっぽくなってきた。彼女はその場で足をふみかえふみかえ、のべつ小腰をかがめて、言葉を返す機会がくるのをもどかしそうに待っていた、そしてついにその機会がきた。

「おやまあ、署長さま、わたしどもの店じゃさわぎとか喧嘩《けんか》とかそんなことはぜんぜんございませんでしたわよ」と彼女はだしぬけに、はきはきしたロシア語だが、ひどいドイツなまりで、まるで豆をまきちらしたようにまくしたてはじめた。「スキャンダルだなんて、とんでもございません、あの人たちは来たときから酔っていたんですよ。わたしはすっかり申しあげますがね、署長さま、わたしにはなんの落度もございいませんよ……うちの店は上品ですからね。署長さま、客あつかいも親切ですし、署長さま、それにわたしはいつだってスキャンダルなんて起らないように気をつかっているんですよ。ところがあの人たちときたら、へべれけになって店へ来て、さらに三本も酒を出させてさ、あげくが一人が両足をもちあげて、足でピアノをひきはじめたんですよ。うちのような上品な店でこんなことをされちゃたまりませんよ。おまけにピアノをひどくこわされて、やることがあまりにもひどすぎるので、わたしは言ってやったんですよ。するとその男はびんをにぎってふりまわしながら、みんなを追い立てるじゃありませんか。そこでわたしは急いで庭番を呼びにやったんですよ。庭番のカルルがくると、その飲んだくれはカルルをつかまえて、いきなり目をなぐりつけたんですよ。ヘンリエッタも目をなぐられたし、わたしは頬《ほ》っぺを五つもなぐられました。うちみたいな上品な店でこんな仕打ちってあんまりじゃありませんか、署長さま、だからわたしはどなりつけたんですよ。すると飲んだくれは運河のほうの窓をあけて、窓によじのぼり、小豚みたいにキーキーわめきちらすんですよ、なんて恥知らずな。ねえ、通りに面した窓で、小豚みたいに、フイ、フイ、フイなんて、口にするのも恥ずかしい言葉をわめきちらすなんて、そんなことができまして？　だからカルルはうしろからフロックをつかんで、窓からひきずりおろしたんですよ。そのとき、ほんとですよ、署長さま、フロックの裾がちぎれたんですよ。するとそいつが弁償に十五ルーブリ払えってどなりたてるので、わたしはね、署長さま、フロックの裾の弁償として五ルーブリ払ってやったんですよ。まったくいやな客でしたわ、署長さま、まったく迷惑ったらありませんよ！　おまけにこんなことを言うんですよ。貴様を諷刺《ふうし》でこっぴどくやっつけてやるぞ、おれはどの新聞も顔だからな、だなんて」

「すると、文士というやつだな？」

「そうなんですよ、署長さま、ほんとになんて品の悪い客なんでしょうねえ、署長さま、うちみたいな上品な店にきて……」

「まあ待て！　もういい！　わしはおまえにもう何度も言いわたしておいたぞ、いいな、はっきり言ったはずだ……」

「イリヤ・ペトローヴィチ！」とまた事務官が意味ありげに言葉をかけた。中尉はちらりとそちらを振り向いた。事務官はそっとうなずいてみせた。

「……では、ラウィーサ・イワーノヴナ、いまからあんたに対するわしの最後の注意をあたえる、これがほんとうの最後ですぞ」と副署長は言葉をつづけた。「もしもあんたのその上品な店でだ、今後一度でもスキャンダルが起ったら、わしはそのときこそ、高尚《こうしょう》な言いまわしをすればだな、あんたの責任を求めますぞ。いいですな？　するとなんだ、その文士は、作家は、《上品な店》で上衣の裾の代償として五ルーブリを受け取ったのだな？　そんなやつらだよ、作家なんてやつは！」そう言って彼は軽蔑《けいべつ》のまなざしをちらとラスコーリニコフに投げた。「一昨日《おととい》も安料理屋でそれと同じような事件があった。飯をくらっておきながら、金を払おうとしない、そして《その代りこの店のことを諷刺小説に書いてやる》というんだ。汽船でも先週似たようなことがあった。人望ある五等官の家族、つまり奥さんと娘が、聞くにたえないような卑猥《ひわい》な言葉でののしられたのだ。先日もある喫茶店から一人つまみ出された。作家とか、文士とか、学生とか、記者とかいうやからは、こんなやつらだよ……ペッ、胸くそがわるい！　さて、あんたは帰ってよろしい！　そのうちのぞきに行くからな……そのときはへまをしちゃいかんぞ！　わかったな？」

ルイザ・イワーノヴナはいそがしい愛想笑《あいそわら》いをうかべながらせかせかとあたりへ小腰をかがめはじめた、そしてペコペコしながら入り口まで後退《あとずさ》った、ところが入り口のところで、くもりのないつやつやした顔にみごとな薄亜麻色の頬《ほお》ひげを生やした堂々たる警部に、いきなり尻《しり》をぶっつけた。それは区警察署長のニコージム・フォミッチだった。ルイザ・イワーノヴナはあわてて床につくほど低くお辞儀をすると、ちょこちょこと小走りに事務所からとび出していった。

「また落雷、稲妻、竜巻《たつまき》、旋風《つむじかぜ》か！」とニコージム・フォミッチは愛想よい笑顔をイリヤ・ペトローヴィチに向けた。「また心臓を刺激されて、沸騰《ふっとう》しましたな！　階段のところからもう聞えましたよ」

「いや、なに！」とイリヤ・ペトローヴィチは坊ちゃんらしいぞんざいさで言って（それもなにとはっきり言ったわけではなく、《やァ、あァに！》というふうに聞えた）、何かの書類をもって一歩ごとに足のほうへ肩をつき出す珍しい歩き方で、ほかの机のほうへ歩いて行った。

「これですよ、見てください。この作家先生、じゃない大学生、といっても元がつきますがね、空手形をわたして、金は払わん、部屋はあけんというわけで、のべつ苦情がくる、それで呼び出したら、わしがこの席で煙草をすったというので、文句をつけるんですよ！　自分が卑劣な振舞いをしていながら、どうです、見てくださいよ、まったく素敵な格好をしてるじゃありませんか！」

「貧は罪ならずだよ、きみ、まあしかたがないさ！　きみは短気者だ、侮辱をがまんできなかったのはわかるよ。あなたも、きっと、何かがかんにさわって、自分をおさえられなかったのですな」とニコージム・フォミッチは愛想のいい顔をラスコーリニコフのほうに向けながら、言葉をつづけた。「でもそれは無意味ですよ。はっきり言いますが、この男は素姓のいいことは申し分ないのだが、ただひどい短気者でねえ！　かっとなると、すぐに火の玉のようになるが――他意はないのですよ！　じきにケロリとさめます！　あとにのこるのは黄金のような心だけです！　連隊では《火薬中尉》というあだ名をつけられていたんですよ……」

「その連、連隊がまたふるっていたよ！」とイリヤ・ペトローヴィチは、こころよいくすぐりをきかされて、ぐっと得意になったが、それでもまたふくれ面《つら》をしながら、大声で言った。

ラスコーリニコフは突然彼らみんなに何か特別に愉快なことを言ってみたくなった。

「いや、とんでもないですよ、署長さん」と彼は不意にニコージム・フォミッチのほうを向きながら、ひどくなれなれしい調子で言いだした。「ぼくの立場にもなってくださいよ……ぼくに何か無礼な点があったら、あやまろうとさえ思っていたのですよ。ぼくは貧しい病身の学生です。貧乏にうちのめされている男です（彼はほんとうに《うちのめされている》と言ってのけた）。ぼくは元大学生です、というのは、いまは学資がつづかないからです。でもぼくは金を受け取ることになっています……N県に母と妹がいます……送金してくれるはずです。そしたら……払います。下宿のおかみはいいひとですが、ぼくが家庭教師の口をなくして、もう四カ月もためているものですから、すっかり腹を立てて、食事もだしてくれません……しかしその手形というのはなんのことか、ぼくにはぜんぜんわかりません！　いまおかみはその借用証書をたてにとってぼくに支払いを要求しているということですが、いったいどうして払ったらいいでしょう、ぼくの身にもなってください！……」

「でもそれはわれわれの関知しないことだ……」とまた事務官が意見をのべかけた……

「まあ、まあ、まったくそのとおりです。でもぼくにも一言いわせてください」とラスコーリニコフは事務官のほうへは見向きもせずに、ニコージム・フォミッチの顔へ目を向けたまま、せきこんで言った。彼は同時になんとかしてイリヤ・ペトローヴィチの注意もひきたいと思ったが、相手はかたくなに書類をしらべるようなふりをして、頭から黙殺してかかっていた。「ぼくの立場からも釈明させてください。ぼくはあの下宿にはもう三年越し住んでいるんですよ。田舎から出てくるとすぐからです。そしてまえに……まえに……まあぼくだって、すっかり言ってしまっていけないことはないでしょう。あそこに住むとすぐ、ぼくはおかみの娘と結婚することを約束したのです。口約束ですから、別にどうっていうことはありませんがね……かなりいい娘でしたよ……まあ、好きにさえなりましたよ。といっても惚《ほ》れこんだわけじゃありませんがね……一口に言えば、若さというやつですよ。こんなことを言いだしたのは、あの頃《ころ》おかみがぼくにたくさんの金を貸してくれて、ぼくはまあのんきな生活をしていたってことを、言いたかったのですよ……ぼくはまったく軽薄でした……」

「そんなのろけ話をせいとは、誰もきみに言ってやしないよ、それに暇もない」とイリヤ・ペトローヴィチはぞんざいに、勝ち誇ったようにさえぎろうとしたが、ラスコーリニコフは勢いこんでそれをおしとどめた。しかし彼は急にしゃべるのがひどく億劫《おっくう》になってしまった。

「でも、お願いです。どうかぼくに、すこしでも、まあ一通りしゃべらせてください……事情がどうであったか、そして……ぼくとしても……こんなことをしゃべるのは、おっしゃるとおり、余計なこととは思いますが、でも、——一年前にその娘はチブスで死にました。しかしぼくはそれまでどおり下宿人としてのこりました。おかみさんはいまの住居に移ると、ぼくに言いました……しかも心からやさしく言ったのです……わたしはあなたをすっかり信用しています……それはそれとして、これまであなたにお貸しした分、百十五ルーブリの借用書を入れてはいただけまいか、とこう言ったのです。まあ聞いてください、それからおかみさんは、ぼくが借用書をわたすとその場で、これからもまたいくらでもお貸ししますわ、わたしとしては決して、決して、あなたが払ってくれるまで、この証書をたてにとるようなことはしませんから、とたしかに言いました。これはおかみさんが言ったそのままの言葉です……それがいまになって、ぼくが家庭教師のくちを失い、食べるに困っているのに、こんな支払い要求を訴えるなんて……いったいぼくはどう言ったらいいのです?」

「そういう感傷的なこまかい事情はだね、きみ、われわれには関係のないことだよ」とイリヤ・ペトローヴィチは尊大にさえぎった。「きみは返答をあたえ、義務の履行を誓えばそれでよろしい。きみが惚れられたとか、どうしたとかそんな涙っぽい話には、われわれはぜんぜん用がない」

「もういい、きみはどうも……酷《ひど》すぎるよ……」ニコージム・フォミッチは卓について、やはり書類に署名をしはじめながら、呟くように言った。なんとなく気がさしたのである。

「書きなさい」と事務官がラスコーリニコフに言った。

「何を書くのです?」ラスコーリニコフはどういうのかことさらに乱暴に聞きかえした。

「わたしが口授します」

ラスコーリニコフには、事務官がいまの打ち明け話をきいてからいっそうぞんざいで、さげすむような態度になったように思われた。――ところが、おかしなことに、――彼自身にとっては、思いがけなく、誰がどんなことを思おうがまったくどうでもよくなった。しかもこの変化はなんと一瞬の間に、あっという間に起ったのである。もしも彼がちょっとでも考える気になったら、もちろん、つい一分まえによくも彼らにあんな話をしたり、おまけに自分の感情を無理におしつけようとしたりなどできたものだと、われながらあきれたにちがいない。それにしても、どうしてあんな気持になったのだろう？　いまはそれどころか、この部屋が不意に警察官たちではなく、もっとも親しい友人たちでいっぱいになったとしても、彼らに対して人間的な言葉を一言も見つけることができなかったろう。一瞬のうちにそれほどまでに彼の心は空虚になったのである。苦しい果てしない孤独と疎遠の暗い感情が不意にはっきりと彼の心にあらわれた。彼の心の向きをこれほど不意に変えたのは、イリヤ・ペトローヴィチに対する告白の卑屈さでもなければ、彼に対する警部の勝利感の低劣さでもなかった。とんでもない、いまの彼にとっては自分の卑劣さなど何であろう、名誉心だとか、警部だとか、ドイツ女だとか、徴収だとか、警察だとか、そんなものが何であろう！　よしんばいまこの瞬間火刑を宣告されたとしても、彼はぴくりともしなかったろう、それどころかそんな宣告にろくすっぽ耳もかさなかったにちがいない。彼の内部には何かしら彼のまったく知らない、新しい、思いがけぬ、これまで一度もなかったものが生れかけていたのである。彼はそれを理解したわけではなかったが、はっきりと感じていた。感覚のすべての力ではっきりとつかみとっていた、——彼はもう二度とあんな感傷的な告白はもちろんのこと、およそどんなことであろうと、警察署のあんな連中に打ち明けたりはしないであろう。それどころかたとえそれが警察署の警部どもではなく、彼と血を分けあった兄弟や姉妹たちであっても、生涯《しょうがい》のどんな場合にも、彼には打ち明ける理由はまったくないのだ。彼はこの瞬間までこのような奇妙な恐ろしい感覚を一度も経験したことがなかった。そして何よりも苦しかったのは——それが意識や理解ではなく、むしろ感覚だったことである。直感、これまでの人生で経験したあらゆる感覚のうちでもっとも苦しい感覚であった。

事務官はこういうケースにおきまりの返答の形式を口述しはじめた、つまりいま支払うことはできないが、某月某日までに（あるいはいずれそのうちに）支払うことを約束する。当市をはなれない。財産を売却も、贈与もしない等々。

「おや、あなたは書くこともできませんな、ペンが手からこぼれそうですよ」と事務官は好奇心をそそられてじろじろラスコーリニコフを見ながら、注意をあたえた。

「身体ぐあいがよくないのですか？」

「え……めまいがして……先をつづけてください！」

「それで結構です。署名してください」

事務官はその書類を受けとると、他のしごとにとりかかった。

ラスコーリニコフはペンを返したが、腰をあげて立ち去ろうとしないで、両肘《りょうひじ》を卓について、両手で頭をかかえこんだ。まるで釘《くぎ》を脳天にうちこまれたような苦痛だった。不意に奇妙な考えがわいた。いますぐ立ち上がって、ニコージム・フォミッチのまえへ行き、昨日の一件を細大もらさず告白しよう。それからいっしょに部屋へ行って、隅の穴の中にかくした盗品を見せよう、というのだ。この衝動はあまりに強烈だったので、彼はそれを実行するためにもうふらふらと立ち上がっていた。

《せめてちょっとの間でも考えてみるべきではないか？》こんな考えがちらと頭をよぎった。《いや、何も考えないで、ひと思いにさばさばしたほうがいい！》

ところが不意に、彼は釘づけにされたように立ちどまった。ニコージム・フォミッチがひどく興奮してイリヤ・ペトローヴィチにまくしたてていたが、その言葉が彼の耳に入ったのだ。

「そんなばかなことがあるか、二人とも放免になるさ。第一、何もかも矛盾してるじゃないか。考えてみたまえ。あれが二人の仕業としたらだ、どうして彼らが庭番を呼んだのだ？　自分を告発するためかい？　それともわざとごまかすためか？　いや、そこまでずるく立ちまわるとは考えられぬ！　そこで、学生ペスチャコフだが、彼は門を入るちょうどそのときに、門のそばで二人の庭番と一人の女に会っている。彼は三人の友だちといっしょに来て、門ぎわで別れたが、まだ友人たちがいるときに、庭番に住居のことをいろいろ尋ねたというのだ。もしもそういうたくらみをもって来たのなら、住居のことなんて尋ねるだろうか？　さてコッホだが、あれは老婆を訪ねるまえに、下の銀細工師のところに三十分もいて、ちょうど八時十五分まえにそこを出て老婆の部屋へのぼって行ったというのだ。そこで考えてみたまえ……」

「それならですよ、どうして彼らの言うことにあんな矛盾が生れたのでしょう？　自分たちではっきり言ってるじゃありませんか、たたいてみたが、ドアには掛金がおりていた。それが三分後に、庭番をつれて行ってみると、ドアが開いているなんて、そんなばかな……」

「そこが問題だよ。犯人はきっと中にいて、掛金をおろしていたんだ。だからコッホが庭番を迎えに出かけて行くようなへまをやらなかったら、犯人はきっとつかまっていたはずだ。ところがやつはそのわずかの合間に、まんまと階段を下り、どういう方法かで彼らをやりすごしたのだ。コッホは大げさに両手で十字を切って、『もしもわたしがあそこにのこっていたら、犯人はとび出てきて、わたしを斧《おの》でたたき殺したでしょう』だってさ。謝恩祈禱《きとう》でもあげたそうな喜びようだぜ、ヘッヘッ！……」

「だが、誰一人犯人を見たものがないじゃありませんか？」

「どこに、見られるものかね？　あの家は——ノアの箱舟ですよ」と、話を聞いていた事務官が、自分の席から意見をのべた。

「真相は明白だよ、じつに明白だよ！」とニコージム・フォミッチは熱をこめてくりかえした。

「いや、きわめて不確かですな」とイリヤ・ペトローヴィチははっきりと言いきった。

ラスコーリニコフは帽子を手にして、ドアのほうへ歩きだしたが、戸口まで行きつかなかった……

気がついて、見ると、彼は椅子に坐っていた。右から一人の男に支えられ、左には別な男が黄色い液体をみたした黄色いコップを持って立っており、まえにはニコージム・フォミッチが立って、注意深く彼を見まもっていた。彼は椅子から腰をあげた。

「どうしました、病気かね？」とニコージム・フォミッチはかなりけわしく尋ねた。

「この方は署名するときも、ペンを持っているのがやっとでしたよ」と事務官が、自分の席にもどり、また書類の整理にかかりながら、言った。

「いつから病気だね?」イリヤ・ペトローヴィチも書類を選《え》りわけながら、自分の席からどなりつけるように言った。彼ももちろん、ラスコーリニコフが気を失って倒れたとき、心配そうにのぞきこんだ一人だが、気がつくと同時に、そそくさとはなれたのだった。

「昨日から……」とラスコーリニコフは呟くように答えた。

「昨日は外出したかね?」

「しました」

「病気じゃなかったのか?」

「病気でした」

「何時頃?」

「夕方七時すぎ」

「失礼だが、どちらへ?」

「街へ」

「簡単明瞭《めいりよう》だね」

ラスコーリニコフはぽつりぽつりと吐き出すように答えた。顔は紙のように蒼白《そうはく》で、黒い充血した目をイリヤ・ペトローヴィチの視線からはなさなかった。

「この男は立っているのもやっとなのに、きみは……」とニコージム・フォミッチは軽く注意をうながそうとした。

「かまわん！」イリヤ・ペトローヴィチは妙に角ばった語調で言いきった。ニコージム・フォミッチはまだ何か言おうとしたが、事務官もひどく緊張した目でじっと彼を見つめているのに気づくと、口をつぐんだ。みな急に黙りこんだ。奇妙な空気だった。

「まあ、よかろう！」とイリヤ・ペトローヴィチがけりをつけた。「あなたをひきとめはしないよ」

ラスコーリニコフは部屋を出た。彼は、部屋を出ると同時に活発な争論がはじまったのを、わけてもニコージム・フォミッチのあやしむような声がひときわはっきりしていたのを、聞きわけることができた……通りへ出てから、彼はすっかりわれにかえった。

《捜索、捜索、すぐに捜索がはじまるぞ！》彼は家へ行きつこうと急ぎながら、ひとり言をくりかえした。《強盗ども！　おれを疑ってやがる！》先ほどの恐怖がまた足の先から頭のてっぺんまで、彼の全身をとらえた。

《だが、もう捜索されていたら？　部屋へ帰ったら、ちょうど彼らが来ていたらどうしよう？》

2

そうこうするうちに、もう部屋まで来た。無事だ、誰《だれ》もいない。誰ものぞいた形跡がない。ナスターシヤさえ手をふれていなかった。それにしても、なんということだ！　どうしてさっきはこれらの品物をすっかりこんな穴の中にのこして行けたのか？

彼は隅《すみ》へかけよって、手を壁紙の下へつっこみ、品物をつかみ出して、ポケットにねじこみはじめた。全部で八品あった。耳飾りか、あるいはそれに似たようなものが入った小箱が二つ、——彼はろくに見もしなかった。それからあまり大きくない山羊《やぎ》皮《がわ》のケースが四つ。鎖が一本はだかのまま新聞紙にくるんであった。それからもう一つ、これも新聞紙に包んであったが、勲章のようだ……

彼はそれらの品物をすっかり外套《がいとう》やあいているズボンの右ポケットなど、方々のポケットへ目立たないように苦心しながらしのばせた。財布も品物といっしょにとりだした。それから部屋を出たが、今度はわざとドアをすっかり開け放しにしておいた。

彼はさっさと、しっかりした足どりで歩いた。全身にひどい衰弱を感じたが、意識はちゃんとしていた。彼は尾行をおそれていた。三十分後、いや十五分後には、監視の指令がでるかもしれぬ。とすると、どんなことがあってもそれまでには証拠をかくしてしまわなければならぬ。まだいくらかでも体力と、ものを考える力がのこっている間に、うまく片づけてしまうことだ……では、どこへ行ったらいいのか？

それはもうかねがね決めていたことだ。《すっかり運河へ捨ててしまう、証拠を水中へほうむってしまえば、事はおわりだ》彼は昨夜のうちに、熱にうかされながらこう決意したのだった。そしてその都度、何度かがばと起きあがって、出かけようとしたことをおぼえていた。《早く、一刻も早く出かけて、すっかり捨ててしまわなければ》しかし捨てることは生やさしいことではないことがわかった。

彼はエカテリーナ運河のほとりを三十分も、いやそれ以上かもしれぬ、さまよい歩いていた、そして何度か運河への下《お》り口《くち》に行きあたり、そのたびに下をのぞきこんだ。しかし計画の実行は思いもよらなかった。あるいは下り口の水ぎわに洗濯場《せんたくば》があって、女たちが下着を洗っていたり、あるいは小舟がつないであったりして、どこも人がいっぱいで、それに岸のどこからでも見とおしで、大の男がわざわざ下りて行って、足をとめ、何か水の中へ捨てたら、怪しいと気づかれるにちがいない。しかもケースが沈まないで、流れたりしたらどうだろう？　そうとも、沈むはずがない。そしたらみんなに見られてしまう。そうでなくても、会う人がみな、まるで彼にだけしか用がないみたいに、振り返ってじろじろ見るではないか。《どうしてだろう、それとも気のせいでそんなふうに思われるだけかな》と彼は考えた。

しまいに、彼はふと考えた。こんなことならネワ河のどこかへ行ったほうがいいのではないだろうか？　あちらなら人は少ないし、ここほど目につかない、いずれにしてもここよりは都合がいいし、それに何よりも――ここから遠くはなれている。そう思うと彼はぎくッとした。どうして彼はせつない追い立てられるような気持で、こんな危険な場所を、三十分近くもうろうろしていたのだろう、こんなことはまえなら考えられなかったことだ！　こんなばかげたことにまるまる三十分もつぶしたのは、要は、それが夢の中で熱にうかされながら決めたことだからだ！　彼は極度に散漫で忘れっぽくなっていた。そしてそれを自分でも知っていた。なんとしても急がなければならなかった！

彼はV通りをネワ河のほうへ歩きだした。ところが途中でふと別な考えがうかんだ。《どうしてネワ河へ行くのか？　なぜ水の中へ捨てなければならんのか？　それよりもどこか遠いところへ、なんならまた島へでもわたって、さびしい森の中の藪《やぶ》かげでも見つけて、これらをすっかり埋めて、立ち木を目印におぼえておいたらどうだろう?》そして彼はそのとき自分がすべてを明確に正しく判断できる状態ではないことを感じてはいたが、それでもこの考えはまちがっていないような気がした。

しかしその島へも、彼はわたらない運命にあった。別な事態が彼を待ち受けていたのである。V通りから広場へ出たところで、彼は思いがけなく左手のほうに、完全なめくら壁にかこまれた外庭へ通じる入り口を見た。右手は、門のすぐ内側から遠く庭の奥まで、となりの四階建の家の窓のない荒壁がつづいていた。左のほうは、めくら壁と並行して、これも門のすぐ内側から、板塀《いたべい》が奥へ二十歩ほどつづいていて、その先は左へ折れていた。そこは仕切られたさびしい場所で、建築材料のようなものの置場になっていた。その先には、庭の奥に、板塀の間から低いすすけた石造の小舎《こや》の一角が見えたが、どうやら何かの仕事場の一部らしい。きっと箱馬車製造所か、鉄工所か、あるいは何かそうした類《たぐ》いの仕事場があるのだろう。ほとんど門ぎわから、庭一面に、石炭の粉で真っ黒になっていた。《ここだ、ここへそっとすてて、かえろう!》という考えが不意に彼の頭にうかんだ。彼は邸内に人影のないのをたしかめて、するりと門をくぐった。するとたんに、門のそばの板塀の根方に水おとしの土管がうめてあったが(職工や、労働者や、御者などが多く住んでいる建物にはたいていこういう設備があった）、そのすぐ上の板塀にこういう場所にはつきものの落書きがチョークで書いてあるのが目についた。《小便無用》こういうものがあるところを見ると、ここへ立ち寄って、ぐずぐずしていても、すこしも怪しまれる心配がないから、かえって好都合だ。《ここでひと思いに、どこかのゴミの中へでも捨てて、帰ろう》

もう一度あたりを見まわしてから、彼はそろりとポケットへ片手をつっこんだ、そのとたんに外側の壁のすぐきわに大きな粗石《あらいし》がおいてあるのに気がついた。石は目方にして一プード半（訳注　約二十五キログラム）もあろうか、やっと一アールシン（訳注　約七十センチメートル）ほどの幅しかない塀と土管の間にあって、通りに面した石塀にひっついていた。その塀の向うは歩道から往来になっていて、通行人たちのせかせかした足音が聞えた。このへんはいつも人通りが割合いに多かった。門の外側からは見えはしないが、誰かが入ってくればすぐに見られる、しかもその懸念《けねん》は十分にあった、だから急がなければならなかった。

彼は石の上にかがみこむと、石の上部に両手をかけてしっかりとつかみ、身体中《からだじゅう》の力をふりしぼって、石をひっくりかえした。石の下には小さなくぼみができていた。彼はすぐにポケットの中のものを全部そこへおとしこみはじめた。財布がいちばん上になったが、それでもまだくぼみはいっぱいにはならなかった。それから彼はまた石に手をかけると、ひところがしで元のところへ押したおした。石はほんの心持ち高くなったようだが、いいぐあいに元の場所におさまった。彼は土を足でかきよせて、石のまわりを踏みかためた。跡はぜんぜんわからなくなった。

そこで彼は門を出て、広場のほうへ歩きだした。またしても、さっき署で経験したように、がまんできないほどのはげしい喜びが、一瞬彼をとらえた。《証拠はいん滅した！　この石の下をさがそうなんて、まさか誰も思いつくまい！　あの石は、おそらく、あの家を建てたときからあそこにあったにちがいない、まあこれからもそれくらいの年月はあのままになっているだろう。よしんば見つかったところで、誰がおれを怪しもう？　すべては終った！　証拠がない！》そこで彼はにやりと笑った。そう、彼はあとで思い出したのだが、それはひくひくひきつったような、小きざみな、音もない長い笑いだった。彼は広場を通りすぎる間、のべつ笑いつづけていた。ところが一昨日《おととい》あの少女に出会ったK並木通りに入ると、彼の笑いはさっと消えた。別の考えが彼の頭にしのびこんできたのである。あのとき、少女が立ち去ってから、坐《すわ》りこんで、あれやこれやもの思いにふけったベンチのそばを通るのが、急にむかむかするほどいやなことに思われた、そしてあのとき二十コペイカ銀貨をやったあのひげの巡査にまた会うのも、たまらなくつらい気がした。《あんなやつ、くたばっちまえ！》

彼は放心したように、呪《のろ》いの目をあたりへなげながら、歩いていた。彼のすべての思考がいまはある重大な一点のまわりをまわっていた、——そして彼は自分でも、それがたしかに重大な点であり、そしていま、ほかならぬいま、その重大な一点とまともに直面したことを感じていた、——しかもそれはこの二カ月来はじめてのことでさえあった。

《何もかも、だめになっちまえ！》彼は不意に限りない憎悪《ぞうお》の発作にかられて考えた。《ふん、できたことは、できたことだ、あんな婆《ばば》ぁや新生活なんか、勝手にしやがれだ！　ああ、これはなんと愚かしいことだ！……おれは今日、どれほど嘘《うそ》をついたり、卑劣なまねをしたことか！　さっきはあの犬畜生にもおとるイリヤ・ペトローヴィチにこびたり、へつらったり、なんという恥知らずだ！　だが、しかし、それもさわぐほどのことはないさ！　あんなやつらはどいつもこいつも、唾《つば》をはきかけてやりゃいいんだ。おれがこびたり、へつらったりしたことだって、そうさ。けたくそ悪い！　そんなことじゃない！　ぜんぜんそんなことじゃないんだ！……》

彼は不意に、立ちどまった。新しい、まったく思いがけぬ、きわめて単純な一つの疑問が、一時に、彼を惑乱させ、苦しいほどの驚愕《きょうがく》につきおとしたのである。

《実際にあれがみなばかげた偶然からではなく、意識的になされたとしたら、実際に一つの定められた確固たる目的があったとしたら、いったいどうしていままでおまえは財布の中をのぞいても見なかったのだ、何を手に入れたか知ろうともしないのだ？　なんのためにすべての苦しみを引き受けて、わざわざあんな卑劣な、けがらわしい、恥ずかしい真似《まね》をしたのだ？　そうだ、おまえはついいましがたあれを、あの財布を、やはりまだ見ていないほかの品々といっしょに川へ捨てようとしたのではなかったか……それはいったいどういうことだ？》

そうだ、そのとおりだ。すべてそのとおりだ。しかし、彼はそれをまえにも気づいていた、だからそれは彼にとってまるっきり新しい疑問ではない。しかも昨夜川に捨てようと決めたときは、なんのためらいもひっかかりも感じなかった、そうするのが当然で、ほかに方法がありえないような気がしたのだった……そうだ、彼はそんなことはすっかり承知していたし、すっかり理解していたのだ。しかもそうきめたのは、おそらくは昨日あそこで、トランクの上にかがみこんで、ケースをつかみ出したあの瞬間だったかもしれぬ……たしかにそうだ！……

《これはおれが重い病気にかかっているせいだ》結局彼は暗い気持でそう決めた。《おれは自分で自分をおびやかし、苦しめながら、自分のしていることが、わからないのだ……昨日も、一昨日も、このところずうっと自分を苦しめつづけてきた、——

病気が直ったら……自分を苦しめることもなくなるだろう……だが、すっかりは直りきらないとしたら、どうだろう? ああ! こんなことはもうつくづくいやだ!……》彼は足をとめずに歩きつづけた。彼はなんとかして気を晴らそうとあせったが、どうしたらいいのか、何から手をつけたらいいのか、自分でもわからなかった。ある一つの、抑えることのできない感覚が彼をとらえて、刻一刻ますます強くなっていった。それは目に見えるまわりのいっさいのものに対する限りない、ほとんど生理的といえる嫌悪感《けんおかん》のようなもので、かたくなで、毒々しく、憎悪にみちていた。行き会う人々がことごとくいやだった、——顔も、歩く格好も、動作も、何もかも虫酸《むしず》がはしった。もし誰かが話しかけでもしようものなら、彼はものも言わずに唾をはきかけるか、もしかしたらかみついたかもしれぬ……

彼はワシーリエフスキー島の小ネワ河の河岸通《かしどお》りへ出ると、橋のたもとで不意に立ちどまった。《おやここか、あれはあいつの住んでいる家だ》と彼は考えた。《おかしいな、どうやらおれは自分からラズミーヒンのところへやって来たらしいぞ! またあのときみたいに、ひともめするか……それにしても、傑作だ、おれはわざわざ来たのか、それともただ歩いているうちに、ここへ来てしまったのか? まあどうでもいいや。おれは言ったはずだ……一昨日……あれがすんだら翌日あいつを訪ねようって、

かまうものか、訪ねてやれ！　何もいまになったからって、寄れないことはあるまいさ……》

彼は五階のラズミーヒンの部屋へのぼっていった。

相手は家にいた。自分の小さな部屋でそのとき書きものをしていたが、自分でドアを開けてくれた。二人は四カ月ほど会っていなかった。ラズミーヒンはぼろぼろにすりきれたガウンを着て、素足にじかにスリッパをつっかけ、髪はぼうぼうにみだし、ひげもそっていなければ、顔も洗っていなかった。彼の顔におどろきのいろが浮んだ。

「どうしたんだい、きみ？」彼は入ってきた友人を足の先から頭のてっぺんまでじろじろ見まわしながら、叫ぶように言った。それからちょっと間をおいて、口笛を吹いた。「もうそんなにつまっているのかい？　おい、きみ、きみの格好にはわれわれ仲間も顔負けだよ」と彼はラスコーリニコフのぼろぼろの服をみながら、つけ加えた。「まあ坐れよ、疲れたろう！」そしてラスコーリニコフが自分の椅子《いす》よりもまだひどい油布張りのトルコ風ソファに、くずれるように坐りこんだとき、ラズミーヒンははじめて友が病気であることに気がついた。

「おい、きみはひどい病気だぜ。きみはそれを知っているのかい？」彼はラスコーリニコフの脈をはかりはじめた。ラスコーリニコフは手をひっこめた。

「いいよ」と彼は言った。「ここへ来たのは……つまり、家庭教師の口がぜんぜんないので……きみに頼もうと思ったんだ……だが、もういいんだよ……」

「わかるかい？　きみは熱にうかされているんだよ！」彼をじっと見守っていたラズミーヒンは、そう注意した。

「いや、熱にうかされてなんかいないよ……」ラスコーリニコフはソファから立ち上がった。ラズミーヒンの部屋へのぼってくるときは、彼は相手と顔をつきあわせなければならぬことになるのだとは、考えてもみなかった。そしていまといういま、とっさに、彼は世界中の誰ともぜったいに顔をあわせたくない気分になっていることを、はっきりとさとった。身体中の血がかっと熱くなった。彼はラズミーヒンの閾《しきい》をまたいだというだけで、自分に対する憎悪のためにほとんど息がつまりそうになった。

「さようなら！」と、だしぬけに言って、彼はドアのほうへ歩きだした。

「おいきみ待てよ、待てったら、おかしなやつだ！」

「いいよ！……」とまた同じことを言って、ラスコーリニコフは腕をふりきった。

「じゃきみは何しにここへ来たんだ、あんな別れ方をしたあとでさ！　頭がどうかしたんじゃないのか、おい？　こんなことって……侮辱というものだ。ぼくは放さないよ」

「それじゃ、言おう。ぼくがここへ来たのは、きみ以外に、ぼくを助けて……行動を起させてくれる者を、誰も知らないからだよ……だってきみは、誰よりも善良だし、つまり頭がいいし、それに判断力があるからだよ……それがいまになってぼくは、何もいらないことがわかったんだ、聞けよ、ぜんぜん何もだ……誰の助けも同情もだ……ぼくは自分で……一人きりで……もうよそうや！　ぼくにかまわんでくれ！」

「おい、ちょっと待てよ、煙突掃除！　まるで気ちがいだ！　まあぼくの話をきけよ、そのあとはどうしようときみの勝手だ。いいかい、ぼくだって家庭教師の口なんてないさ、そんなものくそくらえだ。ところで古物市場《トルクーチィ》にヘルヴィーモフという本屋がいるんだが、これがそもそも家庭教師の口みたいなものなんだよ。ぼくはいま商家の教師の口を五件ほどもちこまれても、これと見かえることはごめんだな。やっこさん怪しげな出版をやって、自然科学の本なんか出してるんだがね、——それがまた奇妙にあたるんだよ！　題だけはたいしたもんだがね！　きみはつねづねぼくを馬鹿《ばか》だと言っていたが、どうだ、きみ、ぼくよりも馬鹿なやつがいるんだぜ！　近頃《ちかごろ》は傾向がどうのとぬかしくさって、何もわからないくせにさ、だがぼくは、もちろん、おだててるよ。ここに二台とちょっと分（訳注　一台は本にして十六ページ）のドイツ語のテキストがあるけど、——ぼくに言わせれば、愚劣きわまるインチキ論文さ、要するに、女は人間なりや否《いな》や、という考察なんだ。おちはきまってるさ、人間なりともったいぶって証明してるよ。ヘルヴィーモフはこれを婦人問題のシリーズの一つとして出版を予定しているんだ。翻訳はぼくがやる。やっこさんこの二台半を六台にひきのばして、半ページほどの大げさな見出しをつけ、五十コペイカで売るんだよ。あたるぜ！　翻訳料は一台六ルーブリ、だから全部で十五ルーブリの約束だが、もう六ルーブリ前借りしちゃったよ。これが終ったら、鯨の話の訳にとりかかる。そのあとはルソーの《告白》の第二部から退屈きわまるおしゃべりをいくつかチェックしておいたが、それを訳すつもりだ。誰かがヘルヴィーモフに、ルソーはラジーシチェフ（訳注　十八世紀のロシアの思想家）に似ているなんて言ったんだよ。ぼくは、むろん、反対はしないよ、相手が相手だ！　ところでおい、《女は人間なりや？》の二台目を訳さないか？　訳すなら、いまテキストを持って行きたまえ、ペンも紙も持っていっていいよ――全部官給品だ――それから三ルーブリ渡すよ。なぜって、ぼくは全部の翻訳に対して前借りしたんだよ。つまり一台分と二台分の内金としてさ、だから三ルーブリはきみの取り分になるわけだ。終ったら――もう三ルーブリ受け取りたまえ。それからもう一つ、ことわっておくけど、ぼくはこれっぽっちも恩を着せるつもりはないからね、その点まちがわないでほしいな。それどころか、きみが来たとたん、ありがたい、早速一役買ってもらおうときめたんだよ。第一、ぼくは文章がまずいし、それにドイツ語がそれほど得手じゃない、だからぼくは勝手に作文をするほうが多くなるんだが、そのほうがかえっていいものができると思って、自分を慰めているんだよ。なあに、よくなるどころか、かえって悪くなるかもしれんが、そんなこと誰もわかりゃしないよ……どう、持っていくかい？」

ラスコーリニコフは黙ってドイツ語のテキストを受け取り、三ルーブリをもらうと、何も言わずに、部屋を出ていった。ラズミーヒンはあっけにとられてそのうしろ姿を見送った。ところが、もう一番街まで来てから、ラスコーリニコフは急に引き返して、またラズミーヒンの部屋へのぼっていった。そしてドイツ語のテキストと三ルーブリを机の上におくと、また一言も口をきかないで、部屋を出ていきかけた。

「おい、熱で頭がどうかしたんじゃないのか！」さすがにかっとなって、ラズミーヒンはどなった。「つまらん道化芝居はよせよ！　ぼくまで頭がへんになったじゃないか……じゃ、あんなことがあったのにどうしてここへ来たんだい、おいきみ？」

「いいんだよ……翻訳なんか……」もう階段を下りながら、ラスコーリニコフは呟《つぶや》いた。

「じゃ何がいるんだ？」と上からラズミーヒンが叫んだ。ラスコーリニコフは黙って下りていった。

「おいきみ！　下宿はどこだ？」

　返事はなかった。

「か、か、勝手にしろ！……」

　だが、ラスコーリニコフはもう通りへ出ていた。ニコラエフスキー橋の上で、彼はまったく不愉快なあるできごとのために、もう一度はっきりわれにかえらなければならなかった。箱馬車の御者が、三、四度大声で注意したのに、彼が危なく馬にひっかけられそうになったので、いきなりぴしゃりと彼の背を鞭《むち》でなぐったのである。なぐられた屈辱に火のようになった彼は、とっさに手すりのほうへとびのき（どういうわけか彼は、歩道ではなく、車道になっている橋の真ん中を歩いていたのだった）、憤《ふん》怒《ぬ》の形相で歯をくいしばり、ぎりぎり歯をかみ鳴らした。あたりにどっと笑い声が起ったことはいうまでもない。

「ざまァ見ろ！」

「常習犯だよ」

「知れたことさ、酔っぱらいの振りをして、わざと馬車にひっかけられ、それをたねにたかるんだよ」

「それが稼業《かぎよう》なんだよ、おまえさん、それを稼業にしてるんだよ……」

ところがそのとき、まだ手すりのそばにつっ立ったまま、背中をさすりながら、怒りからさめきらぬ血走った目で、遠ざかって行く箱馬車をくやしそうににらんでいると、彼はふと、誰かが彼の手に金をおしこむのを感じた。見ると、頭巾《ずきん》をかぶって山羊皮の靴《くつ》をはいた初老の商家のおかみと、その娘らしい、帽子をかぶってみどり色のパラソルをもった若い女だった。《とっておきなさいな、おまえさん、キリストさまのめぐみだよ》彼は受け取った。二人は通りすぎて行った。金は二十コペイカ銀貨だった。無理もない、二人は身なりと格好で彼を街頭で物乞《ものご》いをするほんものの乞食《こじき》と思ったのであろう、そして二十コペイカもはずんだのは、彼が鞭でなぐられたのを見て、すっかり同情心をそそられたからにちがいない。

彼は二十コペイカ銀貨を手の中ににぎりしめて、十歩ほど歩くと、ネワ河のほうへ顔を向けた。それは宮殿の見える方角だった。空にはひとちぎれの雲もなく、水は淡いブルーに近かった。こんなことはネワ河には珍しいことである。寺院の円屋根は、橋の上のここ、つまり、小礼拝堂《しょうらいはいどう》へ二十歩ばかりのところからながめるのがもっとも美しいとされているが、いまも眩《まぶ》しいほどに輝いて、澄みきった空気をとおしてどんなこまかい装飾もはっきりと見わけることができた。鞭の痛みがうすれた、そしてラスコーリニコフはなぐられたことを忘れていた。いまの彼をすっかりとらえていたのは、ある不安な、もうひとつはっきりしない想念だった。彼は佇《たたず》んで、長いことじいっと遠くのほうを見つめていた。ここは彼には特になつかしい場所だった。大学へ通っていた頃、いつも、——といっても、たいていは帰校の途中だったが、——いま立っているこの橋の上に立ちどまって、このほんとうに壮大なパノラマにじいっと見入っていると、そのたびにあるおぼろげな不可解な感銘を心におぼえてぞうッとしたものだった。そんなことが百回もあったろうか。この壮大なパノラマからはいつもなんとも言えぬ冷気がただよってくる。彼にとっては、この華やかな光景が唖《おうし》にて耳聾《みみしい》なる霊（訳注　マルコ伝第九章二十五節より）にみちていたのだった……彼はそのたびにこの陰気な謎《なぞ》めいた感銘を不思議に思ったが、自分を信じられないままに、その解明を将来にのばしてきた……そしていま彼は突然この以前に解き得なかった疑問をはっきりと思い出した。彼はいまそれを思い出したのが、決して偶然でないような気がした。不思議な気がして、内心おどろいたといえば、以前とまったく同じ場所に立ちどまったことだった。以前とまったく同じ問題をいま考えたり、以前……といってもついこの間のことだが、興味をもっていたとまったく同じテーマや光景に、いま興味をもったりすることができると、本気で考えたのだろうか……彼は危なくふきだしそうにさえなったが、それと同時に胸が痛いほどしめつけられた。どこか下のほうの深いところに、足下のはるか遠くに、こうした過去のすべてが、以前の思索も、以前の疑問も、以前のテーマも、以前の感銘も、このパノラマの全景も、そして彼自身も、何もかもいっさいのものが、かすかに見えたような気がした……彼は上へ上へ飛んで行くような気がして、目のまえのすべてが消えてしまった……思わず片手を動かすと、彼は不意に拳《こぶし》の中ににぎりしめていた二十コペイカ銀貨に気がついた。彼は拳をひらいて、じっと銀貨を見つめていたが、いきなりその手を振りあげて、銀貨を水中に投げつけた。そしてくるりと踵《くびす》をかえし、家のほうへ歩きだした。そしてそのときを境に、彼はわれとわが身をいっさいのものから鋏《はさみ》で切りはなしてしまったような気がした。

彼が家へもどったのはもう日暮れ近かった、だから六時間ほどもぶらぶら歩きまわっていたわけだ。どこをどう通って帰ったのか、彼はぜんぜんおぼえていなかった。彼は服をぬぐと、せめぬかれた馬のようにがくがくふるえながら、ソファの上に横になり、外套をひっかぶると、そのまま意識を失ってしまった……

すっかり薄暗くなった頃、彼はおそろしい叫び声ではっと目をさました。はてな、何をさわいでいるのだろう！　こんな異常な物音、こんな唸《うな》り声《ごえ》、号泣、歯ぎしり、涙、殴打《おうだ》、罵声《ばせい》を、彼はまだ一度も聞いたことも見たこともなかった。彼はこんなけだものじみた凶暴や、こんな狂乱の発作を、想像することもできなかった。彼はおそろしさのあまり身を起すと、ソファの上に起き直り、絶えず胸をかきむしられるような思いで、身をすくめていた。ところがつかみあい、号泣、罵声はますますはげしくなるばかりだった。不意に、彼は胆がつぶれるほどおどろいた。下宿のおかみの声が聞えたのだ。おかみは唸ったり、わめいたり、泣きながら何ごとか訴えたりしていたが、せかせかと早口に、言葉をとばしながらしゃべっているので、何を訴えているのか聞きわけることができなかった、——だが、階段のところでこっぴどくぶたれたから、もうぶたないでくれと哀訴していることは、まちがいなかった。殴っていた男の声は憎悪《ぞうお》と憤怒のあまりすっかりうわずってしまって、おそろしいしゃがれ声だけしか聞えなかったが、彼もやはり、聞きわけることはできないが、早口でとぎれとぎれに何ごとかわめきちらしていた。突然、ラスコーリニコフは木の葉のようにふるえだした。その声がわかったのだ。それはイリヤ・ペトローヴィチの声だった。イリヤ・ペトローヴィチがここへ来て、おかみを殴っている！　おかみを足蹴《あしげ》にし、頭を階段にぶっつけている、——それは明らかだ、物音や、はげしい泣き声や、殴打の音の気配でそれがわかる。これはどうしたことだ、世の中がひっくりかえったのだろうか？どの階からも、どの階段からも、人々が集まってくる音が聞える。声々、叫び、かけのぼってくる音、どたどたという足音、ドアをはげしく開けたてする音、走りよってくる足音。《しかしいったいなぜ、これはどうしたわけだ……どうしてこんなことがあり得るのだ！》彼は頭がすっかり乱れてしまったせいではないかと、真剣に考えながら、こんなことをくりかえしていた。だが、そうではない、彼の耳にはあまりにもはっきりと聞えている！……とすると、そうとすれば、もうじきここへもやってくる、《だって……きっとこれは、あれのせいだ……昨日の一件の……さあ大変だ！》彼はドアに掛金を下ろそうとしたが、手が動かなかった……それに、閉めたところでどうにもならぬ！　恐怖が氷のように彼の心をおしつつみ、苦しめ、全身を硬直させた……ところが、やがて、たしかに十分はつづいたこの騒ぎも、しだいにしずまりはじめた。おかみは唸ったり、溜息《ためいき》をついたりしていたし、イリヤ・ペトローヴィチはまだかさにかかって、罵《ののし》りちらしていた……だが、とうとう、彼もおさまったらしい。声が聞えなくなった。《帰ったのかな！　助かった！》きっとそうだ、そらおかみもまだ泣きやまないで、しゃくりあげながらもどって行く……そら、おかみの部屋のドアがばたんとしまった……集まった人々も階段からそれぞれの住居《すまい》へ散って行くらしい、——溜息や言い争いや話し声が、叫んでいるかと思われるほど高くなったり、ささやくように低くなったりしながら聞えてくる。きっと、たくさんの人々が集まったに相違ない。ほとんど建物中の人々がかけつけてきたのだろう。《それにしても、おかしい、こんなことってあり得るだろうか！ いったいどうして、どうしてあいつがここへ来たのだろう！》

ラスコーリニコフは疲れはててソファの上に倒れたが、もう目をつぶることができなかった。彼はいままでに経験したことがないほどのはげしい苦悩と、堪えがたい底知れぬ恐怖感に責められながら、三十分ほど横になっていた。不意にまぶしい明りが室内を照らした。ナスターシヤがろうそくとスープの皿《さら》を持って入ってきた。注意深く彼の様子をうかがって、眠っていないことを見きわめると、彼女はろうそくを机の上に立てて、運んできたパンと塩とスープ皿と匙《さじ》をならべはじめた。

「おそらく昨日から何も食べていないんでしょ。一日中ぶらぶらほっつき歩いてさ、おこりでがたがたふるえてりゃ世話ないよ」

「ナスターシヤ……どうしておかみは殴られたんだい？」

彼女はじっとラスコーリニコフの顔をみつめた。

「誰がおかみさんを殴ったのさ？」

「いましがた……三十分ほどまえ、イリヤ・ペトローヴィチだよ、副署長の、階段のところでさ……どうしてあんなにひどくぶちのめしたのかなあ？ それにしても……

どうしてここへ来たんだろうな？――」

ナスターシヤは黙って、眉《まゆ》をひそめて、さぐるような目を彼の顔にあてて、そのまま長いこと目をはなそうとしなかった。こうしつこく見つめられると、彼はひどく不愉快になり、恐ろしくさえなった。

「ナスターシヤ、どうしたんだい、そんなに黙りこくってさ？」とうとう彼は、弱々しい声でおずおずと言った。

「それは血だね」やがて彼女は、ひくい声で、ひとり言のように答えた。

「血！……どこに血が？……」彼は顔色を変えて、壁のほうへ身をずらしながら、呟くように言った。ナスターシヤはそのまま黙って彼を見つめていた。

「誰もおかみさんをぶちゃしないよ」と彼女はまたけわしい、突っぱねるような声で言った。彼はやっと息をしながら、彼女に目をみはった。

「ぼくはこの耳で聞いたんだ……眠ってはいなかった……ここにこうして坐っていたんだ」彼はますます不安そうに言った。「ぼくは長いこと耳をすましていた……副署長が来た……階段のところへみんなかけ集まって来た、建物中の人々が……」

「誰も来やしないよ。それはおまえさんの血がさわいでいるんだよ。出どころがなくてさ、古血がかたまりはじめると、いろんなまぼろしが見えだすんだよ……すこし食べてみたらどう、ね？」

彼は返事をしなかった。ナスターシヤは枕《まくら》もとに立ったまま、じっと彼の顔へ目をおとして、立ち去ろうとしなかった。

「水をくれ……ナスターシュシカ」

彼女は下へ行って、二分ほどすると白い瀬戸の柄《え》付《つき》コップに水を入れてもどって来た。しかし彼はその先のことはもう記憶がなかった。ただ冷たい水を一口のんだことと、コップの水が胸にこぼれたことだけをおぼえていた。それきり気を失ってしまった。

3

彼は、しかし、病気の間中ずっと失神状態がつづいていたわけではなかった。それは熱病の状態で、幻覚にうなされたり、なかば意識がもどりかけたこともあった。あとになって彼はいろいろなことを思い出した。こんなこともあった。まわりにたくさんの人々が集まっているような気がする。その人々が彼をつかまえて、どこかへ連れ去ろうとして、彼のことでうるさく何ごとか言いあいをしている。かと思うと、不意にみんな出て行ってしまって、一人だけぽつんと部屋にとりのこされる。人々は彼を恐れて、ほんの時たまドアを細目にあけて、遠くから様子をうかがっては、おどしつけるばかりで、たがいに何ごとかうなずきあいながら、彼を嘲笑《あざわら》ったり、からかったりしている。彼はナスターシヤがときどきそばに来ていたのをおぼえていた。もう一人男がいたのも気づいていた、よく知っている顔のようでもあるが、正確に誰《だれ》なのか――どうしても思い出すことができず、それが悲しくて、泣いてしまったことさえあった。またあるときは、もう一月《ひとつき》も寝ているような気がしたし、そうかと思うと――まだあの日がつづいているような気もした。ところがあのことは、――あのことはすっかり忘れていた。その代り、忘れてはならないことを、何か忘れているようだということが、絶えず頭にひっかかっていて、――思い出そうとしながら、苦しみ、もだえ、うめき、狂乱の発作にかられたり、おそろしい堪えがたい恐怖におちいったりするのだった。そんなとき、彼はいきなりとび起きて、逃げ出そうとしたが、いつも誰かに力ずくでおさえられ、またしても困憊《こんぱい》と失神状態におちこむのだった。ついに、彼ははっきり意識をとりもどした。

それは朝の十時頃《ごろ》だった。朝のその時間は、晴れた日なら、いつも陽光が長い帯となって右側の壁をすべり、ドアのそばの角に明るくおちていた。彼のベッドのそばに、ナスターシヤと一人の男が立っていた。まったく見知らぬ男で、ひどく興ありげに彼を見おろしている。それは裾長《すそなが》の上衣《うわぎ》をきた若い男で、あごひげを生やし、一見協同組合の事務員風であった。半開きの戸口からおかみの顔がのぞいていた。ラスコーリニコフは身を起した。

「その人は誰、ナスターシヤ?」と彼は若い男のほうを示しながら、尋ねた。

「あら、気がついたじゃない!」と彼女は言った。

「気がついたね」と男が応じた。

彼が気がついたのを知ると、ドアのかげからのぞいていたおかみは、すぐにドアをしめて、姿をかくした。おかみはだいたい内気なほうで、文句や言い訳を聞かされるのがせつなかった。年齢は四十前後で、脂肪ぶとりで、眉《まゆ》も目も黒く、ふとって身をうごかすのも大儀そうな人にありがちのお人よしだった。それに、器量も人に負けないものをもっているのに、内気さだけは度が過ぎていた。

「あなたは……誰ですか?」ラスコーリニコフは事務員風の男のほうを向きながら、重ねて問いかけた。ところがそのとき、またドアが開いて、背丈が高いのでわずかに頭をこごめながら、ラズミーヒンが入ってきた。

「ひでえ船室だな」彼は入るなり大声で言った。「いつも額をぶっつけるよ。これでも部屋とはおどろくよ! ところできみ、目がさめたってね? いまパーシェンカから聞いたよ」

「いま気がついたところなの」とナスターシヤが言った。

「いま気がついたんです」と、事務員風の男は笑いながら、また相槌《あいづち》をうった。

「ところで、あなたはどなたですか？」と、不意に彼のほうを向いて、ラズミーヒンは尋ねた。「ぼくは、ごらんのとおりの男で、ウラズミーヒンという者です。人はラズミーヒンと呼びますが、正しくはウラズミーヒン、学生で、地主のせがれです、この男はぼくの友人です。さて、あなたはどちらのどなたです？」

「わたしは事務所で組合のしごとをしている者ですが、商人のシェロパーエフさんに頼まれて、用事でこちらへ伺ったんです」

「その椅子《いす》におかけください」ラズミーヒンは自分も粗末な机の向う側にあるもう一つの椅子に腰をおろした。「おいきみ、よく気がついてくれたなあ」彼はラスコーリニコフのほうを向いて、言葉をつづけた。「もう今日で四日、ほとんど飲まず食わずだ。嘘《うそ》と思うかもしれんが、茶を匙《さじ》で飲ませたんだぜ。ぼくはここへ二度ゾシーモフを連れてきたよ。おぼえてるかい、ゾシーモフを？　丹念にきみを診察して、すぐに言ったよ、――なんでもない、頭にちょっとショックを受けただけだって。軽い神経の発作だが、食べものがわるいうえに、ビールとピリッとしたものが足りなかったために、こんな病気が起きたんだってさ。だが別に心配はいらん、そのうち自然に直るそうだ。えらいやつだよ、ゾシーモフは！　まったく医者が板についてきたぜ。さて、ぼくが邪魔だったらおっしゃってくださいよ」と彼はまた組合の男のほうを振り向いた。「差し支えなかったらどうぞ、用件を聞かせてもらえませんか？　ねえ、ロージャ、この人の事務所からはもうこれで二度目だよ。もっともこのまえ来たのはこの人じゃなく、別な人で、その人とぼくは話し合いをしたんだが。このまえ来たあの人はどなたでしたっけ？」

「あれはたしか一昨日《おととい》だったと思います。伺ったのはアレクセイ・セミョーノヴィチです。やはりわたしたちの事務所の者です」

「ところで、あの男のほうがあなたより話がわかりそうだが、どうですかな？」

「そうです。たしかにわたしよりしっかりしています」

「えらい、正直なところが気に入ったよ。では、話をつづけてもらいましょうか」

「実は、アファナーシイ・イワーノヴィチ・ワフルーシンから、この方のことはもう何度もお聞きになっていると思いますが、あなたのお母さんの依頼によりまして、わたしたちの事務所を通じてあなたに送金がありました」組合の男はまっすぐラスコーリニコフのほうを向いて、用件を話しはじめた。「で、あなたがはっきりものを考えることができるようになりましたら、――三十五ルーブリをあなたにお渡しすることになっています、と申しますのは、セミョーン・セミョーノヴィチがアファナーシイ・イワーノヴィチから、あなたのお母さんの依頼によって、従来どおりの方法による送金通知を受けたからです。失礼ですが、おわかりでしょうか？」

「うん……おぼえている……ワフルーシン……」ラスコーリニコフは考えこみながらつぶやいた。

「聞いたかね、彼は商人のワフルーシンを知っている！」とラズミーヒンは叫んだ。「りっぱに分別があるじゃないか？　ところで、いま気がついたんだが、あなたも話がわかる男だよ。本当だよ！　才気のある言葉というものは聞いていても気持のいいものだ」

「それその方ですよ、ワフルーシンさんです。そのアファナーシイ・イワーノヴィチが、あなたのお母さんの依頼によって、あなたのお母さんはまえにも一度あの方に頼んで、同じような方法であなたに送金したことがありましたね、今度もまた頼まれて、四、五日まえにあなたに三十五ルーブリを渡してくれるようにという通知をセミョーン・セミョーノヴィチによこしたわけですよ、ご発展を祈りつつ、と結びましてね」

「それだよ、その《ご発展を祈りつつ》はあなたの最高傑作だ。《あなたのお母さん》

というやつも悪くはない。ところで、どうですかなあなたのお考えは、彼はもうすっかり正気だと思いますか、それともまだ少し早いですかな?」

「わたしの考えなんてどうでもいいんですよ。ただ署名さえしていただければ」

「どうにか書けますよ。で、帳簿のようなものをお持ちですか?」

「帳簿は、これです」

「どれ、こちらへ下さい。おい、ロージャ、起きろよ。ぼくが支えていてやるから、ラスコーリニコフと一筆ふるいたまえ。さあペンを持って、だってきみ、いまのぼくたちにとって金は蜜《みつ》よりも大事だからな」

「いらんよ」とペンをおしのけながら、ラスコーリニコフは言った。

「いらん、何が?」

「署名はしないよ」

「チエッ、しようがないな、受け取りを書かんでどうするのさ?」

「いらないんだよ……金なんか……」

「なに、金がいらないって! ええ、それはきみ、嘘だよ、ぼくが証人だ! どうか、心配なさらんでください、なあにこの男はまだちょっと……夢の散歩をたのしんでいるんですよ。もっとも彼は、現《うつつ》のときでもよくこんなことがありますがね……あなたはものわかるお方です、どうです、二人でこの男を導いてやろうじゃありませんか、つまり手をとって動かしてやるだけです、そしたら彼は署名しますよ。さあやりましょう……」

「でも、わたしはまた出直して来ましょう」

「いえ、それには及びませんよ。何も心配なさることはないじゃありませんか。あなたはものわかるお方です……おい、ロージャ、お客さんに迷惑かけちゃいかんよ……見たまえ、お待ちになってるじゃないか」そう言うと彼は本気でラスコーリニコフの手に副手《そえで》しようとした。

「よせ、ぼくは自分で……」と言うと、ラスコーリニコフはペンをとって、帳簿に署名した。組合の男は金をおいて、帰って行った。

「しめた！　どうだ、きみ、何か食べたくないか？」

「食べたいな」とラスコーリニコフは答えた。

「スープある？」

「昨日のでよかったら」と、ずっとその場に突っ立ったまま成り行きを見ていたナスターシヤが答えた。

「じゃがいもとひきわりの入ったのか？」

「ええ、じゃがいももひきわりも入ってるわ」

「よし、見ないでもわかるよ。スープを持って来《こ》い、それから茶も」

「持って来るわ」

ラスコーリニコフはすっかりびっくりしてしまって、意味もないぼんやりした恐怖をおぼえながら、成り行きをながめていた。彼は、これからどんなことになるのか、黙って見まもっていることにきめた。《どうやら、これは夢ではないらしいぞ》こんなことを彼は考えていた。《たしかに、事実のようだ……》

二分後にナスターシヤがスープを運んで来た、そしてすぐ茶もきますと告げた。スープには匙が二つ、皿《さら》が二つ、さらに塩入れ、こしょう入れ、子牛の肉につけるからし入れなど、調味料ひとそろいがそえてある。こんなことはもう久しくなかったことだ。テーブルクロースはさっぱりしていた。

「ねえナスターシュシカ、プラスコーヴィヤ・パーヴロヴナがビールを二本ばかり言いつけてくれりゃ、ありがたいんだがなあ。乾杯するんだよ」

「まあ図々《ずうずう》しい、このちょろさんたら！」と呟《つぶや》いて、ナスターシヤは言われたことを実行するために出て行った。

ラスコーリニコフは不思議なものでも見るように、目に力をこめて凝視をつづけていた。一方ラズミーヒンは、ソファの彼のそばへ席を移すと、彼はひとりで起き直れるのに、熊《くま》みたいにぎこちなく、左手で彼の頭を抱きよせ、右手で匙をつかんでスープをすくい、口を焼かないように二、三度ふうふう吹いたうえで、彼の口のそばへ持っていった。そんなことをするまでもなく、スープは生ぬるかった。ラスコーリニコフはむさぼるように匙のスープを一口に飲んだ、つづいて二匙目も、三匙目もむさぼり飲んだ。ところが、何度か匙を口へ運んでやると、ラズミーヒンは突然匙をおいて、これ以上はゾシーモフに相談したうえでなければ、と言った。

ナスターシヤがビールを二本運んで来た。

「茶は飲む?」

「飲むよ」

「茶を大至急たのむよ、ナスターシヤ、茶なら医者に聞かんでもいいだろうからな。さてと、ビールがきたか!」彼は自分の椅子に席を移すと、スープと牛肉を手もとへひきよせ、三日も食べていないような勢いで、がつがつつめこみはじめた。

「ぼくはね、ロージャ、この頃毎日きみのところでこういう食事にありついているんだよ」と彼は口いっぱいに牛肉をほおばりながら、もぞもぞと呟いた。「これもみなパーシェンカが、ここのおかみさんがね、あてがってくれるんだよ。まったくじつに親切にもてなしてくれるぜ。むろん、ぼくはねだりはしないよ。なにことわりもしないがね。そら、ナスターシヤが茶を持って来た。ほんとにすばしっこい女だよ！　ナスチェンカ、ビールを飲むかい？」

「へッ、いいかげんにおしよ！」

「じゃ、お茶は？」

「茶なら、もらうわ」

「注《つ》げよ。まあいいや、おれが注いでやろう。卓のまえに坐《すわ》りたまえ」

彼はすぐに茶の支度をすると、一杯注ぎ、更にもう一つの茶碗《ちゃわん》に注いだ。そして食べかけの料理をそのままにして、またソファに席を移した。彼はさっきのように左手を病人の頭にまわすと、ちょっと抱き起して、またしてもひっきりなしに、特に念入りにふうふう吹きながら、匙で茶を飲ませはじめた。どうやら、ふうふう吹くというこの過程に、回復にもっとも大切でしかも有益な要因が存在するとでも思っているらしい。ラスコーリニコフはよそからのどんな助けを借りなくとも、ひとりで起き直って、ソファの上に坐っていられるだけの十分の力を身内に感じていたし、手だって匙や茶碗くらい持てたし、それればかりか、もしかしたら歩くことだってできるかもしれない、という気持はあったが、それでも逆らわずに黙っていた。ある奇妙な、野獣の本能にも似たずるさから、ある時期がくるまで自分の力をかくし、じっと息をひそめて、病人を装い、必要とあらば、まだ意識がすっかり回復しないような振りをさえして、その間にまわりの様子に耳を傾け、どんなことになっているか嗅《か》ぎ出してやろうという考えが、不意に彼の頭にひらめいたのである。だが、彼はむかむかするような自己嫌悪《けんお》をおさえることができなかった。十匙ほど茶をすすると、彼はいきなり頭をふりはなし、じゃけんに匙をおしのけ、また枕《まくら》の上に倒れた。頭の下にあったのは、ほんものの枕だった――ふんわりした羽根枕で、さっぱりしたカバーがかけてある。彼はそれも気がついて、頭の中に入れておいた。

「パーシェンカには今日こそえぞいちごのジャムを出してもらうんだな。病人の食べものをつくってやらにゃ」ラズミーヒンは自分の席にもどって、またスープとビールに手をのばしながら、言った。

「へえ、あんたにやるえぞいちごなんか、おかみさんはどこで手に入れるんだね？」とナスターシヤはひろげた五本の指の上に受け皿をのせて、棒砂糖を唇《くちびる》にあてて茶をすすりながら、言った。

「えぞいちごはね、きみ、店で買うのさ。おい、ロージャ、きみのいない間に、じつにおもしろいことがあったんだぜ。きみがまるで、こそ泥《どろ》みたいにさ、下宿もおしえないでぼくのところから逃げ出したとき、ぼくは無性に腹が立って、どうしてもきみの居所をさぐり出し、罰してやろうと決心したんだ。そして早速その日のうちに行動に移った。ぼくは足にまかせて歩きまわり、じつにこまめに聞きまわった！　なにしろこの、いまのきみの下宿を忘れていたんでな。もっとも、はじめから知らないんだから、おぼえているはずがないさ。だが、まえの下宿ならおぼえていたよ――それが五つ角《ピャチ・ウグロフ》のハルラーモフの家とだけなんだ。そこでさがしたね、そのハルラーモフの家ってやつを夢中でさがしまわった、――ところがきみ、あとでわかったんだが、それはハルラーモフの家でなんかないのさ、ブッフの家だったんだよ、――音《おん》てやつはどうもまちがいが多いよ！　頭にきたね。腹立ちまぎれに、とにかく当ってみようというので、翌日警察の住所係へ行ってみた、するとどうだね、二分もたたんうちにきみの居所をさがし出してくれたよ。きみの名前はちゃんと書きとめてあるぜ」

「書きとめてある！」

「もちろんさ。だってコベリョフ将軍とかいう人は、ぼくも見ていたが、どうしてもさがし出せなかったぜ。それはさて、話せば長くなるが、とにかくぼくはここへ顔を出すとすぐに、きみのいろんなことをすっかり聞かされたよ。すっかりだよ、きみ、それこそ一部始終だ。ぼくはもうなんでも知ってるぜ。この女も見ていたがね、ニコージム・フォミッチとも知り合いになったし、イリヤ・ペトローヴィチも紹介されたし、庭番とも顔ができたし、それからザミョートフ、そらここの署の事務官をやっているアレクサンドル・グリゴーリエヴィチ、そして最後に、パーシェンカ、——これこそきみ、まさしくぼくにおくられた花の冠だね。現にこの女も知っているが……」

「へえ、こってり砂糖をきかせてさ」ずるそうに笑いながら、ナスターシヤは呟いた。

「そう、あんたももっと砂糖をきかせたら、ナスターシヤ・ニキーフォロヴナ」

「まあ、このさかり犬ったら！」いきなりこう叫ぶと、ナスターシヤはぷっと吹き出した。

「だってわたしはペトローワよ、ニキーフォロワなんかじゃないわ」彼女は笑いやむと、突然こうつけたした。

「おそれ入りました。以後つつしみます。ところできみ、余談はさておきだな、ぼくは先《ま》ず、この土地のあらゆる偏見というものを一挙に根絶するために、四方八方に電波をはなとうとしたわけだ。ところがパーシェンカには負けたね。ぼくは、きみ、あのひとがこんな……チャーミングな女だとは、ゆめにも思わなかったぜ……きみはどう思う？」

ラスコーリニコフは不安におびえた目を彼から一瞬もはなさなかったが、それでもじっと押し黙っていた。そしてなおもしつこく凝視をつづけていた。

「しかもひじょうにといっていいくらいだ」ラズミーヒンは相手の沈黙にはまるでおかまいなく、まるで声なき返事にうなずくように、言葉をつづけた。「そうだよ、とにかくりっぱだよ、どこから見てもさ」

「まあ、いけすかない！」と、またナスターシヤは叫んだ。どうやらこの会話は彼女にぞくぞくするような幸福感をあたえたらしい。

「まずかったのは、きみ、そもそもの出だしから作戦をあやまったことだ。あの女にはこういうやり方ではいけなかったんだよ。たしかにあれは、いわば、稀《まれ》にみる珍しい性格だよ！　まあ、性格のことはあとにしよう……ただきみはどうして、例えばだな、あのおかみに食事をとめさせるようなへまなことをしたんだい？　それから、あの手形だが、ありゃいったいなんだい？　ほんとに、頭がどうかしたんじゃないのか、手形に署名するなんて！　それからまた、例の婚約だが、娘のナターリヤ・エゴーロヴナがまだ生きていた頃の話さ……ぼくはすっかり知ってるんだよ！　しかし、これはデリケートな心の琴線の問題で、この方面ではぼくはまるきりにぶいらしいよ。失礼失礼。ところで、にぶい話がでたので聞くけど、どうだね、たしかにプラスコーヴィヤ・パーヴロヴナは最初見たときほど、それほど馬鹿《ばか》じゃないぜ、な？」

「うん……」ラスコーリニコフはそっぽを向いていたが、心の中では話をつづけさせるほうがとくだとわかっていたので、しぶしぶ答えた。

「そうだよな？」返事をもらったのが嬉《うれ》しくてたまらないらしく、ラズミーヒンは大声を出した。「しかしたしかに利口ではない、な？　まったく、稀に見る珍しい性格だ！　ぼくはね、きみ、いささか面くらっているんだよ、ほんとだぜ……四十はまちがいないだろう。ところが自分じゃ三十六と言ってるがね、それが少しもおかしくないんだよ。ただし、正直のところ、ぼくは彼女についてはむしろ精神的な面から、つまり形而上学的《けいじじょうがくてき》にのみ判断しているんだ。ぼくたちの間にはな、きみ、ある一つの記号が形成されたんだよ、きみの代数みたいなさ！　どうにも解けんよ！　まあ、こんなことはどうでもいいさ。ただ彼女は、きみがもう学生じゃなく、家庭教師の口も着るものもなくしてしまったし、おまけに娘が死んで、きみをもう身内として面倒を見る理由がなくなったのを知ると、急に心細くなった。しかもきみはきみで、隅《すみ》のほうにねころがったきりで、まえとはすっかり変ってしまった。そこで彼女はきみを部屋から追い出そうと考えたわけだ。そしてかなり長い間彼女はこの考えを胸の中にあためていた。そのうちに手形が惜しくなってきた。そこへもってきてきみが自分で、母が払ってくれるから、なんて言った……」

「そんなことを言ったのはぼくが卑怯《ひきょう》だからだ……母だってほとんど乞食《こじき》みたいな暮しをしているんだ……ぼくが嘘をついたのは、ここにおいてもらって……食べさせてもらいたかったからだ」とラスコーリニコフは大きな声で、はっきりと言った。

「わかるよ、それはきみあたりまえのことだ。ただ問題は、そこへ七等官で腕っこきのチェバーロフという男がはいりこんできたことだよ。パーシェンカは彼がいなかったら何も企てられなかったろうさ。なにしろあんな内気な女だ。ところが、腕っこきの男なんてやつはだいたい恥知らずと相場がきまってる。そこで先ず最初に考えることはきまってるよ。手形を現金化する見込みがあるかどうか、ということだ。答えは、ある、なぜなら百二十五ルーブリの年金から、自分は食べないでも、ロージェンカには送金するという感心なお母さんがいるし、またお兄さんのためなら身を売って奴隷《どれい》になってもかまわない、というような妹さんがいるからだ。ここを彼はねらったわけだ……どうしたんだい、もぞもぞして？　ぼくはね、きみ、いまはもうきみの秘密をすっかりさぐり出してしまったんだよ。きみがまだ身内あつかいされていた頃、パーシェンカに何でも打ち明けていたろう、それがこっちへまわってきたのさ。ぼくがいまこんなことを言うのはきみを愛するからだよ……つまりこういうことなんだよ、正直で涙もろい人間はややもすると打ち明け話をする。すると腕っこきな人間はそれを聞いていて、食いものにする。そのうちにすっかり食いつくしてしまうというわけさ。それはさて、彼女は支払うということにして、その手形をチェバーロフという男に渡した。そこでチェバーロフは正規の手続きをふんで支払い要求をしたわけだ。けろりとしたものさ。こうした事情をすっかり知ったとき、ぼくは、やつの良心を清めてやるために、やつにも電流を通じてやろうと思ったよ。ところがちょうどその頃、ぼくとパーシェンカの間にあるハーモニーが生れたんだ。そこでぼくは彼女にこの事件をいっさいとりさげるように命じた。もっともそれには先ず、きみが支払うという一項をぼくは保証したがね。きみ、ぼくはきみの保証人になったんだぜ。わかるかい？そこでチェバーロフを呼んで、ルーブリ銀貨を十枚ぽんと投げ出し、手形をとりもどした。さあこれだ、謹んできみに差し上げよう、――もう口約束だけで信用するよ、――そら、受け取りたまえ、ぼくが破いて無効にしておいたよ」

ラズミーヒンは卓の上に借用証書をのせた。ラスコーリニコフはそれには目もくれず、ものも言わないで、くるりと壁のほうを向いた。さすがのラズミーヒンもむっとした。

「そうかい」と一分ほどして彼は言った。「おれはまたばかな真似《まね》をしたようだ。軽口をたたいてきみの気をまぎらし、慰めてやろうと思ったんだが、どうやら、腹の虫を怒らせただけらしい」

「ぼくが熱にうかされていたとき、きみに気がつかなかったろうか？」ラスコーリニコフも一分ほど黙っていて、向うを向いたまま、だしぬけにこう聞いた。

「ぼくに、とんでもない、特にザミョートフを連れて来たときなんか、気ちがいみたいに暴れだしたほどだぜ」

「ザミョートフ？……あの事務官かい？……何のために？」ラスコーリニコフは急に振り向いて、きっとラズミーヒンを見すえた。

「どうしたんだいきみ……いきなりそんなおっかない顔をしてさ？　きみと知り合いになりたがったんだよ。自分から言いだしたんだ、彼とはずいぶんきみのことを話したからな……彼から聞かなきゃ、ぼくもこんなに詳しくはきみのことがわからなかったろうよ。ほかに誰がおしえてくれる？　きみ、あいつはいい男だぜ、実にすばらしい男だ……といっても、むろん、彼なりにだがね。いまではもう親しい友人同士だ、ほとんど毎日のように会っているよ。だってぼくはわざわざあっちへ越したんだぜ。きみはまだ知らなかったね？　越したばっかりだ。ラウィーザのところへいっしょに二度ほど行ったよ。ラウィーザをおぼえているだろう、あのラウィーザ・イワーノヴナさ？」

「ぼくは何かうわごとを言ったかい？」

「そりゃ言ったさ！　まるで意識がなかったものな」

「どんなことを言った？」

「おやおや！　どんなことを言ったたって？　うわごとなんてのは相場がきまってるよ

……さてと、時間をつぶしちゃもったいない、しごとにとりかかるぜ」

彼は椅子から立ち上がって、帽子に手をかけた。

「どんなうわごとを言った？」

「おい、いやにこだわるじゃないか！　さては何か秘密があって、それを恐れているんだな？　心配せんでいいよ、伯爵《はくしゃく》夫人のことなんか何も言わなかったぜ。そうそう、どっかのブルドッグがどうしたとか、耳輪だとか、何かの鎖だとか、クレストーフスキー島がどうだとか、どっかの庭番のことやら、ニコージム・フォミッチのことや副署長のイリヤ・ペトローヴィチのことなど、ずいぶんいろいろしゃべったよ。それから、自分の靴下《くつした》のことがなんだかひどく気がかりのようだったな。しつこいったらなかったよ！　泣きそうな声で、靴下をくれ、靴下をくれ、そればかりくりかえしているんだ。ザミョートフが自分で隅々をさがしまわって、きみの靴下を見つけ出し、化粧水でみがきあげ指輪をいくつもはめた手でそのきたない靴下をつまみあげて、きみに渡したんだぜ。そしたらやっとおとなしくなって、そのきたないぼろをまる一昼夜にぎりしめていたよ。なんとしても放さないんだ。きっと、そこらの毛布の下にころがっているだろうよ。そうかと思うと今度はズボンの切れっぱしをくれだ、涙声でさ、あわれっぽいったらないんだ！　切れっぱしとは何のことだろう、これには困っていろいろ聞いてみたが、結局ぜんぜんわからなかったよ……さて、それじゃしごとにかかろう！　ここに三十五ルーブリあるが、十ルーブリ持ってくぜ。二時間ほどしたら精算書を持ってくるよ。ついでに、ゾシーモフにも知らせよう。知らせがなくとももうここへ来てなきゃいかんはずだが、だってもう十一時すぎだ。それから、ナスチェンカ、留守中にときどき覗《のぞ》いてみてくれね、飲みものとか、ほかに何かほしいというものがあったら、頼むよ……パーシェンカにはぼくがいま必要なことを言っておこう。ではちょっと行ってくるよ！」

「パーシェンカだって！　あきれた。図々《ずうずう》しいったらないわ！」ナスターシヤは彼のうしろ姿に呟いた。それからドアを開けて、きき耳をたてはじめたが、がまんができなくなって、自分も下へかけおりて行った。下で彼が主婦《おかみ》とどんな話をしているのか、気になってじっとしていられなかったらしい。それに様子を見ていると、どうやら彼女はすっかりラズミーヒンに参っているらしかった。

彼女が部屋を出てドアをしめると同時に、病人は毛布をはねのけて、夢中でベッドからとび下りた。彼は、すぐさま一人きりになってしごとにとりかかるために、一刻も早く彼らが出て行くのを、身を焼かれるようないらいらした気持で待っていたのだった。しかし何をしたらいいのだ、どんなことから手をつけたらいいのだ？　まるでいまになって不意にそれを忘れてしまったかのようだ。《おお神よ、一つだけおしえてください、彼らはもうあれをすっかり知っているのでしょうか、それともまだ気がついていないのでしょうか？　もうすっかり知っているくせに、ぼくの寝ている間、とぼけてからかっているだけではないのか。そのうち不意に入って来て、もうとうからすっかりわかっていたんだが、知らない振りをしていただけさ……なんて言ったら、どうしよう……いま何をしたらいいのだ？　ひょいと忘れてしまった。いままでおぼえていたのに、突然忘れてしまった！……》

彼は部屋の中ほどに突っ立って、苦しい疑惑につつまれながらあたりを見まわしていた。彼はドアのそばへ近づいて、そっと開けて、耳をすました。が、そんなことではなかった。不意に、まるで思い出したように、壁紙のかげが穴になっている片隅へかけより、丹念に見まわしてから、片手をつっこんでさぐってみた。だが、そんなことでもない。彼はペチカのまえへ行って、蓋《ふた》を開け、灰の中をかきまわしはじめた。

ズボンの裾《すそ》の切れはしとちぎれたポケットのぼろが、あのとき捨てたままにちらばっていた。とすると、誰も見ていないわけだ！　そのとき彼はふと、さっきラズミーヒンが言った靴下のことを思い出した。たしかに、ソファの上に毛布の下になってくしゃくしゃになっていたが、あのときからもうすっかりすりきれて、汚れきっていたので、ザミョートフは、もちろん、何も見分けられなかったにちがいない。

《あッ、ザミョートフ！……警察！……だが、どうしておれは警察に呼ばれるんだ？　通達はどこへやったろう？　あッ！……おれはどうかしてるぞ。召喚されたのはあのときだった！　おれはあのときも靴下を念入りにしらべたっけ、だがいまは……いまはおれは病人だ。それにしてもザミョートフがどうしてここへ来たのだ？　どうしてラズミーヒンが彼を連れて来たのだ？……》彼は疲れはてて、またソファに腰をおろしながら呟いた。《いったいこれはどうしたというのだろう？　まだ悪夢がつづいているのだろうか、それとも現実だろうか？　どうやら、現実らしい……あ、思い出した。逃げることだ！　一刻も早く逃げるのだ、なんとしても、絶対に逃げるのだ！　でも……どこへ？　ところで、おれの服はどこにあるのだ？　長靴もない！　しまわれた！　かくされたのだ！　わかってる！　おや、ここに外套《がいとう》がある――見おとしたな！　おや、机の上に金がおいてあるぞ、しめしめ！　そら手形もある……この金を持ってここを逃げ出し、別な部屋を見つけるのだ。彼らだってさがし出せまい！……そうだ、住所係ってやつがあったっけ？　きっとさがし出される！　そうすればラズミーヒンが見つける！　それよりは完全に行方をくらましたほうがましだ……どこか遠くへ……アメリカへでも逃げるのだ。ざまァ見ろ！　手形も持って行こう……あちらで役に立つかもしれん。あと何を持って行こうか？　彼らはおれを病人だと思っている！　おれが歩けることを知らないのだ、へ、へ、へ！……おれは彼らの目を見て、彼らがすっかり知っていることを読みとったんだ！　なんとか階段をぬけられさえすればしめたものだが！　巡査が見張りに立っていたら、どうしよう！　これはなんだ、お茶か？　おや、ビールも半分ほどのこってるぞ、よく冷えてる！》

彼はびんをつかんだ。まだコップにいっぱいほどのビールがのこっていた。彼は胸の火を消そうとでもするように、うまそうにごくごく飲んだ。ところが、一分もたたないうちに、ビールの酔いがぐっと頭にきて、軽い、いっそ快いような悪寒《おかん》が背筋をはしった。彼は横になって、ふとんをかぶった。そうでなくても病的でとりとめのない彼の想念は、ますますみだれていって、間もなく軽い快い眠りが彼をとらえた。彼はうっとりしながら頭で枕のすわりのいい位置をさぐりあてると、いままでのぼろ外套の代りにおいてあったやわらかい綿のふとんにしっかりくるまって、ほっとひとつしずかに溜息《ためいき》をつき、深いかたい眠りに沈んだ。それは体力を回復させる眠りである。誰か入って来る気配で、彼は目がさめた。目を開けて、見るとラズミーヒンが立っていた。彼はドアを大きく開けて、入り口のところに立ちどまって、入ったらいいかどうか迷っているふうだった。ラスコーリニコフは急いでソファの上に起き直り、何か思い出そうとつとめるように、目に力をこめてじっと相手を見つめた。

「おや、眠っていなかったのかい、ぼくだよ！　ナスターシヤ、包みを持って来てくれ！」とラズミーヒンは下へどなった。「いま計算書をわたすよ」

「いま何時？」不安そうな目をしつこく相手にあてながら、ラスコーリニコフは尋ねた。

「うん、よく寝たよ、きみ。外はもううす暗いよ、おっつけ六時になるだろう。六時間とちょっと寝たわけだ……」

「ええッ！　おれはいったいどうしたというのだ？……」

「何がどうしたんだい？　眠りは薬だよ！　どこへ急ぐんだ？　あいびきにでも行こうってのかい？　いまはもう全部の時間がぼくたちのものだぜ。ぼくはもう三時間も待っていたんだよ。二度ほど寄って見たが、よく眠っていた。ゾシーモフは二度寄ってみたが、二度とも留守さ！　なあに、そのうち来るよ！……きっと、何か用事で家をあけているんだろうさ。だってぼくも今日引っ越したんだからな。もうすっかり引っ越しが終ったよ、伯父といっしょなんだ。いま伯父が来ているんだよ……まあ、そんなことはどうでもいいや、用件にかかろう！……ナスチェンカ、包みをここへくれ。では早速……ところで、きみ、気分はどうだね？」

「健康だ、ぼくは病気じゃないよ……ラズミーヒン、きみはもう長くここにいるのかい」

「三時間待ったって言ったじゃないか」

「そのことじゃない、まえは？」

「まえって？」

「いつからここに来てるんだね？」

「ああ、それならさっきすっかり話して聞かせたじゃないか、忘れたのかい？」

ラスコーリニコフは考えこんだ。さっきのことが夢の中のことのようにちらついた。一つだけどうしても思い出せないで、問いかけるようにラズミーヒンを見た。

「フム！」とラズミーヒンは言った。「忘れたらしいな！　さっきはまだ、きみが自分をとりもどしていないような気がしたよ……やっと夢からさめたようだ……たしかに、すっかり顔色がよくなったよ。よく直ってくれたなあ！　さあ、用件にかかろう！　今度は思い出せるよ。これを見てくれ、いいね」

彼は包みをときはじめた。どうやら、その包みが気になって落ち着いていられない様子だった。

「これはね、きみ、ぼくがいちばん気になっていたことなんだ、ほんとだよ。何しろ、きみを人間らしくしてやらなきゃ。では始めよう、先ず上からだ。どうだね、この帽子は？」彼は包みの中からかなりりっぱな、とはいってもごくありふれた安ものの学帽をとりだして、言った。「どう、合わせてみないか？」

「あとにするよ、あとで」ラスコーリニコフは不機嫌《ふきげん》にはらいのけながら、呟いた。

「いけないよ、きみ、ロージャ、逆らわないでくれ、あとではもうおそい。それにぼくは今夜一晩眠れないじゃないか、何しろはからないで、見当で買ってきたんだからな。ぴたりだよ！」彼は合わせてみて、勝ち誇ったように叫んだ。「注文したみたいだ！　頭の飾りというものは、きみ、服装の中でもっとも大切なもので、一種の自己主張みたいなものだ。ぼくの友人のトルスチャコフなんかは、どこか公式の場所へ出ると、みんなが帽子をかぶっているのに、必ずかぶりものを脱ぐんだよ、そうせずにいられないみたいにさ。みんなに言わせれば、奴隷根性《どれいこんじょう》のせいだというが、実は、鳥の巣みたいな帽子を恥じているだけなのさ。何しろひどいはにかみやだからなあ！

さて、ナスチェンカ、ここに二つの帽子がある、このパルメルトン（彼は隅《すみ》のほうからラスコーリニコフのくたくたの丸帽をひろいあげて、どういうわけか、それをパルメルトンと名付けた）と、この気品あふれる絶品だが、どちらがいいと思う？　おい、ロージャ、当ててごらん、いくらしたと思う？　ナスターシュシカ、きみは？」彼はラスコーリニコフが黙っているのを見て、ナスターシヤに問いかけた。

「まあ二十コペイカくらいでしょうね」とナスターシヤは答えた。

「二十コペイカ、ばかな！」彼はむっとして、どなった、「いまどき二十コペイカじゃおまえだって買えやしないよ、——八十コペイカだよ！　それだって中古だからだ。もっとも、これをかぶりつぶしたら、来年は別なのを無料でサービスするって条件つきだがね、ほんとだよ！　さて今度は、アメリカ合衆国といこう、ほら、中学校の頃よく言ってたじゃないか。ことわっておくけど、このズボンはちょっとしたものだぜ！」そう言って彼は軽い夏もののウール地でつくったズボンを、ラスコーリニコフのまえにひろげた。「虫くいあともないし、しみ一つない。古物とはいえ、たいしためっけものだぜ。それに同色のチョッキ、これがいまの流行《はやり》だよ。古物っていうけど、実際には、そのほうがかえっていいんだよ。やわらかいし、肌《はだ》ざわりがいいしさ。いいかい、ロージャ、世の中へ出て成功するためにはだな、ぼくに言わせれば、シーズンというものに常に注意をおこたらなければそれで十分だよ。一月にアスパラガスを食べようなどと思わなければ、何十コペイカか財布の中にのこしておけるわけだ。この買物についても同じことだ。いまは夏のシーズンだ、だからぼくは夏物を買ったんだ。だって秋口に向って、シーズンはひとりでにもっと暖かい生地《きじ》を要求するようになる、そうなるとこんなものは捨てざるをえない……ましてこんなものはみな、その頃になればひとりでにだめになってしまうさ、ぜいたくが昂《こう》じるせいもあるだろうが、それよりも品物自体がもたないんだよ。ところで、当ててごらん！ いくらだと思う？ 二ルーブリ二十五コペイカだ！ それから、おぼえておいてもらいたいが、これもさっきと同じ条件つきだよ、つまりはき古したら、来年は別なズボンが無料サービスだ！ フェジャーエフの店ではこれが商売の秘訣《ひけつ》だよ。つまり一度金を払ったら、一生心配なしというわけだ。なに、客のほうで二度と行きゃしないから大丈夫さ。さて、今度は靴だ――どうだね？ もう言うまでもないだろうが、古物だよ。だが二カ月くらいは絶対にもつよ。正真正銘の舶来ものだ。イギリス大使館の書記が先週古物市へ出したんだよ。六日はいただけだが、よっぽど金につまったらしい。値段は一ルーブリ五十コペイカだ。素敵な掘出し物だろう？」

「でも、合わないんじゃないかしら！」とナスターシヤが言った。

「合わない！　じゃ、これはなんだい？」そう言って彼は、乾いた泥（どろ）が一面にこびりついている古いこちこちの穴だらけのラスコーリニコフの靴を片方、ポケットからとり出した。

「ぼくはちゃんと用意して出かけたんだよ、そしてこの化けものみたいな靴から正しい寸法を割り出してもらったのさ。何もかも誠心誠意やったんだ。下着のことはマダムとよく相談した。ほら、先ずこの三枚のシャツだが、地は厚い亜麻だが、襟《えり》は今風だよ……というわけで、帽子が八十コペイカ、その他《ほか》衣類が二ルーブリ二十五コペイカで、計三ルーブリ五コペイカ。それに靴が一ルーブリ五十コペイカ——だってものがものだから、そのくらいはするさ、——計四ルーブリ五十五コペイカ、更に下着類が全部で五ルーブリ、——卸し値にまけさせたんだぜ、——総計で九ルーブリ五十五コペイカだ。おつりが四十五コペイカ、五コペイカ銅貨ばかりだが、納めてくれ。というわけで、ロージャ、きみもいよいよ着るものがすっかり昔どおりになった。あとは外套だけだが、これは、ぼくに言わせれば、まだまだ着られるし、それにかえって一種独特の趣をさえそなえているよ。シャルメルの店へなんか注文したら、それこそことだよ！　靴下やその他のこまごましたものは、自分でそろえてくれ。金はまだ二十五ルーブリのこっているが、パーシェンカの件や、間代のことは心配せんでいいよ。

何度も言ったように、信用は絶対さ。それはさて、きみ、早速下着をとりかえるんだな、なんだか病気のやつ、もうシャツの中にだけひそんでいるような気がするぜ……」

「よしてくれ！　いやだよ！」衣類購入についてのラズミーヒンの無理に茶化したような報告を、ぶすっとした顔をして聞いていたラスコーリニコフは、手を振ってはらいのけようとした。

「それは、きみ、いかんよ。なんのためにぼくは足を棒にして歩きまわったんだ！」ラズミーヒンはあとへひかなかった。「ナスターシュシカ、恥ずかしがらんで、手伝ってくれよ、そうそう！」そして、ラスコーリニコフがあばれてもかまわず、彼は結局下着をとりかえてやった。ラスコーリニコフは枕の上に倒れて、二分ほど黙りこくっていた。

《まだしばらくは解放されそうもないな！》こんなことを彼は考えていた。

「こんなにたくさんどういう金で買ったんだい？」やがて、壁のほうを向いたまま、彼は尋ねた。

「どういう金？　しっかりしろよ！　きみ自身の金じゃないか。さっき組合の者が来たろう、ワフルーシンの使いがさ、きみのお母さんが送ってくれたんだよ。もう忘れたのかい？」

「ああ思い出したよ……」ラスコーリニコフは長いくらい沈思ののちに呟いた。ラズミーヒンは眉をひそめて、不安そうな目をときどき彼に投げた。

ドアが開いて、背の高い、がっしりした男が入って来た。ラスコーリニコフはちらと見て、この男もどこかで見おぼえがあるような気がした。

「ゾシーモフ！　やっと来たか！」ラズミーヒンは喜んで叫んだ。

4

ゾシーモフは大きなふとった男で、むくんでつやのない蒼白《あおじろ》い顔にはいつもきれいに剃刀《かみそり》があててあり、髪は薄亜麻色でくせがなく、眼鏡《めがね》をかけて、ふとい指に大きな金の指輪をはめていた。年格好は二十七、八だった。ゆったりした粋《いき》な軽い外套《がいとう》を着て、明るい夏ズボンをはき、身につけているものがみなゆったりして、粋で、新しいものばかりだった。シャツは申し分のないもので、時計の鎖もどっしりと重味がある。動作はのろのろしていて、ものうげに見えたが、そこには見せかけの大まかさがあった。そしてえらぶった気取りが、つとめてかくしてはいるが、絶えずちらちらうかがわれた。彼を知っている人はみな口をそろえて、気むずかしい人間だと言っていたが、しかし仕事はできる男だという評判だった。

「ぼくは、きみ、二度も寄ったんだぜ……見たまえ、気がついたよ！」とラズミーヒンは大きな声を出した。

「わかっとる、わかっとるよ。さて、どうかね気分は、あ？」ゾシーモフはラスコーリニコフのほうを向いて、じっと顔を見つめながら聞いた。そしてラスコーリニコフの寝ている足もとに腰を下ろすと、すぐに思いきりゆったりと姿勢をくずした。

「うん、すっかりふさぎこんでいるんだよ」とラズミーヒンが言った。「いま下着を変えてやったところだがね、危なく泣き出すところさ」

「無理もないよ。本人がいやだというなら、下着なんてあとでもよかったんだよ……脈は順調だね。頭はまだいくらか痛むかね、え、どう？」

「ぼくは健康だよ、どこも悪くない！」ラスコーリニコフはいきなりソファの上に身を起し、キラッと目を光らせて、いらいらしながら強情そうに言いはったが、すぐにまた枕《まくら》の上に倒れて、壁のほうを向いた。ゾシーモフはじっとその様子を見守っていた。

「至極順調です……別に異常はありませんな」と彼はものうげに言った。「何か食べましたか？」

ラズミーヒンは彼に容態を話して、何をやったらいいかと尋ねた。

「まあ、何をやってもいいでしょう……スープ、茶……きのこや胡瓜《きゅうり》は、むろん、いけませんがね。それに牛肉もやらんほうがいいでしょう。それから……いやよしましょう、別にとやかく言うことはありませんよ！……」彼はラズミーヒンに目配せした。「水薬もいらんし、何もいらんよ。明日また診《み》ましょう……今日でもいいんだが……まあ、いいでしょう……」

「明日の夕方は散歩に連れ出すよ！」とラズミーヒンは一人決めした。「ユスポフ公園に、それから《水晶宮》にも寄ってみよう」

「明日はまだ動かさないほうがいいと思うが、でもまあ……少しくらいなら……とにかく、明日の様子を見てからにしましょう」

「ええ、癪《しゃく》だなあ、今日はちょうどぼくの引っ越し祝いなんだよ。ここからほんの二またぎのところなんだ。こいつも来てくれるといいんだがなあ。ソファに寝てぼくたちの間にいてくれるだけでもいいよ。きみは来てくれるだろう？」と、ラズミーヒンは不意にゾシーモフのほうを向いた。「忘れないでくれよ、いいね、約束したよ」

「まあね、ただちょっとおそくなるけど。ご馳走《ちそう》は何だね？」

「別に何もないよ、茶と、ウォトカと、鯡《にしん》だけだ。ピローグは出るよ。ほんの内輪だけの集まりさ」

「で、顔ぶれは？」

「なあに、みんな近所の連中で、ほとんど新しい顔ぶればかりさ、もっとも、——年とった伯父だけは別だが、まあこれだって新顔みたいなものさ。昨日何かの用事でペテルブルグへ出て来たばかりだ。会うのは五年に一度くらいだよ」

「どんな人だね？」

「なに、田舎の郵便局長で一生眠ったような生活をしてきて……恩給をもらって、六十五になって、まあとりたてて話すほどのこともないよ……でも、ぼくは伯父が好きなんだよ。ポルフィーリイ・ペトローヴィチも来るよ。ここの予審判事で……法律家だよ。そうそう、きみも知ってるじゃないか……」

「あいつもきみの親戚《しんせき》かね？」

「ひじょうに遠い、ね。どっかでつながってるらしいよ。どうしたんだいきみ、そんなむずかしい顔をしてさ？　そういえば一度きみは彼とやりあったことがあったね。じゃあ、きみは来《こ》ないかもしれんな？」

「あんなやつごみみたいなもんさ……」

「そうこなくちゃ。それからと、顔ぶれは——学生たち、教師、役人が一人、音楽家が一人、士官、ザミョートフ……」

「ぼくには解《げ》せんのだがねえ、きみとかこの男に」ゾシーモフはラスコーリニコフに顎《あご》をしゃくった。「そのザミョートフとやらと、どんな共通点があり得るのかね？」

「やれやれ、理屈っぽい男だなあ！　何かといえばすぐ原則だ！……きみは全身が原則というバネでかためられているんだよ。自分の意志で向きを変えることもできん。ぼくに言わせれば、人間がいい——それが原則だよ、それ以上何も知りたいとは思わんね。ザミョートフは実にすばらしい人間だ」

「それが、甘い汁《しる》を吸ってか」

「なに、甘い汁を吸ってるって、そんなことどうでもいいじゃないか！　甘い汁を吸ってるのが、どうしたというんだ！」どういうわけか不自然に苛立《いらだ》ちながら、ラズミーヒンはいきなり叫んだ。「彼が甘い汁を吸っているのを、ぼくがほめたとでもいうのか？　ぼくは、彼は彼なりにいいところがあると言っただけだ！　実際、どこから見ても非の打ちどころのないなんて人間は、何人もいやしないよ！　正直のところ、ぼくなんか臓腑《ぞうふ》ぐるみすっかりひっくるめても、焼いた玉ねぎ一個くらいの値打ちしかないだろうな、それもきみもおまけにつけてさ！……」

「それは少なすぎる。ぼくならきみに玉ねぎ二つ出すね……」

「ぼくはきみには一つしか出せんな！　さあもっとしゃれを言いたまえ！　ザミョー

トフはまだ子供だよ、すこし鍛えてやるんだ。だってあの男は味方にしておく必要があるからな、突っ放しちゃ損だ。人間は突っ放しちゃ、——矯正《きようせい》はできんよ、まして子供はな。子供をあつかうには特に慎重さが必要だ。おいきみ、進歩的石頭、何もわかるまい！　きみは人間を尊敬しないで、自分を侮辱している……ところで、なんなら話してもいいが、ぼくと彼の間には、どうやら、一つの共通の問題が生れたらしいんだよ」

「聞きたいね」

「うん、例の塗装師の問題さ、つまりペンキ屋だな……もうじき出してやるよ！　もっとも、いまではもう嫌疑《けんぎ》はこれっぽっちもないんだ。事件がすっかり明白になったのさ！　ぼくらがちょっと後押しをしてやればいいんだよ」

「ペンキ屋ってどこの？」

「えッ、まだきみに話さなかったかい？　いや、話したと思ったがなあ？　そうだ、ちょっと話しかけて……ほら、あの金貸しの老婆が殺された事件だよ、官吏の後家婆《ばあ》さんさ……なに、あの事件にペンキ屋がまきぞえをくったんだよ……」

「ああ、その殺人事件のことならきみに聞くまえに聞いていたし、興味をもったくらいだよ……ちょっとね……あることが気になって……新聞でも読んだよ！　それで

「……」

「リザヴェータも殺されたのよ！」と、ラスコーリニコフのほうを向いて、ナスターシヤがだしぬけに言った。彼女はさっきから部屋を出て行かずに、ドアのそばにへばりついて、話を聞いていたのだった。

「リザヴェータ？」ラスコーリニコフは聞きとれぬほどの声で呟《つぶや》いた。

「リザヴェータよ、古着屋の、知らないの？　階下《した》へよく来たじゃないの。ほら、あんたのシャツをつくろってもらったこともあったじゃないか」

ラスコーリニコフはくるりと壁のほうを向いた、そしてよごれて黄色くなった壁紙の白い花模様の中から、土色の細い線みたいなものがたくさんついている不細工な白い花を一つえらんで、その花に花弁が何枚あるか、花弁にどんなぎざぎざがついているか、線がいくつあるか、観察をはじめた。彼はまるで切断されたように手足の感覚がなくなったのを感じたが、身を動かしてみようともせずに、強情に花をながめていた。

「それで、そのペンキ屋がどうしたというんだい？」とゾシーモフが、どうしたわけか特に不機嫌《ふきげん》の様子でナスターシヤのおしゃべりをさえぎった。ナスターシヤはほっと溜息《ためいき》をついて、黙りこんだ。

「容疑者としてあげられたんだよ!」とラズミーヒンは熱した口調でつづけた。

「何か、証拠でもあるの?」

「証拠なんてあるものか! しかしだ、あげられたのは、つまり証拠があったからだ。ところがその証拠というやつがまちがいなんだ。それを証明してやらにゃならんわけさ! 最初に警察はあの、ええなんといったっけな……そうそうコッホとペストリャコフだ、あの二人を容疑者としてあげたが、あれとまったく同じことさ。チエッ! なんとへまばかりしてやがんだ、他人《ひと》ごとながらいやになるよ! そのペストリャコフだが、おそらく、今日うちへ来るはずだよ……ところで、ロージャ、この事件はもう知っているだろう、まだ病気になるまえのできごとだ。そうそうきみが警察で、この話をしているのを聞いて失神した、ちょうどあのまえの晩だよ……」

ゾシーモフは好奇の目をラスコーリニコフに向けたが、ラスコーリニコフはぴくりとも動かなかった。

「ねえきみ、ラズミーヒン! 感心するよ、まったくきみは世話好きな男だなあ」とゾシーモフは嫌味《いやみ》を言った。

「そんなことはどうでもいい、とにかく救い出すのだ!」と、ラズミーヒンは拳《こぶし》で卓をたたいて、叫んだ。「この問題でいちばん癪にさわるのはなんだと思う? やつらがまちがいをしていることじゃない。まちがいは許せるよ。まちがいなんてかわいらしいものさ、だって、いずれは真実へみちびいてくれる。ぼくが癪にさわるのは、まちがいをしながら、しかもその自分のまちがいにぺこぺこしていることなのだ。ぼくはポルフィーリイを尊敬している、しかし……まあいってみればだな、いったい何が彼らをそもそものはじめから迷わせてしまったのか？　ドアがしまっていた、ところが庭番を連れて来ると——開いていた。そこで、殺したのはコッホとペストリャコフだという！　これが彼らの論理なんだよ」

「まあ、そう興奮するなよ。彼らはただ拘留されただけじゃないか。それも仕方がないさ……ついでだが、ぼくはそのコッホに会ったよ。それで知ったんだが、彼はあの婆さんから質流れ品の買占めをやっていたそうじゃないか、え？」

「うん、まあ一種のペテン師さ！　手形の買占めもやってるよ。ずるい男だよ。まあ、あんなやつはどうでもいいさ！　ぼくがいったい何に憤慨してるか、わかるかい？　彼らの古くさい、月並みきわまる、動脈硬化の慣例にしがみついている態度だよ……いま、この事件ひとつを例にとっても、大きな新しい道を開くことができるのだ。心理的な資料をたどるだけでも、正しい証跡にいたるにはどうすべきかを示すことができるのだ。《われわれのほうには事実がある》なんて言ってるが、事実がすべてじゃない。少なくとも事件解決の半分は、事実をあつかう能力のいかんにあるんだよ」

「じゃきみには、事実をあつかう能力があるというわけか？」

「だって、事件解決に力をかせるかもしれんという気がするのに、手さぐりでそれを感じていながらだな、黙っているわけにもいかんじゃないか、ぼくは……おい！……きみは事件を詳細に知ってるのかい？」

「だから、そのペンキ屋の話を待ってるんだよ」

「あ、そうか！　よし、ではその経過を話そう。事件後ちょうど三日目の朝だ、警察ではまだコッホとペストリャコフをしつこくあやしていた、――二人とも足どりをはっきりさせたし、二人でないことはもうわかりすぎるほどわかっているのにさ、――すると突然、まったく思いがけぬ事実がでてきたのだ。ドゥシキンとかいう百姓で、ちょうどあの建物の向いに居酒屋を開いている男が、警察に出頭し、金のイヤリングの入ったみごとなケースを届けて、それにまつわる長ものがたりを述べたてたわけだ。《一昨日《おととい》の晩方、たしか八時をすこしまわった時分だったと思いますが》――この日と、時間！　わかるかね、きみ？――《わたしどもの店にペンキ職人のミコライがかけこんで来まして、これまでにも昼間は来たことがありましたがね、金の耳輪と宝石類の入ったこの箱をわたしに差し出して、これを抵当《かた》に二ルーブリ貸してくれというんですよ。どこで手に入れた？ と聞きますと、道ばたで拾ったという。わたしはもうこれ以上くどくどとは聞きませんでした》これはそのドゥシキンとやらの言葉だよ。《そして、一枚だしてやりました》つまり一ルーブリってわけだ。《わたしがことわったら、ほかの誰《だれ》かのところへ持って行くだろうし、どっちみち——飲んじまうんだ、それならうちで品物をあずかったほうがいい、そう考えましてな。どうせ長いこと置いとくんだろうから、大事に保管することだ、そのうち何か告示でもあったり、噂《うわさ》でも立ったら、早速届け出ようと、こう思いましたもので》なあに、嘘《うそ》にきまってるさ。とぼけてるんだよ。ぼくはそのドゥシキンてやつを知っているが、金貸しで、贓品《ぞうひん》故買は常習だし、その三十ルーブリもする品物だって、届け出るためにあずかったなんてとんでもない話だ。まんまとミコライからだましとったのさ。怯気《おじけ》づいただけだよ。まあ、そんなことはどうでもいいや、話をつづけよう。またドゥシキンの言い草だよ。《わたしはこのミコライ・デメンチェフって百姓を、ちっちゃな時分から知っているんですよ。わたしと同じ県同じ郡、つまりリャザン県のザライスク郡の生れでしてな。ミコライは飲んだくれってほどじゃないけど、ちょくちょくやらかすほうで、あの建物の中でやはり同じ村のミトレイといっしょにペンキ塗りのしごとをしていたことは、わたしも知っていました。札を渡すと、すぐにそれをくずして、つづけざまに二杯あおり、つりをもらって、出て行きましたが、そのときはミトレイの姿は見ませんでした。で、そのあくる日になってアリョーナ・イワーノヴナと妹さんのリザヴェータ・イワーノヴナが斧《おの》で殺されたってことも聞きまして、あたしはあの二人も知ってお りましたし、すぐに耳輪をあやしいとにらんだわけです、——あの婆さんが抵当《かた》をとって金を貸していたのを、わたしは知ってましたんでな。そこでわたしは婆さんたちの住んでいた家へ出かけて、それとなく探りだしにかかり、先《ま》ず、ミコライが来ているかどうか、聞いてみました。するとミトレイの言うのには、ミコライは夜あそびして、明け方酔ってかえって来たが、十分ほど家にいて、また出て行った、それっきり顔を見せないので、一人で仕上げをやっているとのことでした。ところでやつらの仕事場は殺された婆さんの住居とは階段つづきで、二階にあるのです。こうした話をすっかり聞いて、わたしはそのときは誰にも何もしゃべりませんでした》とドゥシキンは言うんだよ。《だが、事件についてできるだけのことはすっかり探り出して、やっぱりはじめににらんだとおり、あやしいとにらんで家にもどったわけです。ところが今朝方、八時頃《ごろ》》つまりこれは三日目のことだ、わかるかい？　《見ると、ミコライが店に入ってくるじゃありませんか。素面《しらふ》ではないが、といってそれほど酔っているふうでもない、話はわかりそうだ。ベンチにかけて、黙りこくっている。ちょうどそのとき店の中には、やつのほかに客が一人と、もう一人馴染《なじ》みの客が別なベンチに寝ていたのと、あとはうちの小僧が二人いただけでした。「ミトレイに会ったかい？」と尋ねますと、「いや、会わねえ」という。「ここへも来なかったな？」と聞くと、「一昨日来たきりだ」とこうですよ。「夜はどこで寝ていたんだい？」「ペスキの荷舟の上さ」「じゃ、耳輪はどこで手に入れたんだ」と聞くと、「道ばたで見つけたのよ」と、なんとなくぐあいわるそうに、目をそらして言うのです。「じゃ、ちょうどあの晩、あの時間に、あの階段の上で、これこれのできごとがあったのを聞いたかい？」と言うと、「いや、聞かねえな」とは言ったものの、わたしの話を聞いているうちに、目をむきだし、急に真《ま》っ蒼《さお》になりました。なおも話しながら、見ていると、やつは帽子をつかんで、立ちかけました。そこでやつをひきとめておこうと思って、「待てや、ミコライ、一杯飲まんか？」と言いながら、ドアをおさえるように小僧に目配せして、帳場から出て行くと、やつはいきなり往来へとび出し、横町へ走りこんでしまいました、――ほんとにあっという間のことでした。これでわたしの疑惑がはっきりしました。たしかにやつの仕業です……》（訳注　彼の故郷ロシア南部の発音ではニコライがミコライになる）

「きまってるさ！……」とゾシーモフは言った。

「待てよ！　終りまで聞け！　そこで全力をあげてミコライ捜索にとりかかったこと

は、もちろんだ。ドゥシキンは拘留されて、家宅捜索をされた。ミトレイも同じだ。荷舟の人足たちも洗われた。――一昨日になってやっと逮捕されたんだが、それが思いがけずN門のそばの旅籠屋《はたごや》でつかまったんだ。彼はそこへ行って、銀の十字架を首からはずして、これでウォトカを一杯くれと頼んだそうだ。飲ませてやった。それから何分かして、婆さんが牛小舎《うしごや》へ行って、何気なく隙間《すきま》からとなりの納屋《なや》をのぞくと、彼が紐《ひも》を梁《はり》にゆわえつけ、輪をつくって、木株にのり、首を輪に通そうとしている。婆さんは腰をぬかして、声を限りに叫びたてた。人々が駆けつけた。《おまえはなんてことをするんだ!》すると《おれをこれこれの署へしょっぴいてってくれ、すっかり白状する!》というわけだ。そこでおそるおそる彼をこれこれの署、つまりここへ連行した。それからは姓名は、職業は、住所は、年齢は――《二十二歳》等々、型どおりの調べがあって、いよいよ尋問だ。《おまえはミトレイとしごとをしていたとき、これこれの時間に、階段のところに誰も見なかったか?》すると返答は、《そりゃ、誰か通ったかもしれませんが、別に注意をしていませんでしたので》《では、何か物音は聞かなかったか、騒々しい音か、何か?》《別に何も聞きませんでしたが》《それでは聞くが、ミコライ、ちょうどその日その時間に、これこれの寡婦《かふ》とその妹が殺害され、金品を盗まれたのを、おまえは知らなかったか?》《めっそうもない、ぜんぜん。アファナーシイ・パーヴルイチから、三日目に居酒屋ではじめて聞きましたようなわけで》《では、耳輪はどこで手に入れた？》《道ばたでひろいました》《どうして翌日ミトレイとしごとへ行かなかった？》《へえ、その夜あそびがすぎましたもので》《どこであそんだ？》《へえ、これこれしかじかの場所です》《どうしてドゥシキンの店から逃げたんだ？》《あのときはもうすっかり動転してしまいまして》《何が恐《こわ》かったのだ？》《その、裁判にかけられるのがです》《自分は何も悪いことはしないと知っていたら、何も恐がることはないではないか？……》というわけだ。ゾシーモフ、きみは信じるかどうか知らんが、この問題が提起されたのだ、しかも文字どおりいま言ったような言葉でだ。ぼくにまちがいなく伝えられたことは、たしかだよ！　どうだね？　え、どう思うかね？」

「さあ、でも、証拠はあるかね」

「いや、ぼくがいま言っているのは証拠のことじゃない、問題そのものだよ、彼らがこの問題の実体をどう理解しているかということだよ！　でも、そんなことはどうでもいい！——さて、奴《やっこ》さんは責めて、責めぬかれて、とうとう音《ね》をあげてしまった。《実は道ばたでひろったんじゃありません、ミトレイといっしょにしごとしていた建物の中で見つけました》《どんなふうにして見つけたのだ？》《へえ、実はこうしたわけで。わたしはそのミトレイといっしょに一日中、晩の八時までペンキ塗りをやっていまして、そろそろ帰ろうと思って支度をはじめました、するとミトレイのやつ刷毛《はけ》をつかんで、いきなりおらの顔にペンキを塗ったくりゃがった、あいつおらの顔にペンキを塗ったくって、やにわに逃げだしゃがった、でおらはやつを追っかけました。追っかけながら、大声でどなったんです。階段をかけ下りて庭へ出ようとすると――いきなり庭番と旦那方《だんながた》につきあたりました。旦那方が何人いたかは、おぼえていねえけど。それで庭番のやつおらをどなりつけ、べつな庭番もどなり、庭番のかかあまで出てきて、おらたちにさんざん悪態こきやがった。おまけにちょうど女連れの旦那が一人門を入ってきましたが、この旦那までおらたちをどなりつけました。それもおらとミチカが道いっぱいにころがってとっくみあいをしてたからです。おらはミチカの髪をひっつかんで、ひき倒し、拳骨《げんこつ》でぶんなぐりはじめました。するとミチカのやつも、下からおらの髪をひっつかんで、なぐり返しました。おらたちはなにも相手がにくくてなぐったわけじゃなく、つまりその仲がいいもんだから、ふざけてじゃれあっていたんです。そのうちミチカのやつおらの手を振りきって、往来のほうへかけだしました、――追っかけたが、追いつけないので、一人で建物へとってかえしました、――だってちらかしっぱなしだったんで。おらは後始末をしながら、いまにミトレイのやつもどってくるだろうと思って、待っていました。すると入り口のドアのそばで、つまり仕切りのかげの隅《すみ》っこで、小っちゃな箱を踏んづけたんです。見ると、紙に包んだものが落ちている。紙をとってみると、小っちゃな留め金がついているんで、それをはずして開けてみた――すると小箱の中に耳飾りが……》」

「ドアのかげに？　ドアのかげにあったって？　ドアのかげにかい？」だしぬけにこう叫ぶと、ラスコーリニコフはにごったおびえた目でラズミーヒンを見つめながら、片手をついてゆっくりソファの上に身を起した。

「そう……だがどうしたんだ？　どうしたんだきみ？　どうしてきみはそれを？」ラズミーヒンも立ちあがった。

「なんでもないんだよ！……」とほとんど聞きとれぬほどにつぶやくと、ラスコーリニコフはまた枕の上に頭をおとして、壁のほうを向いてしまった。二人はしばらく黙っていた。

「うとうとしかけて、ねぼけたんだろうさ」やがてラズミーヒンは問いかけるような目をゾシーモフにあてながら、言った。ゾシーモフは否定するように軽く頭を横にふった。

「まあ、つづけてくれたまえ」とゾシーモフは言った。「それから？」

「それから？　うん、やっこさん耳輪を見たとたんに、建物のことも、ミチカのことも忘れてしまって、帽子をつかむなり、ドゥシキンの店へかけこんだ。それから先はさっき言ったように、一ルーブリでひきとってもらって、道ばたでひろったなんて嘘をつき、その足で飲みに出かけたってわけだ。ところで事件については、さっき言ったようなことをくりかえすだけだ。《ぜんぜん、まるきり知りませんでした、三日目になってはじめて聞いたようなわけで》《じゃ、どうしていままでかくれていたんだ？》《こわかったんです》《なぜ首をつろうとした？》《いろいろ考えまして》《何を考えたんだ？》《へえ、裁判にかけられたらどうしようと》きみ、まあこういうわけだ。ところで、彼らはこの尋問からどういう結論をひきだしたと思う？」

「まあ考えることはないね、罪跡があるじゃないか、それがどんなものにしろ、とにかくあることはある。事実だよ。そのペンキ屋を釈放するわけにはいくまいさ？」

「だってきみ、彼らはもう彼を真犯人と断定してしまったぜ！　いまじゃ彼らはもうこれっぽっちも疑っていないんだ……」

「それでいいじゃないか。きみは興奮しすぎてるよ。じゃ、耳飾りは？　いいかい、その日その時刻にだよ、老婆のトランクの中にあった耳飾りがミコライの手に入ったとすれば、それはどういう方法かで入ったにちがいないのだ、どうだね、これには異論があるまい？　こうした事件にはよくあることなんだよ」

「どうして手に入った！　どうして手に入ったって？」とラズミーヒンは叫んだ。「いったいきみは、医者のくせに、何よりも先《ま》ず人間を研究するのが義務で、しかも誰よりも人間の本性を研究する機会をもちながら、それでなおかつきみは、これだけ資料をならべられても、ミコライがどんな性質の人間かわからないのか？　いったいきみは、尋問に際して彼が述べたてたことがことごとく、神聖な真実であることが、一目で見ぬけないのか？　彼が述べた経過でそれが彼の手に入ったことは、ぜったいにまちがいない。小箱を踏んづけて、それをひろい上げたんだ！」

「神聖な真実か！　ところが、はじめは嘘をついたと、自分で白状しているじゃないか？」

「まあぼくのいうことを聞きたまえ。ようく聞いてくれたまえよ。いいかね、庭番も、コッホも、ペストリャコフも、もう一人の庭番も、はじめの庭番の女房《にょうぼう》も、そのときその女房といっしょに庭番小舎《ごや》にいた町家のおかみも、ちょうどそのとき馬車を下りて、ある婦人の腕をとって門を入ってきた七等官のクリュコフも、――みんな、つまり八人か十人の証人がだね、ミコライがミトレイを地べたにおさえつけ、馬のりになってぶんなぐっていた、下になったほうも相手の髪をつかんで、なぐり返していたと、口をそろえて証言しているんだ。彼らは道幅いっぱいにころがり、通行の邪魔をしているので、四方八方からどなられたが、彼らは、《まるで小さな子供たちみたいに》

——これは証人たちが言った言葉そのままだよ——上になり下になり、キャッキャわめき、つかみあい、実に滑稽《こっけい》な顔をして互いに負けじと声をはりあげてわあわあ笑っていたが、そのうちに一人がもう一人を追っかけて、子供みたいに通りへかけだして行った。聞いたかい？　さて、これが大切なところだ、しっかり頭に入れてくれたまえよ。上の死体はまだあったかかった、いいかい、発見されたとき、まだあったかかったんだ！　もし彼らが殺してだ、あるいはミコライ一人だけがやったとしてもいい、そしてトランクから強奪したか、あるいはこの強盗事件を何かの形で手伝ったとしたらだ、きみにたった一つだけ質問したいのだが、あのような精神状態、つまり門のすぐまえでキャッキャわめいたり、わあわあ笑ったり、子供みたいにとっくみあったりという状態がだ、果して斧とか、血とか、凶悪なずるさとか、ぬかりのなさとか、盗みとか、そういったものと同居し得るものだろうか？　ついいましがた人を殺して、せいぜい五分か十分しかすぎていない、——なぜって、まだ死体にぬくみがのこっていたからだ、——それが突然死体もうっちゃらかし、部屋もあけっ放しのままで、たったいま人々がそこへのぼっていったことを知りながらだ、獲物《えもの》まですてて、まるで小さな子供たちのように、道路にころがって、キャアキャアふざけちらして、みんなの関心をひきつける、しかもそれは十人の証人の口をそろえての証言なのだ！」

「たしかに、おかしい！　むろん、あり得ないことだが、しかし……」

「いや、きみ、しかしじゃないよ、たとえその日その時刻にミコライの手にあった耳飾りが、たしかに彼に不利な重大な物的証拠となっているとしても、――しかしそれは彼の陳述によってはっきり釈明されているから、従ってまだ未確認物証というわけだが、――とにかく無罪を立証する諸事実も考慮に入れてしかるべきだと思うんだ。ましてやそれらが動かし得ない事実だから、なおさらだよ。きみはどう思う、わが国の法律学の性質上、そのような事実を、――つまり心理的不可能性というか、精神状態にのみ基礎をおいているような事実を、拒否し得ない事実、しかもそれがどんなものであろうと、いっさいの告訴理由および物的証拠をくつがえしてしまうような事実、として認めるだろうか、いや認めることができるだろうか？　いや、認めまい、ぜったいに認めまい、なぜなら小箱が見つかったし、当人は自殺しようとしたからだ。《身におぼえがなければ、そんなことをするはずがない！》これが重大問題なんだよ、ぼくを興奮させているのはこれなんだよ！　わかってくれ！」

「うん、きみが興奮してるのは、わかるよ。待てよ、聞き忘れたが、耳飾りの入った小箱が老婆のトランクからでたものにまちがいないことが、どうして証明されたんだい？」

「それは証明されたんだよ」とラズミーヒンは気がすすまぬらしく、しぶい顔をして答えた。「コッホがその品物をおぼえていて、あずけ主をおしえたんだ、そしてその男が自分の品物にまちがいないと証言したんだよ」

「まずいね。じゃもう一つ。コッホとペストリャコフが階段をのぼって行ったとき、誰かミコライを見たものがなかったか、そしてそれが何かで証明されないかね？」

「それなんだが、誰も見たものがないのさ」とラズミーヒンは腹立たしげに答えた。「まずいったらないよ。コッホとペストリャコフまでがのぼって行くとき、彼らに気づかなかったというんだ。もっともあの二人の証言なんて、いまじゃたいした意味はもたんだろうがね。《部屋のドアがあいているのは見ました、おそらく中でしごとをしていたんでしょうが、通るときに、べつに注意もしなかったので、そのときそこに職人がいたかどうか、はっきりおぼえていません》というんだ」

「なるほど。そうすると、反証は、なぐりあって大声で笑っていたということだけだな。よし、それを有力な証拠と仮定しよう、ところでだ……じゃ聞くが、そういうきみ自身、すべての事実をどういうふうに説明する？　彼がたしかに陳述どおりに耳飾りを見つけたとしても、きみはそれを何で証明する？」

「何で証明する？　何を証明するんだい、明らかな事実だよ！　少なくとも、事件解決のためにたどるべき道は、明白だね。しかも証明ずみだよ、つまり、小箱がそれを証明したんだよ。真犯人がその耳飾りをおとして行ったんだ。コッホとペストリャコフがドアをノックしたとき、犯人は室内にいたんだよ、掛金を下ろしてひそんでいたんだ。コッホがうかつにも下へおりて行った。そこで犯人はとびだして、これも下へかけ下りたわけだ、だってほかに逃げ道はなかったのだ。階段のところで犯人はコッホ、ペストリャコフ、庭番の三人からかくれるために、ちょうどミトレイとミコライがかけ出て行って空《から》になっていた部屋に身をひそめた、そしてドアのかげにかくれて、庭番たちをやりすごし、足音が聞えなくなるのを待って、そっと下へおりて行った。それがちょうどミトレイとミコライが通りへとび出した直後で、人々はみなそれぞれ散って行って、門のあたりには誰もいなかった。ひょっとしたら、犯人を見かけた者があったかもしれないが、おそらく誰も気にとめなかったろう。人の出入りなんて珍しくないからな。で小箱だが、彼はドアのかげにかくれていたとき、ポケットからおとしたが、おとしたことに気づかなかった。それどころではなかったのだ。彼がたしかにそこにかくれていたことを、小箱がはっきり証明している。ここが問題なのさ！」

「うまい！　いや、きみ、考えたねえ。それじゃ話がうますぎるよ！」

「どうしてさ、え、どうしてだい？」

「だって筋があまりにもみごとに合いすぎるじゃないか……ぴたりだよ……まるで芝居の筋書きみたいだ」

「えィ、きみは！」とラズミーヒンは叫びかけたが、その瞬間にドアが開いて、そこに居合せた誰も知らぬ一人の男が入ってきた。

5

それはもう年ぱいの、いかにも小うるさそうなもったい振った紳士で、すきのない気むずかしそうな顔をしていた。彼はまず戸口のところに立ちどまって、《これはまた妙なところへまよいこんだものだ？》と目で尋ねるように、とげとげしい露骨なおどろきを示しながらあたりを見まわした。彼は信じられぬらしい様子で、いかにもわざとらしく、意外というよりはいっそ屈辱にたえぬというような色をさえうかべて、狭くて天井《てんじょう》が低いラスコーリニコフの《船室》をじろじろ見まわしていた。彼はやがてそのおどろきの目を、ほとんど裸に近い格好で、鳥の巣のような頭をして、顔も洗わずに、みすぼらしい汚ないソファに横になったまま、じっと彼を見つめているラスコーリニコフのうえに移した。それから、またゆっくり頭をまわして、服をだらしなくはだけ、無精ひげを生やし、もじゃもじゃ髪のラズミーヒンの姿をしげしげと見まもりはじめた。ラズミーヒンはラズミーヒンで、腰を上げようともせずに、不敵なうさんくさそうな視線をまともに相手の顔にそそいでいた。緊張した沈黙が一分ほどつづいて、やがて、当然予期されたように、場面に小さな変化が生れた。おそらく、いくつかの資料によって、といってもそれは実に明確な資料だが、この《船室》では誇張してきびしい態度を気取ってみたところで、まったくなんの効果もないということをさとったのであろう、紳士はいくぶん態度をやわらげて、きびしさをすっかりなくしてしまったわけではないが、いんぎんにゾシーモフのほうを向いて、一語一語はっきりくぎりながら尋ねた。

「大学生、いや元大学生の、ロジオン・ロマーヌイチ・ラスコーリニコフは、こちらでしょうか？」

ゾシーモフはゆっくり身体《からだ》をうごかした。そしておそらく、返事をしようと思ったらしいが、そのときラズミーヒンが、自分が聞かれたのでもないのに、よこあいからいきなり先をこした。

「彼なら、そら、そのソファに寝てますよ！　で、どんなご用？」

この《で、どんなご用？》というなれなれしい言葉が、気取った紳士の足をすくった。彼は危なくラズミーヒンのほうに向き直りかけたが、どうやらからくも自分をおさえて、いそいでまたゾシーモフのほうを向いた。

「これがラスコーリニコフですよ！」ゾシーモフは病人のほうを顎《あご》でしゃくって、口の中でもぞもぞ呟《つぶや》くように言うと、とたんに大欠伸《おおあくび》をした。それもどういうのかけはずれに大きく口を開けて、必要以上に長くその状態を保っていた。それからゆっくりチョッキのポケットに手をつっこみ、ばかでかいふくれた両蓋《りょうぶた》の金時計をとり出すと、蓋をあけて、時間を見た。そしてまたのろのろと、いかにももの うげに、それをポケットにしまった。

当のラスコーリニコフはその間ずっと仰向《あおむ》けに寝たまま、黙って、執拗《しつよう》に、といっても何を考えているわけでもなかったが、紳士を見つめていた。いまは壁紙の珍しい花からはなれてこちらを向いている彼の顔は、気味わるいほど蒼《あお》ざめて、まるで苦しい手術を終ったばかりか、あるいは拷問《ごうもん》から解放されたばかりのように、異常な苦悩があらわれていた。しかし入って来た紳士はしだいに彼の注意をよびおこしはじめた、そしてそれがしだいに強まり、やがて疑惑にかわり、ついで不信になり、恐怖のようなものにさえなった。ゾシーモフが彼をさして、《これがラスコーリニコフですよ》と言ったとき、彼は不意に、とびおきるように、すばやく身を起して、ソファの上に坐《すわ》り、まるでいどみかかるような、しかしとぎれとぎれの弱々しい声で、言った。

「そうです！　ぼくがラスコーリニコフです！　ぼくになんのご用です？」

客はじっと彼を見つめたまま、説きふせるような調子で言った。

「ピョートル・ペトローヴィチ・ルージンです。わたしの名前があなたには、たしか、ぜんぜん耳新しいものではないはずですが」

しかしラスコーリニコフは、まるでちがうことを予期していたので、ぼんやりけげんそうに彼を見まもるばかりで、ピョートル・ペトローヴィチの名前を聞いたのはほんとうにいまがはじめてのように、何も答えなかった。

「はて？　それじゃあなたはいままでなんの知らせも受けておられないのですか？」

ピョートル・ペトローヴィチはわずかに不快さを顔に出しながら、尋ねた。

それに答えるかわりに、ラスコーリニコフはゆっくり枕《まくら》の上に身体を倒し、両手を頭の下に支《か》って、天井をながめはじめた。憂《うれ》いの影がルージンの顔をくもらせた。ゾシーモフとラズミーヒンはますます好奇心をそそられて、なめるような目で彼を見まわしはじめた。とうとう、彼もばつがわるくなったらしい。

「わたしはそう思ったものですから、かぞえてみて」彼は口ごもった。「何しろ十日以上もまえにだした手紙なので、もうほとんど二週間にもなるでしょうか……」

「まあまあ、どうしてさっきから入り口に突っ立っているんです？」と不意にラズミーヒンが話の腰をおった。「何かお話がおありなら、坐ったらどうです。あなたとナスターシヤがそこに突っ立ってちゃ、せまッ苦しくてかないませんよ。ナスターシュシカ、わきへよけて、通してあげなさい！　さあこっちへいらして、この椅子《いす》におかけください！　さあさあ割り込んでください！」

彼は自分の椅子を卓のそばからずらして、卓と自分の膝《ひざ》の間に心もち場所をあけ、いくらか窮屈な思いで、客がその隙間《すきま》に《割り込んでくる》のを待ち受けた。それが実にタイミングがよかったので、どうしてもことわることができずに、客はそそくさと、つまずいたりしながら、せまい隙間を通りぬけて入りこんだ。椅子までたどりつくと、彼はそれに腰を下ろして、うたぐり深そうにちらとラズミーヒンを見やった。

「まあ、そわそわしないでください」とラズミーヒンはつっけんどんに言った。「ロージャはもう五日間病気で寝たきりなんですよ。三日間はうわごとばかり言ってましてねえ。今日やっと気がついたんですが、食欲もでて、おいしそうに食べましたよ。こちらに坐っているのは医師で、いま診察をおわったばかりです。ぼくはロージャの友人で、やはり元は大学生でした、いまはこうして彼の看病をしてるわけです。まあこういうわけですからぼくたちにはおかまいなく、どうか遠慮なく用件をつづけてください」

「ありがとうございます。でも、ここで話をしたのでは病人の邪魔にならないでしょうか?」とピョートル・ペトローヴィチはゾシーモフのほうを見た。

「い、いや」ゾシーモフは口ごもった。「かえって気がまぎれるかもしれませんよ」

そしてまた欠伸をした。

「なあに、彼はもうずっと正気なんですよ、朝から!」とラズミーヒンはつづけた。そのなれなれしさにはすこしも影のない素直さが見えたので、ピョートル・ペトローヴィチはちょっと考えて、すこし元気がでてきた。あるいはひとつには、このぼろ服の図々《ずうずう》しい男が早手まわしに学生と名乗ったせいかもしれない。

「あなたのお母さんは……」とルージンが用件をきりだした。

「うん!」とラズミーヒンが大声をだした。ルージンはいぶかるように彼を見た。

「いや、なんでもないんです。どうぞ……」

ルージンは肩をすくめた。

「……あなたのお母さんは、まだわたしがあちらでお邪魔していた時分に、あなたにあてた手紙を書きはじめておられました。わたしがこちらへ来てからも、わざと四、五日おくらせて、今日までお伺いしなかったのは、あなたが事情をすっかりお知りになるのを待ったうえで、と思ったからです。もう大丈夫と思ってお伺いしたのですが、いま聞きますと、おどろいたことに……」

「知ってるよ、知ってますよ！」不意にラスコーリニコフは、もうこれ以上はがまんがならんという憤怒《ふんぬ》の色を顔にみなぎらせて、言った。「あなたですか？　花婿《はなむこ》は？　そう、知ってますよ！……もう何も聞きたくありません！」

ピョートル・ペトローヴィチは思いきった侮辱にかっとなったが、黙っていた。そしてこれがどういう意味なのか、急いで考えをまとめようとあせった。一分ほど沈黙がつづいた。

一方ラスコーリニコフは、返事をするときわずかに彼のほうに身をねじ向けたが、そのまま急にまた、何か特別に珍しいものでも見るように、しげしげと彼の観察にとりかかった。どうやらさっきはまだ彼をすっかり観察するひまがなかったか、あるいは何か見おとしていた新しいものを発見してびっくりしたとでもいいたげな様子で、そのためにわざわざ枕からすこし身体をもたげさえした。たしかに、ピョートル・ペトローヴィチの風采《ふうさい》にはどことなく一風変ったところがあった。それはいまぶしつけに彼にあたえられた《花婿》という呼び名を釈明するような何ものかだった。第一に、ピョートル・ペトローヴィチが首都の数日間をあたふたとかけまわって、花嫁がくるまでにあわてて身なりをととのえ、おめかしをしたらしい様子が、見えすいていた、というよりはあまりにも目立ちすぎた。とはいえ、それはまったく邪気のないことで、べつにとがめるにはあたらない。男前がぐんとあがったという自意識、いやもしかしたらうぬぼれすぎの自意識でさえも、このような場合なら許されてよかろう、だってピョートル・ペトローヴィチは花婿とよばれる身なのである。着ている服はほんとの仕立ておろしで、新しすぎて、なんのためか目的が露骨に出すぎているきらいを除いては、申し分なかった。しゃれたぴかぴかのまるい帽子までが、その目的を実証していた。ピョートル・ペトローヴィチはその帽子に対しては何かこう宝ものでも扱うような態度で、そっと両手で保《も》っていた。ふじ色のほんもののジュウィン製のすてきな手袋までが、それをはめないで、これ見よがしに手にもっていたということだけを見ても、やはり同じ目的を証明していた。ピョートル・ペトローヴィチの服装は、青年らしい明るい色あいがかっていた。薄茶色の上質の夏の背広、明るい色の軽いズボン、それと対《つい》のチョッキ、買いたての薄地のシャツ、バラ色のしま模様の極上麻地のうすいネクタイ、しかも何よりもいいことは、それがみなピョートル・ペトローヴィチによく似合っていたことである。彼の顔は、まったくつややかで、美しいとさえいえるほどで、おしゃれをしなくても四十五よりは若く見えた。黒っぽい頰《ほお》ひげが、カツレツを二枚ならべたように、顔の両側をさわやかにふちどり、てかてかにそりあげた顎のあたりでひときわ濃くなって、みごとな美しさだった。頭髪も、ほんのわずかだが白いものがまじり、理髪師の手できれいに櫛《くし》を入れられ、おまけにカールさえしてあったが、それでいてすこしもおかしくもなければ、でれでれしたところもなかった。たいていはカールをすると、顔がどうしても結婚式にのぞむドイツ人みたいになって、どことなく間のびがして見えるものである。もしもこのかなり美しいりっぱな容貌《ようぼう》の中に、たしかに不快なむかむかするような何かがあるとすれば、それはほかの理由によるものであった。ルージン氏の不躾《ぶしつけ》な観察をおわると、ラスコーリニコフは毒々しくにやりと笑って、また枕の上に身を倒し、さっきのように天井をながめはじめた。

しかしルージン氏はぐっとこらえた。どうやらある時期がくるまでは、どんなへんな態度をとられても見ないふりをしようと腹をきめたらしい。

「あなたがこんなに苦しんでおられるのを見て、お気の毒で、なんと申しあげてよいやら」彼はやっと沈黙をやぶって、改めて口を開いた。「ご病気と知っていたら、もっと早く伺うのでした、が、なにしろ、多忙なもので！……それにわたしの弁護士としてのしごとの面で元老院に、のっぴきならぬ重大な用件がありましたものですから。あなたもお察しのいろいろなとりこみにつきましては、申しあげるまでもないことです。あなたのご家族、つまりお母さまと妹さんを、今日明日にもとお待ちしているようなわけでして……」

ラスコーリニコフはわずかに身をうごかして、何か言おうとした。顔にいくらか動揺の色が見えた。ピョートル・ペトローヴィチは言葉をきって、相手の言いだすのを待ったが、いっこうに出そうもないので、またつづけた。

「……待ち遠しい思いです。あの方たちのために当座の落ち着き場所を見つけておきました」

「どこです？」とラスコーリニコフが弱々しく言った。

「ここからすぐ近くで、バカレーエフのビルです……」

「ああ、あのヴォズネセンスキー通りの」とラズミーヒンがよこあいから口をだした。「二つの階がアパートだ。ユーシンて商人が経営してる。何度か行ったことがあるよ」

「そう、アパートです……」

「ひどいところだ、はきだめだよ。汚なくて、臭くて、それにいかがわしいところで、しょっちゅう騒ぎが起るんだ。どんなやつらが住んでるかわかりゃしないよ！……ぼくが行ったのも、あるスキャンダル事件でなんだ。もっとも、安いには安いがね」

「それはむろん、わたし自身もこの土地には新しいので、調べが十分に行きとどかない点はありましたが」とピョートル・ペトローヴィチはばつ悪そうに言い返した。「でも、借りました二部屋はさっぱりして実にきれいですし、それにほんのちょっとの間ですから……わたしはほんとうの、といっちゃなんですが、つまりわたしたちの将来の住居《すまい》ですね、これはちゃんと見つけておきました」と彼はラスコーリニコフのほうを向いて言った。「いまその飾り付けをしておりますが、当分はわたしも借間住まいで窮屈な思いをしているんですよ。ここからはほんの目と鼻の先で、リッペヴェフゼル夫人の家ですが、アンドレイ・セミョーノヴィチ・レベジャートニコフというわたしの若い友人の住居に同居しています。わたしにバカレーエフのビルをおしえてくれたのもその男なのです……」

「レベジャートニコフ？」ラスコーリニコフは何か思い出そうとするように、ゆっくり呟いた。

「そう、アンドレイ・セミョーノヴィチ・レベジャートニコフです、役所に勤めている、ご存じですか？」

「うん……いや……」とラスコーリニコフは答えた。

「失礼しました、あなたの問い返された様子で、そんなふうに思われたものですから。わたしはまえにその男の後見人をやっていたことがあるのです……ほんとにいい青年です……勉強家で……わたしは若い人たちに会うのが好きなのです。新しいことが、わかりますからねえ」ピョートル・ペトローヴィチはある期待をもって、一同の顔を見まわした。

「それはどういう点です？」とラズミーヒンが尋ねた。

「もっとも重要な点です、いわば、問題の本質というような」そう聞かれたことがよほど嬉《うれ》しかったらしく、ピョートル・ペトローヴィチはすぐに答えた。「わたしはね、もう十年もペテルブルグに来ていないのですよ。あらゆるわが国の新しい傾向、改革、思想、そういったものはすべて地方のわれわれのところにも波及してきました、しかしもっとはっきりと見て、全貌をつかむためには、どうしてもペテルブルグに出て来《こ》なければだめです、そうです、でわたしは、若い世代を観察しながら、あらゆることをもっともっと多く見て、そして知るべきだ、という考えなのです。実のところ、わたしは嬉しかったのです……」

「何がです？」

「あなた方の問題は広大です。わたしがまちがっているかもしれませんが、より多くの明白な見解、より多くの、批判といいますか、そういうものがあることがわかったような気がするのです。より多くの功利性……」

「それはたしかだ」とゾシーモフが歯の間からおしだすように言った。

「嘘《うそ》だよ、功利性なんてありゃしないさ」とラズミーヒンがからんだ。「功利性というものは獲得がむずかしいし、意味もなく空から降ってくるものでもない。ところでわれわれはほとんど二百年というもの、あらゆる問題に対して盲目にされている……思想は、あるいは、ふらふらさまよっているかもしれません」彼はピョートル・ペトローヴィチのほうを向いた。「幼稚だけど、善へのねがいもあります。詐欺師《さぎし》どもがむやみにふえてきたけれど、誠実という美徳もないことはありません、しかし功利性というやつはやっぱりありません！　功利性がねえ、長靴《ながぐつ》をはいてどたどたしてますよ」

「わたしはそうは思いませんね」といかにも嬉しそうな様子で、ピョートル・ペトローヴィチは反対した。「そりゃむろん、熱中もあれば、まちがいもあるでしょうが、大きな目で見てやることも必要です。熱中ということは、問題に対する熱意と、問題をとりまいている外部事情のゆがみを証明するものです。もしまだ少ししかなされていないとすれば、それはきっと時間が足りなかったからです。方法については言いますまい。なんでしたら、わたし個人の見解を申しあげますが、もうある程度のことはなされていると思います。つまり新しい有益な思想が普及されています。従来の空想的なロマンチックな作品にかわって、新しい有益な作品が普及されています。文学はいっそう成熟したニュアンスをおびるようになりました。多くの有害な偏見が除去され、笑いものにされました……要するに、わたしたちは自分を過去から永遠に切りはなしてしまったのです、そしてこれが、すでに一つの大きなしごとだと、わたしは思います……」

「暗記したな！　自薦してやがる」と突然ラスコーリニコフが呟いた。

「なんとおっしゃいました？」ピョートル・ペトローヴィチははっきり聞きとれないで、こう聞き返したが、返事がなかった。

「たしかにそのとおりです」とゾシーモフが急いで口をいれた。

「そうじゃないでしょうか？」と得意そうにゾシーモフをちらと見やって、ピョートル・ペトローヴィチはつづけた。「あなたも同意見ですな」と彼は、ラズミーヒンのほうへ顔を向けながら、言葉をつづけたが、その顔にはもうあからさまではないが、勝ち誇ったような優越感が見られた。彼は危なく、《若いお方》とつけ加えるところだった。「大いなる進展、あるいは今風にいいますと、プログレスというものがあります、よしんばそれが科学や経済学の真理のためであるにせよですよ……」

「一般論ですよ！」

「いいえ、一般論じゃありません！　例えばですよ、わたしが今日まで《隣人を愛せよ》と言われて、そのとおりに広く隣人を愛してきたとしたら、どんなことになったでしょう？」とピョートル・ペトローヴィチはつづけたが、すこし急《せ》きこみすぎたきらいがないでもなかった。「つまりこういうことです。わたしが上衣《うわぎ》を半分にさいて、隣人にわけてやる、そして二人とも半分裸の状態になってしまう。ロシアの諺《ことわざ》にあるじゃありませんか、《二兎《にと》を追う者は一兎をも得ず》と。科学はおしえてくれます。まず自分一人を愛せよ、なぜなら世の中のすべてはその基礎を個人の利害においているからである、と。自分一人を愛すれば、自分の問題もしかるべく処理することができるし、上衣もさかずにすむでしょう。経済学の真理は更に次のようにつけ加えています、社会に安定した個人の事業と、いわゆる完全な上衣が多ければ多いほど、ますます社会の基盤は強固になり、従って公共事業もますます多く設立されることになる、とね。つまり、わたしはもっぱら自分一人だけのために儲《もう》けながら、そうすること自体によってみんなにも利益をあたえていることになり、そして結局は隣人が半分にさけたものよりはいくらかましな上衣をもらうことになるのです。それももう個人の恵みではなく、全般的な繁栄の結果なのです。簡単な思想ですが、不幸なことに、あまりにも長い間わたしたちを訪れませんでした。有頂天になりやすい傾向と空想癖に蔽《おお》われていたためです。しかしすこし知恵があれば、わかると思うんですがねえ……」

「わるいけど、ぼくも知恵のあるほうじゃないですよ」とラズミーヒンが乱暴にさえぎった。「だからやめましょうや。ぼくが話をはじめたのはある目的があったからだよ。なにもいまさら、こんなひとりよがりのおしゃべりや、ぺらぺらときりのない一般論、そんなものはこの三年間いやになるほど聞かされてきたよ。実際、ぼくはもちろん言いっこないが、誰《だれ》かが言っているのを聞いても、顔が赤くなるくらいだ。あなたは、むろん、急いで自分の知識のほどをひけらかそうとしたんだろうが、それはまあ大目に見てしかるべきことで、ぼくもとがめ立てはしない。ただぼくがいま知りたかったのは、あなたが何者かということだけですよ、だってこの頃《ごろ》は公共事業にいろんな事業家どもがごそごそはいりこんで、関係したものをことごとく自分の利益のために歪《ゆが》めたので、何もかもすっかりだめにされてしまったんでね。まあいい、よしましょうや！」

「失礼ですが」とルージンはぐっと胸をそらし、極度の威厳を見せながら切りだした。「あなたがそんな無礼なものの言い方をなさるとすれば、わたしとしても……」

「いや、とんでもない……ぼくにそんなことできっこないですよ！……まあいい、もうやめにしましょう！」とラズミーヒンはつっけんどんに答えて、さっきの話をつづけるために、くるりとゾシーモフのほうに向き直った。

ピョートル・ペトローヴィチは無下《むげ》にその釈明をしりぞけるほど、ばかではなかった。それに、彼は二分後には辞去するつもりだった。

「さて、今日のこのお近づきが」と彼はラスコーリニコフのほうを向いて言った。「ご病気がなおりましたら、あなたもご存じのような事情もありますので、ますます親密になることを望みます……ではくれぐれもお大事に……」

ラスコーリニコフはそちらを見向きもしなかった。ピョートル・ペトローヴィチは席を立ちかけた。

「殺したのはきっと質入れにきた男だよ！」とゾシーモフはきっぱりと言った。

「ぜったいにその男だよ！」とラズミーヒンはうなずいた。「ポルフィーリイは自分の腹のうちをもらしはしないが、やはり質をあずけた連中を尋問してるよ……」

「質をあずけた連中を尋問してる？」とラスコーリニコフが叫ぶように言った。

「そうだよ、どうしたんだい？」

「なんでもないよ」

「その連中がどうしてわかったんだろう?」とゾシーモフが尋ねた。

「コッホがおしえたのもあるし、品物の包み紙に名前が書いてあったのもあるし、また話を聞いて自分から出頭したのもいるよ……」

「これはきみ、よほど手なれた腕っこきの悪党にちがいないよ! 大胆きわまるよ! 実に思いきった手口だ!」

「そう思うだろう、それがまちがいなんだ!」とラズミーヒンがおしかぶせるように言った。「その考えがみんなを迷わせているんだよ。ぼくに言わせると、――腕も経験もない、おそらくあれがはじめての男だよ! 十分な計算と腕っこきの悪党を想像すると、つじつまのあわないところがでてくる。不慣れな男を仮定すると、たったひとつの偶然が彼を苦境から救い出した、ということですじが立つ。きみ、偶然てやつは何をしでかすかわかりゃしないよ! おそらく彼は、障害がでてくることも見こしてなかったと思うんだ! おまけに、そのやり口はどうだ?――たかだか十ルーブリか二十ルーブリ程度の品物を盗んで、ポケットにおしこみ、婆《ばあ》さんのトランクを開けてぼろをひっかきまわしているだけだ、――タンスの上の抽出《ひきだ》しには、手箱の中に、証券類は別にして、現金だけでも千五百ルーブリもあったんだぜ! 盗むなんておこがましい、殺すのがせいぜいだったのさ! はじめてだよ、きみ、はじめてやったんだよ、だからあたふたしてしまったのさ！　逃げたのだって計算ずくじゃないよ、偶然に救われたんだよ！」

「それは、どうやら、この間の官吏未亡人殺しのことらしいですな」と、もう帽子と手袋を手にして立っていたピョートル・ペトローヴィチが、ゾシーモフのほうを向きながら、口をはさんだ。彼は去るまえにもうすこし気のきいた意見をのべておきたかったのである。彼は、明らかに、有利な印象をのこしたいというあせりがあって、良識が見栄《みえ》におしのけられてしまったらしい。

「そうです。あなたお聞きになりましたか？」

「そりゃもう、となりですもの……」

「詳しくご存じですか？」

「と言われると困りますが、わたしはこの事件で別な事情、つまり、普遍的な問題に興味をもっているのです。まあ、下層階級の犯罪が、最近五年間に、増加したことや、いたるところに強盗や放火が頻発《ひんぱつ》していることは、さておいてです、わたしが不思議でならないのは、犯罪は上層階級においてもまったく同じように、いってみれば、平行して増加しているということです。噂《うわさ》では、なんでも元大学生が某街道《かいどう》で郵便馬車を襲ったということですし、また社会的地位からいっても指導的立場にある人々が、贋札《にせさつ》をつくったとか。またモスクワでは、最近発行の割増金付公債を贋造《がんぞう》していた一味があげられ、――その首謀者の中には世界史の講師が一人まじっていたとか。そうかと思えば、在外公館の書記官が一人殺害され、原因は金銭上のこととされているが、何かほかに理由があるらしいとか……で、いまもしこの金貸しの老婆が、社会のむしろ上層部に属する何者かによって殺害されたとしたら、だって貴金属を質入れする百姓なんていませんからねえ、このある見方によればわが社会の文化的階級の頽廃《たいはい》ともいうべき現象を、いったい何によって説明したらいいのでしょう？」

「経済上の変動がはげしいからですよ……」とゾシーモフが応《こた》えた。

「何で説明するって？」とラズミーヒンがからんだ。「それこそ骨のずいまでしみこんでいる現実ばなれということで、説明されるでしょうな」

「といいますと、それはどういうことです？」

「つまり、モスクワであなたのいうその講師とやらが、なぜ贋債券をつくったかという尋問に答えて言ったことですよ。《みんないろいろな方法で金を儲けている。だからわたしも手っとり早く金持になろうと思ったのだ》正確な言葉はおぼえていないが、他人の金で、手っとり早く、労せずに、という意味だ！　みんな住居食事つきの生活をしたり、他人のいいなりになったり、他人が嚙《か》んでくれたものを食べたりすることに、慣れきってしまったのです。そこへ、突然偉大なる時代（訳注 農奴解放）が訪れたものだから、みんなその正体をあらわしてしまったのさ……」

「でも、それなら、道徳というものは？ それに規律といいますか……」

「いったいあなたは何を心配しているんです？」と、不意にラスコーリニコフが口をいれた。「あなたの理論どおりになってるじゃありませんか！」

「わたしの理論どおりにといいますと？」

「あなたがさっき説教していたことを、最後までおしつめていくと、人を殺してもかまわんということになりますよ……」

「とんでもない！」とルージンは叫んだ。

「いや、それはちがう！」とゾシーモフが応じた。

ラスコーリニコフは横たわったまま蒼白《そうはく》な顔をして、上唇《うわくちびる》をヒクヒクふるわせ、苦しそうに息をしていた。

「何事にも程度ということがあります」とルージンは見下すような態度でつづけた。

「経済学説はまだ殺人への招待ではありません。そしていま仮に……」

「じゃ、ほんとうでしょうか、あなたが」と、不意にまたラスコーリニコフは憎悪《ぞうお》にふるえる声でさえぎった。その声には自虐というか、屈辱をむしろ喜ぶようなひびきがこもっていた。「あなたはあなたの許嫁《いいなずけ》に向って……結婚の承諾を受けたそのときに、……何よりも嬉しいのは……あれが貧しいことだ……というのは、貧乏人の娘を嫁にもらうと、あとでおさえがきくし……それに恩を売りつけてしめあげられるから、ずっととくだ、と言ったそうですね、ほんとうですか？……」

「とんでもない！」とルージンは真っ赤になって、うろたえながら、怒りにふるえる声で叫んだ。「あなた……それはひどい曲解です！ 失礼ですが、わたしも言わせてもらいます。あなたのところまでとどいた噂、いやむしろ、あなたのところへ送りとどけられた噂といったほうがいいでしょう、それはつゆほどの健全な根拠もありません。わたしは……いったい誰が……一口にいえば……この毒矢は……要するに、あなたのお母さまが……あの方はそうでなくてもわたしには、それはまありっぱなすぐれたところはたくさんお持ちですが、それはそれとして、ものの考え方にいくぶんのぼせやすいロマンチックなニュアンスがあるように見うけられたんですが……でもやはりわたしには、あのお母さまがこれほど空想で歪められた形で、あのことを解釈したり、想像したりなさったとは、まったく意外でした……そして、そのあげく……はては……」

「いいですか？」ラスコーリニコフは枕の上に身を起して、ギラギラ光る射ぬくような目でじいッと彼をにらみつけながら、叫んだ。「きみ？」

「何です？」ルージンは言葉をきって、腹立たしげに、挑《いど》むような態度で相手の出方を待った。数秒沈黙がつづいた。

「いいかね、もしあなたがもう一度……一言でも……ぼくの母のことを口にしたら……ぼくはあなたを階段からつきおとす！」

「どうしたんだ、きみ？」とラズミーヒンが叫んだ。

「なるほど、そうですか！」ルージンは蒼白になって、唇をかみしめた。「それじゃ、わたしも、言いましょう」と彼は言葉をくぎりながら言いはじめた。一生けんめいに自分を抑えてはいたが、やはり息は苦しそうだった。

「わたしは先ほど、ここへ一歩入ったときから、もうあなたの敵意はわかっていました、が、もっとよく知ろうと思って、わざとここにのこったのです。病人ですし、親《しん》戚《せき》ですから、たいていのことなら許せますが、いまはもう……あなたを……ぜったいに……」

「ぼくは病人じゃない！」とラスコーリニコフは叫んだ。

「それならなおさらです……」

「出て行ってくれ！」

いわれるまでもなくルージンはもう自分から、言葉なかばで、またテーブルと椅子の間を通りながら、入り口のほうへ歩いていた。ラズミーヒンは今度は立ちあがって、彼を通した。ルージンは誰にも目もくれず、病人をそっとしておくようにさっきから目で合図をしているゾシーモフに、会釈《えしゃく》をかえしもしないで、用心深く帽子を肩のへんまでもちあげ、戸口を通るときわずかに前かがみになって、出て行った。かがめた背までが、おそろしい屈辱を背負わされて帰るのだと、語っているようであった。

「おい、あんなことをしていいのかい？」ラズミーヒンは頭を振りながら、当惑顔で言った。

「ほっといてくれ、おれにかまわんでくれ！」ラスコーリニコフは気ちがいのようにわめきたてた。「いつになったらおれを解放してくれるんだ。もうたくさんだろう、おれを苦しめるのは！　おれはきみたちなんか恐《こわ》くないぞ！　もう誰も恐くない、誰も！　帰ってくれ！　おれは一人になりたいんだ！　一人に、一人に！」

「行こう」とゾシーモフはラズミーヒンを目顔でうながした。

「とんでもない、彼をこのままにしておけるかい」

「行こう！」とゾシーモフは頑固《がんこ》に言いはって、出て行った。ラズミーヒンはちょっと思案したが、すぐにあとを追ってかけ出して行った。

「彼の言うことをきかなかったら、病状がいっそう悪化するかもしれん」もう階段を下りかけてから、ゾシーモフは言った。「苛々《いらいら》させちゃよくないよ……」

「どうしたんだろう？」

「何かちょっとした好ましいショックがありさえすれば、すっかりよくなるんだがなあ！　ついさっきまではあんなに元気だったんだ……きっと、何か心にひっかかってるものがあるんだよ！　じっと動かず、重くのしかかっている何かが……それがぼくは心配でならんのだよ。きっと何かあるよ！」

「うん、あの紳士じゃないのか、ピョートル・ペトローヴィチとかいう！　話の様子では、彼がロージャの妹と結婚するらしいし、ロージャは病気になるまえに、それを手紙で知らされたようだ……」

「それにしても、悪いときに来てくれたものだ。もしかしたら、すっかりだめにされてしまったかもしれん。ところで気がつかなかったかい、彼はどんなことにも平気で、黙りこくっているが、一つだけ、聞くとひどく興奮することがある。それは例の殺人事件だ……」

「うん、それだよ！」とラズミーヒンは相槌《あいづち》をうった。「むろんぼくも気がついていた！　ひどく関心をもっているし、それにびくびくしている。それは発病の日に署長室で聞いて、ひどいショックを受けたせいだよ。失神したほどだ」

「それを今夜くわしくおしえてくれないか、ぼくもあとできみに話しておきたいことがある。あの病人にぼくはひどく興味をもっているんだ！　三十分もしたら様子を見に寄ってみよう……まあ、肺炎の心配はあるまいがね……」

「きみにはほんとにすまんな！　じゃぼくはしばらくパーシェンカのところで時間をつぶして、ナスターシヤに容態を見させることにしよう……」

ラスコーリニコフは一人になると、いらいらしながら、暗いさびしい目でナスターシヤを見た。ナスターシヤは去りしぶって、ぐずぐずしていた。

「お茶ほしくない？」と彼女は聞いた。

「あとで！　寝たいんだよ！　かまわんでくれ……」

彼ははげしく身ぶるいしながらくるりと壁のほうを向いてしまった。ナスターシヤは出て行った。

6

ところが、彼女が出て行くと同時に、彼は起き上がって、ドアに鍵《かぎ》をかけ、さっきラズミーヒンが持ってきて、また包み直しておいた洋服の包みをといて、着かえはじめた。不思議なことに、突然すっかり落ち着きをとりもどしたように見えた。さっきのように、ばかげたうわ言を口走りもしないし、最近ずっとおびやかされつづけてきたあのおそろしい恐怖もなかった。それはある奇妙な突然の平静の最初の訪れだった。彼の動作は正確で、はっきりしていて、そこにはしっかりした意図が見られた。《今日こそ、今日こそは！……》と彼は自分に言いきかせた。彼はしかし、まだ衰弱がひどいことを、自分でも感じていた。だが、平静と、さらにゆるがぬ意図にまで達した、おどろくほど強い心の緊張が、彼に力と自信をあたえた。とはいえ彼には、往来で倒れるのではないか、という不安がないでもなかった。すっかり新しい服に着かえると、彼はテーブルの上の金を見て、ちょっと思案し、それをポケットに入れた。二十五ルーブリあった。ラズミーヒンが衣類を買うのにつかった十ルーブリのおつりの五コペイカ銅貨も、すっかりポケットにおさめた。それからそっと鍵をはずすと、部屋を出て、階段を下り、大きく開け放された台所をのぞいた。ナスターシヤがこちらへ背を向けて、前屈《まえかが》みになり、サモワールの火をふうふう吹いておこしていた。彼女はぜんぜん気付かなかった。無理もない、彼が出て行くなんて、誰《だれ》が予想できたろう？　一分後に彼はもう通りに立っていた。

八時近くで、太陽は沈みかけていた。むし暑さはまだそのままのこっていたが、彼はこの都会に汚《よご》された臭いほこりっぽい空気を、むさぼるように吸いこんだ。彼はかるいめまいをおぼえた。不意にその充血した目と、肉のおちた血の気のない黄色っぽい顔に、なんとも異様な荒々しいエネルギーがギラギラ燃えはじめた。どこへ行くのか、彼は知らなかった、それに考えてもみなかった。彼が知っていたのは、《こんなことはすっかり、今日こそ、いますぐ、ひと思いに片づけてしまうんだ、でなければ家へはもどれない、こんな生活はもういやだ》ということだけだった。どんなふうに片づけるか？　何によって片づけるか？　それについては彼はきまった考えをもっていなかったし、また考えたくもなかった。彼は想念を追いはらった。想念に責めさいなまれたからだ。彼はただいっさいの事情が、どんなふうにでもいいから、変ってしまわなければならない、と感じていたし、知っていた。《どう変ろうといいんだ、とにかく変りさえすれば》彼はすてばちの動かぬ自信と決意をもって、こうくりかえした。

古い習慣で、散歩のいつもの道を通って、彼はまっすぐセンナヤ広場のほうへ歩いて行った。センナヤ広場まで行かない、ある小さな雑貨屋の店先の舗道で、髪の黒い若い流し芸人が、手風琴で何やらひどく感傷的《センチメンタル》なロマンスをひいていた。彼はまえの歩道に立っている少女の伴奏をしているのだった。少女は十四、五で、貴族令嬢のように大きくふくらんだスカートをはき、短いコートで肩をおおい、手袋をはめ、真っ赤な羽根のついた麦わらの帽子をかぶっていたが、いずれも古びて、すりきれていた。少女は流し芸人特有のしゃがれた、しかしかなり快いはりのある声で、店内から二コペイカ銅貨を投げられるのを待ちながら、ロマンスをうたっていた。ラスコーリニコフは足をとめ、二、三人の聞き手とならんで、しばらく聞いていたが、やがて五コペイカ銅貨をとりだして、少女の手ににぎらせた。少女は突然、もっとも調子の高いさわりの部分で、まるでたちきったようにピタリと唄《うた》をやめて、手風琴ひきの男にぶっきらぼうに叫んだ。《もういいよ！》そして二人は次の店のほうへのろのろ歩いて行った。

「あなたは流し芸人の歌が好きですか？」とラスコーリニコフは、並んで手風琴ひきのそばに立っていた、もういいかげんの年齢《とし》のいかにも閑人《ひまじん》らしい男に、だしぬけに声をかけた。男は呆気《あっけ》にとられてそちらを見ると、ぎょっとした。「ぼくは好きですよ」とラスコーリニコフはつづけたが、その顔はぜんぜん流し芸人の歌の話をしている人とは思われなかった。

「ぼくはね、寒い、暗い、しめっぽい秋の晩、手風琴の音にあわせてうたっているのを聞くのが、好きなんですよ。それもぜったいに、通行人がみな蒼《あお》い病人みたいな顔をした、しめっぽい晩でなければいけません。さもなきゃ、もっといいのは、しめっぽい雪が降っている晩です、風もなく、まっすぐに、わかりますか？　そして雪ごしにガス灯がぼんやり光っている……」

「わかりませんな……失礼……」男はその問いかけにも、ラスコーリニコフの異様な顔にもびっくりして、こう呟《つぶや》くと、道路の向う側へ移って行った。

ラスコーリニコフはまっすぐに歩いて行って、センナヤ広場の角へ出た。そこはあのときリザヴェータと話をしていた商人夫婦が店をだしていた場所だが、今日は二人の姿は見えなかった。ラスコーリニコフはその場所に気付くと、足をとめて、あたりを見まわし、粉屋の店先で欠伸《あくび》をしていた赤いシャツの若者に聞いた。

「この角であきないをしている商人がいるだろう、夫婦連れの、知らない？」

「みんながあきないをしてるんでねえ」と若者は小ばかにしたようにラスコーリニコフをじろじろ見ながら、答えた。

「その男はなんていうの？」

「親にもらったとおりの名前さ」

「きみはザライスクの生れじゃない？　何県だね？」

若者はあらためてラスコーリニコフを見た。

「わしらんとこはね、旦那《だんな》、県じゃなくて、郡ですよ。兄貴はあっちこっち歩いたが、おれは家にばかりいたんで、さっぱりわからんですわ……もうこのくらいで勘弁してくださいな、旦那」

「あの二階は、めし屋かね?」

「飲み屋だよ、玉突きもあるよ。お姫さまたちもいるしね……大はやりでさあ!」

ラスコーリニコフは広場を横切って行った。向うの角に、たくさんの人々が群がっていた。百姓ばかりだった。彼は人々の顔をのぞきこみながら、いちばんの人ごみの中へ割りこんで行った。どういうわけか、彼は誰にでも話しかけたい気持になった。しかし百姓たちは彼には見向きもしないで、何人かずつかたまりあいながら、自分たちだけで何ごとかがやがやしゃべりあっていた。彼は立ちどまって、ちょっと考えていたが、すぐに右へ折れて、歩道をV通りのほうへ歩きだした。広場をすぎると、彼は横町へ入った……

彼はまえにも広場とサドワヤ通りを鉤《かぎ》の手に結んでいるこの短い横町を、ときどき通ったことがあった。近頃《ちかごろ》などは、気がくさくさすると、《もっとくさくさしてやれ》と思って、わざとこの界隈《かいわい》をうろつきまわったものだった。いまは彼は何も考えないで、この横町へ入った。そこには一軒の大きな建物があって、ぜんたいが居酒屋やその他いろいろな飲食店になっていた。それらの店からは、頭に何もかぶらないで普段着のままという、《近所あるき》のような服装の女たちが、たえずとびだしてきた。そうした女たちが歩道のそちこち、といってもたいていは地下室への下り口のあたりにかたまって、ぺちゃくちゃしゃべっていた。その下は、階段を二段も下りると、さまざまなおもしろい娯楽場になっていた。そうした地下室のひとつから、ちょうどそのときテーブルを叩《たた》く音やわあわあ騒ぐ声が通り中にあふれ、ギターが鳴り、歌声が聞えて、たいへんなにぎやかさだった。その入り口に女たちはわんさとたかり、階段に腰かけたり、歩道にしゃがんだり、あるいは立ったりして、がやがや話しあっていた。そのそばの舗道では、酔っぱらった兵隊が一人、くわえ煙草《たばこ》で、大声でわめきちらしながらふらふらしていた。どうやらどの店かへ入ろうとして、その場所を忘れてしまったらしい。一人のぼろを着た男がもう一人のぼろを着た男とののしりあっていた。またそのそばでは泥酔《でいすい》した男が通りの真ん中に死んだようになってひっくり返っていた。ラスコーリニコフは女たちがたくさん群がっているそばに足をとめた。女たちはしゃがれ声でしゃべっていた。みんな更紗《さらさ》の服を着て、山羊皮《やぎがわ》の靴《くつ》をはき、頭には何もかぶっていなかった。四十すぎの女もいたが、十七、八の若い女もいて、ほとんどが目の下に青あざをつけていた。

彼はどういうわけか下のほうから聞えてくる歌声や、がたがた鳴る音や騒ぎに心をひかれた……そちらからは、爆笑や金切り声の合間に、活発な調子のほそい裏声やギターの音にあわせて、誰かが踵《かかと》で拍子をとりながらやけっぱちに踊っているらしい物音が、聞えていた。ラスコーリニコフは歩道に突っ立ったまま入り口のほうへ身をのりだし、おもしろそうに下をのぞきこみながら、暗いしずんだ顔をして、じいッと耳をすましていた。

あんたはあたいのかわいいお方
わけもないのにぶっちゃいや！

誰かのほそい歌声が流れてきた。ラスコーリニコフは無性にその歌が聞きたくなった。それを聞かないと、すべてがだめになってしまうような気がした。《入ってみようか？》と彼は考えた。《みんな笑ってる！　酔ってるんだな。かまうもんか、ひとつめちゃくちゃに飲んでやろうか？》
「ねえ、お寄りにならない、やさしいお兄さん？」と女たちの一人がかなりよく透《とお》る、まだそれほどかれていない声で言った。その女は若くて、それにいやらしくなかった。

たくさん群がっていた女たちの一人だった。

「おや、美人じゃないか!」と、彼は身を起し、女を見て、言った。

女はニコッと笑った。お世辞がひどく嬉《うれ》しかったらしい。

「あんただってとってもいい男前よ」と女は言った。

「まあ痩《や》せっぽちだこと!」もう一人の女ががらがら声で言った、「今日病院から出てきたの?」

「ちょっと見は、将軍令嬢みたいだがよ、どいつもこいつもししッ鼻じゃねえか!」そばへよって来た一杯機嫌《きげん》の百姓が、不意によこあいからひやかした。百姓は外套《がいとう》の胸をはだけて、ずるそうにえへらえへら笑っていた。

「へえ、大分にぎやかだな!」

「せっかく来たんなら、寄ってきなよ!」

「ひとつ寄るか! こってりたのむぜ!」

こういうと、彼はころがるように下へおりて行った。

ラスコーリニコフは歩きだした。

「ちょいと、お兄さん!」と女はうしろから呼びかけた。

「なんだい?」

女はちょっと口ごもった。

「あたし、ねえ、やさしいお兄さん、あんたとならいつだって喜んでお相手するわ、でも今日はなんだかわるいような気がしてだめなの。ねえ、おねがいだから六コペイカくださらない、あたし飲みたいのよ！」

ラスコーリニコフは手にふれただけつかみ出した。五コペイカ銅貨が三枚あった。

「まあ、なんて気前のいいお兄さんだこと！」

「きみはなんていうの？」

「ドゥクリーダって尋ねてちょうだいな」

「いけないわ、なんてことを」不意に女たちの一人が、ドゥクリーダに頭を振りながら言った。「ほんとにあきれた、なんてねだり方をするのかしら！　わたしだったら恥ずかしくて消えてしまいたいくらいだわ……」

ラスコーリニコフは好奇心をそそられてその女へ目を向けた。それは三十前後のそばかすだらけの女で、顔中に青あざをこしらえ、上唇《うわくちびる》がはれあがっていた。その女はいやに落ち着いて、まじめな顔をして、さかんに詰《なじ》っていた。

《何だったかなあ》ラスコーリニコフは歩きながら、ふと考えた。《何かで読んだことがあった。ある死刑囚が、死の一時間まえに、どこか高い絶壁の上で、しかも二本の足をおくのがやっとのようなせまい場所で、生きなければならないとしたらどうだろう、と語ったか考えたかしたという話だ、——まわりは深淵《しんえん》、大洋、永遠の闇《やみ》、永遠の孤独、そして永遠の嵐《あらし》、——そしてその猫《ねこ》の額ほどの土地に立ったまま、生涯《しょうがい》を送る、いや千年も万年も、永遠に立ちつづけていなければならないとしたら、——それでもいま死ぬよりは、そうして生きているほうがましだ！　生きていられさえすれば、生きたい、生きていたい！　どんな生き方でもいい、——生きてさえいられたら！……なんという真実だろう！　これこそ、たしかに真実の叫びだ！　人間なんて卑劣なものさ！　その男をそのために卑劣漢よばわりするやつだって、やっぱり卑劣漢なのだ》彼は一分ほどしてこうつけ加えた。

彼は別な通りへ出た。《おや！〈水晶宮〉だ！　さっきラズミーヒンが〈水晶宮〉のことを話してたっけ。ところで、はてな、おれは何をするつもりだったかな？　そうだ、新聞を読むことだ！……ゾシーモフがたしか新聞で読んだとか言ったようだった……》

「新聞ある？」彼はかなり広い、しかも小ぎれいな飲食店に入りながら、こう尋ねた。部屋はいくつかあったが、客は少なかった。二、三人がお茶を飲んでいるほかは、奥のほうの部屋で四、五人の客がシャンパンを飲んでいるだけだった。ラスコーリニコフは、奥のほうの客の中にザミョートフがいたような気がした。しかし、遠いのではっきりはわからなかった。《なに、かまうものか!》と彼は考えた。

「ウォトカをお持ちしましょうか?」と給仕が尋ねた。

「お茶をくれ。それから新聞をもってきてくれんか、古いのでいいよ、ここ五日分ほど、その代りウォトカ代をチップにやるよ」

「かしこまりました。これが今日の新聞です。ウォトカはいりませんか?」

古い新聞と茶が運ばれてきた。ラスコーリニコフは腰を据《す》えて、さがしはじめた。

《イーズレル――イーズレル――アツテーク――アツテーク――イーズレル――バルトーラ――マッシーモ――アツテーク――イーズレル……チエッ、しようがないな! あ、雑報があったぞ。なに、女が階段からおちた――商人が酒に酔って死んだ――ペスキの火事――ペテルブルグ区の火事――もう一件ペテルブルグ区の火事――おや、ペテルブルグ区に火事がもう一件か――イーズレル――イーズレル――イーズレル――イーズレル――マッシーモ……あ、これだ……》(訳注　イーズレルはペテルブルグ郊外の公園「鉱泉」の所有者。マッシーモとバルトーラは小人の芸人で、当時スペイン人に滅ぼされた古代メキシコ土人アツテーク族最後の二人というふれこみで見世物に出ていた)

彼は、ついに、さがし出そうとやっきとなっていたものを、さがしあてて、すぐに読みだした。活字が目の中でおどった。それでも彼は《報道》をすっかり読みおわると、すぐに翌日の新聞をひらいて血走った目でその後の記事をさがしはじめた。はげしいもどかしさのために、ページをくる手ががくがくふるえた。不意に誰かがそばへ来て、テーブルをはさんで向い合いに腰をかけた。ちらと目をあげると――ザミョートフだった。例によって宝石の指輪をいくつもはめ、金鎖をたらし、ポマードをこってりつけた黒いちぢれ髪にきれいに分け目をつけて、しゃれたチョッキ、いくらかかれたフロック、すこしよごれたシャツという服装の、いつもと変らぬザミョートフだった。彼は機嫌がよかった、どう見てもひどく上機嫌な様子で、人がよさそうににこにこ笑っていた。浅黒い顔がシャンパンの酔いでいくらか赤くなっていた。

「おや！　あなたはここにいたのですか？」と彼は信じられないような面持ちで、いかにも親しそうに言った。「あなたがずっとうなされつづけているって、昨日ラズミーヒンに聞いたばかりですよ。おかしいですねえ！　だって、ぼくも見舞いに伺ったんですよ……」

ラスコーリニコフは彼がくるのは承知していた。彼は新聞をわきへおいて、ザミョートフのほうに向き直った。その口もとにはうす笑いがうかんでいた、そしてそのうす笑いにはいままでにない神経質そうな苛立《いらだ》ちが見られた。

「あなたが来てくれたことは、知っています」と彼は答えた。「あとで聞きました。

靴下をさがしてくれたそうですね……ところで、ラズミーヒンはあなたに夢中ですよ、いっしょにラウィーザ・イワーノヴナのところへ行ったそうですね、ほらあのときあの女をなんとかしてやろうとやきもきして、あなたはしきりに火薬中尉に目配せしましたっけね、ところがやつはぜんぜん気付かない、おぼえてますか？　気付かないはずがないのですがねえ――あんな明白なことが……ねえ？」

「まったく乱暴な男ですよ！」

「火薬がですか？」

「いや、あなたの友人のラズミーヒンですよ……」

「ところで結構な身分ですね、ザミョートフさん。いろんなおもしろい場所へ自由に出入りできるなんて！　あれは誰です、いまあなたにシャンパンを振舞ったのは？」

「あれはぼくたちがみんなで……飲んだんですよ……振舞ったなんて?!」

「お礼酒ですか！　まあなんでも利用するんですな！」ラスコーリニコフはニヤッと笑った。「いいんだよ、きみ、気にすることはないさ！」彼はザミョートフの肩をポンとたたいて、こうつけ加えた。「ぼくは別にいやがらせを言ってるわけじゃないよ、例のペンキ屋がミチカを殴っての言い草じゃないが、《つまりその仲がよすぎるもんで、ふざけて》というやつだよ。ほら、例の老婆殺しの事件でさ」

「あなたはどうしてあの事件を？」

「うん、もしかしたら、あなたよりもよけいに知ってるかもしれんよ」

「なんだかすこし変ですね……まだ大分わるいんじゃないですか。外出はまだ無理だ……」

「ぼくが変に見えますか？」

「うん。それは、新聞を読んでいるんですね？」

「新聞です」

「火事の記事がたくさん出てますね」

「いや、火事の記事を読んでるんじゃありませんよ」そういうと彼は、謎《なぞ》をかけるような目でザミョートフを見やった。愚弄《ぐろう》するようなうす笑いがまた唇をゆがめた。「いや、火事の記事じゃありません」と、ザミョートフに目配せをしながら、彼はつづけた。「さあ白状しなさい、ええ、ぼくが何を読んでいたか、知りたくてたまらんのだろう？」

「ちっとも。ただ聞いただけですよ。聞いてわるいですか？　どうしてあなたはさっきから……」

「まあ聞きなさい、あなたは教養のある、文学のわかる人間だ、そうでしょう？」

「ぼくは中学を六年やったきりですよ」といくらか重味をみせて、ザミョートフは答えた。

「六年！　大したもんじゃないか！　髪をきれいに分けて、宝石指輪をたくさんはめて——金持だよ！　ヘッ、愛すべきわが少年よか！」そういうと、ラスコーリニコフはヒステリックな笑いをザミョートフの顔にまともにあびせかけた。ザミョートフは後退《あとずさ》った、そして怒るよりも、呆気にとられてしまった。

「ヘッ、まったく変ってるよ！」ザミョートフはひどくまじめな顔でくりかえした。

「どうやら、まだうなされているようですね」

「うなされてる？　そんなことはないよ！……じゃぼくは変に見えるんだね？　ふん、じゃぼくに興味があるだろう、えッ？　あるだろう？」

「あるね」

「つまり、ぼくが何を読んでいたか、どんなことをしゃべったか？　それに、新聞だってこんなにたくさん持ってこさせた！　怪しいだろう、え？」

「まあ、どうぞ」

「聞きたくてうずうずだろう？」

「何がうずうずなんです？」

「何がうずうずかは、あとで話すとして、先《ま》ず説明しよう……いや、《白状する》といったほうがいいかもしれん……待てよ、それもしっくりこない、《供述しますから、記録してください》——これだよ！　それじゃ、何を読み、何に興味をもち……何をさがし……何を調べていたか、供述しよう……」ラスコーリニコフは目をそばめて、ちょっと間をおいた。「調べていたのは——ここへ寄ったのもそのためなのだが、——官吏の未亡人殺しの事件ですよ」彼はついに、額をつきあわせるほどに顔をザミョートフの顔に近づけて、ほとんど囁《ささや》くように言った。ザミョートフは身じろぎもせず、顔を相手の顔からはなそうともしないで、じいッとまともにラスコーリニコフの顔を見守っていた。あとでザミョートフにもっとも不思議に思われたのは、ちょうどまる一分間二人の間に沈黙がつづき、そしてちょうどまる一分間こうしてにらみ合っていたことである。

「それを読んだのが、どうしたっていうんです？」不意にザミョートフはなんのことやらよくわからず、苛々して叫んだ。「ぼくになんの関係があるんです！　それがどうしたっていうんです？」

「そらあの老婆ですよ」とラスコーリニコフはザミョートフの叫び声にぴくりともせず、やはりほとんど囁くようなおし殺した声でつづけた。「ほら、署でその話がでたとき、ぼくが卒倒したでしょう、あの老婆ですよ。どうです、こういえばおわかりでしょう？」

「いったいなんのことです？　何が……《おわかりでしょう》です？」とザミョートフはうろたえ気味に言った。

石のように動かぬ真剣なラスコーリニコフの顔が一瞬くずれた、そして不意に、もう自分で自分を抑えつける力をぜんぜん失ってしまったように、またさっきのヒステリックな哄笑《こうしょう》を爆発させた。そしてその刹那《せつな》、斧《おの》を手にしてドアのかげにかくれていた数日前のあのときのことが、まざまざと彼の記憶によみがえった。ドアの掛金ががたかたおどっていた、ドアの外では彼らが口ぎたなくののしりながら、ドアを押したりひいたりしていた、あのとき突然彼は、とび出して、彼らをどなりつけ、罵倒《ばとう》し、ペロリと舌を出して、からかい、笑って、笑って、笑いとばしてやりたい気持になったのだった！

「あなたは、気ちがいか、さもなければ……」ザミョートフはそう言いかけて──はっと口をつぐんだ。不意に頭の中にひらめいたある考えに、ぎょッとしたらしい。

「さもなければ？　《さもなければ》何です？　え、何です？　さあ、言ってください！」

「何でもないですよ！」とザミョートフは腹立たしげに答えた。「ばからしい！」

二人は黙りこんだ。突然の発作的な哄笑の爆発がすぎると、ラスコーリニコフは急に憂鬱《ゆううつ》そうな暗い顔になった。彼はテーブルに肘《ひじ》をついて、頭を掌《てのひら》におとした。ザミョートフのことなどすっかり忘れてしまったふうだった。かなり長い沈黙がつづいた。

「どうしてお茶を飲まないんです？　冷めてしまいますよ」とザミョートフが言った。

「え？　何です？　お茶？……ああ……」ラスコーリニコフはコップの茶を一口飲んで、パンきれを口の中へ入れた、そしてザミョートフを見ると、不意にすっかり思い出したらしく、急に顔のかげがとれたように見えた。そして顔にはじめていたずらッぽい表情があらわれた。彼は何度も茶のコップを口へ運んだ。

「近頃はああいうろくでもない詐欺《さぎ》事件がふえてきましたねえ」とザミョートフが言った。「ついこの間も《モスクワ報知》に、モスクワで贋札《にせさつ》つくりの一味が逮捕されたって記事がのってましたよ。大組織だったんですねえ。紙幣を贋造《がんぞう》してたんですよ」

「ああ、それはもう大分まえのことですよ！　ぼくは一カ月もまえに読みました」とラスコーリニコフは別におどろきもしないで答えた。「じゃあなたは、あれを詐欺だというんですか？」と彼は皮肉な笑いをうかべながらつけ加えた。

「詐欺でなくて何です？」

「あれがですか？　子供のあそびですよ。青二才です、詐欺なんてものじゃありませんよ！　あんなしごとのために五十人も集まって！　ばかばかしい！　三人でも多いくらいですよ、それだってお互いに相手を自分自身以上に信じられなきゃだめです！　だって、一人が酒に酔ってうっかりしゃべったら、それでおしまいですからねえ！　青二才ですよ！　危なっかしい連中をやとって札を銀行でくずさせるなんて。どうです、こんなしごとを、はじめて会った男にまかせられますか？　まあ仮に、そんな青二才どもをつかっても、うまくいって、一人が百万ずつ替えたとしましょう、だがそのあとがどうなります？　その後一生です？　それこそ一生の間、一人一人が互いに相手の首をしめあっているようなものじゃありませんか！　自分で首をくったほうがましですよ！　だが、やつらは両替ができなかった。銀行で両替がはじまり、五千ルーブリを受けとると、手がふるえた。四千までは数えたが、最後の千は数えもせずに受け取ると、いきなりポケットにねじこんで、そわそわと駆け去って行った。もちろん、怪しいということになった。というわけで一人のばか者のために、万事おじゃんになってしまった。どうだね、こんなばかなことってあるかね？」

「手がふるえたこと？」とザミョートフが反射的に言った。「いや、それは考えられるよ。うん、あり得るよ、ぼくは絶対に確信するね。自分を抑えきれなくなることだってあるさ」

「そのくらいのことで？」

「じゃ、あなたは抑えきれますか？　いや、ぼくならおそらくだめですね！　百ルーブリの礼金でそんな恐ろしいことをするなんて！　贋札をもって——しかも、そのほうの目利きがそろっている銀行へのりこむなんて、——とても。ぼくだったらどぎまぎしますね。あなたは平気ですか？」

ラスコーリニコフは急にまた《舌をペロリ》と出したくてたまらなくなった。悪寒《おかん》が何度か背筋を走った。

「ぼくならそうはしないでしょうね」とラスコーリニコフは遠まわしにきり出した。「こういうぐあいにやりますよ。先《ま》ず最初の千ルーブリを丹念に数えます、表からと裏から四度ほど、一枚一枚入念に調べながらね。それがおわったら次の千ルーブリにかかる、数えはじめて、中ほどまで来たら、五十ルーブリ札を一枚ひきぬいて、光にすかして見る、裏返しにしてもう一度光にすかす——贋札ではあるまいな、というような様子でね。そしてこんなことを言う、《心配ですよ、なにしろついこの間親戚《しんせき》の女が両替してもらったら、二十五ルーブリ札を一枚やられたんでねえ》そして作り話を一席やらかす。そして三つ目の千ルーブリ札束を数えはじめたところで——待てよ、ちょっと失礼、二つ目の千ルーブリ束で七百ルーブリのところを数えちがえたような気がする、どうもあやふやだ、なんて言って、三千ルーブリ目の束をわきにおいて、また二つ目を数えだす、——こんなふうにして五つ全部を数える。全部数えおわったところで、五つ目と二つ目あたりの束から一枚ずつぬきだして、もう一度光にすかして見て、もう一度疑わしそうな顔をして、《すみませんが、これ換えていただけませんか》——こんなふうにして銀行員をへとへとに疲れさせて、もうなんでもいいから早く帰ってくれという気持にさせてしまう！　やっとすっかり終ったところで、出口のほうへ歩いて行って、ドアを開けかけて——うんそうそう、ちょっと失礼、ともう一度もどって来て、また何かを聞き、説明してもらう、——まあぼくならこんなぐあいにやるでしょうね！」

「へえ、あなたはずいぶん恐ろしいことを言いますねえ！」とザミョートフは笑いながら言った。「そんなことは話だけですよ。現実に直面したら、きっと、つまずきます。そういう場合になると、ぼくに言わせれば、ぼくたちだけでなく、札つきの無法者でさえ自分を当てにできなくなるものです。まわりくどいことはやめましょう——早い話が、この町内にあった老婆殺しです。なにしろ白昼あらゆる危険をおかしてあれだけのことをやってのけ、たった一つの奇跡を利用して逃走したというのですから、これはもうたいした野郎ですが、——それでもやっぱり手がふるえたんですよ。盗むところまでいかなかった、神経がもたなかったんですね。見ればわかりますよ……」

ラスコーリニコフはむっとしたような顔になった。

「わかる！　そんなら捕えたらいいだろう、行きたまえ、さあ！」と彼は声を荒くして、意地わるくザミョートフをせきたてた。

「なあに、捕えますよ」

「誰が？　あなたが？　あなたが捕えるって？　せいぜいやってみることですな！　まあ、あなた方の最大のねらいは、金づかいが荒いとかどうだとか、そんなとこだ。いままで金のなかった男が、急に金をつかいだす、——きっとあいつにちがいない？　そんなことだからあなた方は、つまらん子供にでもてもなく欺《だま》されるんだよ！」

「ところが、やつらはみなそれをやるんですよ」とザミョートフは答えた。「うまいこと殺して、危ない橋をわたるが、そのあとですぐに居酒屋にはまりこむ。金づかいがもとで捕まる。誰もがあなたみたいに利口とはかぎりませんからねえ。あなたなら、むろん、居酒屋へなんかはいかないでしょうがね？」

ラスコーリニコフは眉《まゆ》をひそめて、じっとザミョートフを見すえた。

「どうやら、食指をうごかしてきたようですな。ぼくならその場合どういう行動をとるか、知りたいのでしょう」と彼は不興げに尋ねた。

「知りたいですね」ザミョートフはきっぱりと真顔で答えた。そのしゃべり方や見る目になんとなく真剣すぎるほどの力がこもってきた。

「ひじょうに？」

「ひじょうに」

「よし。ぼくならこうしますね」とラスコーリニコフは、また急に顔をザミョートフの顔に近づけ、またじっと相手の目を見すえて、またさっきのように声を殺して囁きはじめた。今度はさすがにザミョートフもぎくっとした。

「ぼくならこうしますね、金と品物をとって、そこを出たら、すぐにその足で、どこへも寄らずに、どこかさびしい場所、塀《へい》があるばかりで、ほとんど人影のない、——野菜畑か何か、そうした場所へ行きます。あらかじめそこへ行って、その庭の中に重さ一ポンドか一ポンド半くらいの手頃な石を見つけておくんです。どっか隅《すみ》のほうの塀際《へいぎわ》あたりに、家を建てたのこりの石が一つくらい、きっとありますよ。その石を持ち上げると——下はおそらくくぼんでいる、——そのくぼみに盗んできた品物と金をすっかり入れる。入れたら、また石を元どおりにして、足で踏みかためて、すばやくそこを立ち去る。こうして一年か二年、あるいは三年くらいそのままにしておくのです、——さあどうです、さがしてごらんなさい！　まず迷宮入りでしょうな！」

「あなたは気ちがいだ」なぜかザミョートフも声をひそめてこう言うと、どうしてか不意にラスコーリニコフから身をひいた。

ラスコーリニコフの目がギラギラ光りだした。顔色が気味わるいほど蒼くなって、上唇がびくッとうごいて、ひくひく痙攣《けいれん》しはじめた。彼は額をつきあわせるほどにザミョートフの上にかがみこんで、声を出さずに、唇をこまかくふるわせはじめた。そのまま三十秒ほどつづいた。彼は自分のしていることを、知っていたが、自分を抑えることができなかった。恐ろしい一言が、あのときのドアの掛金のように、はげしく彼の唇の上におどった。いまにもとび出しそうだ、いまそれを放したら、いまそれを口にしたら、それでおしまいだ！

「老婆とリザヴェータを殺したのが、ぼくだとしたら、どうだろう？」彼は不意にこう口走って、——はっと気がついた。

ザミョートフは呆気にとられて彼を見たが、とたんに真《ま》っ蒼《さお》になった。無理な笑いで顔がゆがんだ。

「そんなことありっこないじゃないか？」と彼はやっと聞きとれるほどの声で呟いた。

ラスコーリニコフは敵意ある目でじろりと彼をにらんだ。

「白状しなさい、あなたは信じたでしょう？　そうでしょう？　そうですね？」

「とんでもない！　まえにはともかく、いまはもうぜんぜん信じない！」とザミョートフはあわてて言った。

「ひっかかったね、ついに！　小鳥クンわなにかかるの図か。《まえにはともかく、いまはぜんぜん信じない》か、してみると、まえには信じていたわけですな？」

「そんなこと、ぜんぜんちがうったら！」ザミョートフは明らかに狼狽《ろうばい》しながら、叫んだ。「そうか、あなたがぼくをおどかしたのは、ぼくにこう言わせるためだったのですね？」

「じゃ、信じないんですね？　ところで、あのときぼくが署を出てから、あなた方はどんなことを話しました？　失神から気がついたとき、火薬中尉がぼくを尋問したが、あれはなぜでしょうかね？　おい」と彼は立ちあがりながら、帽子をつかんで、給仕を呼んだ。

「いくら？」

「都合三十コペイカいただきます」と給仕はかけよりながら、答えた。

「じゃこれ、二十コペイカはきみにチップだよ。どうです、この金！」そう言って彼は札をにぎったふるえる手をザミョートフのまえへつき出した。「赤札、青札、二十五ルーブリありますよ。どこから手に入ったんでしょうな？　そしてこの新しい服も？　だって、ぼくが一文なしだったことは、あなたもご存じでしょう！　下宿のおかみは、たしか、もう調べられたようですな……まあ、よしましょう！　おしゃべりはあきましたよ！　じゃまた……お元気で！……」

　彼は一種異様なヒステリックな激情をおぼえて全身をがくがくふるわせながら、ドアのほうへ出て行った。その感情の中には堪えられぬほどの快感もいくぶんまじっていたが、――しかしその様子は暗く、おそろしいほど疲れきっていた。顔は何かの発作のあとのように、ゆがんでいた。疲れが急にましてきた。気力はちょっとした刺激、ちょっとした心を苛立《いらだ》てる触感で、かりたてられ、不意に高まったが、触感のうすらぐにつれて、やはり急激に弱まっていった。

　一方ザミョートフは一人になると、そのままそこに坐《すわ》って、長い間もの思いに沈んでいた。ラスコーリニコフが思いがけなく例の事件に関する彼の考えをすっかりひっくりかえして、彼の意見を最終的に組み立ててくれたのである。

《イリヤ・ペトローヴィチは――木偶《でく》だ！》こう彼は結論をくだした。

　ラスコーリニコフは入り口のドアを開けたとたんに、階段を下りてくるラズミーヒンとばったり顔をあわせた。二人とも、一歩まえまでは互いに相手に気づいていなかったので、危なく頭がぶつかりそうになった。二人はしばらくの間、互いに相手をじろじろ見まわしていた。ラズミーヒンはすっかりびっくりしてしまって、唖然《あぜん》としていたが、不意に憤怒《ふんぬ》が、心底からの憤怒が、その目にめらめらと燃えだした。

「きみはこんなところにいたのか！」と彼は割れるような声でどなった。「病床から脱《ぬ》け出して！　おれはソファの下までさがしたぞ！　屋根裏にまで行ってみたんだ！　きみのためにナスターシヤを張り倒すところだった……そんな騒ぎをさせておいて、よくもこんなところに！　ロージャ！　これはどういうわけだ？　すっかり聞こうじゃないか！　つつまず言いたまえ！　聞いてるのか？」

「つまり、ぼくはもうきみたちには死ぬほどあきあきしたから、一人になりたい、ということだよ」とラスコーリニコフはしずかに答えた。

「一人に？　まだ歩くこともできず、真っ蒼な顔をして、肩でぜいぜい息してるくせに、何をぬかすか！　ばか！……《水晶宮》で何をしてたんだ？　さあ言いたまえ！」

「放せ！」そう言って、ラスコーリニコフはわきをすりぬけようとした。これがラズミーヒンをすっかり逆上させた。彼はいきなり相手の肩をつかんだ。

「放せだと？　《放せ》とは、よくも言えた義理だな？　おれがこれからきみをどうするか、知ってるかい？　ひっつかまえて、ふん縛り、小脇《こわき》に抱えて家まで運んでさ、鍵をかけてとじこめてやるよ！」

「ねえ、ラズミーヒン」としずかに、いかにも落ち着きはらった様子で、ラスコーリニコフは言いだした。「ぼくがきみの世話を望んでいないことが、きみはほんとにわからないのか？　そんなものくそくらえ……と思っている者を、親切に世話するなんて、物好きがすぎはしないかね？　もっと言えば、その男にはその親切が堪えきれないほどの重荷なんだよ。それに病気になりたてのぼくを、きみは何のためにさがし出したんだね？　ぼくは死んだほうがどんなに嬉しかったかしれやしない！　どう、これだけ言ったらいくらきみだってわかったろうね、きみはぼくを苦しめている、ぼくはもう……きみの顔を見るのもいやだってことが！　物好きもすぎれば、ほんとに人を苦しめるものだよ！　はっきり言うが、こうしたいろんなことがぼくの回復をさまたげているんだ、ほんとだよ、絶えずぼくを苛々させてさ。さっきゾシーモフだって、ぼくを苛々させないようにって、立ち去ったじゃないか。たのむから、きみもぼくにかまわんでくれ！　それに、もひとつつっこんで言うが、きみにはぼくを力ずくでおさえるどんな権利があるんだね？　ぼくがいま完全に正常な頭脳でものを言っていることが、まさかわからんことはないだろう？　ねえきみ、教えてくれ、ぼくにつきまとって、世話をやくことを、きみにやめてもらうためには、いったいどんなふうに、何をどうきみに哀願したらいいんだ？　ぼくは恩知らずでもいい、人間の屑《くず》でもいい、ただ、たのむから、ぼくから離れてくれ！　離れてくれ！　離れてくれ！」

彼ははじめは、これから注ぎ出してくれようと覚悟をきめた毒のいろいろを考えて、意地わるい喜びにひたりながら、しずかに話していたが、しまいには、さっきルージンのときみたいに、われを忘れて、息をきらしながら言葉を投げつけた。

ラズミーヒンは突っ立ったまま、ちょっと考えて、相手の腕をはなした。

「どこへなりと行きたまえ！」彼は考えこんだ様子で、しずかに言った。「待ちたまえ！」ラスコーリニコフが歩き出そうとすると、突然彼は叫んだ。「きみに言っておくことがある。はっきり断言するが、きみたちはどいつもこいつも、一人のこらず、――おしゃべりでほら吹きだ！　何かちょっとした悩みがあると、まるで雌鶏《めんどり》が卵でも抱くみたいに、後生大事にそれを持ちまわる！　そんなときでさえ他の作家たちの作品から思想を盗む。きみたちには自主独立の生活の匂《にお》いもありゃしない！　きみたちの身体《からだ》は蠟《ろう》でできていて、血の代りに乳のかすがよどんでいるのさ！　きみたちの誰も、ぼくは信じない！　どんな場合でも、きみたちがまず考えることは――人間らしさをなくすようにということなのだ！　おい、待ちたまえ！」ラスコーリニコフがまた逃げ出そうとして動き出したのを見て、彼は憤然として叫んだ。「おわりまで聞きたまえ！　きみも知ってると思うが、今日はぼくの引っ越し祝いで友人たちが集まるんだ。いま頃はもう来てるかもしれん、でも伯父がいてくれるから、来客たちの接待はたのんであるが、――わざわざかけつけてくれたんだ。そこでだ、もしきみがばかでないなら、下司《げす》なばかでないなら、石頭の大ばかでないなら、外人の猿《さる》まねでないならばだ……ねえ、ロージャ、はっきり言うけど、きみは青くさい秀才だ、決してばかじゃないよ！――そこでだ、もしばかでないならだ、むだに靴底をへらすよりは、今夜ぼくの家へ来て、いっしょにすごすことだ、そのほうがずっといいよ。もう外へ出てしまったんだから、しようがない！　きみには特別やわらかい安楽椅子《あんらくいす》をかりてやるよ、おかみの部屋にあるんだ……茶を飲んで、みんなで話をして……それがいやなら、――寝椅子に横になっていたらいい、――とにかくぼくらといっしょにいることだ……ゾシーモフも来るよ。どう、来てくれるかい？」

「行かないよ」

「う・そ・をつけ！」ラズミーヒンはじりじりしながらどなった。「それがどうしてわかる？　きみは自分に責任がもてない男だよ！　それにきみはこういうことが何もわかっちゃいないのだ……ぼくは千度もちょうどいまみたいに人々と喧嘩《けんか》わかれをしてさ、また仲直りをしてきたんだよ……恥ずかしくなって――相手のところへもどって行く！　じゃおぼえていてくれ、いいね、ポチンコフのアパート、三階だよ……」

「なるほど、ラズミーヒンくん、あなたはそんなふうにして親切の押し売りという自己満足のために、誰かに自分をなぐらせることを許すんですかねえ」

「誰を？　ぼくを！　そんなこと考えただけでも、そいつの鼻ッ柱へしおってやるよ！　ポチンコフのアパート、四十七号、バーブシキンて官吏の住居《すまい》だよ……」

「行かんよ、ラズミーヒン！」ラスコーリニコフはくるりと背を向けて、はなれて行った。

「賭《か》けをしてもいい、きっと来るさ！」とラズミーヒンはそのうしろ姿に叫んだ。「来《こ》なかったらきみ……もう知らんぞ！　待ちたまえ、おい！　ザミョートフはいたか？」

「いたよ」

「会ったか？」

「会った」

「で、話したかい？」

「話したよ」

「何を？　まあいい、行きたまえ、どうせ言いっこないんだ。ポチンコフ、四十七、バーブシキンだよ、いいな！」

ラスコーリニコフはサドワヤ通りまで来ると、角をまがった。ラズミーヒンは考えこみながらそのうしろ姿を見送っていた。やがて、しかたがないというふうに片手を振って、建物の中へ入って行ったが、階段の中ほどで足をとめた。

《畜生！》と彼はほとんど声に出してひとりごとをつづけた。《言ってることはたしかだ、まるで……おれもばかだな！　まあ気ちがいだってたしかなことを言うこともあるだろうさ？　だがゾシーモフも、いくらか彼を危《あや》ぶんでいるようだった！》彼は指でポンと額をつついた。《そうだ、もし……いま彼を一人で放してやったら、どうなるだろう？　ひょっとしたら、身投げを……ええ、しまった！　こうしてはおれぬ！》そう言うなり彼は踵《くびす》を返して、ラスコーリニコフを追って駆け出して行った、が、もうどこにも見当らなかった。彼はペッと唾《つば》をはいて、早くザミョートフから詳しい話を聞こうと、急ぎ足で《水晶宮》へ引き返した。

ラスコーリニコフはまっすぐにN橋まで行き、その中ほどに立ちどまって、手すりに両肘《りょうひじ》をついてもたれかかり、遠くのほうをながめはじめた。ラズミーヒンと別れたときは、もうすっかり弱りきっていて、ここまでたどりつくのがやっとだった。彼はどこでもいいから道端に腰をおろすか、あるいは横になるかしたかった。彼は水の上にかがみこんで、夕焼けの最後のバラ色の余影や、濃くなってゆく宵闇《よいやみ》の中に黒く見えている家並みや、一瞬最後の陽光にうたれて、まるで炎のようにキラッと光った、左岸のどこか遠くの屋根裏部屋の小窓や、運河の黒ずんだ水面などを、ぼんやりながめていたが、暗い水面にだけはじっとひとみをこらしているようであった。そのうちに、彼の目の中に赤い環《わ》のようなものがぐるぐるまわりはじめた。家並みがゆれうごき、通行人、河岸通《かしどお》り、馬車——まわりじゅうのすべてのものがくるくるまわり、おどりだした。不意に彼はぎょっとした。ある奇怪な醜悪な光景によって、彼はまた失神から救われたのである。彼は誰かが自分の右側に並んで立ったような気がした。ちらと目をやると——一人の女だった。プラトークをかぶった背丈の高い女で、黄色っぽい面長の顔は頰《ほお》がこけ、くぼんだ目が赤くにごっていた。女はじっと彼の顔を見たが、その目は何も見えず、誰も見分けがつかないらしかった。不意に女は右手を手すりにかけると、右足を上げていきなり手すりをまたぎ、つづいて左足も上げて、運河へ身をおどらせた。にごった水が割れて、一瞬にして犠牲者をのみこんだが、一分ほどすると女は浮き上がり、背を上にして頭と足を水につけ、みだれたスカートをまるで枕《まくら》のように水面にふくらませたまま、ゆっくり流れて行った。

「身投げだ！　女が身投げしたぞ！」と数十人の声々が叫び立てた。人々がかけ集まって来て、両岸は見物人で埋まった。橋の上にも、ラスコーリニコフのまわりにおしあいへしあいの人垣《ひとがき》ができて、彼はうしろのほうへ押しやられた。

「あれえ、近所のアフロシーニュシカじゃないか！」どこか近くで甲高《かんだか》い女の涙声が聞えた。「みなさん、助けてください！　おねがいだから、助けてあげてください！」

「ボートを出せ！　ボート！」という叫び声が群衆の中におこった。

しかしもうボートの必要はなかった。一人の巡査が運河へ下りる石段をかけおり、外套《がいとう》をかなぐりすて、長靴をぬぐと、ザンブと運河へとびこんだのである。救助作業はそんなに手間どらなかった。身投げ女は石段の下から二歩ばかりのところを流れていたので、彼は右手で女の着ているものをつかみ、左手で同僚がさしのべた竿《さお》をつかまえることができた。女はすぐにひき上げられた。女は間もなく気がつき、身を起して、ぺたッと坐ると、ぼんやり両手でぬれた服をひっぱりながら、くしゃみをしたり、ふんふん鼻を鳴らしたりしはじめた。女は黙りこくっていた。

「飲みすぎたんですよ、みなさん、こんなになるまで飲むからですよ」とさっきの女の声が、今度はもうアフロシーニュシカのすぐそばでわめき立てた。「この間も首をくくろうとして、縄《なわ》から下ろされたんですよ。いまもわたし買いものにでかけるとき、娘ッ子に目をはなさないようにって言ってきたんだけど、——こんなことになっちゃって！　町内のひとで、近所に住んでるんですよ、端から二番目の家です、ほらあの……」

群衆はちりはじめた。巡査はまだ身投げ女の面倒をみていた。誰かが警察の悪口をどなった……ラスコーリニコフは冷たい傍観者の異様な気持でそのできごとをながめていた。彼はむかむかしてきた。《だめだ、醜悪だ……水は……いかん》彼はひとりごとを言った。《どうもなりゃしない》と彼はつけ加えた。《何も待つことはないさ。警察がどうとか言ったようだったな……だが、どうしてザミョートフは警察にいかないのか？　九時には出勤のはずだが……》彼は手すりに背を向けて、あたりを見まわした。

《ふん、それがどうしたというんだ！　まあいいさ！》彼はきっぱりこう言いすてると、橋をはなれて、警察署のある方角に向って歩きだした。心はうつろで荒涼としていた。何も考えたくなかった。暗いさびしささえ消えてしまって、《いっさいのけりをつけてしまう》覚悟で、家を出たときのあの意気込みはあとかたもなかった。石のような無感動がそのあとをおそった。

《なあに、これも出口だ！》彼は河岸通りをしずかに、ものうげに歩きながら、こう考えた。《やっぱりけりをつけよう、思ったことはやらにゃ……しかし、これが出口だろうか？　どうでもいいじゃないか！　二本の足がやっとの空間か、——ヘッ！それにしても、どんな結末になるだろう！　結末がくるだろうか？　彼らに言おうか、言うまいか？　チエッ……ばかな！　たしかに、おれは疲れたよ。どこでもいい、早く横になるか坐るかしたい！　何よりも恥ずかしいのは、考えることが愚劣きわまるということだ。まったく、唾《つば》をはきかけてやりたい。どうしてこうばかなことばかり、頭に浮ぶのだ……》

警察署へ行くには、かまわずまっすぐに行って、二つ目の角を左へまがらなければならなかった。そうすれば目と鼻の先だった。ところが、最初の角までくると、彼は立ちどまって、ちょっと考え、横町へ折れた、そして通りを二つ横切って迂回《うかい》するように走っている路地をたどりはじめた、——これは別になんの目的もなかったかもしれないし、あるいはまた一分でも先へのばして、時をかせぎたい気持があったのかもしれぬ。彼は地面へ目をおとしながら歩いていた。不意に彼は誰かに何か耳もとに囁かれたような気がした。はっと顔をあげて、見ると、彼はあの家の門のすぐまえに立っていた。あの夜以来、彼は一度もここへ来なかったし、そばも通ったこともなかった。

抵抗しえぬ言いようのない欲求にひっぱられて、彼は門の中へ入って行った。彼は門を通りぬけると、右手のとっつきの入り口から入って、見おぼえのある階段を四階へのぼりはじめた。せまい急な階段はひどく暗かった。彼は踊り場へ出るたびに立ちどまって、好奇心にかられながらあたりを見まわした。一階の踊り場の窓はわくがすっかりとりはずされていた。《あのときはこんなふうにはなっていなかった》彼はふとこんなことを考えた。そら、あれがミコライとミトレイがしごとをしていた、二階のあの部屋だ。《しまっている。ドアも塗り直されている。つまり、借り手待ちというわけだな》もう三階までできた……そして四階……《ここだ!》彼は自分の目を疑った。部屋のドアが大きく開け放されて、中に人が何人かいるらしく、話し声が聞えていた。彼はこんなことはまったく予期しなかった。しばらくためらった後、彼は最後の数段をのぼって、部屋へ入った。

内部も模様替えされて、職人が入っていた。これも彼には意外だったらしい。どういうわけか彼は、すっかりあのとき立ち去ったときのままで、そのうえ、もしかしたら死体もあのときのままに床の上にころがっているかもしれない、と考えていたのだった。それがいまは、壁が裸で、家具はひとつもない。なんとも奇妙だ! 彼は窓際へ行って、窓のしきいに腰をおろした。

職人は二人だけだった。二人とも若い男で、一人はすこし年上だが、もう一人はずっと若かった。彼らはまえのぼろぼろに破れた黄色っぽい壁紙をはがして、白地に藤《ふじ》色《いろ》の花模様のついた新しい壁紙をはっていた。それがどういうわけかラスコーリニコフにはひどく気に入らなかった。彼は、こう何から何まで変えられてしまうのをあわれむように、敵意のこもった目でその新しい壁紙をにらんでいた。

職人たちはすこしゆっくりしすぎたと見えて、急いで紙を巻いて、帰り支度をしていた。ラスコーリニコフが入ってきても、彼らはほとんど見向きもしなかった。二人は何ごとか話しあっていた。ラスコーリニコフは腕ぐみをして、耳をすましはじめた。

「その女がよ、朝っぱらにおれんとこへ来やがったんだよ」と年上のほうが若いほうに言った。「とてつもなく早くさ、すっかりおめかししてよ。《おい、いやになれなれしいじゃないか、なんだっておれにそうべたつくんだい？》と言ってやったら、言い草がいいじゃないか。《ねえ、チート・ワシーリエヴィチ、今日からあたし、あんたの思いのままになりたいのよ》だってさ。とまあ、こういうわけよ！　そのめかしッ振りったら、まったく、ジャーナルだよ、ジャーナルそっくりなのさ！」

「なんだいそれぁ、兄貴、そのジャーナルってさ？」と若いほうが聞いた。彼はどうやら《兄貴》にいろいろと仕込まれているらしい。

「ジャーナルか、それはな、おめえ、きれいな色のついた絵のことよ。土曜日ごとに、郵便でさ、外国からここの仕立屋に送られてくるんだ。つまりだな、誰がどんな服を着たらいいか、男のおしゃれはどうするか、女のおしゃれはどうするかってなことが、書いてあるのさ。まあ、スケッチみたいなもんだ。男のほうはたいていすその長い外套を着ているが、女のほうときたら、おめえ、その豪勢な衣装ったら、おめえの全財産をはたいても、とても買えるしろものじゃねえよ！」

「まったくこのピーテル（訳注 ペテルブルグ）にゃないってものがねえんだなあ！」と若いほうが嬉しそうに目を輝かせて叫んだ。「親父《おやじ》とおふくろのほかは、なんでもあるよ！」

「うん、そいつのほかは、おめえ、なんでもあるよ」と年上のほうが教えさとすように言った。

ラスコーリニコフは立ち上がって、まえにトランクや、寝台や、タンスのおいてあった次の間へ入って行った。家具がないので、部屋はおそろしく小さく見えた。壁紙はもとのままだった。隅のほうの壁紙に、聖像箱をおいてあった跡がはっきりのこっていた。彼はひとわたり見まわして、また窓のところへもどった。年上の職人が横目でじろじろ見ていた。

「おまえさん何用だね？」彼はラスコーリニコフのほうを向くと、いきなりこう尋ねた。

ラスコーリニコフは返事の代りに立ち上がると、入り口へ出て行って、呼鈴《よびりん》のひもをつかんで、ひっぱった。あの同じ呼鈴、あのときと同じブリキのような音！　彼は二度、三度とひっぱってみた。耳をすましていると、あのときの記憶がよみがえってきた。あのときの胸をえぐられるようなおそろしい、みだれにみだれた感覚が、ますますあざやかに生き生きと彼の記憶によみがえってきた。彼はひもをひくたびにぎくッと身体をふるわせた。そしてしだいに心が浮き浮きしてきた。

「何用だね？　あんたは誰だ？」と職人は彼のほうへ出て行きながら、叫んだ。ラスコーリニコフはまた戸口へ入ってきた。

「部屋を借りたいと思ってね」と彼は言った。「見ているんだよ」

「夜なかに部屋を借りる物好きがあるかよ。それに、そんならそれでちゃんと庭番といっしょに来るんだな」

「床は洗っちまったね。ペンキは塗るの？」とラスコーリニコフはつづけた。「血のあとはもうない？」

「血ってなんだい？」

「そら、老婆と妹がここで殺されたろう。一面血の海だったんだよ」

「おまえさんはいったい誰だね？」と職人は不安になって叫んだ。

「ぼくかい？」

「そうだよ」

「きみは知りたいのかい？……いっしょに署へ行こう、あちらで話してやるよ」

職人たちは怪しむような目でじろじろ彼を見た。

「そろそろ引き上げようや、えらい手間どっちゃった。行こう、アリョーシカ。戸締り忘れるなよ」と年上のほうが言った。

「じゃ、行こうか！」とラスコーリニコフはひとごとのように言うと、先に立ってゆっくり階段をおりて行った。「おい、庭番！」彼は門のところまで来ると、大声で呼んだ。

数人の人々が通りに面した門の出口のあたりに突っ立って、ぼんやり通行人をながめていた。庭番が二人と、女と、ガウンを着た町人と、さらに二、三人の人々だった。ラスコーリニコフはつかつかとそちらへ歩いて行った。

「何用ですかな？」と門番の一人が応じた。

「署へ行ってきたかい？」

「いましがた行ってきたところですが。何かご用で？」

「署にみんないたかい？」

「いましたよ」

「副署長も？」

「ちょっといましたが。して何用ですね？」

ラスコーリニコフは返事をしないで、考えこんだまま、彼らといっしょに突っ立っていた。

「部屋を見に来たんだとさ」と年上の職人がそばへよって来て、言った。

「どこの部屋を？」

「おれたちがしごとしている部屋だよ。《どうして血を洗っちまったんだ？　ここで人殺しがあったが、おれは借りようと思って来たんだ》とこうだよ。そして呼鈴を鳴らしだして、ひもがちぎれやしないかとひやひやだったよ。こんどは署へ行こう、あっちですっかり話すなんて言いだしてさ。うるさいったらねえのさ」

庭番は怪しむような目で、眉《まゆ》をしかめながらじろじろラスコーリニコフを見まわした。

「いったいあんたは誰だね？」庭番はますますむずかしい顔になって、どなりつけるように言った。

「ロジオン・ロマーヌイチ・ラスコーリニコフ、元大学生です。このすこし先の横町にあるシールのアパートの十四号に住んでいます。庭番にきいてもらえば……わかる」ラスコーリニコフは相手のほうへ顔も向けず、暗くなってゆく通りにじっと目をすえたまま、なんとなくものうげな様子で憂欝そうに言った。

「が、なんだってあの部屋へ来たんだね？」

「見に来たのさ」

「何を見に？」

「いっそふんづかまえて、警察へしょっぴいてったらどうだ？」不意に町人がよこから口をだして、あわてて口をおさえた。

ラスコーリニコフは肩越しに冷やかな視線を投げて、じっとその町人を見つめていたが、やはりしずかにものうげな様子で言った。

「行きましょう！」

「そうだ、連れて行こう！」町人は元気づいて、ひったくるように言った。「どうしてあのことを言い出したんだ、何かかくしているんだよ、な？」

「酔ってるかどうか、わかりゃしねえよ」と職人が呟いた。

「いったい何がどうしたというんだ？」と、そろそろ本気で腹を立てだした庭番が、またどなりたてた。「なんだってそうからみつくんだ？」

「警察へ行くのがこわくなったのかい？」ラスコーリニコフはあざけるようなうす笑いをうかべながら言った。

「何がこわいんだ？　うるさい野郎だな、いいかげんにしねえか！」

「たかり！」と女がどなった。

「よせ、相手にするだけむだだ」ともう一人の庭番が叫んだ。百姓外套を前はだけに着て、腰に鍵束をつるした大男である。「失《う》せろ！……たしかにたかり野郎よ……失せやがれ！」

そう言うと、彼はラスコーリニコフの肩をつかんで、通りへ突きとばした。ラスコーリニコフはひっくりかえりそうになったが、どうにか踏みこたえて、身体をたて直すと、黙ってしばらく見物人たちをにらんでいたが、やがて歩きだした。

「おかしな野郎だ」と職人が言った。

「この頃はおかしなのが多くなったよ」と女が言った。

「やはり警察へ連れて行きゃよかったんだ」と町人がつけ加えた。

「かかわりあいにならねえことだ」と大男の庭番が言った。「ああいう手合いはしまつがわるい！　自分でああ言ってるんだから、勝手にさせときゃいいんだよ、うっかりかかりあってみろ、それこそぬきさしならなくなってしまう……わかってるよ！」

《さて、行こうか、行くまいか》ラスコーリニコフは十字路のまん中に立ちどまって、誰かから最後の一言を待つようにあたりを見まわしながら、考えた。しかしどこからも何も聞えてこなかった。あたりは荒涼としてもの音ひとつなく、彼が踏んできた石畳のように死んでいた。彼には、彼だけにとっては死んでいた……不意に、遠くに、二百歩ほど先の通りの外れの濃くなってゆく闇の中に、彼は人々が群がる気配、話し声、叫びを聞きつけた……人ごみの中に馬車のようなものが見えた……通りの中ほどに小さなあかりがひとつちらちらしはじめた。《何だろう？》ラスコーリニコフは右へ折れて、人ごみのほうへ歩きだした。自分はどんなことにもからみつこうとしているようだ、そう思って、彼は冷たく笑った。というのは、もう警察行きをしっかりと決意していたので、もうじきすべてが終ると信じていたからであろう。

7

通りのまん中に、二頭のはやりたつ灰色の馬をつけた粋《いき》な高級軽馬車がとまっていた。乗客の姿はなかった。御者は御者台から下りて、馬車のそばに突っ立ち、馬は何人かの人々に轡《くつわ》をおさえられていた。そのまわりに黒山のような人だかりがして、いちばんまえに何人か巡査の姿が見えた。その巡査の一人が角灯を手にして、かがみこみながら、車輪のすぐそばの石畳の上にころがっている何ものかを照らしていた。群衆は口々に何かしゃべったり、叫んだり、溜息《ためいき》をついたりしていた。御者はまだ自分の目が信じられないような様子で、思いだしたようにくりかえした。

「なんて災難だ！　やれやれ、えらい目にあったよ」

ラスコーリニコフはできるだけ人垣《ひとがき》の中にわりこんで、とうとう、この騒ぎと好奇心の的になっているものを見ることができた。地上にたったいま馬に踏みつぶされたばかりの男が、意識を失って倒れていた。どうやら、ひどく粗末ではあるが、《文官らしい》服装で、血まみれになっていた。顔からも、頭からも血が流れていた。顔は傷だらけで、皮がはげ、ひんまがっていた。相当ひどく踏まれたことは、明らかだった。

「旦那《だんな》がた！」と御者は泣き声で訴えた。「まったく不意だったんですよ！　わしが馬をとばしてきたとか、どならなかったとかならともかく、ゆっくり並歩《なみあし》で来たんですからねえ。人間の目なんてまちがいやすいし、わしにしてもそうですが、なにしろみんなが見ていたんだから。酔っぱらいがあかりなんて持ってないことは——わかりきったはなしだ！……見るとこの飲んだくれが、ひょろひょろと、いまにもぶっ倒れそうな格好で、通りを横切ろうとしている、——そこでわしはどなったんですよ、一度、二度、三度、そして急いで馬をとめたんだが、ところがこの男はまっすぐ馬のまえへ出てきて、勝手にぶっ倒れたんですよ！　わざとやったのか、あるいは正体ないほど飲んだくれていたのか……馬は若いから、おびえやすい、——いきなりひっぱったが、この男がギャッとわめいたものだから——なおのことびっくりしてしまって……とうとうこんなことになっちゃったんですよ」

「たしかにそのとおりだ！」と群衆の中に御者の申し立てを証言する声が聞えた。

「どなった、まちがいない、三度どなった」ともうひとつの声が言った。

「たしかに三度だ、みんな聞いた！」とさらに別な声が叫んだ。

しかし、御者はそれほどしょげても、おびえてもいなかった。どうやらこの馬車は富裕な名士のもので、どこかで待っている主人を迎えに行く途中だったらしい。巡査たちも、いまはもうなんとか早く行かせたいものだと、苛々《いらいら》しはじめていた。ひかれた男を警察署か病院へ運ばなければならなかったが、誰《だれ》も被害者の名を知っている者がいない。

その間にラスコーリニコフは人垣をおしわけて、いっそう近くからのぞきこんだ。そのとき不意に角灯の光が怪我人《けがにん》の顔を明るく照らしだした。ラスコーリニコフはその顔に見おぼえがあった。
「ぼくはこのひとを知ってる、知ってる!」と彼は人をかきわけていちばんまえへ出ながら、叫んだ。「このひとは官吏です、退職の、九等官で、マルメラードフという名です! すぐこの近くの、コーゼルのアパートに住んでいます……早く医者を呼んでください! ぼくが払います、金はあります!」彼はポケットから金をつかみだして、巡査に見せた。彼はおどろくほど興奮していた。

巡査たちは怪我人の身元がわかったのでほっとした。ラスコーリニコフは自分の姓名も名のり、住所を告げると、まるで自分の父のことのように、一刻も早く意識不明のマルメラードフをその住居《すまい》に運ぶように、夢中になって巡査にたのみはじめた。

「すぐそこです、四軒目です」と彼はやきもきしながら言った。「コーゼルのアパートですよ、ドイツ人の、金持の……このひとは、きっと、酔って家へもどる途中だったんです。ぼくはこのひとを知ってます……酒のみなんです……家には奥さんと、子供たちと娘が一人います。病院に連れてくまえに、とりあえず家へ、アパートにはきっと医者がいるでしょうから! ぼくが払います、払います!……なんといっても家族の看護がいちばんです、すぐに手当てをするでしょう、さもないと病院に行くまでに死んじまいます……」

　そのうえ彼はうまくそっといくらかの金を巡査の手ににぎらせた。しかも事件ははっきりしていて、きまりきったことだし、いずれにしても、そのほうが手当てが早くできる。手をかす者が何人かでてきて、怪我人は抱きあげられ、運ばれて行った。コーゼルのアパートはそこから三十歩ほどだった。ラスコーリニコフはうしろにまわって怪我人の頭を注意深くささえ、道をおしえながら歩いて行った。

「こっちです、こっち！　階段は頭を上にしてのぼらなきゃ、さあまわってください……そうそう！　お礼はしますよ、酒代《さかて》はだします」と彼は呟《つぶや》くように言った。

　カテリーナ・イワーノヴナは、ちょっとでも暇があれば、両手を胸にしっかり組み、ぶつぶつひとりごとを言ったり、咳《せき》をしたりしながら、小さな部屋の中を窓辺から暖炉へ、暖炉から窓辺へと、歩きまわるのが癖になっていた。この頃《ごろ》はしだいに十歳《とお》になる上の娘のポーレチカを相手に話をすることが多くなった。ポーレチカはまだわからないことがたくさんあったけれど、その代り母に何が必要なのかは、わかりすぎるほどわかっていた、だからいつも大きな利口そうな目で母の姿を追いながら、一生けんめいに何でもわかっているような振りをしようと努めるのだった。そのときポーレチカは、一日中身体《からだ》ぐあいのよくなかった小さな弟を寝かせつけようと思って、服をぬがせているところだった。弟は、夜洗ってもらうシャツをぬいで別なのを着せてもらう間、椅子《いす》に腰かけてものも言わず、気むずかしい顔をして、背をしゃきっとのばしてじっとしたまま、踵《かかと》をしっかりつけて爪先《つまさき》をひらいた小さな足を前方へつき出していた。彼は利口な子が寝るまえに着替えをさせられるとき、いつもそうしなければならないように、小にくらしいほどきちんと腰かけ、身動きもしないで、小さな唇《くちびる》をとがらし、目を皿《さら》のようにして、母と姉の話を聞いていた。その下の妹は、もう色も形もわからないようなぼろを着て、衝立《ついたて》のそばに立って、自分の番を待っていた。階段へ通じるドアは、ほかの部屋部屋から波のように流れこんで、絶えず哀れな肺病女に長いこと咳きこませて死ぬ思いをさせる煙草《たばこ》のけむりを、せめていくらかでも逃がすために、開けはなされていた。カテリーナ・イワーノヴナはこの一週間でめっきり痩《や》せ、頬《ほお》の赤い斑点《ぶち》がまえよりもいっそう赤くなったようだ。

「おまえはほんとにしないだろうし、想像もできないだろうけどねえ、ポーレチカ」と彼女は部屋の中を歩きまわりながら言った。「おじいさまの家に暮していた頃は、それはそれは楽しく、華やかだったんだよ、それをあの飲んだくれが、わたしをすっかりだめにしてしまい、それにおまえたちまでだめにしてしまうなんて！　おじいさまは五等文官だから、軍人なら連隊長というところ、もうすぐ、それこそもう一息で県知事になるところだったんだよ。だからみんなおじいさまのところへ来ては、《イワン・ミハイルイチ、わしらはもうあんたを、わしらの県知事と思っとりますわい》なんて言ったものだよ。わたしが……ごほん！　わたしが……ごほん、ごほん、ごほん……ああ、ほんとにくさくさしてしまう！」彼女は痰《たん》を吐きだしながら、胸をおさえて叫んだ。「わたしが……そうそう、最後の舞踏会のときだったよ……貴族会長さんのお宅で……ベズゼメリナヤ公爵《こうしゃく》夫人がわたしを見かけると、――このお方はのちにわたしがおまえのお父さんと結婚したとき、祝福してくださったんだよ、ポーリヤ、――すぐに《このひとは、卒業式のときにヴェールをもって踊ったあのかわいいお嬢さんじゃないかしら》ってお尋ねになったんだよ……（そのほころび縫わなきゃだめよ。すぐに針をもってきて、教えたとおりにかがりなさい、明日になったら……ごほん！　明日……ごほん、ごほん、ごほん！……もっとひどく……さけっちまうよ！）」と彼女は苦しそうに身体をよじりながら大きな声を出した。「侍従武官のシチェゴリスキー公爵は当時まだペテルブルグからおもどりになったばかりでねえ……わたしとマズルカをお踊りになって、明日結婚申し込みにうかがいますなんておっしゃったんだよ。でもわたしはていねいにおことわり申し上げて、わたしの心はもう他《ほか》の方のものですから、と言ったんだよ。その他の方というのがおまえのお父さまだったのだよ、ポーリャ。おじいさまがひどく怒ってねえ……お湯はわいたかい？　じゃ、シャツをお出し、靴下《くつした》は？……リーダ」と彼女は下の娘のほうを向いた。「しかたがない、今夜はシャツを着ないでおやすみね、なんとか寝られるわね……それから靴下を出しておおき……いっしょに洗うから……どこをうろついてるんだろうね、ぼろぼろの飲んだくれは！　シャツを着つぶして、雑巾《ぞうきん》みたいなぼろにしてしまって……みんないっしょに洗ってしまいたいよ、二晩もつづけて苦労するなんていやだからねえ！　おや！　ごほん、ごほん、ごほん！　また！　何ごとですの？」と彼女は、入り口の群衆と、部屋へ何か運びこもうとしている人々を見て、叫んだ。「それは何なの？　何をもちこむの？　ああ！」

「どこへおきましょうかな？」血まみれで意識不明のマルメラードフを部屋の中へ運びこむと、巡査はあたりを見まわしながら、こう尋ねた。

「ソファへ！　かまわずソファへ下ろしてください、頭をこっちにして、そうそう」とラスコーリニコフが指図した。

「通りでひかれたんだ！　飲んだくれて！」と入り口で誰かが大声で言った。

カテリーナ・イワーノヴナは蒼白《そうはく》になって突っ立ったまま、苦しそうに肩で息していた。子供たちはおびえきってしまった。小さなリードチカはワッと叫ぶと、ポーレチカにとびついて、しっかりしがみつき、がたがたふるえだした。マルメラードフをねかせると、ラスコーリニコフはカテリーナ・イワーノヴナのまえへかけよった。

「どうか、心配なさらないでください、びっくりしないでください！」と彼は早口に言った。「通りを横切ろうとして、馬車にはねられたんです、心配はいりません、すぐ気がつきます、ぼくがここへ連れて来《こ》させたんです……ぼく一度ここへお邪魔したことがあるもんですから、おぼえてますか……いまに気がつきますよ、払いはぼくがします！」

「とうとうやったわね！」と絶望的に叫ぶと、カテリーナ・イワーノヴナは夫のそばへかけよった。

ラスコーリニコフはじきに、この女はすぐ失神するような女ではないことを知った。すぐに不幸な怪我人の頭の下に枕《まくら》があてがわれた——これはまだ誰も気がつかなかったことだ。カテリーナ・イワーノヴナは怪我人の着ているものをぬがせて、傷をあらためはじめた、そして自分のことは忘れてしまって、ふるえる唇をかみしめ、胸の中からほとばしり出そうになる叫びをおさえながら、あれこれといそがしく気をくばり、とりみだした様子はなかった。

ラスコーリニコフはその間にそこにいあわせた誰とも知らぬ男をたのみおとして、医者に走ってもらった。医者は一軒おいてとなりに住んでいるということだった。「医者を呼びにやりました」と彼はカテリーナ・イワーノヴナに、何度もくりかえした。「心配なさらないでください、ぼくが払います。水はありませんか？……それからナプキンでも、タオルでも、何でもいいから早くください、傷の様子がまだわからないのです……怪我しただけです、死んではおりません、ほんとうです……医者がどう言いますか！」

カテリーナ・イワーノヴナは窓際《まどぎわ》へとんでいった。そこの隅《すみ》にはひしゃげた椅子の上に、夜子供たちや夫の下着を洗うために用意した湯が瀬戸引きのたらいに入れておいてあった。この真夜中の洗濯《せんたく》は、カテリーナ・イワーノヴナが自分で、少なくて週に二回、時にはもっと多くやっていたのだった。というのは着替えはもうぜんぜんなく、家族一人が一枚というどん底まできてしまっていたが、カテリーナ・イワーノヴナは汚なくしておくのが堪えられない性質で、家の中で汚れものを見ているよりは、たとえ毎夜みんなが寝ている間に、力にあまる労働で自分を苦しめても、朝までに張りわたした綱にかけて濡《ぬ》れた洗濯ものをかわかし、きれいな下着をきせたほうがましだと、自分に言いきかせていたからである。彼女はラスコーリニコフに言われたので湯を運ぼうとして、たらいをもちあげたが、そのままふらふらと倒れかかった。だが、ラスコーリニコフはもうタオルを見つけて、水にひたし、マルメラードフの血で汚れた顔をふきはじめていた。カテリーナ・イワーノヴナは苦しそうにやっと息をしながら、しっかり胸をおさえて、その場に立ちつくしていた。彼女自身が助けが必要であった。ラスコーリニコフは、怪我人をここへ運べと主張したことが、まちがいであったかもしれないと、気がつきはじめた。巡査も困ったような顔をして突っ立っていた。

「ポーリャ」とカテリーナ・イワーノヴナが叫んだ。「ソーニャを呼びに行っておいで、大急ぎで。家にいなかったら、かまわないから、誰かにたのむんだよ、お父さんが馬車にひかれたから、帰ったら……すぐくるようにって。早く、ポーリャ！　そら、このプラトークをかぶってお行き！」

「息のかぎり走るんだよ！」と不意に弟が椅子の上から叫んだ、そしてそれだけ言うと、またもとのしょきっとした坐《すわ》り方《かた》にもどって、目を皿のようにして、踵をつけて爪先を開いた小さな足をつきだしたまま、黙りこんでしまった。

そのうちに部屋の中はリンゴをおとす隙間《すきま》もないほど、人でいっぱいになった。巡査たちはかえっていったが、一人だけあとにのこって、階段からおしかけてくる群衆をまた階段へ追っ払うのにやっきとなっていた。その代り奥のほうの部屋部屋からは、リッペヴェフゼル夫人の間借人たちがほとんど全部こぼれ出てきて、はじめのうちはドアのあたりにひしめきあっていたが、そのうちにどやどやと部屋の中へなだれこみはじめた。カテリーナ・イワーノヴナはかっとなった。

「せめて死ぬときくらい、しずかにしてやったらどうなの！」と彼女は群衆にどなった。「見世物じゃないわよ！　煙草なんかくわえて！　ごほん、ごほん、ごほん！　いっそ、帽子もかぶってきたらどうなの！……おや、ほんとに帽子をかぶったのがいるわね、一人……出てけ！　死んだ者に礼儀くらいまもりなさい」

咳が彼女ののどをつまらせたが、おどしはききめがあった。どうやら、カテリーナ・イワーノヴナがすこし恐《こわ》くさえなったらしく、間借人たちはひそかに奇妙な満足感を味わいながら、つぎつぎと戸口のほうへ後退《さが》って行った。それは近親者の突然の不幸に際して、もっとも近しい人々でさえかならずおぼえる感情で、どんなに身につまされて心の底から同情したところで、やっぱり誰一人まぬかれることのできないものなのである。

そのときドアの外で、病院へやったほうがいいとか、ここでただあたふたしていてもしようがないとかいう声々が聞えた。

「ここで死んじゃいけないの！」と叫ぶと、カテリーナ・イワーノヴナは思うさま怒りをぶちまけてやろうと思って、ドアを開けにすっとんでいった、とたんに、戸口のところでリッペヴェフゼル夫人につきあたった。夫人はたったいま不幸を聞きつけて、騒ぎをしずめにかけつけたのだった。これがまたひどいがみがみで、ぶちこわしばかりしているドイツ女なのである。

「あッ、びっくりした！」彼女はパチッと両手をうちあわせた。「ご主人が酔って馬車にひかれたんだってねえ。すぐ病院へつれて行きなさい！　わたしは管理人です！」

「アマリヤ・リュドヴィーゴヴナ！　失礼ですが、よく考えてからものを言ってください」とカテリーナ・イワーノヴナは見下すような態度で口を開いた(彼女はおかみに対しては、《その身分を思い知らせる》ために、いつも見下すような口のきき方をしたが、こんなときでさえこの満足感をすてることができなかったのである)。「アマリヤ・リュドヴィーゴヴナ……」

「わたしをアマリヤ・リュドヴィーゴヴナと呼ぶことはぜったいにおことわりしますと、あなたには一度はっきりと言いわたしたはずです。わたしはアマリ・イワンです！」

「あなたはアマリ・イワンじゃありません、アマリヤ・リュドヴィーゴヴナです。それにわたしは、いまドアのかげで笑っているレベジャートニコフのような、(ドアのかげでは、たしかに、笑い声と、《さあ、からみあったぞ！》と叫ぶ声が聞えた) あなたの卑劣な取巻きとはちがいますから、いついかなるときでも、あなたをアマリヤ・リュドヴィーゴヴナと呼びますわよ、もっともわたしには、どうしてこの名前があなたのお気に召さないのか、さっぱりわかりませんがね。見たらおわかりでしょう、セミョーン・ザハールイチがどんなことになったのか、いま死にかけているのですよ。どうかいますぐこのドアをしめて、誰も入れさせないでください。せめてしずかに死なせてやってください！　さもないと、いいですか、明日あなたの仕打ちが県知事閣下のお耳に入りますよ。公爵はわたしをまだ娘のころからご存じですし、セミョーン・ザハールイチのことはよくおぼえていてくださいまして、何度もお目をかけてくださったんですよ。セミョーン・ザハールイチにはお友だちやお世話くださる方々がたくさんおりましたことは、みなさんご存じです、ただ主人は自分の不幸な弱味を知っておりましたので、高潔な自尊心から、すすんで身をひいたのです。でもいま (彼女はラスコーリニコフを指さした) この親切な若いお方がわたしたちを助けてくださいます。この方は財産も、りっぱなご親類もおありになって、セミョーン・ザハールイチがまだ小さい時分から存じあげていたお方です。ですから、はっきり申しますが、アマリヤ・リュドヴィーゴヴナ……」

これがみなおそろしい早口でしゃべられ、しかもしゃべりすすむにつれて、ますます早くなったが、咳が一挙にカテリーナ・イワーノヴナの雄弁をたちきってしまった。そのとき死にかけていた怪我人が気がついて、うめき声を立てた。彼女はとっさにそちらへかけよった。怪我人は目を開いたが、まだ何も見わけられず、何もわからないらしく、枕もとに立っているラスコーリニコフの顔をしげしげと見まもりはじめた。彼はときおり苦しそうに、深い息をついた。唇の両端に血がにじみ出し、額に汗がういてきた。ラスコーリニコフが見わけられないで、彼は不安そうに目をあたりへ動かしはじめた。カテリーナ・イワーノヴナは悲しそうな、しかしきびしい目でじっと彼を見つめていた、そしてその目から涙が流れおちていた。

「まあ！　胸がすっかりつぶされて！　ひどい血！」と彼女は絶望的に呟いた。「上《うわ》衣《ぎ》をすっかりとってあげなくちゃ！　セミョーン・ザハールイチ、動けたら、ちょっとそっちを向いて」と彼女は叫ぶように言った。

マルメラードフは妻に気がついた。

「坊さまを！」と彼はかすれた声で呟いた。

カテリーナ・イワーノヴナは窓辺へ行くと、額を窓枠《まどわく》におしつけて、やけ気味に叫んだ。

「ああ、いやな世の中だ！」

「坊さまを！」しばらくすると、病人がまた呟いた。

「迎えにやりましたよォ！」とカテリーナ・イワーノヴナは病人にどなった。病人はどなられておとなしくなり、おどおどした悲しそうな目で、彼女の姿をさがしはじめた。彼女はまたそばへもどって、枕もとに立った。彼はすこし落ち着いたが、それも長くはつづかなかった。すぐに彼の目は、隅っこで発作をおこしたようにがくがくふるえながら、おびえきった子供の目をじっと彼にあてている、小さなリードチカの上にとまった。リードチカは彼の大好きな娘だった。

「あ……あ……」彼は不安そうにそちらを目でおしえた。何か言いたいらしかった。

「何ですの？」とカテリーナ・イワーノヴナが大声で聞いた。

「はだし！　はだしだよ！」と彼はにごったうつろな目で少女の小さなむきだしの足をしめしながら、口の中で呟いた。

「おだまりッ！」とカテリーナ・イワーノヴナは足を踏みならして叫んだ。「どうしてはだしか、知ってるでしょ！」

「よかった、医者だ！」とラスコーリニコフはこおどりして叫んだ。

けげんそうな顔であたりを見まわしながら、医者が入ってきた。きちんとした小さな老人で、ドイツ人の医者だった。彼は怪我人のそばへよると、脈をみ、注意深く頭にさわってみてから、カテリーナ・イワーノヴナに手伝わせてすっかり血のにじんだシャツのボタンを外して、病人の胸をはだけた。胸は一面かたちがわからないほどぐさぐさにつぶれ、右側の肋骨《ろっこつ》が何本か折れていた。左側のちょうど心臓のあたりに、無気味な大きな赤黒いあざがあった。はげしく蹄《ひづめ》に蹴《け》られたあとである。医者は眉《まゆ》をひそめた。巡査は、怪我人が車輪にまきこまれて、ふりまわされながら、舗道の上を三十歩ほどひきずられたと、医者に語った。

「これで意識をとりもどしたのが、不思議なくらいですよ」と医者はそっとラスコーリニコフにささやいた。

「で、どうでしょう？」とラスコーリニコフは聞いた。

「もうすぐだめでしょう」

「もうぜんぜん見込みがないでしょうか？」

「絶望です！　もう息をしてるというだけです……それに頭がひどくやられています……ふむ、あるいは、放血したらよいかもしれん……が……まあむだでしょう。もうもっても五分か十分です」

「じゃ、放血したらいいじゃありませんか！」

「あるいはね……しかし、おことわりしますが、ぜったいにむだですよ」

そのときさらに足音が聞えて、入り口の人垣がわれ、予備の聖体をもった司祭があらわれた。小さな白髪《しらが》の老人だった。つづいて通りからいっしょの巡査が一人入ってきた。医者はすぐに司祭に場所をゆずって、意味ありげな視線を交わした。ラスコーリニコフは、あとしばらくでいいからここにいてくれと、おがむようにして医者をひきとめた。医者は肩をすくめて、その場にのこった。

みんなうしろへさがった。懺悔《ざんげ》はすぐにおわった。いま死のうとする者に何がわかったろう、その口からはとぎれとぎれに、不明瞭《ふめいりよう》な音が出ただけであった。カテリーナ・イワーノヴナはリードチカの手をとり、椅子から男の子を抱きあげると、隅の暖炉のまえへ行って、ひざまずき、子供たちを自分のまえにひざまずかせた。女の子はただふるえているばかりだが、男の子はむきだしの膝《ひざ》こぞうをついて、拍子をとりながら小さな手をさしあげ、大きな十字を切り、おじぎをしておでこをコツンコツン床にぶっつける動作をくりかえしていた。どうやらそれがすっかり気に入ったらしかった。カテリーナ・イワーノヴナは唇をかみしめて、涙をこらえていた。彼女もときどき男の子のシャツを直してやりながら、祈っていた、そしてひざまずいて祈りをあげながら、手をのばしてタンスから三角のショールをとり出し、あまりにむきだしすぎる女の子の肩にそっとかけてやった。そのうちにまた奥のほうの部屋のドアがいくつか、物好きな連中にあけられはじめた。入り口のほうには各階から集まってきた人々が、あとからあとからつめかけて、ひしめきあって中をのぞきこんでいたが、それでもしきいを踏みこえて入ってくる者はなかった。たった一本の燃えのこりのろうそくがそれらの情景を照らしていた。

ちょうどそのとき入り口から、姉を迎えに行ったポーレチカが人垣をぬってかけこんできた。ポーレチカは部屋へ入ると、急いで走ってきたために息をきらしながら、プラトークをとって、目で母をさがし、そばへいって、《くるよ！　道で会ったの！》と告げた。母は彼女を自分のそばにひざまずかせた。人垣の中から、しずかにおずおずと、一人の娘がすりぬけてきた、そして貧とぼろと死と絶望がこもっているこの部屋の中に、彼女が突然あらわれたことは、なにか異様な感じがした。彼女も着ているものは粗末だった。服装は安ものだが、妙にけばけばしく、その特殊な世界にひとりでに作りあげられた趣味と慣例を反映して、そのいやしい目的がどぎつくむきだしにでていた。ソーニャは控室へ入るとしきい際《ぎわ》に立ちどまって、なかへ入ろうともせず、何も意識しないらしく、ぼんやりながめていた。彼女は自分がいかにもこのような場にふさわしくない、何人もの古着屋の手をへた、滑稽な長いしっぽのついたけばけばしい絹の衣装を着ていることも、とほうもなくふくらんだスカートをはいて、入り口をすっかりふさいでいることも、派手な靴をはいていることも、夜は必要もないパラソルを持っていることも、燃えるような赤い羽根のついた奇妙なまるい麦わらの帽子をかぶっていることも、すっかり忘れてしまっていた。この男の子のように横っちょにかぶった帽子の下から、ポカンと口をあけ、恐怖のあまり目がすわってしまった、瘦《や》せて蒼白《あおじろ》いおびえきった小さな顔がのぞいていた。ソーニャは十七、八で、瘦せて小さかったが、かなりきれいなブロンドの娘で、青い目はとくにすばらしかった。彼女は寝台と司祭をじっと見つめていた。彼女も走ってきたために息をきらしていた。そのうちにやっと、群衆のひそひそ話しあう声や、いくつかの言葉が、彼女の耳にとどいたらしい。彼女は目をふせて、一歩しきいをまたいで、室内へ入ったが、またすぐそのままドアのところに立ちどまった。

懺悔と聖餐式《せいさんしき》がおわった。カテリーナ・イワーノヴナはまた夫の寝台のそばへ近よった。司祭はあとへさがって、帰りかけながら、カテリーナ・イワーノヴナにはなむけと慰めの言葉を二言三言囁《ささや》いた。

「これたちをどうしたらいいの?」と彼女はいきなりヒステリックに司祭の言葉をさ

えぎって、小さな子供たちを指さした。

「神は慈悲深い。主のお助けにすがりなさい」と司祭は言いかけた。

「ええッ！　慈悲深くたって、わたしたちにゃとどきませんよ！」

「そんなことを言ってはいけません、罪ですよ、奥さん」司祭は頭をふりながら、たしなめた。

「じゃ、これは罪じゃないの？」カテリーナ・イワーノヴナは息をひきとろうとする夫を指さしながら、叫んだ。

「おそらく、心ならずもこのできごとの原因になった人々が、あなたへの償いを承諾なさるでしょう、せめて収入の道を失った償いだけでもな……」

「あなたはわたしの言う意味がわからないのよ！」カテリーナ・イワーノヴナは手をふって、じりじりしながら叫んだ。「それに、償いなんて何のためですの？　だって、このひとは飲んだくれて、自分から馬車の下へはいこんだんじゃありませんか！　それに、収入って何ですの？　このひとが持ってきてくれたのは、収入じゃありません、苦しみだけでした。飲んだくれで、すっかり飲んでしまったんですもの。家の中のものをすっかり持ちだして、居酒屋へはこび、この子たちとわたしの生涯《しょうがい》を居酒屋へつぎこんでしまったんですよ！　死んでくれて、ありがたいわ！　ものいりが減りますもの！」

「死ぬまえには許してあげなければなりません、そんなことを言うのは罪ですぞ、奥さん、そんな気持をもつことは大きな罪ですぞ！」

カテリーナ・イワーノヴナはせかせかと小まめに病人の世話をしていた。水を飲ませたり、顔の汗や血をふいてやったり、枕のぐあいを直してやったりしながら、その合間に思いだしたように司祭と話をしていたのだった。それがいま突然、まるで気が狂ったようになって、司祭にくってかかった。

「ええ、お坊さま！　言うだけなら何とでも言えますよ！　許してあげなさいって！　今日だってひかれなかったら、飲んだくれてかえってきたでしょうよ。シャツだってぼろぼろに着古したのが一枚しかないんです。このひとはぶっ倒れてそのまま寝てしまうでしょうが、わたしは明け方まで水へ手をつっこんで洗濯しなきゃならないのです。このひとや子供たちのぼろを洗い、窓の外に乾《ほ》し、夜明けをまつようにしてつぎをあて、――これがわたしの夜ですよ！……これほどにしてるわたしに、許せだなんて、何をそらぞらしい！　それだって許してきました！」

深いおそろしい咳が彼女の言葉をたちきった。彼女はハンカチの中に痰をはき、片手で痛いほど胸をおさえながら、それを司祭のほうへつきだした。ハンカチは血にそまっていた……

司祭は頭を垂れて、何も言わなかった。

マルメラードフは臨終の苦しみに入っていた。彼は、またかぶさるようにして上からのぞきこんだカテリーナ・イワーノヴナの顔から、目をはなさなかった。彼はしきりに何か言いたそうにして、やっと舌をうごかしながら、わからぬ言葉で何やら言いだしかけたが、カテリーナ・イワーノヴナは、彼が許しを請《こ》おうとしていることを察して、すぐに命令するように大声で言った。

「黙ってらっしゃい！　いいのよ！……わかりますよ、あなたの言いたいことは！……」

病人は口をつぐんだ、がそのとき、彼のさまよう視線がドアへおちて、彼はソーニャを見た……

そのときまで彼はソーニャに気づかなかった。彼女は片隅にかくれるように立っていたのだった。

「あれは誰？　あれは誰？」不意に彼はかすれた声であえぎながら呟くと、急にそわそわしだして、恐ろしそうに目で娘が立っているドアのあたりを示しながら、しきりに身を起そうとももがいた。

「ねてなさい！　じっとしてなさい！」とカテリーナ・イワーノヴナは叫ぼうとした。

ところが彼は、人間のものとは思われぬほどの力をふりしぼって身体をもたげ、片《かた》肘《ひじ》をついた。彼はしばらく、自分の娘がわからないように、うごかぬ目でぼんやり見つめていた。さもあろう、こんな服装の娘を、彼は一度も見たことがなかったのである。と不意に、彼はそれが自分の娘であることがわかった。さげすまれ、ふみにじられ、おめかしして、そんな自分を恥じながら、死の床の父と永別の番がくるのをつつましく待っている娘。はかり知れぬ苦悩が彼の顔にあらわれた。

「ソーニャ！　娘！　許してくれ！」と叫んで、彼は娘のほうへ手をさしのべようとした、が、支えを失って、ソファから前のめりにどさッと床へおちた。急いで抱きおこし、ソファへねかせたが、もう虫の息だった。ソーニャはあッとかすかに叫んで、かけより、父を抱きしめると、そのまま意識がうすれてしまった。彼はソーニャの腕の中で息をひきとった。

「やっと思いどおりになったのね！」とカテリーナ・イワーノヴナは夫の死体を見て、叫ぶように言った。「さあ、これからどうしよう！　葬式をどうしてだしたらいいのかしら！　それよりこの子たち、この子たちを明日からどうして食べさせよう？」

ラスコーリニコフはカテリーナ・イワーノヴナのそばへ歩みよった。

「カテリーナ・イワーノヴナ」と彼は言った。「先週あなたの亡《な》くなられたご主人が、身の上話や家庭のことなどをすっかりぼくに聞かせてくれました……ご安心なさい、あなたのことはそれはもう心底から尊敬しながら語っておりました。その夜から、つまりご主人はああした気の毒な弱点はありますが、それでもどんなにあなた方の身を案じ、特にカテリーナ・イワーノヴナ、どんなにあなたを尊敬し、そして愛しているか、ということを知ったそのときから、ぼくとご主人は親しい友だちになったのです……ですから、失礼ですがぼくに……何かお役に立たせてもらいたいのです……亡くなった親しい友への義務を果す意味において。いまここに……たしか二十ルーブリあるはずです、これがいくぶんでもあなたのお役にたちましたら、ぼくは……それで……要するに、では……また寄ります……きっと寄ります……もしかしたら、明日また寄るかもしれません……じゃ、さようなら！」

そう言うと彼はそそくさと部屋をとび出し、人ごみをかきわけながら階段のほうへ急いだ。ところが人ごみの中で、思いがけなく、ニコージム・フォミッチとばったり顔をあわせた。彼は不幸を聞いて、自分でなんとか処理しようと出向いてきたのだった。警察署の一幕以来顔をあわせていなかったが、ニコージム・フォミッチはひと目で彼がわかった。

「あ、あなたでしたか？」と彼はラスコーリニコフに言った。

「死にました」とラスコーリニコフは答えた。「医者は来ましたし、司祭は来ましたし、万事しきたりどおりにすみました。ひどく気の毒な女です、あまり気をつかわせないでやってください、それでなくても肺病で気が立っているんですから。できたら、元気づけてやってください……だって、あなたは慈善家でしょう、知ってますよ……」と彼はじっと相手の目を見つめながら、うす笑いをうかべてつけ加えた。

「おや、しかし、大分血がつきましたな」とニコージム・フォミッチは廊下の角灯のあかりで、ラスコーリニコフのチョッキに生々しい血のあとがいくつかついているのに気がついて、注意した。

「ええ、つきました……血まみれですよ！」ラスコーリニコフは一種異様な表情でこういうと、にやりと笑って、会釈《えしゃく》をして、階段を下りて行った。

彼はぞくぞくするような興奮につつまれながら、ゆっくりした足どりでしずかに下りて行った。そして彼は自分ではそれを意識しなかったが、不意におしよせてきたあふれるばかりに力強い生命の触感、ある未知のはてしなく大きな触感にみたされていた。その感じは、死刑を宣告された者が、不意に、まったく思いがけなく特赦を申しわたされたときの感じに似ている、といえるかもしれぬ。階段の中ほどで、帰りを急ぐ司祭が彼に追いついた。彼は黙って会釈を交わして、司祭を先へやった。しかしもうあと数段というところで、彼は不意に背後にあわただしい足音を聞いた。誰かが追いかけてきた。ポーレチカだった。少女はうしろから走りながら、彼を呼んだ。

「ねえ！　待って！」

彼は振り返った。少女は最後の階段をかけ下りてきて、つきあたりそうになって、彼の一段上にぴたッととまった。庭のほうから淡い光がさしていた。ラスコーリニコフは痩せているが、かわいらしい少女の小さな顔に目をこらした。少女はにこにこ彼に笑いかけて、子供っぽい明るい目で彼を見つめた。少女は何かたのまれてかけてきたらしく、自分でもそのたのまれごとが嬉《うれ》しくてたまらない様子だった。

「ねえ、おじさんの名前なんていうの？……それからもひとつ、おうちはどこ？」少女はせかせかと息をきらしながら聞いた。

彼は少女の肩に両手をかけて、胸のあたたまるような思いで少女を見つめた。少女を見つめているとなんともいわれぬいい気持だった。――それがなぜかは、自分でもわからなかった。

「誰に言われてきたの？」

「ソーニャ姉さんに言われたのよ」と少女はますます嬉しそうに笑いながら、答えた。

「おじさんもそう思ってたよ、きっとソーニャ姉さんだろうって」

「ママも言ったのよ。ソーニャ姉さんがあたしをよこそうとしたら、ママがそばへきて、《ポーレチカ、早くかけてお行き！》って言ったわ」

「きみはソーニャ姉さんが好きかい？」

「誰よりも好きよ！」とポーレチカはびっくりするほどきっぱりと言った。そして微笑が急にまじめくさくなった。

「じゃおじさんは好きになってくれる？」

返辞の代りに、彼は近づけられる少女の小さい顔と、接吻《せっぷん》するためにあどけなくつきだされたぽっちゃりした唇を見た。不意に少女のマッチのように細い手が、彼をかたくかたく抱きしめ、頭を彼の肩にうずめた、そして少女はますます強く顔をおしつけながら、しくしく泣きだした。

「パパがかわいそう！」少女は一分ほどすると、泣きぬれた小さな顔をあげて、両手で涙をぬぐいながら言った。「この頃はほんとに不幸なことばかりつづいたのよ」少女はだしぬけにことさら気むずかしい顔をして言いたした。それは子供が急に《大人》のような口をきこうとするとき、つくろおうとつとめる顔だった。

「お父さんはきみをかわいがってくれた？」

「お父さんはリードチカを誰よりもいちばんかわいがったわ」少女はもうすっかり大人のような口のきき方で、ひどくまじめな顔で、にこりともしないでつづけた。「だって、あの子は小さいし、それに弱かったからよ、あの子にはしょっちゅうおみやげを買ってきてくれたわ。あたしたちには本を読むことをおしえてくれたの。あたしには文法と聖書」と少女は誇らしげにつけたした。「お母さまは何も言わなかったけど、でも内心ではそれを喜んでいることを、あたしたちは知ってたわ、お父さんも知ってたのよ。お母さんはあたしにフランス語をおしえたがってるの、だってあたしもう教育を受ける年齢《とし》なんですもの」

「お祈りはできる？」

「あら、どうして、できるわよ！もうまえからよ。あたしはもう大人みたいに、ひとりで口の中でお祈りするけど、コーリャとリードチカはお母さんといっしょに声をだして祈るのよ。はじめ《聖母マリヤ》をとなえて、それから《神よ、ソーニャ姉さんをゆるし、祝福をたれたまえ》というお祈り、それからもうひとつ、《神よ、われらのいまの父をゆるし、祝福をたれたまえ》だってあたしたちのもとのお父さんはもうずっとまえに亡くなったんだもの、いまのは二度目のお父さん、でももとのお父さんのお祈りもするわ」

「ポーレチカ、ぼくの名はロジオンというんだよ。いつかぼくのことも祈っておくれね。《しもベロジオンをも》って、それだけでいいから」

「あたしこれから一生のあいだあなたのことをお祈りするわ」と少女は熱をこめて言った、そして不意にまたニコッと笑うと、とびついて、もう一度かたく彼を抱きしめた。

ラスコーリニコフは少女に名前と住所をおしえて、明日かならず寄ることを約束した。少女は彼にすっかり夢中になってもどって行った。彼が通りへ出たときは、十時をまわっていた。五分後に彼は橋の上にたたずんでいた。さっき女が身を投げた、ちょうどあの場所である。

《もうたくさんだ！》彼はきっぱりとおごそかに言った。《幻影、仮想の恐怖、妄想《もうそう》よ、さらばだ！……生命がある！　おれはいま生きていなかったろうか？　おれの生命はあの老婆とともに死にはしなかったのだ！　老婆の霊に冥福《めいふく》あれ——それで十分だ。お婆《ばあ》さん、どうせお迎えが来る頃だったのさ！　さあ、理性と光明の世界にたてこもるぞ……さらに意志と、力の……これからどうなるか！　しのぎをけずってみようじゃないか！》彼はある見えない力にむかって挑戦《ちょうせん》するように、ふてぶてしく言った。《おれはもう二本の足がやっとの空間に生きる決意をしたのだ！》

《……おれはいまひどく弱っている、が……病気はすっかりなおったようだ。なおるだろうとは、さっき家を出たときから、わかっていたんだ。ところで、ポチンコフのアパートは、ここから二歩だ。なに二歩が百歩でも、ぜったいにラズミーヒンのところへ行くぞ……賭《か》けに勝たせてやれ！……得意がるだろうが……なあに、いいさ！……力だ、力が必要だ、力がなければ何もできん。ところでその力を得るには力が必要なのだが、それがあいつらにはわからんのだ》彼は傲然《ごうぜん》と自信ありげに言うと、やっと足をひきずりながら、橋をはなれて行った。傲慢と自信が彼の内部に秒一秒成長してきた、そして一分後にはもう先ほどの人間とはがらりと変ってしまった。それにしても、いったいどんな変ったことが起ったのか、何が彼を一変させたのか？　彼は自分でもわからなかった。一本のわらにすがっていた彼に、突然、《生きることができる、まだ生命がある、おれの生命は老婆とともに死にはしなかったのだ》という考えがひらめいたのである。あるいは、彼は結論を急ぎすぎたかもしれないが、それを彼は考えなかった。

《だがさっき、しもベロジオンのために祈ってくれと頼んだじゃないか》不意に彼は思いだした。《なあにそれは……まさかの場合さ！》と彼は言いつくろって、自分でも自分の子供っぽい無邪気さがおかしくなり、にやにや笑いだした。彼はなんともいえないさわやかな気持だった。

彼はすぐにラズミーヒンの住居をさがしあてた。ポチンコフのアパートではもうみんな新しい入居者を知っていて、庭番がすぐに道順をおしえてくれた。もう階段の中途から大勢の集まりの騒ぎと活発な話し声を聞きわけることができた。階段に向いたドアが大きく開け放されていて、叫び声や口論が聞えた。ラズミーヒンの部屋はかなり大きく、集まりは十五人ほどだった。ラスコーリニコフは入り口の控室に立ちどまった。そこの仕切りの向うでは、主婦《おかみ》のところの女中が二人、主婦の台所からもってきた二つの大きなサモワールや、酒びんや、ピローグとザクースカを盛った大小の皿《さら》のまわりで、いそがしそうに働いていた。ラスコーリニコフはラズミーヒンに取り次がせた。ラズミーヒンは大喜びでとび出してきた。一目で彼がいつになく飲みすぎていることがわかった。彼はぜったいといっていいほど酔うまで飲めない男だが、今日はどことなくいつもとちがっていた。

「ねえきみ」とラスコーリニコフは急いで言った。「ぼくが来たのは、ただ、きみが賭けに勝ったことと、たしかに誰も自分の身にどんなことが起るかわからないものだということを、きみに言いたかったからだよ。なかへ入るのはかんべんしてくれ、衰弱がひどくて、いまにも倒れそうなんだ。だから、今日はこれでかえる！　明日来てくれんか……」

「じゃ、ぼくが家まで送ってくよ！　きみが自分で衰弱してるなんていうようじゃ、よほど……」

「だって客がいるじゃないか？　あのちぢれッ毛は誰だい、ほらいまこっちをのぞいた？」

「あれか？　あんなやつ知るもんか！　きっと、伯父の知り合いだろう、あるいは、勝手にまぎれこんだのかもしれんな……客は伯父にまかせるさ。実にいい人間だぜ。今日きみに紹介できないのが残念だよ。それに、あんなやつらかまうもんか！　やつらはいまぼくなんかどうだっていいんだよ、それにぼくもすこし頭を冷やさなきゃ、きみ、ほんとにいいところへ来てくれたぜ。もう二分もしたら、ぼくは喧嘩《けんか》をおっぱじめていたところだ、ほんとだよ！　突然ばかなことをいい出しゃがって……人間なんて、放《ほう》っておけば、どこまで嘘《うそ》つきになれるものか、きみには想像もできんよ！　しかし、想像できんというのもおかしいな？　われわれだってときには嘘をつくじゃないか？　まあ、勝手につかせておくさ、その代りあとでつかなくなるだろうからな……ちょっとかけててくれ、ゾシーモフを呼んでくる」

ゾシーモフはいまにもしゃぶりつきそうな勢いでラスコーリニコフにとびついた。

その顔にはある特別の好奇心が見えたが、すぐに晴れやかな顔になった。

「すぐにやすみなさい」彼はできるだけ念入りに患者を見まわしたうえで、きっぱりと言った。「で、ねるまえに一服飲めばいいんだが。飲むかね？　ついさっき調合したんですよ……散薬を一服」

「二服でもいいですよ」とラスコーリニコフは答えた。

散薬はすぐその場で服用された。

「きみが送って行くって、そりゃ何よりだ」とゾシーモフはラズミーヒンに言った。「明日どうなるかは、様子を見るとして、今日のところはひじょうにいい、と言ってもいいでしょう。先ほどとはたいへんなちがいです。学問は一生のことというが……」

「いま出がけに、ゾシーモフがぼくに何を耳うちしたか、知ってるかい」通りへ出るとすぐ、ラズミーヒンがだしぬけに言った。「ぼくは、きみ、何もかもきみに打ち明けて言うよ、だってあいつらばかだからさ。ゾシーモフがね、途中ずっときみに話しかけて、きみにしゃべらせ、あとでその様子をおしえてくれって言ったんだよ、というのは、やつは……きみが……気ちがいか、あるいはそれに近い……と考えているからさ。きみ、考えてみろよ！　第一に、きみのほうがやつより三倍も利口だ、第二に、きみが気ちがいでないなら、やつがそんなたわけたことを考えたって、別に痛くもかゆくもないし、第三に、あの肉のかたまりめ、専門が——外科のくせに、この頃精神科に熱中しやがってさ、きみに対する見たてが、今日のきみとザミョートフの会話ですっかりひっくり返されてしまったってわけだよ」

「ザミョートフはすっかりきみに話したのか？」

「うん、すっかりだ。ほんとによかったよ。これでぼくはかくされていた底がすっかりわかったし、ザミョートフもわかったんだ……まあ、要するにだね、ロージャ……問題は……ぼくはいまちょっと酔ってるけど……気はぜんぜんたしかだよ……問題はだ、その考えが……わかるだろう？　実際にやつらの頭にこびりついていたということだよ……わかるかい？　つまり、やつらは誰一人それを口に出して言う勇気がなかったのさ、だってあまりにもとっぴだし、それにあのペンキ職人がつかまってからは、それがすっかりくずれて、永遠に消えてしまったからさ。それにしても、どうしてやつらはああばかなんだろう？　ぼくはザミョートフをちょっと殴ったことがあるんだ、——これはここだけの話だぜ、きみ、知ってるなんて、おくびにも出さないでくれよ。ぼくは気がついたんだが、やつはあれでなかなかデリケートだからな。ラウィーザのところでやったんだよ、——でも今日という今日は、すっかりはっきりしたよ。もとはといえば、あのイリヤ・ペトローヴィチだ！　あいつがあのときみが署で卒倒したのをまんまと利用したんだ、だがあとになって自分でも恥ずかしくなったらしいがね。ぼくは知ってるんだよ……」ラスコーリニコフはむさぼるように聞いていた。ラズミーヒンは一杯機嫌《いっぱいきげん》でしゃべりまくった。

「あのとき倒れたのは、息苦しいところへペンキの臭《にお》いがしたからだよ」とラスコーリニコフは言った。

「もういいよ、弁解は！ それに、ペンキだけじゃないよ、肺炎のきざしが一月《ひとつき》もまえから内攻していたんだよ。ゾシーモフが証人だ！ ところで、あの坊やが今日どれほどたたきのめされたか、きみには想像もつくまい！《ぼくなんか、あの人の小指ほどの値打ちもない！》なんてしょげてたぜ。つまりきみのさ。あいつは、きみ、ときどきひどく素直になることがあるんだよ。しかしいい教訓だった。今日《水晶宮》できみがあいつにたれた教訓、あれはまったく申し分なしだぜ！ まずおどかして、ふるえあがらせる！ あのばかげた無意味な想像をあらためてほとんど確信するところまで、あいつをひっぱっていってさ、そのあとで、突然、――舌を出して、《おい、どうだ、まいったかい！》完璧《かんぺき》だよ！ あいつすっかりたたきのめされて、げんなりしてるぜ！ きみは名人だよ、まったく、あいつらはこういう目に会わせてやりゃいいんだよ。まったく、ぼくも見たかったよ、惜しいことをした！　やっこさんいまひどくきみに会いたがってるぜ。ポルフィーリイもきみと知り合いになりたがってるよ……」

「ああ……あんなやつ……ところで、どうしてぼくを気ちがいにしたんだ？」

「気ちがいにしたわけじゃないさ。ぼくは、どうやら、しゃべりすぎたようだな……つまり、さっき彼がおどろいたのは、きみがあの件にばかり関心をもっているからなのだが、いまは、その理由がわかったよ。事情がすっかりわかったし……それにあのときあの事件がきみの神経を苛々させて、病気とむすびついてしまったことがわかってみるとね……きみ、ぼくはすこし酔ってるようだな。あいつはわからん男だよ、何か考えてることがあるらしいんだ……きみに言っておくけど、あいつは精神病に熱中してるんだよ。相手にするなよ……」

三十秒ほど二人は黙っていた。

「ねえ、ラズミーヒン」とラスコーリニコフは言いだした。「ぼくはきみに率直に言うつもりだが、ぼくはついさっきまで死人のそばにいたんだ、ある官吏が死んだんだ……ぼくは持っていた金をすっかりくれてきた……それだけじゃない、一人の人間がぼくに接吻してくれた、しかもその人間は、たとえぼくが誰かを殺したとしても、やはり……要するに、ぼくはそこでもう一人の人間を見た……火のように真っ赤な羽根をつけた……ふん、こんなことはみんな嘘っぱちさ。ひどく疲れた、支えてくれ……もうじき階段だな……」

「どうしたんだ？　きみどうしたんだい？」とラズミーヒンはあわてて尋ねた。

「ちょっとめまいがするんだよ。でもそのせいじゃない、憂鬱《ゆううつ》なんだよ、無性に気がめいるんだよ！　女みたいに……まったく！　おや、あれは？　見たまえ！　あれを見たまえ！」

「何をさ？」

「あれが見えないのか？　ほら、ぼくの部屋にあかりが見えるじゃないか？　隙間から……」

彼らはもう主婦《おかみ》の部屋の入り口がある最後の階段ののぼり口まで来ていたが、たしかに上のラスコーリニコフの屋根裏部屋にあかりがついているのが見えた。

「へんだな！　たぶんナスターシヤだよ」とラズミーヒンが言った。

「あれはこんな時間には一度も部屋へ来たことがないよ、それにもうとっくに寝ているはずだ、しかし……どうってことないさ！　じゃさよなら！」

「きみ何を言うんだ？　せっかく送ってきたんじゃないか、部屋まで行こうよ！」

「それはわかるが、でもぼくはここで握手して、わかれたいんだ。さあ、手をくれ、さようなら！」

「どうしたんだ、ロージャ？」

「なんでもないよ。じゃいっしょに行こう。きみが証人になるさ……」

彼らは階段をのぼりはじめた。ラズミーヒンの脳裏に、ひょっとしたらゾシーモフが正しいかもしれんぞ、という考えがちらとひらめいた。《しまった！ しゃべりすぎてやつの頭をかきみだしてしまったわい！》と彼はひそかに呟いた。彼らがドアのそばまで来ると、不意に部屋の中で話し声が聞えた。

「おや、誰だそこにいるのは？」とラズミーヒンがどなった。

ラスコーリニコフはいきなりドアに手をかけて、さっとあけた、するとそのまま、戸口に釘付《くぎづ》けになってしまった。

母と妹がソファに腰をかけて、もう一時間半も彼のかえりを待っていたのである。もう出発して、途中にあるから、今日にも着くかもしれないという知らせを、さっきも聞かされたばかりなのに、いったいなぜ彼は二人をまったく予期せず、ほとんど考えもしなかったのか？ この一時間半のあいだ母娘《おやこ》は先をあらそうようにして、いまもまだかえらずにいるナスターシヤに根ほり葉ほり尋ねて、もう何もかもすっかり聞いてしまっていた。彼が病人なのに、《今日逃げ出した》と聞かされ、話の模様では、きっと熱で頭がおかされているにちがいないと知ったとき、母娘はおどろきのあまり気が遠くなってしまった。《ああ、いったいどうしたことかしら！》母娘は泣いた、そしてかえりを待つ一時間半のあいだ、身をけずられるような苦しい思いをしていたのである。

われを忘れた歓喜の叫びがラスコーリニコフをむかえた。二人は彼にとびついた。しかし彼は呆然《ぼうぜん》と突っ立っていた。堪えがたい突然の意識が雷のように彼を打ったのである。彼は手もだらりと垂れたままで、二人を抱擁することができなかった。母と妹は彼をしっかり抱きしめ、接吻し、笑い、泣いた……彼は一歩まえへふみ出すと、ぐらッとよろめいて、のめるように床へ倒れ、そのまま気を失ってしまった。

狼狽《ろうばい》、悲鳴、泣き声……戸口に立っていたラズミーヒンは、部屋へとびこむと、病人をたくましい腕に抱きあげ、すぐにソファの上にねかせた。

「大丈夫です、大丈夫です！」と彼は母と妹に叫ぶように言った。「ちょっと気を失っただけです、なんでもありません！　たったいま医者が、もうすっかりよくなった、ぜんぜん心配はないって、言ったばかりです！　水をください！　そらごらんなさい、もう意識がもどりかけてますよ、そら、気がついた！……」

そして彼はドゥーネチカの手をつかむと、いまにもねじきりそうな勢いでひきよせ、《そら、もう気がついた》のを見せようとかがみこませた。母も妹も感激と感謝にうるむ目で、神でも拝するように、ラズミーヒンを見まもった。二人はもうナスターシヤから、ロージャが病気の間中この《気さくな若い人》がどれほど尽してくれたかを、聞かされていた。これはその夜、ドゥーニャと二人きりの話のときに、プリヘーリヤ・アレクサンドロヴナ・ラスコーリニコワが自分で彼につけた呼び名である。

第三部

1

ラスコーリニコフは身を起して、ソファの上に坐《すわ》った。

彼はけだるそうにラズミーヒンに手をふって、母と妹に対するとりとめのない熱心ななぐさめをやめさせると、二人の手をとって、ものも言わず二分ほど母と妹をかわるがわる見つめていた。母は彼の目を見てぎょッとした。その目には苦悩にちかいはげしい感情が見えたが、それと同時にじっとすわってうごかぬ、むしろ狂人の目をされと思わせるような何ものかがあった。プリヘーリヤ・アレクサンドロヴナは泣きだしてしまった。

アヴドーチヤ・ロマーノヴナは顔が真《ま》っ蒼《さお》だった。手は兄の手の中でふるえていた。

「宿へかえってください……彼といっしょに」彼はラズミーヒンをさしながら、とぎれとぎれの声で言った。「明日会いましょう、明日はもう大丈夫です……いつ着いたの、もう大分まえ？」

「夕方ですよ、ロージャ」とプリヘーリヤ・アレクサンドロヴナは答えた。「汽車がひどくおくれてねえ。でも、ロージャ、わたしは今日はどんなことがあってもおまえのそばをはなれないよ！　ここに泊めてもらいます……」

「ぼくを苦しめないでください！」彼はじりじりしながら片手をふって、言った。

「ぼくもここにのこります！」とラズミーヒンが叫ぶように言った。「いっときもそばをはなれない。客なんか知るもんか、暴れさせておくさ！　まあ伯父がうまくやってくれるだろう」

「ほんとに、あなたにはなんとお礼を申しあげてよいやら！」プリヘーリヤ・アレクサンドロヴナはまたラズミーヒンの手をにぎりながら、こう言いかけると、ラスコーリニコフがまたそれをさえぎった。

「だめだよ、だめだったら」と彼はじりじりしながらくりかえした。「ぼくを苦しめないでくれ！　もうたくさんだ、かえってください……ぼくは堪えられない……」

「行きましょうよ、お母さん、ちょっとだけでも部屋を出ましょうよ」とドゥーニャはおろおろしてささやいた。「わたしたち兄さんを苦しめてるのよ、見たらわかるわ」

「あんまりだよ、三年もわかれていたのに、ゆっくり顔も見られないなんて！」プリヘーリヤ・アレクサンドロヴナは泣きだした。

「待ってください！」とラスコーリニコフは呼びとめた。「みんな勝手なことばかり言うから、頭が混乱してしまったよ……ルージンに会いましたか？」

「いいえ、まだだよ、ロージャ、でもあの方はもうわたしたちが着いたことを知ってなさるよ。さっき聞いたんだけど、ロージャ、ピョートル・ペトローヴィチはほんとにご親切に、今日おまえを訪ねてくだすったんだってねえ」とプリヘーリヤ・アレクサンドロヴナはいくらかおどおどしながらつけ加えた。

「そう……ご親切にね……ドゥーニャ、ぼくはさっきルージンに、階段から突きおとすぞってどなって、ここから追い出したんだよ……」

「ロージャ、おまえはなんてことを！　おまえは、きっと……言うのがいやなんだね」プリヘーリヤ・アレクサンドロヴナはびっくりしてしまって、こう言いかけたが、ドゥーニャを見ると、口をつぐんだ。

アヴドーチヤ・ロマーノヴナはじいッと兄を凝視して、その先の言葉を待っていた。二人はもう口論のことについては、ナスターシヤから彼女なりに判断したことをできるだけ詳しく聞かされていたので、疑惑に苦しめられながら、身のほそる思いで説明を待っていたのだった。

「ドゥーニャ」とラスコーリニコフは苦しそうにやっと言った。「ぼくはこの結婚を望まない、だからおまえは、明日ルージンに会ったら、まっさきにことわるんだ。あんなやつの匂《にお》いもかぎたくない」

「まあ、なんてことを！」とプリヘーリヤ・アレクサンドロヴナは叫んだ。

「兄さん、すこしは考えてものを言うものよ！」アヴドーチヤ・ロマーノヴナはむっとしてこう言いかけたが、すぐに自分をおさえた。「兄さんは、きっと、まだほんとじゃないのね、疲れているんだわ」と彼女はやさしく言った。

「熱にうかされているというのか？　ちがうよ……おまえはぼくのためにルージンに嫁ごうとしている。だがぼくはそういう犠牲は受けないよ。だから、明日までに、手紙を書きなさい……ことわりの……そして朝ぼくに見せなさい、それでおしまいだよ！」

「そんなことできないわ！」とドゥーニャはかっとなって叫んだ。「なんの権利があって……」

「ドゥーネチカ、おまえも気短かだねえ、およし、明日にしなさい……見たらわかりそうなものに……」と母はおびえきって、ドゥーニャにすがりついた。「さあ、出ましょうね、そのほうがいいよ！」

「うわごとですよ！」と酔いのでたラズミーヒンが叫んだ。「でなきゃ、こんなことが言えるもんですか！　明日になればケロッとおちますよ……今日はほんとにその人を追い出したんです。彼の言うとおりです。まあ、先さまもおこりましたね……ここで演説をぶって、知識のほどをひけらかしたが、結局はすごすごと退散しましたよ、しっぽを巻いて……」

「じゃ、それはほんとうですの？」とプリヘーリヤ・アレクサンドロヴナは思わず大声をだした。

「明日またね、兄さん」とドゥーニャはあわれむように言った。「行きましょう、お母さん……じゃ、さようなら、ロージャ！」

「聞いてくれ、ドゥーネチカ」と彼は最後の力をあつめて、うしろ姿に声をかけた。「ぼくはうわごとを言ってるんじゃないんだよ。この結婚は――卑劣だ。ぼくは卑劣な男でもかまわない、だがおまえはいかん……どちらか一人を……ぼくはたとえ卑劣な男でも、そんな妹を今後妹とは思わぬ。ぼくか、ルージンかだ！　行きなさい……」

「きみ、気でもちがったか！　めちゃいうな！」とラズミーヒンはどなりつけた。

しかし、ラスコーリニコフはもう答えなかった、あるいは、もう答える力がなかったのかもしれぬ。彼はソファの上に横になると、ぐったりと壁のほうを向いた。アヴドーチヤ・ロマーノヴナは好奇の目をラズミーヒンに向けた。黒い目がキラリと光った。ラズミーヒンはその視線をあびて、思わずぎくッとした。プリヘーリヤ・アレクサンドロヴナは呆然《ぼうぜん》と突っ立っていた。

「わたしはどうしてもここをはなれられません！」と彼女はもうほとんどあきらめきった様子で力なくラズミーヒンにささやいた。「ここにのこります、どこかに場所を見つけて……どうか、ドゥーニャを連れてってください」

「そんなことをしたら、すっかりだめになってしまいますよ！」とラズミーヒンはじりじりしながら、やはり声を殺して言った。「階段まででも出ましょう。ナスターシヤ、あかり！　ほんとのことを言いますが」もう階段のところへでてから、彼は低声《こごえ》で言った。「さっきぼくと医者が、あぶなく殴られるところだったんですよ！　わかりますか！　医者がですよ！　で医者は、苛々《いらいら》させないために、譲歩して、かえりました。ぼくはもしもの用心に下にのこったんですが、彼はいつの間にか服を着て、まんまと脱《ぬ》け出してしまったんですよ。いまだって、神経を苛々させたら、夜なかにこっそり脱け出して、何をしでかすかわかりませんよ……」

「まあ、あなたはなんてことを！」

「それにアヴドーチヤ・ロマーノヴナだってあの部屋に一人じゃいられませんよ！

実際、ひどいアパートだ！　まったくけちな野郎だよ、ピョートル・ペトローヴィチってやつは。あなた方にあんな部屋しかさがしてやれんとは……こりゃいかん、実は、ぼくすこし酔ってるもので……つい悪口を言っちゃって。気にしないでください……」

「でも、わたしはここの主婦《おかみ》さんのところへ行きますよ」とプリヘーリヤ・アレクサンドロヴナは言いはった。「なんとか今夜一晩わたしとドゥーニャを、どんな隅《すみ》っこでもいいから泊めてくださるよう、おねがいしてみます。このままあの子を放《ほう》っておくなんて、そんなことできるもんですか！」

こんな話をしながら、彼らは主婦の部屋のすぐまえの踊り場まできていた。ナスターシヤは一段下から彼らの足もとを照らしていた。ラズミーヒンはいつになく気がたかぶっていた。つい三十分ほどまえ、ラスコーリニコフを送ってきたときは、自分でも認めたように、すこし舌がまわりすぎたが、それでもその夜飲んだおそろしいほどの酒の量から見れば、気はたしかで、酔いはほとんど見えなかった。ところがいまの彼は、まるで雲の上をあるいているような気持だった、そして同時に、飲んだ酒があらためて、二倍の力になって、一時にどっと頭におそいかかったようだった。彼は二人の婦人にはさまれて、それぞれの手をにぎり、びっくりするほど露骨にいろんな理由をあげながら、二人に納得させせようとつとめていた。そしておそらく、確信を深めさせようとするつもりらしく、一言ごとに、まるで万力にでもかけるように、ぎゅッと痛いほど強く二人の手をにぎりしめ、そのうえすこしも気がねする様子なく、なめるような目でアヴドーチヤ・ロマーノヴナの顔をじろじろ見まわした。二人はあまりの痛さに、ときどき手を彼の骨ばった大きな手からひきぬこうとしたが、彼はそんなことに気がつかなかったばかりか、そのたびにますます強く二人をひきよせるのだった。二人がもしいま彼に、わたしたちのために階段からまっさかさまに飛びおりなさい、と命じたら、彼はすぐさま、考えも疑いもせずに、それを実行したにちがいない。プリヘーリヤ・アレクサンドロヴナは、愛するロージャを気づかう気持でいっぱいで、この青年のやることがちょっと奇抜すぎるし、それにあまりに痛く手をにぎりしめることを感じてはいたが、それと同時にこの青年を神さまのように思っていたので、彼のこうした奇抜な行いに目をつぶりたい気持だった。しかし、母のそうした気持はわかっていたが、そしてあまりものに動じないほうだったが、それでもアヴドーチヤ・ロマーノヴナは兄の親友のあやしくぎらぎら燃える目を見ると、おどろきというよりは、むしろ恐怖を感じた、そしてこの風変りな男についてのナスターシヤの話によって吹き込まれたどこまでも信頼する気持がなかったら、この拷問《ごうもん》にたえられずに、母の手をひいて逃げだしたにちがいない。彼女はまた、いまはもうこの男から逃げられまい、ということもわかっていた。しかし、十分ほどすると、彼女はかなり落ち着いた気持になることができた。ラズミーヒンはどんな気分のときでも、いちどきにすっかりしゃべってしまわないとおさまらないという癖があった、それで誰《だれ》でもはじめはびっくりするが、すぐに彼がどんな人間かわかってしまうのである。「主婦《おかみ》のところなんて、だめですよ、とんでもない！」と彼は叫ぶように言って、プリヘーリヤ・アレクサンドロヴナを説きふせにかかった。「たとえあなたがお母さんでも、あそこにのこったら、彼は気ちがいのようになってしまいますよ、そうなったが最後、どんなことになるかわかりゃしない！　ねえ、こうしたらどうでしょう、とりあえずナスターシヤを彼のそばにつけておいて、ぼくはあなたたちを宿までおくりましょう。だって、あなたたちだけで夜の街を歩くのは危険です、ペテルブルグってとこはそういうことにかけては……まあ、こんなことはどうでもいい！……送りとどけたら、すぐにここへかけもどり、きっかり十五分後に、これはぜったいまちがいありません、容態はどうか？　眠っているかどうか？　そのほかすべての報告をもってあなたたちの部屋へ行きます。それから、いいですか！　その足でぼくは家へかけもどり、──ちょうど客がたくさん来ていて、飲んでるんですよ、──ゾシーモフを連れて行きます。ロージャを診《み》てくれている医者ですよ。ちょうどいま家に来ているんです、なあに酔ってません。この男は酔いません、ぜったいに酔わない男です！　彼をロージャのところへひっぱって行き、それからすぐにまたあなたたちの部屋へもどります。つまりですね、一時間のあいだにあなたたちはロージャについて二つの報告を受けるわけです、——しかも一つは医者のです、わかりますか、医者からのじきじきの報告ですよ、ぼくなんかのとはわけがちがいます！　で、もしよくないようでしたら、ぼくが自分であなたたちをここへ連れてきます、約束します、大丈夫でしたら、そのままおやすみになってください。ぼくは一晩中、ここの控室で夜あかしします。彼には聞えないようにしますよ。それからゾシーモフには、いつでもかけつけられるように、主婦《おかみ》の部屋でねてもらいます。ねえ、いまのロージャにとって、あなたと医者とどちらがいいでしょう？　医者のほうがどれほど役に立つか、そうでしょう。じゃ、さあ行きましょう！　主婦のところへはよしたほうがいいですよ。ぼくはかまわんけど、あなたたちはいけません。部屋へ通しませんよ、だって……なにしろばかな女ですからねえ。ぼくとアヴドーチヤ・ロマーノヴナを見たら、妬《や》きますよ、ほんとです。あなたを見たって妬くでしょう……でも、アヴドーチヤ・ロマーノヴナならもうまちがいありません。まったく、途方もない女ですよ！　そういうぼくだって、ばかですが……そんなことどうだっていいや！　さあ行きましょう！　ぼくを信じてくれますか？　どうです、信じてくれますか？」

「行きましょうよ、お母さん」とアヴドーチヤ・ロマーノヴナは言った。「この方はきっと約束したとおりに、してくださるわ。一度兄さんを助けてくださったんですもの、お医者さまがここに泊ってくださるのがほんとうなら、これにこしたことはないじゃありませんか？」

「やっぱりあなたは……あなたは……ぼくをわかってくださる、それはあなたが――天使だからだ！」とラズミーヒンは感きわまって叫んだ。「行きましょう！　ナスターシヤ！　すぐに上へとんで行って、そばに坐っていてくれ、あかりを忘れないで。ぼくは十五分後にもどってくる……」

プリヘーリヤ・アレクサンドロヴナはすっかり信じはしなかったが、それ以上さからいもしなかった。ラズミーヒンは二人の腕をとって、階段を下りはじめた。やっぱり、彼の様子を見ると、彼女は不安になった。《気さくだし、いい人だけど、でもこんな風で約束したことが行えるのかしら？　酔っててなんだかたよりないみたいだけど……》

「ああ、そうか、あなたはぼくがこんなだから、心配してるんですね！」と彼はそれを察して、彼女の思案の腰をおった、そして独特のびっくりするような大股《おおまた》で歩道をあるきだしたので、二人の婦人はついて行くのがやっとだったが、彼はそんなことに気がつかなかった。「ばからしい！　というのは……ぼくが阿呆《あほう》みたいに、酔ってることですが、でもちがうんです、ぼくが酔ってるのは酒のせいじゃないんです。つまり、あなた方を見たとたんに、頭にぐらッときたんです……でも、ぼくのことなんか笑いとばしてください！　気にしないでください。こんなことでたらめですよ。ぼくはあなた方に値しません……それこそ月とスッポンです！……あなた方を送りとどけたら、すぐにこの堀《ほり》ばたで、桶《おけ》に二杯ほど頭から水をかぶります、そしたらもうすかッとします……ただ、ぼくがどれほどあなた方二人を愛しているか、それだけ知っていただけたら！……笑わないでください、おこらないでください！……誰をおこってもいいから、ぼくだけはおこらないでください！　ぼくは彼の親友です、だからあなた方の親友でもあるわけです。ぼくはそうありたいのです……ぼくはそれを予感していました……去年、ふとそんな気がしたことがあったんです……でも、まったく突然でした、あなた方はそれこそ天から降ったように、ひょっこりあらわれたんですもの。ぼくは、おそらく、一晩中ねないでしょう……ゾシーモフがさっき、彼が気が狂いはしないかと、心配していました……だから彼を苛々させてはいけないんです……」

「まあ、何をおっしゃいます！」と母は叫んだ。

「ほんとうに医者がそんなことを言いましたの？」アヴドーチヤ・ロマーノヴナはぎょッとして、尋ねた。

「言いました、でもそれはちがいます、ぜんぜんちがうんです。彼は薬を飲ませたんです、散薬を一服、ぼくは見ていました、そこへあなた方が来たんです……まずかった！……明日来てくれりゃよかった！　でもぼくたちがでてきたから、まあいいようなものですが。一時間後にゾシーモフが直接あなた方にすべてを報告します。あいつはそんなに酔ってません！　ぼくもそのころはもうすかッとしてます……それにしても、どうしてぼくはあんなに飲んだんだろう？　うん、口論にまきこまれたからだ。まったくいまいましいやつらです！　口論はしないって誓ったはずだったのに！……あんまりばかばかしいことを言うからです！　すんでになぐり合いをするところでしたよ！　伯父をのこしてきました。議長役です……ね、どうでしょう、あいつらは完全な無性格を要求して、そこに人間の本質を見出《みい》だそうとしてるんですよ！　なんとかして自分自身でなくなろう、自分自身にもっとも似ていないものになろう、というんです！　これがやつらにいわせれば、最高の進歩だというんです。それも自分なりの嘘《うそ》ならまだしも、それが……」

「ね、もし」とプリヘーリヤ・アレクサンドロヴナはこわごわ声をかけたが、それがかえって火に油をそそぐ結果になった。

「ああ、そうですか?」とラズミーヒンはいっそう声をはりあげて叫んだ。「あなたは、ぼくがこんなことを言うのは、やつらが嘘をつくからだと、そう思ったんですね? 阿呆らしい! ぼくは嘘をつかれるのが、好きですよ! 嘘をつくということはすべての生物に対する唯一《ゆいいつ》の人間の特権です。嘘は――真実につながります! 嘘をつくからこそ、ぼくは人間なのです。十四回か、あるいは百十四回くらいの嘘をへないで、到達された真理はひとつもありません。しかもそれは一種の名誉なのです。ところで、ぼくらはその嘘すら、自分の知恵でつけない! 自分の知恵でぼくに嘘をつくやつがあったら、ぼくはそいつに接吻《せっぷん》します。自分の知恵で嘘をつく――このほうが他人の知恵オンリーの真実よりも、ぜんぜんましですよ。前者の場合そいつは人間ですが、後者の場合ただの鳥にすぎません! 真理は逃げませんが、生命は打ち殺すことができます。そんな例はいくつもあります。さて、いまのわれわれはどうでしょう? われわれはすべて、一人の例外もなく、科学、発達、思索、発明、理念、欲望、リベラリズム、分別、経験その他すべての、すべての、すべての、すべての、すべての分野において、まだ予備校の一年生です! 他人の知恵でがまんするのが安直で、すっかりそれに慣れきってしまった！　ちがいますか？　ぼくの言うのがまちがってますか？」とラズミーヒンは二人の婦人の手をしめつけ、ゆすぶりながら叫んだ。

「ちがいますか？」

「急にそんなことをおっしゃられたって、わたしわかりませんわ」とプリヘーリヤ・アレクサンドロヴナはおろおろしながら呟《つぶや》いた。

「そうですわ、そうです……でもあなたの言うことがすっかりそのとおりとは思われませんけど」とアヴドーチヤ・ロマーノヴナは真顔で言いそえた、そしてすぐにあッと悲鳴をあげた。そのとき彼の手にものすごい力が入り、あまりの痛さに思わず叫んでしまったのである。

「そうですね？　そうだと言ってくれましたね？　そうですか、それでこそあなたは……あなたは……」彼は感きわまって叫んだ。「あなたは善良、純潔、知性そして……完成の泉です！　お手をください、どうぞ……あなたのお手を、ぼくはいま、ここで、ひざまずいて、あなた方のお手に接吻したいのです！」

そして彼は歩道のまん中にひざまずいた。さいわいにあたりに誰もいなかった。

「およしなさい、おねがいです、何をなさるんです？」とプリヘーリヤ・アレクサンドロヴナはすっかりうろたえてしまって、叫びたてた。

「お立ちください、お立ちください！」ドゥーニャもあわてて、笑いながら言った。

「お手をくださらないうちは、ぜったいに！　そうです、ありがとう、さあ立ちました、まいりましょう！　ぼくは不幸な阿呆です、ぼくはあなた方に値しません、それに酔っていて、恥ずかしいと思います……ぼくには、あなた方を愛する資格はありません、が、あなた方のまえにひざまずくこと――それは完全な畜生でないかぎり、誰でもの義務です！　ぼくもひざまずきました……そらもうあなた方の宿です、この宿だけでも、さっきロジオンがピョートル・ペトローヴィチを追い出したのは、当然なんです！　よくもこんな宿にあなた方を入れられたものだ！　もの笑いですよ！　ええ、あなたは誰です？　花嫁じゃありませんか！　あなたは花嫁でしょう、そうでしょう？　だからぼくは言いますが、これを見てもあなたの花婿は、卑劣な男です！」

「ねえ、ラズミーヒンさん、あなたは約束をお忘れに……」とプリヘーリヤ・アレクサンドロヴナが言いかけた。

「そう、そう、おっしゃるとおりです、ぼくは夢中になってしまって、恥ずかしいと思います！」とラズミーヒンはあわてて言った。「でも……でも……あなた方は、ぼくがこんなことを言ったからって、怒っちゃいけません！　ぼくは心底から言ってるんで、別にその……ふん！　それだったら卑劣だが、要するに、別にその、なにもぼくがあなたを……ふん！……まあ、しようがない、よしましょう、理由は言いません、言う勇気がないのです！……でもぼくたち全部が、さっき彼が入ってくるとすぐ、この男はわれわれの仲間じゃない、とさとったんです。それは、彼が床屋でカールしてきたからでも、あわてて自分の知識をひけらかしたからでもありません、彼が人をだます相場師だからです。けちでおべっかつかいだからです。そんなことはすぐわかります。あなたは彼が利口だと思いますか？ とんでもない、ばかですよ、阿呆ですよ！ あんなやつがあなたに似合いますか？ まったく、お笑いですよ！ ねえ、いいですか」彼はもう階段をのぼりかけていたが、不意に立ちどまった。「ぼくの部屋にいる連中はみんな酒飲みですが、そのかわり人間が誠実です、そして嘘もつきますが、これはまあぼくも嘘をつくからで、嘘をつみかさねていって、結局は、真理に到達します。なぜなら、ぼくたちはけがれのない道に立っているからです。ところがピョートル・ペトローヴィチのは……けがれのない道じゃありません……ぼくはいまあいつらをひどくののしりましたが、しかしほんとうは尊敬してるんです。ザミョートフのようなやつでさえ、尊敬はしませんが、そのかわり愛しています。人間が誠実で、しごとのできる男だからです……でも、もうよしましょう、すっかりしゃべってしまったし、それにおゆるしをいただいたんだ。ゆるしていただけますね？ そうですね？　さあ、行きましょう。ぼくはこの廊下を知ってます、来たことがありますから。すぐそこの、三つ目の部屋で、スキャンダルがあったんですよ……で、部屋はどこです？　何号？　八号？　じゃ、夜は鍵《かぎ》をかけて、誰も入れてはいけませんよ。十五分後に報告をもってもどります、それからもう三十分したらゾシーモフときます、きっと！　さようなら、かけあしです！」

「こまったわねえ、ドゥーネチカ、どんなことになるのかしら？」プリヘーリヤ・アレクサンドロヴナは不安そうに、おそるおそる娘のほうを見ながら、言った。

「だいじょうぶよ、お母さん」とドゥーニャは帽子と外套《がいとう》をぬぎながら、答えた。「神さまがわたしたちにあの方をおつかわしになったんだわ、そりゃまあ酒の席からいきなり出てきたらしいけど。あの方は頼りにしていいと思うわよ、お母さん。それにいままでだって、もうずいぶん兄さんのために尽してくださったんだもの……」

「でも、ドゥーネチカ、あのひとが来てくれるかどうか、そんなことわかりゃしないよ！　ああ、わたしは、ロージャをのこしてくるなんて、どうしてそんな気になれたのかしら？……それにしても、こんなふうにあの子に会うなんて、ゆめにも思わなかった！　あの不機嫌《ふきげん》そうな顔ったら、どうでしょう、まるでわたしたちに会うのがいやみたいに……」

彼女の目に涙がにじんだ。

「いいえ、それはちがうわ、お母さん。お母さんはよく見ていないのよ、泣いてばかりいたから。兄さんは重い病気のために神経がすっかりみだれているのよ、――なにもかもそのせいなのよ」

「ああ、その病気だがねえ！　何かよくないことが起りそうな気がするんだよ！　おまえにあんなひどいことを言ったりして、ねえドゥーニャ！」と母は娘の考えを読みとろうと、こわごわ目の色をうかがいながら言った、そしてドゥーニャがロージャを弁護しているのは、もうゆるしているからだと思って、いくらかほっとした気持になっていた。「明日はきっと思い直しますよ」彼女は娘の気持を底までさぐってみたいと思って、こうつけ加えた。

「わたしはちがうわ、兄さんは明日もきっと同じことを言うと思うわ……あのことではね」とアヴドーチヤ・ロマーノヴナはそっけなく言った、そしてそれがもうよしましょうというほのめかしであることは、わかりきっていた。その先にはプリヘーリヤ・アレクサンドロヴナが言いだすのをひどく恐れていた問題があったからである。ドゥーニャは母のそばへいって、接吻をした。母は何も言わずにかたく娘を抱きしめた。それからそこへ腰をおろして、ラズミーヒンの帰りを不安な思いで待ちながら、娘の姿をおずおずと目で追いはじめた。ドゥーニャも同じ思いで、両手を胸に組み、思案にくれながら部屋の中を往き来《ゆき》しはじめた。こんなふうに考えこみながら隅から隅へあるきまわるのは、アヴドーチヤ・ロマーノヴナのいつもの癖だった、そして母はそんなときはいつも、娘のもの思いをさまたげるのが、なんとなく恐《こわ》いような気がした。

ラズミーヒンが酔ったいきおいで突然アヴドーチヤ・ロマーノヴナに情熱をもやしたのは、たしかに滑稽《こっけい》だった。しかし、アヴドーチヤ・ロマーノヴナを見たら、特にいま、両手を胸に組み、さびしくもの思いにしずみながら、部屋のなかをあるきまわっている姿を見たら、たいていの人々は、その常識をはずれた狂態はともかくとして、ラズミーヒンをゆるしてやったにちがいない。アヴドーチヤ・ロマーノヴナはどきっとするほど美しかった——すらりと背丈が高く、みごとに均斉《きんせい》がとれて、気性の強さが見え、自信にあふれている、——それがちょっとした身のこなしにもあらわれていたが、ものごしのしなやかさと優雅さをすこしもそこなわなかった。顔立ちは兄に似ていたが、美人と呼ぶにふさわしかった。髪はくらい亜麻色だが、兄よりはいくらか明るく、目はまっくろに近く、うるみをおび、誇りにみちていたが、それでいてときどき、瞬間的に、びっくりするほどの善良さをあらわすことがあった。色は蒼白《あおじろ》かったが、病的な蒼さではなく、顔はみずみずしい健康にかがやいていた。口はどちらかといえば小さいほうで、ぬれたように赤い下唇《したくちびる》が心もち受け口気味で、顎《あご》もちょっとでているのが、この美しい顔でたったひとつ気になる点だが、それがかえって個性を、わけても負けん気らしさを顔にあたえていた。顔の表情はいつも晴れやかというよりはむしろきびしく、もの思いにしずみがちであったが、そのせいかその顔には微笑がじつによく似合った。明るい、若い、くったくのない笑いが、じつによく映った！　かっとのぼせやすく、率直で、単純で、正直で、勇士のようにたくましいラズミーヒンが、酒が入っていたうえに、こういうものは一度も見たことがなかったのだから、一目でぼうっとなったのも無理はない。しかも偶然といおうか、はじめて見たのが、兄と対面して愛情とよろこびをみなぎらせたもっとも美しい瞬間のドゥーニャだったのである。彼はそれから、兄の不遜《ふそん》な恩知らずな残酷な命令を聞いて、彼女の小さな下唇が怒りにふるえたのを見た、——彼がどうやら自分をおさえることができたのは、そこまでだった。

とはいえ、彼がさきほど階段のところで酔いにまかせて、ラスコーリニコフに部屋を貸している風変りな主婦《おかみ》プラスコーヴィヤ・パーヴロヴナが、アヴドーチヤ・ロマーノヴナばかりか、おそらくプリヘーリヤ・アレクサンドロヴナにまでやきもちをやくだろうと、口から出まかせをいったが、あれはほんとうだった。プリヘーリヤ・アレクサンドロヴナはもう四十三だったが、それでも顔にはまだむかしの美しさのおもかげがのこっていたし、それに年齢よりははるかに若く見えた。明朗な心と、清新な感覚と、素直な清らかな情熱を老年まで保っている婦人は、たいていは若く見えるものだ。ついでに言うが、これらすべてのものを保つことが、おばあさんになってからも自分の美しさを失わないたった一つの方法である。髪にはもう白いものがまじり、うすくなりかけていたし、目じりにはもうかなりまえからちりめんのような小じわがあらわれ、気苦労とかなしみのために頰《ほお》はおちて、かさかさになってはいたが、それでもその顔は美しかった。それはドゥーネチカの顔のポートレートだった、ただちがいがあるといえば二十年たっていることと、彼女は受け口でなかったので、下唇の表情だけである。プリヘーリヤ・アレクサンドロヴナは涙もろいが、それもいやらしいほどではなく、気が弱く従順だが、それにも程度があった。彼女はたいていのことには意地を折ることができたし、たいていは、ときには自分の信念に矛盾するようなことでさえ、素直に同意することができた。ところが彼女にはまことと、いましめと、ぎりぎりの信念の最後の一線があって、どんな事情も彼女にその一線をこえさせることはできなかった。

ラズミーヒンが去ってからかっきり二十分後に、低いが性急にドアをたたく音が二つ聞えた。彼がもどってきたのである。

「入りません、急ぎますから!」ドアが開くと、彼は大急ぎで言った。「死んだようにねてますよ、ぐっすり、しずかに。このまま十時間ほどねさせておきたいですよ。ナスターシヤがついてます。ぼくがくるまではなれないように言ってあります。これからゾシーモフをひっぱっていきます。彼の報告を聞いたうえで、ぐっすり休んでください。ほんとに、へとへとに疲れたでしょうね、わかりますよ」

そういうと、彼は廊下を去って行った。

「なんて気さくで……親切な若いひとでしょうねえ!」プリヘーリヤ・アレクサンドロヴナは嬉《うれ》しさのあまり感きわまって、嘆声をあげた。

「ほんとにいいひとらしいわね!」とアヴドーチヤ・ロマーノヴナはまた部屋のなかをあるきはじめながら、いくぶん熱っぽく答えた。

やや一時間ほどすると、廊下に足音が聞えて、またドアをノックする音が聞えた。二人の婦人は、今度はもうラズミーヒンの約束をすっかり信じて、待っていた。果して、彼はゾシーモフをひっぱってきた。ゾシーモフはすぐに酒宴をやめてラスコーリニコフを診察に行くことは同意したが、二人の婦人を訪ねるのはなんだか気がしぶった。酔っているラズミーヒンの言うことが信用できず、ひどくあやふやな気持だった。ところが、彼の自尊心はたちまちなごめられたばかりか、くすぐられさえした。彼はほんとうに自分がまるで神の使者のように待たれていたことを見てとったのである。彼はちょうど十分そこにいる間に、プリヘーリヤ・アレクサンドロヴナを完全に説きふせ、すっかり安心させることができた。彼は異常なほどの思いやりをこめて語ったが、その態度はひかえ目で、無理につくったような真剣さが見え、まるで重大な対診の席にのぞんだ二十七歳のインターンのようであった。そしてよけいなことは一言も言わず、二人の婦人ともっと親しい個人的関係に入りたいような素振りはつゆほども見せなかった。部屋へ入りかけに、アヴドーチヤ・ロマーノヴナのまぶしいほどの美《び》貌《ぼう》に気づくと、彼はとっさに、つとめてそちらを見ないようにきめて、訪問のあいだじゅう、プリヘーリヤ・アレクサンドロヴナのほうばかり向いて話をしていた。そうすることが彼に極度の内心の満足をあたえた。彼は病人についての所見として、現在はきわめて満足すべき状態にある、とかたい言葉をつかった。彼の観察によると、患者の病気は、最近数カ月間の物質的な窮状のほかに、さらに若干の精神的な原因がある、《いわば、たくさんの複雑な精神的および物質的影響の結果なのです、例えば不安、危懼《きく》、心労、ある種の観念……等といったものですね》アヴドーチヤ・ロマーノヴナが特に注意深く聞き入りはじめたのを、ちらと見てとると、ゾシーモフはこのテーマをすこしひろげてみることにした。《なんだか発狂の疑いがすこしあるとか》という、プリヘーリヤ・アレクサンドロヴナの不安そうな、おどおどした質問に対して、彼は落ち着いた率直な笑いをうかべながら、自分の言葉がすこし大げさすぎました、と答えた。そしてさらに、病人に、何か偏執狂を思わせるような、あるこりかたまった想念が認められたことは事実です、――それで彼ゾシーモフはいま特に力を入れて、このひじょうに興味ある医学部門を研究しているのだが、――しかし忘れてならないのは、病人が今日までほとんど幻覚の世界をさまよいつづけてきたことです、と言い、それから……むろん、肉親の方々が見えられたことは、病人を元気づけ、気を晴らして、なおりを早めることになるでしょう、――《それも新しい特に強烈なショックをさけることができれば、ですがね》と彼は意味ありげにつけ加えた。それから立ちあがると、しっかりした態度でにこやかに会釈《えしやく》し、祝福や、熱い感謝の言葉や、祈るようなまなざしをあびせられ、こちらから求めもしないのに、アヴドーチヤ・ロマーノヴナのかわいい手をさしのべられ、彼はこの訪問と、それよりも自分自身にすっかり満足して、部屋をでた。

「話は明日にしましょう。今日はこれで休んでください、きっと休むんですよ！」とゾシーモフといっしょに辞去しながら、ラズミーヒンは念をおした。「明日、できるだけ早く、知らせをもってうかがいます」

「しかしあのアヴドーチヤ・ロマーノヴナは、なんてチャーミングな娘だろう！」通りへ出ると、ゾシーモフはいまにもよだれをたらさんばかりに言った。

「チャーミングだ？　おい、チャーミングと言ったな！」と叫ぶと、ラズミーヒンはいきなりゾシーモフにとびかかって、のどをしめつけた。「もしも貴様がそのうち手でもだしてみろ……いいな？　わかったな？」彼は襟《えり》をつかんでゆすぶり、壁へおしつけて、叫んだ。

「わかったな？」

「おい放せよ、飲んだくれ！」とゾシーモフはもがいた、そして相手が手をはなすと、しばらくじっとその顔を見つめていたが、突然腹をかかえて笑いだした。ラズミーヒンは両手を力なくたれ、くらい深刻なもの思いにしずんで、そのまえに突ったっていた。

「たしかに、おれは阿呆さ」と彼は雨雲のようにくらい顔で、ポツリと言った。「だが……きみもだぜ」

「そんなことはないさ、きみ、きみもはおかしいぜ。ぼくはばかな夢は見ないよ」

二人は黙ってあるきだした、そして、ラスコーリニコフのアパートのまえまできたときはじめて、ラズミーヒンがひどく不安そうな様子で、沈黙をやぶった。

「おいきみ」と彼はゾシーモフに言った。「きみはいい男だが、しかしきみは、ずいぶんいやなところもあるぜ。しかも、もひとつ女好きときている。ぼくは知ってるんだ。さらにそのうえどぶねずみの仲間だ。きみは気のちっちゃな腰ぬけで、甘ったれで、でくでくふとってきて、節制なんてまるでできない男だ、——こういうのをぼくはどぶねずみというんだよ、道がまっすぐきたならしいどぶにつづいているからさ。きみがこうまで自分をなまくらにしてしまったんで、実をいうと、このざまでどうしてりっぱな、しかも献身的な医者になれるかと、ぼくは大いに案じるよ。羽根ぶとんにねて（医者がだぜ！）、毎晩患者のために起きる！　三年もしたらきみはもう患者のために起きなくなるだろうさ……なにを、ばかな、そんなことはどうでもいいんだ、要はだな、きみは今夜主婦《おかみ》の部屋にねてくれ（やっとくどきおとしたんだぜ！）、ぼくは台所にねる。あの女とねんごろになるいいチャンスだ！　きみが考えているような女じゃないぜ！　そんなところは、これっぽっちもないよ……」

「おい、ぼくは何も考えてやしないよ」

「あれは、きみ、恥ずかしがりで、無口で、内気で、おそろしく身持ちがかたく、そのくせ――なやましく溜息《ためいき》なんかついてさ、蠟《ろう》みたいにとけちゃうんだよ、でれでれっとさ！　きみ、たのむよ、このとおりだ、なんとかぼくをあの女から解放してくれ！　とにかく変った女だよ！　お礼はする、恩にきるよ！」

ゾシーモフはさっきよりいっそう声をはりあげて笑いだした。

「おいおい、だいぶ頭にきたようだな！　どうしてぼくがあの女を？」

「うけあうよ、たいして面倒はないよ、なんでもいいからつまらん話をしてやりゃいいんだ。そばに坐って、しゃべってるだけでいいんだよ。それにきみは医者じゃないか、まあどこかわるいとこを見つけてやるんだな。ぜったいに、後悔するようなことはないよ。あの部屋にはピアノがある。きみも知ってるように、ぼくはちょっとばかりたたくんだ。ぼくはひとつロシアの唄《うた》を知っててね、《熱き涙にぬれて……》という現代ものだがね。あの女は現代ものが好きなんだよ、――結局、その唄がもとになったわけさ。きみのピアノは名人芸じゃないか、ルビンシュタインばりのさ……うけあうよ、けっして後悔はしないぜ！」

「おい、きみは女に何か約束でもしたんじゃないのか、ええ？　一札入れたんだな？　きっと、結婚の約束でもしたんだろう……」

「とんでもない、よしてくれ、そんなものは何もないよ！　それにあれはぜんぜんそんな女じゃない。チェバーロフともあったんだ……」

「ええ、そんならすてちゃえよ！」

「それがそうもいかんのだよ！」

「いったいどうしていかんのだ？」

「それがさ、なんとなくそうはいかんのだよ、ただなんとなくね！　あそこには、きみ、人の心をひきよせるものがあるぜ」

「じゃ、どうしてきみは彼女を誘惑したんだ？」

「なにぼくはぜんぜん誘惑なんかしないよ、かえってぼくのほうが、誘惑されたのかもしれん、もともとばかだからな。あの女はそばに誰かが坐って、溜息をついてさえいれば、きみだろうがぼくだろうが、そんなことはどうでもいいのさ。そこは、きみ……なんといったらいいのかな、その、——そう、きみは数学が得意だったな、いまでもやってるだろう、知ってるよ……まあ、積分学でもおしえてやるんだな、ほんとだよ、冗談じゃない、ぼくはまじめに言ってるんだ、あの女にはなんだっていいんだよ。じいっときみを見つめて、溜息をついて、そうやって一年でも坐っている女なんだよ。ぼくもいつか、二日間ぶっとおしでプロシャの上院の話をしてやったことがあったよ、何を話したらいいのかわからなくてさ、——あの女はただ溜息をついて、熱っぽい顔をしていただけさ！　恋の話だけは禁物だぜ、――恥ずかしがって、目をまわしてしまう、――まあ、そばをはなれられませんて素振りをちょいちょい見せるんだな、――それでたくさんだよ。居心地のいいことはぜったいだぜ、まるで家にいるみたいさ、――まあ読んだり、坐ったり、ねそべったり、書いたりしてるんだな……接吻したってかまわないぜ、ただし慎重にな……」

「でも、なんのためにぼくがあの女と？」

「ええ、どうもうまく説明ができん！　ねえ、きみたち二人はまったくのお似合いだと思うんだ！　ぼくはまえにもきみのことを考えたんだが……きみもいずれはそういうことになるんだよ！　それなら、早かろうがおそかろうが――同じことじゃないか？　あそこには、きみ、その……ずばり羽根ぶとん主義ってやつが根をはってるぜ、――うん！　しかも羽根ぶとんだけじゃない！　あそこには人をひきよせるものがたくさんあるよ、いわば世の終りだよ、錨《いかり》だよ、しずかな波止場だよ、地球のへそだよ、おとぎばなしの世界だよ、プリン、あぶらっこい大きなピローグ、夜のサモワール、しずかな溜息、あたたかい女ものの胴着、ポカポカの温床、そういったもののエッセンスだよ、――まあ、そこに入ればきみはまるで死んだような状態にありながら、同時にりっぱに生きている、いわば両方のいいところを同時に味わえるというわけだ！

さて、きみ、ちょっとエンジンがかかりすぎちゃったよ、もうそろそろ寝るとしようや！　ぼくはね、夜なかにときどき起きだして、やつの様子を見ることにする。まあおそらく心配はないと思うがね。きみはべつに気にせんでいいよ、なんだったら、一回ぐらいのぞいてやるさ。でもちょっとでも、まあうわごととか、熱とか、へんなところが見えたら、すぐにぼくを起してくれ。まあ、ないとは思うが……」

2

ラズミーヒンは翌朝七時すぎに不安な重苦しい気分で目をさました。いろいろな新しい思いがけない疑惑がその朝不意に彼をおそった。いつかこんな気分で目をさますことがあろうとは、彼はこれまでに考えたこともなかった。彼は昨日のことを細大もらさず思いかえしてみて、自分の身に何か異常なできごとが起り、そしていままでぜんぜん知らなかった、従来のものとは似ても似つかぬある感銘を受けたことをさとった。それと同時に彼は自分の頭の中に燃えあがった空想が、とうてい実現されぬものであることを、はっきり自覚していた、――あまりのばからしさに、彼は恥ずかしくさえなって、あわてて、《忌《いま》わしい昨日》がのこしてくれたほかのもっと現実的な心配ごとや疑惑へ、頭をきりかえた。

思い出してもぞっとするのは、彼が昨日《卑劣でいやらしい》行為をしたということだった。というのは、酔っていたというだけではなく、一人の娘のまえで、その娘の弱味につけこんで、おろかなそそっかしい嫉妬心《しっとしん》から、娘の許婚者《いいなずけ》を、二人の間の関係や約束を知らないばかりか、その男の人柄《ひとがら》をさえろくに知りもしないで、口ぎたなくののしったことである。それに彼には、その男をそれほどあわてて、しかも軽率に非難するどんな権利があったろう？ そして誰《だれ》が彼を裁判官に招いたのだ！ いったいアヴドーチヤ・ロマーノヴナのような娘が、金のために適《ふさ》わしくない男に身を委《ゆだ》ねるなんて、果してそんなことができるものだろうか？ してみると、あの男にはいいところがあるわけだ。ではあんな宿を選んだのは？ でも、実際のところ、あれがどんな宿かということが、どうしてあの男に知り得たろう？ それに住居《すまい》を準備中だというではないか……チエッ、なんという卑劣なことをしたものだ！ 酔っていたことが、何の言いわけになる？ ますます彼を下劣にする、おろかな言いのがれにすぎぬ！ 酒は――ほんとうのことを言わせるというが、ほんとうのことがすっかり口にでてしまったのだ、《つまり、彼の嫉妬深い雑な心のきたならしい泥《どろ》がすっかり吐き出されてしまったのだ！》それに、こんな空想がいくらかでも彼ラズミーヒンに許されるものだろうか？ あのような娘とくらべた場合、彼は何者だろう、――飲んだくれの乱暴者のくせに、昨日あんなにいばりくさって？　《いったいこれほどあつかましい滑稽《こっけい》な対照があり得るだろうか？》こう思うと、ラズミーヒンは真っ赤になった、すると不意に、まるでわざとのように、その瞬間、昨日階段のところで、アヴドーチヤ・ロマーノヴナといっしょのところを見たら主婦《おかみ》が嫉妬するだろうと言ったことが、まざまざと思い出された……これはもう堪えられなかった。彼はいきなり拳骨《げんこつ》をふりあげて力まかせに台所のペチカをなぐりつけて、自分の手を傷つけ、煉瓦《れんが》を一枚たたきわった。

《むろん》一分ほどすると、彼は自分を卑下するやりきれない気持になりながら、自分に言いきかせるように言った。《むろん、もういまとなってはこれらの卑劣な行為は塗りつぶすことも、消すこともできない……だから、それはもう考えてもしようのないことだ、それよりは黙って二人のまえへ出て……自分の義務を果すことだ……やはり何も言わずに、そして……そして許しも請わず、何も言わずに……そしてもう、むろん、何もかもだめになってしまったんだ！》

そう言いながらも、彼は服を着ながら、いつもより念入りに服のぐあいをしらべた。彼には着がえの服などなかったが、かりにあったにしても、おそらくそれは着なかったろう、——《これでいいんだ、意地にも着るものか》しかしそうはいっても、世をすねたようなきたならしい格好でいるわけにもいかない。彼には他人にいやな思いをさせる権利はないし、まして相手が彼を必要として、来てくれるようにたのんでいる場合はなおのことだ。彼は服に念入りにブラシをかけた。シャツだけはいつもまあまあだった。この点だけは彼は特にきれい好きだった。

彼はその朝ていねいに顔をあらった。――ナスターシヤのところに石けんがあったので、――髪や首筋をあらい、特に手には念を入れた。ごわごわのひげを剃《そ》ろうか剃るまいか、という問題になると（プラスコーヴィヤ・パーヴロヴナのところには、ザルニーツィン氏が亡《な》くなってからまだそのまま保存されている、すばらしい剃刀《かみそり》があった）、この問題はむきになって断固としてはねつけた。《このままでいい！　剃ったのは下心が……なんて思われたらどうする……そうとも、きっとそう思うにちがいない！　死んでも剃るものか！》

《そして……そして要は、おれがこんな雑なけがらわしい男で、態度が野卑だということだ。それに……仮におれが、せめて、いくらかでも礼儀をわきまえた人間だと、自分で承知しているにしてもだ……そんなことが、なんの自慢になろう？　誰だって礼儀をわきまえた人間であるはずだし、おまけにもっと清潔で、それに……なんといってもおれにはいろいろとつまらんことがありすぎた（おれはおぼえている）、……

まあ破廉恥《はれんち》とはいえないまでも、しかしやはり！……それになんということを考えていたのだ！　フン……これを全部アヴドーチヤ・ロマーノヴナと並べてみたらどうだろう！　まったく、いやになる！　かまうもんか！　なに、わざときたない、あぶらでとろとろの、やぼったい男になってやろう、勝手にしろだ！　もっともっときたなくなってやるぞ！……》

こんなモノローグをしているところへ、プラスコーヴィヤ・パーヴロヴナの客間で一夜をすごしたゾシーモフが入ってきた。

彼は家へ帰ろうとして、出がけに、急いで病人の様子をのぞきにきたのである。ラズミーヒンは、病人はぐっすりねていると伝えた。ゾシーモフは病人が目をさますまで起さないようにと言って、十時頃《ごろ》寄ることを約束した。

「それも彼がここにいるならだぜ」と彼はつけたした。「まったくしようがないな！　自分の病人が思うようにならんなんて、勝手にしろと言いたくなるよ！　きみどう思う、やつがあちらへ行くかい、それともあちらがここへくる？」

「あちらがくるだろうな」と質問の目的をさとって、ラズミーヒンは答えた。「そして、むろん、内輪の話をはじめるだろうさ。ぼくは席をはずすよ。きみは、医者として、ぼくよりも権利があることはたしかだよ」

「ぼくだって神父じゃないさ。来て、すぐかえるよ。ほかにも用事がたくさんあるからな」

「ひとつ心配なことがあるんだよ」とラズミーヒンはしぶい顔をしてさえぎった。「昨日ぼくは、酔ったまぎれに、途々《みちみち》やつにいろんなばかなことをしゃべってしまったんだよ……いろんなことをさ……つい、やつが……発狂しやしないかと、きみがおそれているってことまで……」

「きみはそれを昨日婦人たちにもしゃべったろう」

「たしかに、ばかだったよ！　殴られたってしかたがない！　ところで正直のところ、きみにはそう思う何かたしかな根拠があったのかい？」

「よせよ、冗談だって言ってるじゃないか。たしかな根拠にはおそれ入ったね。きみこそぼくをここへ連れてきたとき、偏執狂らしいと、いろいろ説明してたじゃないか……それに、昨日ぼくらは火をかきたてるようなことをしてしまった。きみが悪いんだよ、あんな話をするから……ペンキ職人のことさ。彼が自分でそれを考えて、気がへんになりかけているらしいところへ、あんな話をするやつがあるものか。あのとき署内で起ったことと、なんとかいうばかどもがそれを怪しいとにらんで……彼を侮辱したことを、ぼくが詳しく知ってたらよかったんだ！　そしたら……うん……昨日あんな話はさせなかったはずだ。だいたい偏執狂ってやつは、一滴の水を大洋ほどに考えたり、ありもしないことをまざまざと見たりするんだよ……ぼくのおぼえているかぎりでは、昨日ザミョートフのあの話をきいて、問題の半分はわかったね。そうだよ！　ぼくはこんな例を知っている、四十くらいのヒポコンデリー患者が、毎日食卓で八歳の少年に笑われるのががまんができなくて、その子供を斬《き》り殺《ころ》してしまったんだ！　彼の場合は、ぼろぼろの服、鉄面皮な警察署長、起りかけていた病気、そしてそんな嫌疑《けんぎ》！　しかも狂的なヒポコンデリー患者で、人一倍虚栄心がつよいときている！　おそらく、ここに、病気のいっさいの根源があるんだよ！　まったく、いまいましい！……しかし、あのザミョートフってやつはほんとにうぶな坊やだよ。ただ、フム……昨日あれをすっかりしゃべったのはまずかった。口が軽すぎるよ！」

「でも、いったい誰にしゃべったんだ？　ぼくときみにじゃないか？」

「ポルフィーリイもいたよ」

「それがどうしたというんだい、ポルフィーリイに聞かれてわるいのか？」

「ところで、きみはあのひとたちに、つまりお母さんと妹さんにだ、かなりの影響力をもってるらしいね？　今日はもっと気をつけて彼と口をきくことだな……」

「わかってるよ！」とラズミーヒンはしぶしぶ答えた。

「それにしてもなぜ彼はあのルージンとやらにあんな態度をとるんだろう？　金はあるし、妹さんもいやではなさそうだし……それにあの母娘《おやこ》は一文なしじゃないのかい？　え？」

「どうしてきみは、つまらんことをせんさくするんだ？」とラズミーヒンはじりじりしながら叫んだ。「金があるかないか、なぜおれが知ってるんだ？　自分で聞いてみろよ、わかるかもしれんぜ……」

「チエッ、どうしてそうきみはときどきばかになるんだろうな！　昨日の酔いがまだのこってるんじゃないのか……じゃ、帰るよ。きみのプラスコーヴィヤ・パーヴロヴナに宿のお礼を言っといてくれ。ドアをしめきってさ、ドアごしのぼくのボンジュールに返事もしなかったぜ。そのくせ七時には起きだして、台所から廊下を通ってサモワールを運ばせていたよ……ぼくなんかには顔を見せるのもけがらわしいってわけさ……」

ちょうど九時にラズミーヒンはバカレーエフのアパートを訪ねた。二人の婦人はもうかなりまえから待ちきれぬ思いで彼を待っていた。二人は七時、いやもっとまえに起きていたのだった。彼は闇夜《やみよ》のようなくらい顔で部屋に入ると、ぎこちなくお辞儀をしたが、すぐにそれにむかっ腹を立てた――むろん、自分にである。彼は一人決めをしていたのだった。プリヘーリヤ・アレクサンドロヴナはいきなり彼のまえへかけよると、両手をとって、いまにもその手に接吻《せっぷん》せんばかりにした。彼はこわごわちらとアヴドーチヤ・ロマーノヴナへ目をやった。ところがその強気な顔にそのとき感謝と親愛の表情と、まったく思いがけないあふれるばかりの尊敬の気持があらわれていたので（あざけりのまなざしと、ついでてしまったつつみきれぬ軽蔑《けいべつ》の代りに！）、彼は実のところ、ののしられたほうがむしろ気が楽だったろうと思われて、かえってすっかりどぎまぎしてしまった。しかしいいぐあいに、用意していた話題があったので、彼は急いでそれをきりだした。

《まだ眠っている》が、《経過はひじょうにいい》と聞くと、プリヘーリヤ・アレクサンドロヴナは《どうしても、あらかじめ話しあっておかなければならないことがあるから》、そのほうがかえって都合がよかった、と言った。それから茶の話になって、いっしょに飲むことを誘われた。彼女たちもまだ飲まないで、ラズミーヒンを待っていたのだった。アヴドーチヤ・ロマーノヴナが呼鈴《よびりん》を鳴らすと、ぼろ服のむさくるしい男があらわれた、そして茶が注文され、しばらくしてやっと茶道具が運ばれてきたが、それがなんともきたならしいうえに、うすみっともなくて、婦人たちは思わず顔をあからめてしまったほどである。ラズミーヒンはこっぴどくアパートを罵倒《ばとう》しようとしたが、ルージンのことを思いだして、あわてて口をおさえ、すっかりしどろもどろになった。だから、プリヘーリヤ・アレクサンドロヴナがやがてとめどなく質問の雨を降らせはじめたときは、わたりに舟とよろこんだ。

問われるままに、たえず言葉をはさまれたり、聞きかえされたりしながら、彼は四十五分もしゃべりつづけて、ロジオン・ロマーヌイチの最近数年の生活から知っているかぎりの、主だった必要な事実をすっかり伝えて、彼の病気の詳細な説明で話をむすんだ。しかし彼は伏せておいたほうがいいことは、たくさんとばし、特に警察署の一幕とそれに付随したできごとは黙っていた。二人は彼の話をむさぼるように聞いていた。そして彼がもうすっかり語りおえて、もうこのくらいで聞き手も満足してくれたろうと思ったとき、二人にしてみれば、話はまだこれからのような思いがしたのだった。

「ねえ、話してちょうだい。あなたどうお考えになりまして……あ、ごめんなさい、まだお名前もおききしませんで？」とプリヘーリヤ・アレクサンドロヴナは気ぜわしく言った。

「ドミートリイ・プロコーフィチです」

「それでですね、ドミートリイ・プロコーフィチ、わたしどうしても知りたいのですけど……だいたい……あの子はいまものをどんなふうに見ているのでしょう、と申しましても、わたしのいう意味がおわかりかしら、どう申しあげたらよいのやら、そうね、それよりはっきりこうおききしたほうが、あの子は何が好きで何がきらいなんでしょう？　いつもあんなに苛々《いらいら》してるんでしょうか？　あの子はどんな希望をもっているのでしょう、それに、いわば空想《ゆめ》みたいなものがあるとしたら、それはどんなものかしら？　いまあの子の心を特にうごかしているのは何でしょう？　一口に申しますと、わたしが知りたいのは……」

「まあ、お母さんたら、そんなに一時におききしてもどうして答えられまして！」とドゥーニャは注意した。

「ああ、なさけない、あんなあの子に会おうとは、わたしはぜんぜん、ゆめにも思いませんでしたわ、ドミートリイ・プロコーフィチ」

「それはもう当然のことですよ」とドミートリイ・プロコーフィチは答えた。「ぼくには母はおりませんが、でも、伯父が毎年訪ねてきまして、そのたびにといっていいほどぼくを見ちがえるんですよ。顔を見てもわからないんです。利口な人なんですがねえ。だから、三年もわかれていれば、それはずいぶんかわりますよ。それになんといったらいいでしょうか？　ロジオンとはこの一年半ほどのつきあいですが、彼はぶっすらして、陰気で、横柄《おうへい》で、傲慢《ごうまん》な男です、それに近頃は（もしかしたら、ずっとまえからかもしれませんが）疑《うたぐ》り深くなって、ふさぎこむようになりました。おっとりして、人はいいんですがねえ。感情を外にだすのがきらいで、気持を言葉にだすよりは、いっそ非情でおしとおすというようなところもあり、また、ときにはぜんぜんふさぎの虫ではなく、ただ冷やかで、石みたいに無感動になることもあるといったふうで、まったく、二つの正反対の性格が交互にまじりあっているようです。どうかするとひどく無口になってしまうことがあります！　忙しくてしようがないのに、みんな邪魔ばかりしている、という様子をしながら、そのくせ自分はねそべって、何もしない。皮肉やではないが、それもウイットがたりないせいではなく、そんなくだらんことにつぶす時間がない、といった態度です。人の話はしまいまで聞かない。何に限らずみんなが興味をもつことには、決して興味をもたない。おそろしく高く自分を評価しているが、それも一応の理由はあるようです。さあ、この程度でいいでしょうか？……ぼくは思うんですが、あなた方がいらしたことは彼にとってはきっと救いになりますよ」

「ああ、そうあってほしいですよ！」ラズミーヒンのロージャ評にげんなりしてしまったプリヘーリヤ・アレクサンドロヴナは、思わずこう叫んだ。

ラズミーヒンはやっと、かなり思いきった視線をアヴドーチヤ・ロマーノヴナに向けた。彼は話のあいだときどき彼女に目をやったが、ちらとはしらせるだけで、すぐにそらしていた。アヴドーチヤ・ロマーノヴナはテーブルについて、熱心に聞いているかと思うと、また立ちあがって、例のくせで、腕をくみ、唇《くちびる》をかたくむすんで、室内を隅《すみ》から隅へ歩きまわりはじめる、そしてときおり足もとめずに、考えこんだままポツリと質問をする、というふうだった。彼女にも人の話をしまいまで聞かないくせがあった。彼女はうすっぺらな生地《きじ》でつくった黒っぽい服を着て、首に白いすきとおるスカーフを巻いていた。ラズミーヒンはいろんな点から、二人の婦人の身のまわりが極端に貧しいことを、すぐに見てとった。もしアヴドーチヤ・ロマーノヴナが女王のような身なりをしていたら、おそらく彼はぜんぜん彼女を恐れなかったろう。それがいま、彼女の身なりがいかにも粗末で、彼はそれをすっかり見てしまったせいか、急に彼の心に恐怖がわいて、自分の言葉の一つ一つ、動作の一つ一つが不安になってきた。これは人間にとって気づまりなことはもちろんであり、しかもそれでなくても自分が信頼できない場合、なおのことである。

「あなたは兄の性格についていろいろとたくさんおもしろいことを言ってくれました、しかも……公平に。ありがたいことです。わたしはあなたが兄を尊敬していると思っておりましたのよ」とアヴドーチヤ・ロマーノヴナは微笑をうかべながら言った。

「兄の身のまわりに女のひとがいなければならないというのも、ほんとうかもしれませんわね」と彼女は思案顔につけたした。

「ぼくはそんなことは言わなかったが、しかしあるいは、それもあなたのおっしゃるとおりかもしれません。ただ……」

「何ですの？」

「彼は誰も愛しませんからねえ。おそらく、永久に愛するなんてことはないでしょう」とラズミーヒンはずばりと言った。

「というますと、愛する能力がないということでしょうか？」

「ねえ、アヴドーチヤ・ロマーノヴナ、あなたはどきッとするほど兄さんにそっくりですね、何から何まで！」と彼は自分でも思いがけなく、うっかり口をすべらしてしまったが、すぐにいま彼女の兄について言ったことを思い出して、えびのように真っ赤になり、すっかりうろたえてしまった。アヴドーチヤ・ロマーノヴナはその様子を見て、思わずふきだした。

「ロージャのことは、あなた方二人ともまちがっているかもしれませんよ」とプリヘーリヤ・アレクサンドロヴナは二人の調子にいくらかまきこまれて、皮肉っぽく口をはさんだ。

「わたしはいまのことを言うんじゃないがね、ドゥーネチカ。ピョートル・ペトローヴィチがこの手紙に書いていること……それとわたしとおまえが想像していたこと、――それはまちがっているかもしれないけど、でも、ドミートリイ・プロコーフィチ、あれがどんなに空想ばかりしている子で、それになんといいますか、その、気まぐれな子だったか、あなたにはとても想像もつきませんよ。あの子の性分《しょうぶん》は、あの子がまだ十五の少年の頃でさえ、わたしはよくつかめなかったのですよ。きっと、あの子はいまでも、誰一人思いもよらないようなことを、突然しでかすでしょうよ。あの子にはそういうところがあるんです……そうそう、古いことでなくとも、一年半ばかりまえ、ご存じかしら、あの、なんという名前でしたかしら、――ほら、家主のザルニーツィナさんの娘ですよ、その娘と突然結婚するなんて言いだしまして、わたしはもうすっかりびっくりしてしまって、心配で心配で、いまにも死にそうな目にあわされたんですよ」

「あのことについて、何か詳しいことを知ってらして?」とアヴドーチヤ・ロマーノヴナが尋ねた。

「あなたはきっと」とプリヘーリヤ・アレクサンドロヴナは熱心につづけた。「あのときあの子を思いとどまらせたのは、わたしの涙、わたしの哀願、わたしの病気、おそらく死んでしまうかもしれないほどのわたしの悲しみ、わたしたちの貧しさだと、お思いでしょう？　ちがいます、あの子はどんな障害でも平気で踏みこえて行ったはずです。でも、あの子は、ほんとにあの子は、わたしたちを愛していないのでしょうか？」

「彼はあのことについては一度も何もぼくに語りませんでした」とラズミーヒンは用心深く答えた。「だがぼくは母親のザルニーツィナさんの口から、すこしばかり聞いていることがあります。もっともこのザルニーツィナさんにしても、もともと口数の多いほうではありませんが、でもぼくが聞いたのは、なんだか、すこし妙な気がしたんですが……」

「まあどういうことですの、あなたがお聞きになったのは？」と二人の婦人が同時に尋ねた。

「といって、べつにそう特別変ったことではありませんが。ぼくが聞いたのは、この結婚はもうすっかりきまっていて、ただ花嫁が死んだためにおじゃんになったんだが、この結婚には母親のザルニーツィナさんもひどく反対だったということだけですよ……それに、噂《うわさ》では、花嫁はあまりきれいでなかったとか、つまり、むしろみにくいほうだったとか……それに病身で、そのうえ……偏屈で……しかしいいところもすこしはあったようです。きっとあったにちがいありません、でなきゃまったく理解できませんよ……持参金もぜんぜんなかったそうですし、もっとも彼はそんなものを当てにする男ではありませんが……だいたいこういう問題は、はたからはなかなかわからないものですよ」

「そのひとはきっとりっぱな娘さんだったろうと、わたしは思いますわ」とアヴドーチヤ・ロマーノヴナは言葉少なに言った。

「申しわけないけど、わたしもあのときその娘さんが死んだと聞いてほっとしたんですよ。あの子が娘さんをか、娘さんがあの子をか、どちらがどちらをだめにしてしまうかは、わからないにしてもねえ」とプリヘーリヤ・アレクサンドロヴナは言葉をむすんだ。それから用心深く、遠慮しいしい、明らかにそれがいやでたまらないらしいドゥーニャの顔をたえずぬすみ見ながら、またロージャとルージンの間の昨日のできごとを根ほり葉ほりききだしはじめた。その事件が何よりも彼女を不安がらせ、ふるえがくるほどおびえさせていることは、明らかだった。ラズミーヒンはまたあらためてはじめからすっかりものがたったが、今度は自分の意見もつけくわえた。彼はラスコーリニコフが計画的にピョートル・ペトローヴィチを侮辱したことを、真っ向から非難して、もう病気を理由に彼を弁護するようなことはほとんどしなかった。

「彼は病気になるまえからこのことを考えていたんですよ」と彼はつけ加えた。

「わたしもそう思いますよ」とプリヘーリヤ・アレクサンドロヴナはしょんぼりとうちしおれて言った。しかしラズミーヒンが今度はひどく注意深く、尊敬さえしているような様子でピョートル・ペトローヴィチのことを話したのには、びっくりしてしまった。これにはアヴドーチヤ・ロマーノヴナもおどろいた。

「じゃあなたは、ピョートル・ペトローヴィチをいったいどうお考えですの？」とプリヘーリヤ・アレクサンドロヴナはがまんができなくなって、もどかしそうに尋ねた。

「お嬢さんの未来の良人《おっと》たる人について、ぼくに異論のあろうはずがありませんよ」とラズミーヒンはきっぱりと、力をこめて答えた。「しかも単に俗っぽいお世辞でこんなことを言っているのではありません、つまり……つまり……その何です、アヴドーチヤ・ロマーノヴナが自分からすすんで、このひとを選ばれたという、その一つの理由だけでも。ぼくが昨日あんなに悪口を言ったのは、ぼくが見苦しく酔っぱらっていましたし、それに……ぼうッとなっていたからです。そうです、ぼうッとなっていました。頭がばかになっていました。気がへんになっていました。すっかり……今日になってみると、恥ずかしくてなりません！……」

彼は赤くなって、口をつぐんだ。アヴドーチヤ・ロマーノヴナは胸がかっと熱くなったが、沈黙をやぶらなかった。彼女はルージンの話になったときから一言も口をきかなかった。

一方、プリヘーリヤ・アレクサンドロヴナは、娘の同意が得られずに、思いまどっている様子だった。とうとう、娘の顔色をちらちらうかがいながら、ためらいがちに、いまひどく気にかかっていることがひとつある、と言いだした。

「ねえ、ドミートリイ・プロコーフィチ……」と彼女はきりだした。「わたしはね、ドゥーネチカ、このドミートリイ・プロコーフィチとはすっかり打ち明けて話しあいますよ、いいわね？」

「もちろんですとも、お母さん」とアヴドーチヤ・ロマーノヴナははげますように言った。

「実はこうなんですよ」と彼女は、自分の苦しみを伝えることを許されて、まるで肩の重荷がおりたように、急いで言った。「今朝早々と、ピョートル・ペトローヴィチから手紙をもらいました。着いたことを昨日知らせてやったその返事なのです。実は、約束によりますと、昨日あのひとはわたしたちを駅に出迎えてくださることになっていたのです。それが駅には、この宿の所番地を書いた紙をもたせて、わたしたちを案内するようにと、見知らぬ使いの者をよこして、自分は今朝ここを訪ねるからという言伝《ことづ》てでした。ところが今朝も見えないで、その代りにこの手紙がきたわけです……まあわたしの下手な説明よりも、とにかくこの手紙を読んでみてください。ひとつ、とっても気になることがあるんです……それがどんなことかはすぐにおわかりになるでしょう。そして……あなたの忌憚《きたん》のない意見を聞かせてくださいな、ドミートリイ・プロコーフィチ！　あなたは誰よりもロージャの気性をご存じですし、誰よりもよく相談にのってくださるはずですもの。おことわりしておきますが、ドゥーネチカははじめから、もうすっかり決めてしまっているのですが、わたしは、わたしはどうしてよいか、まだわかりません。それで……さっきからあなたをお待ちしていたのですよ」

ラズミーヒンは昨日の日付の手紙を開いて、次のような文面を読んだ。

プリヘーリヤ・アレクサンドロヴナ、今日は思いがけぬ支障のために、あなた方を駅に出迎えることができず、代りによく気のきく男を出迎えにさしむけました。どうかご了承ください。さて明朝ものっぴきならぬ元老院の用件があり、それにあなたとご子息、アヴドーチヤ・ロマーノヴナとご令兄の親子兄妹水入らずの対面を邪魔しないほうがいいと思いますので、お訪ねしないことにします。従いましてあなた方を宿にお訪ねして、ごあいさつ申しあげるのは、明日の午後八時にしたいと思います。つきましては私の切なる心からの願いをひとつ、あえてつけ加えさせていただきますが、私たちの面会の席にはぜったいにロジオン・ロマーヌイチには来ていただきたくありません。といいますのは、昨日同君の病床を見舞いました際、私は同君のためにいまだかつてないほどの無礼きわまる取り扱いをうけたからです。それに、ある事柄につきましてぜひともあなたと膝《ひざ》をまじえて詳しく話しあい、あなたご自身の説明を聞きたいからです。なおあらかじめおことわりしておきますが、私の希望に反して、ロジオン・ロマーヌイチが来ておられるような場合は、私はただちに退出せざるを得ないでしょうし、それはあなた方の自業自得《じごうじとく》というものですから、もう私は関知しません。こんなことを申しあげるのは、私が見舞った際はひどい重病のように思われたロジオン・ロマーヌイチが、二時間後には突然全快したという事情を見ましても、外出のついでにあなた方の宿に立ち寄るのではないか、と懸念《けねん》されるからです。それは私がこの目でたしかめたところです。昨日馬車にひかれて死んだある酔漢の家で、醜業を職としているその家の娘に、同君が葬儀費用の名目で二十五ルーブリをわたしたのを見て、それはあなたがどんなに苦心しておつくりになった金かを知っている私は、すっかりおどろいてしまった次第です。最後に、アヴドーチヤ・ロマーノヴナに心からの敬意を表するとともに、あなたに深く信服していることを重ねて申しあげます。

あなたの忠実な下僕《げぼく》

P・ルージン

「いったいどうしたらいいものでしょう、ドミートリイ・プロコーフィチ？」とプリヘーリヤ・アレクサンドロヴナはいまにも泣きそうになりながら言った。「どうしてわたしが、ロージャに来るななんて言えましょう？　あの子は昨日ピョートル・ペトローヴィチをことわってしまえって、あんなにきつく言うし、こちらはこちらで、あの子《こ》を来させるなだなんて！　でも、こんなことがわかったら、あの子は意地でも来ますよ、そしたら……どうなるでしょう？」

「アヴドーチヤ・ロマーノヴナがきめたとおりに、なさったらいいでしょう」と落ち着きはらって、すぐにラズミーヒンは答えた。

「それが、びっくりするじゃありませんか！　この娘ときたら……とんでもないことを言いだして、そのわけもおしえないんですよ！　この娘はね、ロージャにもわざと今日の八時にここへ来させて、ぜひ二人を会わせるようにしたほうがいいなんて、いや、いいとかわるいとかじゃなくて、どういうわけだか知らないけど、どうしてもそうしなければならないなんて、言うんですよ……でもわたしはね、どうしてもこの手紙をあの子に見せる気になれないから、あなたにお頼みして、何かうまい方法であの子を来させないようにできないものかと……だってあの子はあんなに怒りっぽいでしょう……それから、わたしにはさっぱりわけがわからないんだけど、酔っぱらいとか、その娘とか、その娘にあの子がなけなしの金をやったとか……だってあの金は……」

「やっとの思いで手に入れたお金ですものね、お母さん」とアヴドーチヤ・ロマーノヴナが言いそえた。

「彼は昨日は常態じゃなかったんですよ」とラズミーヒンは考えこみながら言った。「昨日彼が居酒屋でしでかしたことを、あなたが聞いたらびっくりしてしまいますよ。頭はいい男なんだが……うん！　誰かが死んだとか、その娘がどうしたとか、昨日いっしょにかえる途中、たしかに言ってましたよ。でもぼくはなんのことやらさっぱりわからなかった……しかも、昨日はぼく自身が……」

「それよりも、お母さん、兄さんのところへ行きましょうよ。そしたらきっと、どうしたらよいかすぐにわかると思うわ。それにもう時間よ、——まあ！　もう十時すぎたわ！」彼女は細いヴェニス鎖で頸から下げていた七宝細工のみごとな金時計をちらと見て、思わず叫んだ。それはほかの装身具とはひどくそぐわなかった。《花婿のプレゼントだな》ラズミーヒンはふと思った。
「あッ、ほんと！……もう行かなくちゃ、ドゥーネチカ！」とプリヘーリヤ・アレクサンドロヴナは急にそわそわしだした。「昨日のことで怒って、いつまでも行かないなんて思われたら。それこそ、どうしましょう」
こんなことを言いながら、彼女はせかせかと外套《がいとう》をはおり、帽子をかぶった。ドゥーネチカも身支度をととのえた。彼女の手袋は古いばかりか、破れてさえいるのに、ラズミーヒンは気づいた。しかしこの明らかな服装の貧しさがかえって二人の婦人に一種独特の気品をあたえていた。それは貧しい服装に恥じらいを感じない人々にいつも見られる気品である。ラズミーヒンは恭敬の目でドゥーネチカをながめて、彼女を案内して行くことに誇りを感じた。《あの女王だって》と彼はひそかに考えた。《獄舎の中で自分の靴下《くつした》のほころびをつくろったという、あの女王だって、そのときのほうが、はなやかな儀式やおでかけのときよりも、ほんとうの女王らしく見えたはずだ》
「ああ！」とプリヘーリヤ・アレクサンドロヴナは叫んだ。「息子と、かわいい、かわいいロージャと会うのが怖いなんて、そんなことゆめにも思ったことがなかった。

それがいまは、なんだか怖くて!……わたしは怖いんですよ、ドミートリイ・プロコーフィチ!」彼女はこわごわ彼を見て、こうつけ加えた。

「怖がることないわよ、お母さん」とドゥーニャは母に接吻《せっぷん》しながら言った。「それより兄さんを信じなさいよ。わたしは信じてるわ」

「おや、何をいうの! わたしだって信じてるんだよ。でも一晩中ねむられなかったんだよ!」と哀れな母は叫んだ。

彼らは通りへでた。

「ねえ、ドゥーネチカ、明け方近くになってとろとろとしたと思ったら、思いがけなく亡《な》くなったマルファ・ペトローヴナの夢を見たんだよ……まっ白いきものをきて……わたしのそばへ来ると、手をとって、頭を振るんだよ、きびしい顔をして、まるでわたしを詰《なじ》るみたいに……きっと何かわるい前じらせだわ! ああ、どうしよう、ドミートリイ・プロコーフィチ、あなたはまだ知らないでしょうけど、マルファ・ペトローヴナは亡くなったんですよ!」

「いいえ、知りませんね。そのマルファ・ペトローヴナって誰です?」

「突然でしてねえ! それがあなた……」

「あとになさいよ、お母さん」とドゥーニャがさえぎった。「だってこの方はまだマルファ・ペトローヴナが誰か知らないじゃありませんか」

「おや、知らないんですか？　わたしはまた、あなたはもう何もかもご存じだと思ったものですから。ごめんなさいね、ドミートリイ・プロコーフィチ、わたしはこの二、三日ほんとに頭がどうかしてるんですよ。ほんとに、わたしはあなたをわたしたちの救いの神みたいに思っているものですから、それであなたはもう何もかもご存じだと、頭から思いこんでいたんですよ。身内の者みたいな気がしましてねえ……こんなことを言って、怒らないでくださいね。おや、まあ、どうなさいましたその右の手は！　けがですの？」

「え、ちょっと」とラズミーヒンは幸福につつまれてぼんやり呟《つぶや》いた。

「わたしはときどきうれしくなりすぎて、つい口がすべってしまうものですから、いつもドゥーニャに注意されるんですよ……でも、まあ、あの子はなんて汚ない部屋に住んでるんでしょう！　それにしても、もう目がさめたかしら？　で、あの主婦《おかみ》さんはあんなものを部屋と思っているのかしら？　ねえ、あの子は気持を外へだすのがきらいだって、たしかそうおっしゃいましたわね、それでわたし、わるいくせをだして……あの子にいやな思いをさせはしないかと……おしえていただけません、ドミートリイ・プロコーフィチ？　あの子をどんなふうにあつかったらいいんでしょう？　わたしはどうしてよいのやらさっぱりわからず、おろおろしてるんですよ」

「彼が眉《まゆ》をひそめるのを見たら、あんまりいろんなことを聞かないでください。特に病気のことはあまり聞かないほうがいいです。いやがりますから」

「ああ、ドミートリイ・プロコーフィチ、母であることはなんて辛《つら》いことでしょう！おや、あの階段ですわね……おそろしい階段！」

「お母さん、まあ、顔色までなくして、心配しなくてもいいわよ」とドゥーニャは母をやさしくいたわりながら言った。「兄さんはお母さんに会うんだもの、喜ばなくちゃいけないはずなのに、お母さんにこんな苦しい思いをさせて」彼女は目をうるませて、こうつけ加えた。

「ちょっとここで待っててください、起きたかどうか見てきますから」

婦人たちは、かけのぼって行ったラズミーヒンのあとから、そろそろ階段をのぼって行った、そして四階の主婦の部屋のドアのまえまで来ると、ドアが細目にあいていて、いそがしくうごく二つの黒い目がうす暗い中からこちらをうかがっているのに気づいた。こちらの目とあうと、とたんにドアがバタンとしめられた。そしてその音の大きさに、プリヘーリヤ・アレクサンドロヴナはびっくりして、思わず悲鳴が口まで出かかった。

3

「元気ですよ、元気ですよ！」と入ってくる一同をむかえて、ゾシーモフが明るく叫んだ。彼はもう十分もまえからここへ来ていて、昨日と同じソファの端に腰をおろしていたのである。ラスコーリニコフは反対側の隅《すみ》に腰をおろしていた。もうすっかり服装をととのえて、おまけにていねいに顔を洗い、髪までとかしていた。こんなことはもう何カ月もないことだった。部屋はいちどにいっぱいになった。それでもナスターシヤは客たちのあとからするりともぐりこんで、話にきき耳をたてはじめた。

たしかに、ラスコーリニコフはもうほとんど普段とかわらなかった、特に昨日とくらべるともうすっかりよくなっていた。ただひどく顔色がわるく、ぼんやりしていて、気むずかしげで、怪我人《けがにん》か、あるいは何かはげしい肉体的苦痛をこらえている人のように見えた。眉根《まゆね》はぎゅっとよせられ、唇《くちびる》はかたく結ばれて、目は充血してギラギラ光っていた。彼はほとんどしゃべらなかった。しゃべるにしてもしぶしぶで、無理にやっと口をひらくか、あるいは義務だからしかたがないという様子で、ときおり動作になんとなく落ち着かない不安の色がうかがわれた。

これで腕にほうたいを巻いているか、あるいは指にコハク織りのサックでもはめていたら、指が化膿《かのう》してはげしく痛むか、あるいは腕に怪我をしたか、いずれにしてもそうしたたぐいの病人に見えたにちがいない。

しかし、この蒼白《あおじろ》い陰気な顔も、母と妹が入ってきたとき、一瞬さっと光がさしたように見えたが、それも顔の表情に、それまでの重苦しい放心のかわりに、かえってますます濃くなったような苦悩のかげを加えただけだった。光はじきにうすれたが、苦悩はそのままのこった。そしてかけだし医師の若い情熱のすべてをかたむけて、自分の患者を観察し研究していたゾシーモフは、肉親が来たことで彼の表情に喜びのかわりに、もはやさけられぬ一、二時間の拷問《ごうもん》をたえようという重苦しいかくされた決意を見てとって、ぞっとした。彼はそれから、つづいて起った会話の一言一言が、患者のどこをも知れぬ傷口にふれて、それを痛く刺激するらしい様子を見た。しかしそれと同時に、患者が今日は自分をおさえて、ちょっとした言葉でまるで気ちがいのようにいきり立った昨日の偏執狂とはうって変り、自分の感情をかくすことができるのを見て、いささかおどろきもした。

「ええ、もうすっかり元気になったのが、自分でもわかるよ」とやさしく母と妹に接吻《せっぷん》しながら、ラスコーリニコフは言った。そのためにプリへーリヤ・アレクサンドロヴナはいっぺんに晴れやかな顔になった。「これはもう昨日流に言ってるんじゃないぜ」と彼はラズミーヒンのほうを向いて、親しげに手をにぎりながら、つけ加えた。

「ぼくも今日は彼を見てびっくりしたほどですよ」とゾシーモフはみんなが来たことにひどく喜んだ様子で言いだした。十分も坐《すわ》っていて、そろそろ話の種がつきかけていたところだったからである。「このままゆけば、三、四日もしたら、すっかり元どおりになりますよ。つまり一カ月まえの調子にですよ、いや二カ月かな……それとも、あるいは三カ月まえか？　たしかに、この病気はかなりまえからはじまって、徐々に進行してきたものですよ……そうでしょう？　さあ白状したまえ、おそらく、きみ自身にも責任があったんじゃないですか？」彼はいまでもまだ患者の神経を刺激することをおそれているらしく、用心深い微笑をうかべながらこうつけ加えた。

「大いにそうかもしれんな」とラスコーリニコフは冷やかに答えた。

「ぼくはだから言うんだよ」とゾシーモフは力を得て、言葉をつづけた。「きみが完全に健康を回復するには、これからは、要は、きみ自身の心がけひとつだと。いまは、やっときみと話ができるようになったから、きみによく言っておきたいんだが、きみの病気の発生に作用した最初の原因、いわば根だな、それを除去しなければいけないよ。そうすれば治るよ。さもないと、もっとわるくさえなるかもしれんよ。その最初の原因てやつは、ぼくにはわからんが、きみにはわかってるはずだ。きみは聡明《そうめい》な人間だから、むろん、自分を観察してきたことと思う。ぼくの見るところでは、きみの神経のみだれがはじまったのは、きみが大学を退校したときとある程度符合しているような気がする。きみは何もせずにはおれぬ男だ、だから労働としっかり定めた目的、これが大いにきみには助けになると思うんだよ」

「うん、そうだ、まったくお説のとおりだよ……早く大学にもどることにしよう、そうすればすべてがうまくいくだろうよ……すらすらとね……」

ゾシーモフがこういう聡明な忠告をはじめたのは、ひとつには婦人たちに対する効果をねらってのことだった、だから話をおわって、相手の顔を見て、その顔に露骨な嘲笑《ちょうしょう》がうかんでいるのに気づいたときは、いささかまごついた。しかし、それも一瞬のことだった。プリヘーリヤ・アレクサンドロヴナがすぐにゾシーモフに礼を言いはじめた。特に昨夜おそく宿を訪ねてくれたことに対して、ていねいに礼をのべた。

「なんですって、彼は夜更《よふ》けに訪ねたんですか？」とぎくっとしたらしい様子で、ラスコーリニコフは尋ねた。「じゃ、母さんたちも寝なかったんですね、旅のあとだというのに？」

「まあ、ロージャ、なあにそれもね、ほんの二時までだったんだよ。わたしもドゥーニャも家にいたって、二時まえになんてねたことがないんだよ」

「ぼくだって、なんとお礼を言ってよいかわからないよ」とラスコーリニコフは急に眉をしかめ、うなだれて言った。「金の問題をはなれて、——ごめんね、こんなことを言って（彼はゾシーモフのほうを向いた）、——ぼくはどうしてあなたにこれほどまでに気をつかってもらえるのか、まったくわからないんですよ。要するにわからない……だから……わからないから、それがぼくにはかえって苦しいんです。ぼくははっきり言います」

「まあ、そう気にしないでください」とゾシーモフは無理に笑った。「あなたがぼくの最初の患者だからですよ。だいたい開業したてのわれわれ医師仲間は、自分の最初の患者をまるで自分の子供みたいに愛するものなんですよ、中にはすっかり惚《ほ》れこんでしまうやつもいますよ。それにぼくはあまり患者にめぐまれませんので」

「彼のことはもういうまでもないですよ」とラスコーリニコフはラズミーヒンを指さしながら、つけ加えた。「彼も、屈辱と面倒以外、ぼくから何も受けていないんだ」

「おい、いいかげんにしろよ！　今日はまたえらく感傷的になってるじゃないか、え？」

彼にもしもっと深く見る目があったら、そこには感傷的な気分などみじんもなく、かえってその正反対の何ものかがあったことを見ぬいたはずである。だが、アヴドーチヤ・ロマーノヴナはそれに気づいた。彼女はじっと不安そうに兄の様子を見まもっていた。

「お母さん、あなたのことでは、ぼくは何をいう勇気もありません」と彼は朝から何度も口の中でくりかえした宿題を暗誦《あんしょう》するように、言葉をつづけた。「今日になってはじめてぼくは、お母さんが昨日ぼくのかえりを待つ間、どんなにかお苦しみになったにちがいないということが、すこしわかりかけてきたのです」そう言うと彼は、不意に、何も言わず、にこにこ笑いながら、妹へ手をさしのべた。そしてその微笑には、こんどこそ作りものでないほんとうの感情のひらめきがあった。ドゥーニャはすぐにその手をとって、喜びと感謝の気持でいっぱいになりながら、熱くにぎりしめた。これが昨日の不和からはじめて彼が妹に対した態度だった。この兄と妹の決定的な無言の和解を見て、母の顔は喜びと幸福にかがやいた。

「まったく、これだからぼくはこいつが好きなんだよ！」なんでも大げさに言うくせのあるラズミーヒンは、椅子《いす》の上ではげしく身体《からだ》をひねって、小声で言った。「やつにはこういう芸当があるんだよ！……」

《ほんとにこの子のやることったら、どうしてこううまくゆくんだろう》と母は胸の中で考えた。《ほんとに美しい清らかな心をもった子だわ、昨日からの妹との心のわだかまりをあんなに素直に、しかもやさしい思いやりで解いてしまったんだもの――こんなときに、手をさしのべて、やさしく見つめただけで……それにしてもなんてきれいな目でしょう、顔ぜんたいの美しいことったら！……ドゥーネチカより美しいくらいだわ……しかし、まあまあ、なんという服を着ているんだろう、おそろしいみたいだわ！　アファナーシイ・イワーノヴィチの店の小僧のワーシャだって、もっとましな服を着てるわ！……ああどんなに、いますぐこの子にとびついて、抱きしめて、そして……泣いてみたいかしれやしないのに、――こわい、こわくてそれができない……なんだかこの子が、ああ！……こんなにやさしく言葉をかけてくれるのに、やっぱりこわい！　いったい、何がこわいのかしら？……》

「ああ、ロージャ、おまえは嘘《うそ》だと思うかもしれないけど」と彼女はあわてて息子の言葉に答えながら、急いで言った。「わたしとドゥーニャは昨日は……ほんとに不幸だったんだよ！　いまはもう、何もかもすぎ去って、わたしたちはみんなまたしあわせになったから、こんな話もできるんだけどね。まあ考えてもごらんよ、おまえを早く抱きしめたいと思って、それこそ汽車からまっすぐここへかけつけてみれば、あの女のひとが、――あ、そこにいるじゃないの！　こんにちは、ナスターシヤ！……このひとがいきなりわたしたちに言うじゃないの、おまえが熱病にかかってねていたが、ついいましがた医者の目をかすめて、夢遊病者みたいに街へ逃げ出し、みんなさがしにかけ出していったなんて。おまえにはほんとにできないだろうけど、わたしたちがどれほど心配したか！　わたしはすぐにポタンチコフ中尉さんの悲惨な死を思い出したんだよ。ほら、わたしたちの知り合いで、おまえのお父さんの親しいお友だちで、——おぼえている、ロージャ、——あのひとも熱病にかかって、やっぱり逃げ出して、庭で井戸におちて、あくる日になってやっとひきあげられたんだよ。わたしたちは、むろんのこと、もっともっと大げさに考えてねえ。もうすんでのことにピョートル・ペトローヴィチを訪ねようとしたんだよ、せめてあのひとの助けでも借りようと思ってねえ……だってわたしたちは二人きりだったんだもの、頼るひとが誰《だれ》もなかったんだもの」と彼女は哀れっぽい声で訴えるように言ったが、不意にはっと口をつぐんだ。《みんながもう元どおりにすっかり幸福になった》が、それでもやはりピョートル・ペトローヴィチのことを口にするのは、まだかなり危険なことを思い出したからである。

「そうでしょうとも……そりゃ、たしかに、腹がたったでしょう……」とそれに答えて、ラスコーリニコフは呟《つぶや》いたが、それがあまりに散漫な、まるで気のぬけたような態度だったので、ドゥーネチカはびっくりして、目を見はった。

「はてな、あと何を言おうとしたんだっけ」と彼は無理に思い出そうとつとめながら、言った。「そうそう。お母さん、それからドゥーネチカ、おまえも、ぼくのほうから行きたくないから、あんた方の来るのを待っていたなんて、そんなふうに思わないでくださいね」

「まあ、何を言うんだね、ロージャ！」とプリヘーリヤ・アレクサンドロヴナも、びっくりして叫んだ。

《まあ兄さんたら、義務で、わたしたちに返事しているのかしら？》とドゥーネチカは考えた。《仲直りをするのも、許しをこうのも、まるでおつとめをしているか、宿題の暗誦でもしてるみたいだわ》

「起きるとすぐに、行こうと思ったのですが、服でぐずぐずしてしまったものですから。昨日この……ナスターシヤに……血を洗ってくれるように言うのを忘れてしまって……いまやっと服を着おわったところなのです」

「血ですって！　なんの血なの？」とプリヘーリヤ・アレクサンドロヴナはうろたえた。

「いやなに……なんでもないんです。実は昨日すこしもうろうとして、ふらふら歩いていたら、馬車にひかれた男にぶつかったんです……官吏ですが……それで血が……」

「もうろうとして？　でもきみはすっかりおぼえてるじゃないか」とラズミーヒンが口を入れた。

「それはたしかだ」と何か特に注意深く、ラスコーリニコフはそれに答えた。「ほんの些細《ささい》なことまで、すっかりおぼえている、ところが、どうしてあんなことをしたか、どうしてそこへ行ったか、どうしてあんなことを言ったのか？　ということになると、自分でもよくわからないんだ」

「それはもう自明の現象ですよ」とゾシーモフが口を入れた。「あることの実行はときとして手なれたもので、巧妙すぎるほどだが、行為の支配、つまり行為の基礎がみだれていて、さまざまな病的な印象に左右される。まあ夢のような状態ですな」

《ふん、やつはおれをほとんど気ちがいあつかいにしているが、そのほうがかえって好都合かもしれんぞ》とラスコーリニコフは考えた。

「でもそれは、健康な人だって、やはりあるかもしれませんわ」と不安そうにゾシーモフを見ながら、ドゥーネチカが言った。

「お説のとおりかもしれません」とゾシーモフは答えた。「その意味では、たしかにわたしたちはみな、しかもひじょうにしばしば、ほとんど狂人のようなものです。ただわずかのちがいは、《病人》のほうがわれわれよりもいくぶん錯乱の度がひどいということだけです、だからここに境界線をひかなければならないわけです。調和のとれた人間なんて、ほとんどいないというのは、たしかです。何万人に、いやもしかしたら何十万人に一人、いるかいないかですが、それだってやはり完全というわけにはいかんでしょう……」

好きなテーマで調子づいたゾシーモフがうっかり口をすべらした《狂人》という言葉に、一同は眉をひそめた。ラスコーリニコフはそんなことは気にもとめないふうで、蒼白い唇に奇妙なうす笑いをうかべたまま、じっと黙想にしずんでいた。彼は何かを考えつづけていた。

「で、その馬車にひかれた男がどうしたんだい？　ぼくが話をそらしてしまったが！」とラズミーヒンがあわてて大声で言った。

「なに？」とラスコーリニコフは目がさめたように問い返した。「ああ……なに、その男を家へ運びこむのを手伝ったとき、血がついたのさ……そのことですが、お母さん、ぼくは昨日実に申しわけないことをしてしまったんです。たしかに頭がどうかしていました。ぼくは昨日、お母さんが送ってくだすったお金をすっかり、やってしまったんです……その男の妻に……葬式の費用にって。夫に死なれて、肺病で、あんまりかわいそうなんです……子供が三人、食べるものもなく……家の中はからっぽで……もう一人娘がいますが……きっと、あんな様子を見たら、お母さんだってお金をやったでしょう……でもぼくには、あんなことをする権利はぜんぜんなかったんです、だって、はっきり言いますが、あのお金はお母さんがどんな苦しい思いをしておつくりになった金か、ぼくはちゃんと知ってるんですもの。人を助けるには、まずその権利を作らなきゃいけないんです、さもないとフランスの諺《ことわざ》にいう Crevez, chiens, si vous n'êtes pas contents!（腹がへったら犬でも殺せ!）てことになりますよ」彼はにやりと笑った。

「そうだろう、ドゥーニャ?」

「いいえ、ちがいますわ」とドゥーニャはきっぱりと答えた。

「え！　じゃおまえも……そうなのか！……」と彼はほとんど憎悪《ぞうお》にちかい目で彼女をにらみ、あざけりのうす笑いをうかべながら、呟いた。「おれはそれを考慮に入れるべきだったのさ……まあ、りっぱだよ、おまえはそのほうがよかろうさ……だが、いずれはある一線に行きつく、それを踏みこえなければ……不幸になるだろうし、踏みこえれば……もっと不幸になるかもしれん……でもまあ、こんなことはくだらんよ!」彼は自分が心にもなく熱中したことに腹をたてて、苛々《いらいら》しながらつけ加えた。「ぼくはただ、お母さん、あなたに、許してください、と言いたかったのです」と彼はポキポキした口調で、ぶっきらぼうに言葉を結んだ。

「いいのよ、ロージャ、わたしはね、おまえのすることは何でも、みなりっぱなことだと信じているんだよ！」と母はすっかり喜んで言った。

「信じないほうがいいですよ」と彼はうす笑いに口をゆがめて、答えた。沈黙がきた。こうした会話ぜんたいにも、沈黙にも、和解にも、許しにも、不自然な何ものかがあった、そして誰もがそれを感じていた。

《たしかにみんなおれを恐れているようだな》母と妹を上目づかいでちらちら見ながら、ラスコーリニコフは自分で自分のことを考えていた。プリヘーリヤ・アレクサンドロヴナはたしかに、沈黙が長びくにつれて、ますますおじけづいてきた。

《はなれていたときは、あんなに二人を愛していたはずだったのに》という考えがちらと彼の頭をかすめた。

「ねえ、ロージャ、マルファ・ペトローヴナが亡《な》くなったんだよ！」と不意にプリヘーリヤ・アレクサンドロヴナが言った。

「マルファ・ペトローヴナって、どこの？」

「まあ、おどろいた、ほら、マルファ・ペトローヴナだよ、スヴィドリガイロフの奥さんの！　わたしがもうあんなに何度も手紙でおまえに知らせたじゃないの」

「ああ、そうか、おぼえてますよ……あのひとが死んだって？　ええ、ほんと？」

彼は目がさめたように、不意にぎくっとした。「ほんとに死んだんですか？　いったいどうして？」

「それがね、ほんとに急だったんだよ！」と彼が関心をしめしたのに元気づいて、プリヘーリヤ・アレクサンドロヴナは急いで言った。

「わたしがおまえに手紙を送った、ちょうどあの時分、それもちょうどあの同じ日のことだったんだよ！　それもねえ、あのおそろしい主人が、その原因だったらしいんだよ。なんでも、ひどくぶったそうだからねえ！」

「へえ、あの夫婦はそんなだったの？」と彼は妹のほうを向きながら、聞いた。

「いいえ、むしろその反対よ。あのひとは奥さんにはいつもひどくがまん強く、やさしすぎるほどでしたわ。たいていの場合、奥さんの気性に対して寛大すぎるほどで、七年間もしんぼうしてきたものだから……何かのはずみに不意にかんにん袋の緒がきれたのね」

「なるほど、七年間もがまんしてきたとすると、べつにそれほど恐ろしい男じゃないじゃないか？　ドゥーネチカ、おまえはその男をかばってるようだね？」

「いいえ、いいえ、おそろしいひとですわ！　あれよりおそろしいものなんて、わたし想像もできないわ」とドゥーニャは身ぶるいしないばかりに答えると、眉をひそめて、考えこんでしまった。

「それが起ったのは朝のうちだったんだよ」とプリヘーリヤ・アレクサンドロヴナは、急《せ》きこんで、つづけた。「そのあとですぐに奥さんは馬の支度をいいつけたそうだよ、食事がすんだら、すぐに町へ出かけるために。そんなときはいつも町へ出かけるのがくせだったたからねえ。なんでも、食事はとてもおいしそうにあがったそうだよ……」

「そんなになぐられて？」

「……なに、いつものことだから……慣れていたんだよ、そして食事がすむと、出かけるのがおくれないように、すぐに浴室へ行ったんですって……あのひとはどういうものか水浴療法というものをやっていてねえ、家の中に冷たい泉があって、毎日きまった時間に水浴をしていたんだよ。ところがその日は、水に入ったとたんに、倒れてしまった！」

「そりゃきまってますよ！」とゾシーモフが言った。

「へえ、そんなにひどくなぐったのか？」

「そんなことどうでもいいじゃありませんの」とドゥーニャが応じた。

「フン！　しかしお母さん、あんたももの好きだなあ、こんなつまらんことを言い出すなんて」と不意にラスコーリニコフはむしゃくしゃしながら、言った。うっかり口をすべらせてしまったらしい。

「まあ、何を言うんだね、おまえ、わたしは何を言いだしたらよいのやら、わからなかったんだよ」というううらみがプリヘーリヤ・アレクサンドロヴナの口から思わずとびだした。

「だがどうしたんです、みんな腫《は》れものにさわるみたいだね、ぼくが恐《こわ》いのですか？」と彼はねじけたうす笑いをうかべながら言った。

「そのとおりよ」とまっすぐにきびしい目で兄をみつめながら、ドゥーニャは言った。「お母さんは、階段をのぼるとき、おそろしさのあまり十字をきったほどなのよ」

彼の顔は痙攣《けいれん》したように歪《ゆが》んだ。

「まあ、なんてことを言うの、ドゥーニャ！　どうか、怒らないでおくれね、ロージャ……どうしておまえは、ドゥーニャ！」とプリヘーリヤ・アレクサンドロヴナはおろおろしながら言いだした。「それはね、ほんと、ここへ来る途中汽車の中でずうっと、空想ばかりしてきたんだよ、おまえと会うときの様子やら、お互いにいろんなことをすっかり話し合う様子など……そしてうれしくてうれしくて、外の景色もまるで目に入らなかったんだよ！　それなのにわたしったら！　わたしはいまでもうれしいんだよ……おまえはほんとにいらないことを、ドゥーニャ！　わたしはおまえを見ているだけで、しあわせなんだよ、ロージャ……」

「もういいよ、お母さん」と彼は母の顔を見もしないで、その手だけにぎりながら、ばつわるそうに言った。「話はゆっくりしましょうよ！」

そう言うと、彼は急にどぎまぎして、真《ま》っ蒼《さお》になった。またしてもさっきの恐ろしい触感が死のような冷たさで彼の心を通りぬけたのだ。またしても彼はおそろしいほどはっきりとさとったのだ、いま彼がおそろしい嘘を言ったことを、そしてもういまとなってはゆっくり話をする機会などは永久に来《こ》ないばかりか、もうこれ以上どんなことも、誰ともぜったいに語りあうことができないことを。この苦しい想念の衝撃があまりに強烈だったので、彼は、一瞬、ほとんど意識を失いかけて、ふらふらと立ちあがると、誰にも目を向けずに、部屋を出て行こうとした。

「どうしたんだ、きみ？」とラズミーヒンが彼の手をつかんで、叫んだ。

彼はまた腰をおろして、黙ってあたりを見まわしはじめた。みなけげんそうに彼を見まもった。

「どうしてみんなそうぼんやりふさぎこんでいるんです！」と彼は不意に、自分でも思いがけなく、叫んだ。「何かしゃべりなさいよ！　まったく、なにをぼんやり坐ってるんです！　さあ、しゃべってください！　話をしましょうや……せっかく集まって、黙りこくっているなんて……さあ、何か！」

「やれやれ、ほっとした！　わたしはまた、昨日のようなことがはじまるんじゃないかと思いましたよ」とプリヘーリヤ・アレクサンドロヴナが十字をきって、言った。

「どうしたの、ロージャ？」とアヴドーチヤ・ロマーノヴナが不審そうに尋ねた。

「なあに、なんでもないよ、ちょっとしたことを思い出しただけさ」彼はそう答えると、不意に笑いだした。

「まあ、ちょっとしたことなら、結構だが！　ぼくはまたぶりかえしたかと、はっとしましたよ……」とゾシーモフはソファから腰をあげながら、呟くように言った。「しかし、ぼくはもう失礼する時間です。もう一度寄るかもしれません……じゃまたそのとき……」

彼は会釈《えしやく》をして、出て行った。

「なんてごりっぱな方でしょう！」とプリヘーリヤ・アレクサンドロヴナが言った。

「うん、りっぱな男だよ、すぐれた、教養ある、聡明な……」とラスコーリニコフはだしぬけに、思いがけぬ早口で、これまでになく珍しく張りのある声で、しゃべりだした。「病気になるまえ、どこで会ったか、もうおぼえていないが……どこかで会ったんでしょう……それから、これもいい男ですよ！」と彼はラズミーヒンに顎《あご》をしゃくった。「こいつが気に入ったかい、ドゥーニャ？」と彼は不意に彼女に聞くと、どういうわけか、大声で笑いだした。

「とっても」とドゥーニャは答えた。

「フッ、きみはまったく……いやなことを言うやつだ！」ラズミーヒンはすっかりうろたえて、真っ赤になってこう言うと、椅子から立ちあがった。プリヘーリヤ・アレクサンドロヴナは軽く微笑《ほほえ》んだが、ラスコーリニコフは声をはりあげて笑いころげた。

「おい、どこへ行く？」

「ぼくも……用があるんだ」

「用なんかあるはずないよ、のこりたまえ！　ゾシーモフがかえったから、きみはのこらにゃいかん。そわそわするなよ……ところで、何時かな？　十二時になった？　ずいぶんかわいらしい時計だね、ドゥーニャ！　どうしたんだい、みんな黙りこんじまって？　ぼくだけじゃないか、しゃべってるのは！……」

「これはマルファ・ペトローヴナのプレゼントですわ」とドゥーニャが答えた。

「とっても高価なものなんだよ」とプリヘーリヤ・アレクサンドロヴナが口をそろえた。

「ほほう！ それにしても大きいね、女持ちでないみたいだ」

「わたしこういうの好きよ」とドゥーニャは言った。

《そうか、花婿のプレゼントじゃなかったのか》とラズミーヒンは考えて、どういうわけかうれしくなった。

「ぼくはまた、ルージンのプレゼントかと思ったよ」とラスコーリニコフは言った。

「いいえ、あのひとはまだ何ひとつドゥーネチカに贈りものなんかしませんよ」

「へえ！ おぼえてる、お母さん、ぼく一度すっかり好きになっちゃって、結婚しようとしたこと」とだしぬけに彼は母を見つめながら言った。母は思いがけぬ話題の転換と、それを言いだしたときの彼の口調にあっけにとられて、ぽかんとしてしまった。

「ああ、そう、そうだっけねえ！」プリヘーリヤ・アレクサンドロヴナはドゥーニャとラズミーヒンに目配せした。

「フム！ そう！ ところで、どう話したらいいかなあ？ だって、もうあまりよくおぼえていないんだよ。病気がちの弱い娘だった」と彼はまた急に沈みがちになって、目を伏せたまま言葉をつづけた。「まったく病身で、乞食《こじき》にものをやるのが好きで、いつも修道院をあこがれていたっけ、そして一度それをぼくに話してくれたとき、泣きだしてしまって。そう、そう……おぼえています……よくおぼえています。ひどくみにくい娘でした……顔は。ほんとに、どうしてあの頃《ころ》ぼくはあの娘にひかれたのか、自分でもわからない、きっと、いつも病身だったからでしょう……もしあの娘がさらにびっこかせむしだったら、ぼくはおそらく、もっともっと強く愛したでしょう……(彼はさびしく微笑した)そうです……まあ春の夢みたいなものでした……」

「いいえ、それは春の夢ばかりじゃありませんわ」とドゥーネチカは生き生きと顔をかがやかせて言った。

彼はじいっと目に力をこめて妹を見つめたが、その言葉が聞きわけられなかったか、あるいは聞きとれても言葉の意味がわからなかったらしい。それから、深いもの思いに沈んだまま、立ちあがり、母のそばへ行って、接吻をすると、またもとへもどって、腰をおろした。

「おまえはいまでもその娘《こ》を愛しているんだよ!」とプリヘーリヤ・アレクサンドロヴナは感動して言った。

「その娘《こ》を? いまでも? ああ……あの娘のことですか! いいえ。そんなことはみないまではもうあの世のことのようです……もうずっと昔のことです。それにまわりのすべてのことまで、なんだかこの世のことではないみたいで……」

彼は注意深くみなの顔を見た。

「ここにいるあなた方だって……まるで千里も遠くから見ているような気がするんです……チエッ、なんだってこんな話をしてるんだ？　なんのためにうるさく聞くんだ？」彼は腹立たしげにこうつけたすと、それきり黙りこんで、爪《つめ》をかみながら、またもの思いに沈んだ。

「これはまた思いきって汚ない部屋だねえ、ロージャ、まるで墓穴みたいだよ」とプリヘーリヤ・アレクサンドロヴナは重苦しい沈黙を破って、だしぬけに言った。「おまえがこんな気鬱症《きうつしょう》にかかったのも、半分はきっとこの部屋のせいだよ」

「部屋？……」と彼はぼんやり答えた。「うん、部屋もかなり影響してますね……ぼくはそれも考えました……しかし、あなたは知らんでしょうが、お母さん、あなたはいまおそろしいことを言ったんですよ」と彼は不意に、異様なうす笑いをうかべて、つけ加えた。

もうちょっとしたら、この集まりも、三年の別離の後のこの親子のめぐりあいも、およそ語りあうことなどぜったいにできないような空気の中でつづけられている、この肉親なればこその会話の調子も、――ついに、彼にはどうしても堪えられぬものになったであろう。ところが、どうなるにしろ、ぜったいに今日中に解決しなければならぬ、ひとつののっぴきならぬ問題があった。それは彼がさっき目をさましたときから、そう決めていたのだった。いま彼はまるで出口が見つかったように、喜んでその問題にとびついた。

「ところで、ドゥーニャ」と彼は改まって、そっけなくきりだした。「ぼくは、むろん、昨日のことはおまえに申しわけないと思っている。だがぼくとしては、どうしてもここでもう一度、根本的な考えは変えないことを、おまえにはっきりと言っておきたい。ぼくか、ルージンかだ。ぼくは卑劣な人間でもかまわんが、おまえはいかん。どちらか一人だ。もしおまえがルージンに嫁ぐなら、ぼくは即座におまえを妹と思うことをやめる」

「ロージャ、ロージャ！　それじゃまるきり昨日と同じことじゃないの」とプリヘーリヤ・アレクサンドロヴナは涙声で叫んだ。「いったいどうしておまえはそういつもいつも、自分を卑劣な人間だなんて言うの、わたしはそんなことがまんできない！　昨日だってそうです……」

「兄さん」と、ドゥーニャはきっとして、やはりそっけなく答えた。「この問題では、兄さんのほうにまちがいがあります。わたしは昨夜一晩考えて、そのまちがいを見つけました。結局、兄さんは、わたしが誰かに対して、誰かのために、自分を犠牲にするように考えているらしいけど、それがまちがいなのです。ぜんぜんそんなことはありません。わたしはただ自分のために結婚するのです、自分が苦しいからです。そしてそれが、身内のためにいい結果になったら、うれしいのはあたりまえです、でもわたしの決心で、それが主な動機ではありません……」

《嘘だ！》と彼は憎さげに爪をかみながら、腹の中で思った。《傲慢《ごうまん》なやつだ！　恩を施したいんだと、はっきり言うのがいやなのだ！　ああ、下司《げす》な根性だ！　やつらの愛なんて、にくしみみたいなものだ……ああ、おれは……こいつら全部が憎くてならん！》

「やっぱり、わたしはピョートル・ペトローヴィチに嫁ぎます」とドゥーネチカはつづけた。「だって、二つの不幸があれば、軽いほうをえらびますもの。わたしは、あのひとがわたしに期待していることはどんなことでも、心をこめて行うつもりですわ、だから、あのひとを欺《あざむ》くことにはなりません……兄さん、どうしていまお笑いになったの？」

彼女もかっとなった、そして目に憤怒《ふんぬ》の火花がもえた。

「どんなことでも行うって？」と彼は毒々しく笑いながら言った。

「ある限度まではよ。ピョートル・ペトローヴィチの求婚の仕方と形式を見て、あのひとが何を望んでいるか、わたしはすぐにわかったわ。あのひとは、むろん、自分を高く評価しすぎているかもしれないわ、でもその代り、きっとわたしの人格もかなり認めてくれると思うのよ……また笑って、どうしてなの？」

「じゃどうしておまえはまた赤くなったんだい？　おまえは嘘をついてるんだよ。わざと嘘をついているんだ、女の強情さで、おれのまえで我を通したいという、ただそれだけの理由で……おまえにルージンが尊敬できるはずがないよ。おれは彼に会って、話したんだ。つまり、おまえは金のために身を売ろうというのだ、つまり、どう見ったっていやしい行為をしているんだよ。でも、おまえがまだせめて赤くなれるのを見て、おれはうれしいよ！」

「ちがうわ、嘘じゃない！……」とドゥーネチカはすっかり冷静さを失って、叫んだ。「あのひとがわたしの人格を認めて、尊敬してくれる、という確信がなかったら、わたしは結婚しないわ。あのひとを尊敬できるということが、確実に信じられなかったら、わたしは結婚しないわ。さいわいに、わたしはそれを確認できます、今日にもよ。このような結婚は、兄さんの言うような、いやしい行為じゃないわ！　そして、もし兄さんが正しくて、わたしがほんとうにいやしい行為を決意したとしたら、――わたしにそんなことを言うなんて、兄さんもずいぶんひどいじゃありません？　どうして兄さんは、おそらく自分にもないような勇気を、わたしに要求するの？　それは横暴だわ、暴力だわ！　もしわたしが誰かを亡《ほろ》ぼすとしたら、それは自分一人をだけよ……わたしはまだ誰も破滅させたことがないわ！……どうしてそんな目でわたしを見るの？　どうしたの、真っ蒼になって？　ロージャ、どうしたの？　ロージャ、兄さん！」

「まあ！　気絶させちゃって！」とプリヘーリヤ・アレクサンドロヴナは叫んだ。

「いえ、いえ……なんでもありませんよ……つまらんことです！……ちょっとめまいがしただけです。気絶なんてとんでもない……よくよく気絶の好きな人たちだ！……ウン！　そう……何を言おうとしたんだっけ？　そうそう、どうしておまえは、彼を尊敬することができ、そして彼が……人格を認めてくれることを、今日にも確認できるんだい、たしかそう言ったね？　おまえは、今日、と言ったようだったね？　それともぼくの聞きちがいかな？」

「お母さん、ピョートル・ペトローヴィチの手紙を兄さんに見せてあげて」とドゥーネチカは言った。

プリヘーリヤ・アレクサンドロヴナはふるえる手で手紙をわたした。彼は大きな好奇心をもってそれを受けとった。が、それをひろげるまえに、彼は不意にどうしたのか、びっくりしたようにドゥーネチカを見た。

「おかしい」彼は突然新しい考えにゆさぶられたように、ゆっくり呟いた。「いったいなんのためにおれはこんなにやきもきしてるんだ？　この騒ぎはなんのためだ？　うん、誰でも好きなやつと結婚すればいいじゃないか！」

彼は自分に言いきかせるようだったが、かなりはっきり声にだして言って、しばらくの間、当惑したように妹の顔を見つめていた。

彼は、とうとう、まだ異様なおどろきの表情をのこしたまま、手紙をひらいた。そしてゆっくり入念に読みはじめて、二度読み直した。プリヘーリヤ・アレクサンドロヴナはひどく不安気だった。ほかのみんなも何か特別なことが起りそうな気がしていた。

「おどろいたねえ」と彼はしばらく考えてから、母に手紙をわたしながら、特に誰にともなく言った。「だって彼は弁護士で、忙しくやっているんだろう、話だってまあまあだ……くせはあるけど、ところが書かせるとまるででたらめじゃないか」

一座はちょっとざわめいた。これはまったく予期しなかったことだからである。

「でも彼らはみなこういう書き方をするよ」とラズミーヒンはどぎまぎしながら言った。

「じゃ、きみは読んだのか？」

「うん」

「わたしたちが見せたんだよ、ロージャ、わたしたちは……さっき相談したんだよ」とおろおろしたプリヘーリヤ・アレクサンドロヴナが口をだした。

「これは裁判所独特の文体だよ」とラズミーヒンがさえぎった。「裁判所の書類はいまでもこんなふうな書き方だよ」

「裁判所の？　うん、たしかに裁判所で書きそうな手紙だ、事務的で……まあそれほど文法的にでたらめだともいえないが、しかしひじょうに文学的ともいいかねる。まあ事務的だな！」

「ピョートル・ペトローヴィチは満足に教育を受けていないことを、かくしてはおりません、自分で自分の道をきりひらいたことを、かえって誇りにしているくらいですわ」と兄の新しい調子にいくらかむっとして、アヴドーチヤ・ロマーノヴナは言った。

「まあいいさ、誇りにしているなら、それだけのものがあるのだろう、――ぼくは何も言うまい。ドゥーニャ、おまえは、ぼくがこの手紙を読んでこんなつまらないけちをつけただけなので、侮辱を感じたらしいね、そして、怒らせておいておまえをやっつけるために、ぼくがわざとこんなつまらないことを言いだしたんだと、思っているだろう。とんでもない、文章の中に一個所、この場合ぜったいに読みすごせない意見が、ぼくの頭にピンときたのだ。というのは《自業自得《じごうじとく》》という表現だ。ひじょうに意味ありげに、しかもはっきりと書かれている。しかもそればかりか、ぼくが来たら即座に退出する、という脅迫がある。この退出するという脅迫は——いうことを聞かなければ、おまえたち二人をすてるぞ、という脅迫と同じじゃないか、しかもわざわざペテルブルグまで呼び出しておきながらだ。ドゥーニャ、おまえどう思う、例えば彼か（彼はラズミーヒンを指さした）、ゾシーモフか、あるいはわれわれの誰かがこんなことを書いたら、それこそ腹を立てるだろう、それがルージンなら、こんなことを書かれても、腹を立てられないのか？」

「ううん」とドゥーネチカは元気づきながら、答えた。「この手紙の表現はあまりにナイーヴで、あのひとは、きっと、ただ書くのが上手じゃないだけなんだってことが、よくわかったわ……兄さんの考察は実にみごとよ。思いがけぬほどよ……」

「それが裁判所式の表現だろうさ、裁判所式に書けばこれ以外の書きようがないんだろう、それでおそらく文章が、実際に思っているよりも荒っぽくなるんだろうよ。それはいいとして、おまえをすこし失望させることになりそうだが、この手紙にはもうひとつひっかかる表現がある。ぼくに対する、それもかなりえげつない中傷だ。ぼくは昨日途方にくれている肺病の寡婦《やもめ》にお金をやったが、《葬儀費用の名目で》ではなく、実際に葬儀の費用にやったんだ、また娘――《醜業を職としている》と彼が書いているその娘にではなく、寡婦の手に直接わたしたんだ。その娘だってぼくは昨日はじめて会ったんだよ。こうした文面を見ると、ぼくをけなして、おまえたちと口論させようという、あまりにも性急すぎる意図がすぐにわかるよ。これもまた裁判所式の書き方さ、つまりあまりにも露骨すぎる目的暴露と、実にナイーヴな性急さだよ。彼は人間は利口だろう、だが利口に行動するためには――利口だけでは足りないんだよ。この手紙がよく彼の人間をあらわしている。そしてぼくには……彼が大いにおまえの人格を認めているとは、思われない。ただおまえの参考にと思ってこんなことを言うんだが、それも心からおまえの幸福をねがっていればこそだよ……」

　ドゥーネチカは答えなかった。彼女の決意はもうさっきすでになされていて、夜のくるのを待っていただけだった。

「それじゃいったい、おまえはどう決めるつもりだね、ロージャ？」とプリヘーリヤ・アレクサンドロヴナは、彼の突然の耳なれぬ事務的な口調に、先ほどよりもますます不安になって尋ねた。

「何のことです、《決める》って？」

「だってほら、ピョートル・ペトローヴィチが書いてるじゃないの、夜おまえがわたしたちのところにいないようにって、来たら……すぐかえってしまうって。それでおまえどうするつもり……来るかい？」

「それはもう、いうまでもなく、ぼくが決めることじゃありませんよ。まず、お母さん、あなたです、ピョートル・ペトローヴィチのこのような要求があなたに侮辱を感じさせなければですよ。次に——ドゥーニャです、これもやはり侮辱と思わなければですがね。ぼくはあなた方のいいようにします」と彼はそっけなくつけ加えた。

「ドゥーネチカはもう決めているんだよ、わたしはそれにすっかり同意なんだよ」とプリヘーリヤ・アレクサンドロヴナは急いで口を入れた。

「わたしはね、兄さん、その対面の席にぜひいてもらうように、兄さんに頼むことに決めたのよ」とドゥーニャは言った。「来てくれる？」

「行くよ」

「あなたにも八時に来てくださるようお願いしますわ」と彼女はラズミーヒンに言った。「お母さん、わたしこの方もおよびしますわ」

「いいですとも、ドゥーネチカ。そう、おまえたちがしっかりきめたのなら」とプリヘーリヤ・アレクサンドロヴナは言いそえた。「そのとおりにするがいいよ。わたしだってそのほうが気楽だよ。見せかけを言ったり、嘘をついたりするのはきらいだよ。

それよりすっかりほんとのことをぶちまけちゃったほうが、どのくらいいいかしれやしない……こうなったら、ピョートル・ペトローヴィチが怒ろうが怒るまいが、かまやしないよ！」

4

そのときドアがしずかに開《あ》いて、おずおずとあたりを見まわしながら、一人の娘が部屋へ入ってきた。一同はおどろきと好奇の目でそちらを見た。ラスコーリニコフははじめそれが誰《だれ》かわからなかった。それはソーフィヤ・セミョーノヴナ・マルメラードワだった。昨日彼ははじめて彼女を見たのだが、あんなときだったし、あんな環境だったし、それにあんな衣装を着ていたので、彼の記憶にやきつけられたのはぜんぜん別な顔だった。いまそこに立っているのはつましい、むしろみすぼらしいほどの服装の娘で、まだひじょうに若くて、ほとんど少女といっていいくらいで、物腰もひかえ目で品があり、明るいが、すこしおびえたような顔をしていた。着ているのはなんの飾りもないごく質素なふだん着で、頭には古い流行おくれの帽子をかぶっていた。昨日と同じといえば、パラソルをもっていることだけだった。思いがけなく部屋いっぱいの人たちを見て、彼女は当惑したというよりは、すっかりおろおろしてしまって、小さな子供のようにおじけづき、引き返しそうな素振りさえ見せた。

「ああ……あなたでしたか？……」とラスコーリニコフはすっかりびっくりしてしまって、こう言うと、とたんに自分もそわそわしだした。

彼はすぐに、母と妹がもうルージンの手紙によって《醜業を職とする》ある娘のことをいくらか知っていることを、思いうかべた。たったいま彼がルージンの中傷を非難し、その娘を見たのは昨日がはじめてだと言ったばかりなのに、突然その娘が部屋へ入ってきたのである。彼はまた、《醜業を職とする》という言い方に対してなんとも抗議していなかったことを思いだした。こうしたことがぼんやりちらと彼の頭をかすめた。しかし、よく注意して見ると、彼は不意に、この辱《はずか》しめられた存在があまりにも苛酷《かこく》なまでにしいたげられていることに気づいて、急にかわいそうになった。そして娘がおびえて逃げだしそうな素振りを見せたとき、――彼は自分の内部で何かがひっくりかえったような気がした。

「あなたがいらっしゃるとはまったく思いがけませんでした」と彼は目で彼女をひきとめながら、急いで言った。「どうぞおかけください。きっと、カテリーナ・イワーノヴナの使いでいらしたのでしょう。どうぞ、こちら、じゃなく、そこへおかけください……」

ラズミーヒンはラスコーリニコフの三つしかない椅子《いす》の一つにかけて、ドアのすぐそばにいたが、ソーニャが入って来ると同時に、彼女を通すために立ちあがっていた。はじめラスコーリニコフはゾシーモフがかけていたソファの端に彼女を通そうとしたが、そのソファはベッド代りにもしているので、あまりにも内輪すぎる場所だと気がついて、あわててラズミーヒンがかけていた椅子をしめした。

「きみはこっちへかけてくれたまえ」と彼はラズミーヒンに言って、ゾシーモフのあとへかけさせた。

ソーニャはおびえきって、いまにもふるえだしそうな様子で腰をおろすと、おずおずと二人の婦人に目をやった。どうしてこのような婦人たちといっしょに坐《すわ》るなどということができたのか、彼女は自分でもわからないらしかった。それに思いあたると、彼女はすっかりおびえてしまって、急にまた立ちあがり、おろおろしながらラスコーリニコフに言った。

「わたし……わたし……ちょっとお伺いしただけですの、おさわがせしまして、申しわけありません」と彼女はしどろもどろに言いだした。「わたし、カテリーナ・イワーノヴナの使いで、ほかに誰もいなかったものですから……カテリーナ・イワーノヴナがあなたさまに明日のお葬式にぜひおいでねがいたいとのことでございました。朝の……礼拝式《らいはいしき》に……ミトロファニイ教会でございますから、それから家で……一口召し上がっていただけたら……光栄に存じますと……おねがいするよう言われてまいりました」

ソーニャは口ごもって、黙りこんだ。

「ぜひお伺いするようにします……ぜひ」とラスコーリニコフも立ちあがって、やはり口ごもりながら答えたが、しまいまで言いきらなかった……「どうぞ、おかけください」と彼は不意に言った。「あなたと話したいことがあるんです。どうぞ、――お急ぎでしょうかしら、――すみませんが、二分だけぼくにくだささい……」

そう言って彼はソーニャのほうへ椅子をおしやった。ソーニャはまた腰を下ろした、そしてまたおずおずと、困ったように、ちらと二人の婦人を見て、すぐに目を伏せた。ラスコーリニコフの蒼白《あおじろ》い顔がさっと赤くなった。身体中《からだじゅう》が急にひきつったようになり、目がぎらぎらともえだした。

「お母さん」と彼はしっかりと、おしかぶせるように言った。「この方がソーフィヤ・セミョーノヴナ・マルメラードワです、昨日ぼくの目のまえで馬車にひかれた気の毒なマルメラードフ氏の娘さんです。事故のことはもうあなた方に話しましたね……」

プリヘーリヤ・アレクサンドロヴナはソーニャをじっと見て、わずかに目をそばめた。彼女はロージャの執拗《しつよう》ないどみかかるような視線に射られて、すっかりどぎまぎしていたが、それでも相手を見くだすこの満足をすてることは、どうしてもできなかった。ドゥーネチカは真剣に、注意深く哀れな娘の顔に視線をあてて、不審そうに彼女を観察していた。ソーニャは、自分が紹介されたのを聞いて、またちょっと目をあげたが、まえよりもいっそうどぎまぎしてしまった。

「あなたにお聞きしたかったのですが」とラスコーリニコフは急いで彼女に言った。「今日はお宅はどんな様子でした。もうすっかり片づきましたか？　わずらわしいことはありませんでしたか？……例えば、警察がくるとか」

「いいえ、もうすっかりすみました……だって死因は、明らかすぎるほどですし。うるさいことはありませんでした。ただ住んでいる人たちがさわぎ立てて」

「なぜです？」

「死体をいつまでもおいとくって……なにしろこの暑さでしょ、においが……それで今日、晩の礼拝式の頃《ころ》までに、墓地へ運んで、明日《あす》まで、小礼拝堂に安置しておくことにしましたの。カテリーナ・イワーノヴナははじめいやがりましたが、いまでは自分でも、おいとけないことが、わかったものですから……」

「じゃ今日ですか？」

「母は明日の教会のお葬式においでくださるようにと申しております、それから家においでいただいて、形ばかりの法事をしたいからと」

「法事をするんですか？」

「ええ、ほんの形ばかりですけど。母は、昨日あなたさまにお助けいただいて、くれぐれもお礼を申しあげるようにとのことでした……あなたさまのお助けがなかったら、それこそお葬式も出せなかったでしょう」

そう言うと、彼女の唇《くちびる》と下顎《したあご》が急にふるえだした、が、彼女はいそいで目をおとして、じっとおしこらえた。

話のあいだラスコーリニコフはじっと彼女を観察していた。それは痩《や》せた、ほんとに痩せた蒼白い小さな顔で、輪郭がかなり不正確で、小さな鼻も顎もとがっていて、ぜんたいにとがった感じだった。美人とはとても言えなかったが、その代り青い目が明るく澄んでいて、それが生き生きとかがやくと、顔の表情がびっくりするほど素直で無邪気になり、思わず見とれてしまうほどだった。その顔ばかりでなく、姿ぜんたいに、そのほかもうひとつの特徴があった。それは十八歳というのに、としよりもはるかに若く、まだ少女のように見えることだった。まったく子供子供していて、それがどうかすると彼女の動作の中にあらわれて、むしろ滑稽《こっけい》なくらいだった。

「でもカテリーナ・イワーノヴナはあんなわずかばかりの金でいろいろまかなったうえに、ごちそうまで用意するなんて、そんなことができるんですか？……」ラスコーリニコフは無理に話をきらすまいとしながら、尋ねた。

「寝棺は質素なものにしますし……それに何もかもつましくしますものですから、そんなにかからないのです……わたしさっきカテリーナ・イワーノヴナとすっかり計算しましたら、法事をするお金がのこります……カテリーナ・イワーノヴナはどうしてもそうしたいと申しております。いけないとは言えませんもの……母にはそれが慰めなのです……あなたもご存じと思いますが、母はああいう気性ですから……」

「わかりますよ、わかりますよ……そりゃそうでしょう……どうしてあなたはそんなにぼくの部屋を見まわすんです？　母も言うんですよ、墓穴に似てるなんて」

「あなたは昨日わたしたちにすっかりくださいましたのね！」それには答えないで、ソーネチカは不意にしっかりした早口でこう囁《ささや》くと、すぐにまた深々とうなだれた。唇と顎がまたふるえだした。彼女はもう先ほどからラスコーリニコフの貧しい暮しぶりに強くうたれていたが、いまこの言葉が突然ひとりでに出てしまったのである。沈黙がつづいた。ドゥーネチカの目がなぜか晴れやかになり、プリヘーリヤ・アレクサンドロヴナはやさしい笑みをさえうかべてソーニャを見つめた。「ロージャ」と彼女は腰をあげながら言った。「わたしたちは、むろん、いっしょに食事をするでしょうね。ドゥーネチカ、まいりましょう……ロージャ、おまえはちょっと散歩をしてから、横になってすこし休んだほうがいいよ、それから、なるべく早目においでね……なんだかおまえを疲れさせたようで、心配だから……」

「はい、はい、行きますとも」と彼は立ちあがりながら、あわてて答えた……「でも、ぼく用事が……」

「じゃいったいきみたちは別々に食事をするというのかい？」とおどろいてラスコーリニコフを見ながら、ラズミーヒンが叫んだ。「きみは何を言うんだ？」

「うん、うん、行くよ、むろん行くさ、きまってるじゃないか……で、きみちょっとのこってくれ。母さん、もうこいつがいなくてもいいでしょうね？　それとも、ぼくがこいつを掠奪《りゃくだつ》することになるかな？」

「おやまあ、いいんだよ、とんでもないよ！　それじゃ、ドミートリイ・プロコーフィチ、食事に来てくれますわね、おねがいしますよ？」

「どうぞ、いらしてくださいね」とドゥーニャも頼んだ。

ラズミーヒンはすっかり晴れやかな顔になって、おじぎをした。ちょっとの間、一同はどうしたわけか妙に気づまりになった。

「さようなら、ロージャ、いや、またあとで、だったわね。わたし《さようなら》って言葉きらいなんだよ。さようなら、ナスターシヤ……あら、また《さようなら》を言っちゃったよ！……」

プリヘーリヤ・アレクサンドロヴナはソーネチカにも会釈《えしやく》しようと思ったが、なんとなくしそびれて、急いで部屋を出て行った。

しかしアヴドーチヤ・ロマーノヴナは自分の番を待っていたように、母のあとについてソーニャのそばを通るとき、腰を深くかがめてていねいに会釈をした。ソーネチカはどぎまぎして、そそくさとおびえたように会釈をかえしたが、アヴドーチヤ・ロマーノヴナにしめされたいんぎんな態度がかえって気づまりで心苦しく感じられたらしく、彼女の顔には苦痛といえるような表情さえあらわれた。

「ドゥーニャ、さようなら！」とラスコーリニコフはもう控室へ出てから叫んだ。「おい手をくれよ！」

「あら、もう握手したじゃないの、忘れたの？」とドゥーニャはやさしく、きまりわるげに彼のほうを向きながら、答えた。

「いいじゃないか、もう一度くれよ！」

そして彼はかたく妹の指をにぎりしめた。ドゥーネチカはにこっと彼に笑顔を見せると、不意に顔を赤らめて、いそいで手をふりほどき、母のあとからでて行った。彼女もどういうわけか身体中に幸福がみなぎっていた。

「さあ、これでよしと、素敵ですねえ！」と彼は部屋へもどると、晴ればれした顔でソーニャを見つめて、言った。「主よ、死者には安らぎを、生者にはさらに生をあたえたまえ！　そうじゃありませんか！　そうじゃありませんか！　そうですね？」

ソーニャはおどろきの色さえうかべて、急に晴れやかになった彼の顔を見つめた。彼はしばらくの間黙って、しげしげと彼女の顔を見まもっていた。亡《な》くなった彼女の父が語った彼女についての話が、そのとき不意に彼の記憶によみがえったのである……

「やれやれ、ドゥーネチカ！」と通りへ出るとすぐに、プリヘーリヤ・アレクサンドロヴナは言った。「でてきて、ほんとによかったような気がするよ。なんだか気が楽になったみたいで。まったくねえ、わたしは昨日汽車の中で、こんなことまで喜ぼうとは、ゆめにも思わなかったよ！」

「何度も言うようですけど、お母さん、兄さんはまだひどくわるいのよ。お母さんにはそれがわからないの？　もしかしたら、わたしたちのことで苦しんで、身体《からだ》をこわしたのかもしれないわ。あたたかい気持で見てあげて、たいていのことは許してあげることだわ」

「だっておまえ、あたたかい気持で見てあげなかったじゃないの！」とプリヘーリヤ・アレクサンドロヴナはすぐにかっとなって、真剣にやりかえした。「ねえ、ドゥーニャ、わたしはおまえたち二人を見ていたんだけど、ほんとにそっくりだよ、顔だけじゃなく、気持まで。二人ともふさぎの虫で、気むずかしくて、怒りっぽくて、自尊心がつよくて、そのくせ心がおおらかで……あの子がエゴイストだなんて、そんなはずがないじゃないの、ねえドゥーネチカ？　そうだろう？……でも、今夜どんなことになるかと思うと、ほんとに胸のつぶれる思いだよ！」

「心配しなくてもいいわよ、お母さん、なるようにしかならないんだから」

「ドゥーネチカ！　だっておまえ、わたしたちがどんな立場におかれているか、考えてごらんよ！　ピョートル・ペトローヴィチにことわられたら、どうなると思うの？」と哀れなプリヘーリヤ・アレクサンドロヴナは思わずうっかり口をすべらしてしまった。

「それだったら、あのひとの人間はゼロよ！」とドゥーネチカはきっぱりと、さげすむように答えた。

「わたしたちはいまでてきて、ほんとによかったよ」とプリヘーリヤ・アレクサンドロヴナは、あわてて話をもどした。「あの子はどこかへ急ぎの用事があるらしかったからねえ。すこし歩いて、冷たい風にあたればいいんだよ……あの部屋はまるで蒸《む》し風呂《ぶろ》みたいだよ……だけどここは、どこへ行ったらおいしい空気が吸えるんだろう？　通りだって、まるで引き窓のない部屋の中みたいだよ。やれやれ、なんて町だろう！　……おや、そっちへおより、おしつぶされるよ、何か運んでくる！　おや、ピアノだよ、まあまあ……あっちこっちへぶっつけて……あの娘のこともわたしは心配でならないんだよ……」

「どの娘、お母さん？」

「ほらあの、ソーフィヤ・セミョーノヴナとかいう、いましがた見えた……」

「何が心配なの？」

「わたしは予感がするんだよ、ドゥーニャ。まあ、おまえはどう思うかしらないけど、あの娘が入ってくるとすぐに、わたしはぴんときたんだよ、ここにこそ本当の原因があるって……」

「そんなものぜんぜんありゃしないわ！」とドゥーニャはむっとして大きな声をだし

た。「ほんとに、お母さんのその予感とやらもこまりものだわ！　兄さんは昨日会ったばかりで、いまも、入ってきたとき、気がつかなかったじゃないの」

「まあ、いまにわかるよ！……あの娘を見たときわたしは胸さわぎがしたんだよ、まあ見てなさい、いまにわかるから！　わたしはすっかりびっくりしてしまったんだよ、わたしを見つめるあの娘の目の、真剣なことったら、わたしは椅子《いす》にじっと坐《すわ》っていられないほどだったよ、ほら、ロージャが紹介をはじめたときさ？　わたしはへんな気がしたよ、だってピョートル・ペトローヴィチがあんなことを書いてきたろう、その娘をロージャがわたしに紹介するんだものねえ、それにおまえにまで！　つまり、あの子にはだいじなひとなんだよ！」

「あのひとは何を書くかわかりゃしないわ！　わたしたちのことだってずいぶんなことをしゃべったり、書いたりしたじゃないの、忘れたの？　わたしは信じているわ、あの娘さんは……心の美しいひとで、あんなことはみんな——でたらめだわ！」

「そうならいいがねえ！」

「ピョートル・ペトローヴィチなんて、しようのないかげ口やよ」とドゥーネチカは不意にたたきつけるように言った。

プリヘーリヤ・アレクサンドロヴナはあわてて口をつぐんだ。話がとぎれた。

「ちょっと、きみに頼みがあるんだが……」とラスコーリニコフはラズミーヒンを窓《まど》際《ぎわ》へつれて行きながら、言った。

「じゃわたし、あなたにいらしていただけるって、カテリーナ・イワーノヴナにつたえますわ……」とソーニャは帰ろうとして、小腰をかがめながら、急いで言った。

「ちょっと待って、ソーフィヤ・セミョーノヴナ、ぼくたちには何も秘密なんてありませんから、そこにいていただいてかまいません……もう二言ばかり話したいことがありますから……ほかでもないが」と彼は言いおわらないうちに、まるで話をたちきってしまったように、突然ラズミーヒンに言った。「きみはあの男を知ってるだろう……ほら、なんといったかな！……うん、ポルフィーリイ・ペトローヴィチよ？」

「知ってるさ！　親類だよ。それで？」と彼は急に好奇心がわいて、うながした。

「で、彼はいまあの問題を……そら、例の殺人事件さ……昨日きみが言ったろう……あれを担当してるって？」

「そうだよ……それで？」ラズミーヒンは急に目をみはった。

「彼は質入れをしていた連中をしらべたそうだが、ぼくもあずけてあるんだよ。なに、つまらんものだが、それでもぼくがここへ出てくるとき妹が記念にくれた指輪と、父の銀時計なんだ。せいぜい五、六ルーブリの品だが、ぼくにはだいじなものだよ、かたみだからな。で、ぼくはどうしたらいいんだ？　品物はなくしたくない、特に時計は。ぼくはさっき、ドゥーネチカの時計の話がでたとき、母がぼくのを見たいなんて言いだしゃしないかと、ひやひやしたよ。父の死後そっくりのこっているのは、これだけなんだ。これがなくなったら、母は病気になってしまうよ！　女だからな！　そこで、いったいどうしたらいいんだい！　署にとどけ出にゃならんことは、知ってるよ。だが、ポルフィーリイに直接言ったほうがいいんじゃないか、え？　きみはどう思う？　なんとか早くかたをつけたいんだよ。きっと、食事まえに母が聞くぜ！」

「署なんかぜったいだめさ、どうしてもポルフィーリイに頼むんだ！」とラズミーヒンはどういうわけかいつになく興奮して叫んだ。「いや、実に愉快だ！　ぐずぐずしてることはない、すぐ行こう、すぐそこだよ、きっといるよ！」

「そうだな……行ってみようか……」

「きみと知り合いになれたら、彼はもうそれこそ、とびあがって喜ぶぞ！　ぼくは彼にきみのことをずいぶんいろいろ話したんだよ、機会あるごとにさ……昨日も話したよ。さあ行こう！……じゃきみはあの老婆を知ってたのか？　そうかい！……これでまんまとすっかりひっくりかえったぞ！……あッそうそう……ソーフィヤ・イワーノヴナ……」

「ソーフィヤ・セミョーノヴナだよ」とラスコーリニコフは訂正した。「ソーフィヤ・セミョーノヴナ、これはぼくの友人、ラズミーヒン君です、いい男です……」

「もしあなた方がこれからお出かけになるんでしたら……」とソーニャはラズミーヒンのほうをぜんぜん見ないで、そのためにいっそうどぎまぎして、言いかけた。

「じゃ、いっしょに出ましょう!」とラスコーリニコフはきめた。「ぼくは今日にもお宅へよります、ソーフィヤ・セミョーノヴナ、失礼ですが、どちらにお住まいかだけ、おしえてくださいませんか?」

彼はとりみだしたというのではないが、気がせいたらしく、彼女の視線をさけるようにした。ソーニャは自分のアドレスをわたすと、とたんに顔を赤らめた。三人はそろって部屋をでた。

「おい、鍵《かぎ》はかけないのかい?」とラズミーヒンは二人のあとから階段を下りながら、尋ねた。

「かけたことなんかないよ!……とはいっても、この二年ずっと鍵を買おうと思いつづけているんだがね」と彼は何気なくつけ加えた。

「鍵をかけるものが何もない人間なんて、幸福《しあわせ》ですね?」と彼は笑いながら、ソーニャに言った。

通りへ出る門のところで立ちどまった。

「あなたは右ですね、ソーフィヤ・セミョーノヴナ？　して、あなたはどうしてぼくの住居《すまい》がわかりました？」と彼は何かぜんぜん別なことを言いたいらしく、彼女に尋ねた。彼はさっきから彼女のおだやかな明るい目をのぞきこみたくてたまらなかったが、どういうものかそれがうまくできなかった……

「だって、あなたが昨日ポーレチカにおしえてくれたでしょう」

「ポーリャ？　ああそうでしたっけ……ポーレチカねえ！　あの……ちっちゃな……あれはあなたの妹さんですね？　じゃぼくはあの子にアドレスをおしえたのかな？」

「まあ、お忘れになったの？」

「いいえ……思いだしました……」

「わたしはあなたのこと、もうまえに亡《な》くなった父から聞いておりました……ただそのころはまだお名前を存じませんでした、父も知らなかったのです……それで今日まいりましたのは……昨日お名前がわかったものですから……ラスコーリニコフさんのお住居はどちらでしょうかって、聞きまして……でも、あなたも間借りなすっておいでとは、思いませんでした……では失礼いたします……わたしカテリーナ・イワーノヴナのところへまいりますから……」

彼女はやっと別れることができたのが、うれしくてならなかった。彼女は早く二人の目からかくれるために、目を伏せて、急ぎあしに歩いた。なんとか早く二十歩ほど先の曲り角まで行きついて、右へ折れ、ようやく一人になって、そこで急いで歩きながら、誰《だれ》にも何にも目を向けずに、いま言われたひとつひとつの言葉、ひとつひとつの事情を、考えたり、思いだしたり、思いあわせてみたりしたかった。これまでに一度も、彼女はこのようなものを感じたことがなかった。大きな新しい世界がいつのまにかぼんやりと彼女の心へ入ってきたのである。彼女はふと、ラスコーリニコフが彼女の住居を訪ねると言ったことを思いだした。《朝のうちに来るかもしれない。もうじき来るのじゃないかしら！》

「今日だけはいらしてくださらないように、どうか今日でないように！」彼女は誰かに哀願するように、おびえた子供のように、胸の凍る思いで呟《つぶや》いた。「ああ！　わたしんとこへ……あの部屋へ……見られてしまう……おお、どうしよう！」

それでむろん、彼女はそのとき、しつこく彼女の様子をうかがいながらあとをつけてくる一人の見知らぬ男がいることに、気づくはずがなかった。その男は彼女が門を出たときからつけてきたのである。ラズミーヒンとラスコーリニコフと彼女の三人が、歩道に立ちどまって別れしなの言葉をかわしていたちょうどそのとき、通りかかったこの男は、《ラスコーリニコフさんのお住居はどちらでしょうかって、聞きまして》というソーニャの言葉をふと小耳にはさんで、ぎくッとした様子だった。彼はすばやいが注意深い目で、三人を、特にソーニャと向きあっていたラスコーリニコフを観察した。それから建物を見て、それを頭に入れた。それは一瞬の間の、歩きながらのことだった。それからその男はそんな素振りも見せないようにつとめながら、行きすぎると、歩度をゆるめて、近づくのを待っているふうだった。彼はソーニャを待っていた。彼は三人が別れて、ソーニャがこちらのほうへもどるらしいのを見てとったのだった。

《さて、どこへもどって行くかな？　どこかで見た顔だが》彼はソーニャの顔を思いだそうとしながら、考えた……《つきとめてやろう》

曲り角まで来ると、彼は通りの向う側へうつって、振り向くと、同じ通りを何も気づかずにこちらへやってくるソーニャの姿が見えた。曲り角まで来ると、いいぐあいに彼女も同じ通りへ折れた。彼は反対側の歩道から彼女を観察しながら、あとをつけはじめた。五十歩ほど行くと、またソーニャのほうの側へうつって、距離をつめ、五歩ばかりの間隔をたもって、あとをついて行った。

それは五十がらみの男で、背丈は中背《ちゅうぜい》よりやや高く、でっぷりふとって、広い肩がいかっているために、いくぶん猫背《ねこぜ》に見えた。しゃれた服をゆったり着こなしていて、堂々たる紳士という風采《ふうさい》である。手にはみごとなステッキをにぎっていて、歩道を一歩あるくごとにコトコト鳴らし、その手は真新しい手袋につつまれていた。頬骨《ほおぼね》のはった大きな顔はかなり感じがよく、顔色はつやつやして、ペテルブルグの人間らしくなかった。頭髪はまだひじょうに濃く、きれいな薄亜麻色で、ほんのわずか白いものがまじっていた。スコップのようにはば広く垂れた濃い顎鬚《あごひげ》は、頭髪よりもひときわ明るかった。空色のひとみは冷たく、鋭く、そして深く、唇《くちびる》は真っ赤だった。どうみてもこれはすこしも老いを感じさせない男で、年齢よりもはるかに若く見えた。ソーニャが運河ぞいの通りにでたとき、歩道には彼ら二人きりになった。彼は彼女を観察しながら、彼女がぼんやりもの思いにしずんでいるのに気がついた。ソーニャは自分の住居のある建物まで来ると、門の中へ折れた。彼はそのあとにつづきながら、いくらかおどろいた様子だった。庭へ入ると、彼女は右へ折れて、いちばんすみの入り口のほうへ歩いて行った。そこが彼女の部屋へ通じる階段ののぼり口だった。《おや！》と見知らぬ紳士は呟いて、彼女のあとから階段をのぼりはじめた。そこではじめてソーニャはその男に気がついた。彼女は三階までくると、廊下へ出て、ドアにチヨークで《カペルナウモフ洋裁店》と書いてある九号室の呼鈴《よびりん》を鳴らした。《おや！》と見知らぬ男は、不思議な符合におどろきながら、もう一度くりかえすと、となりの八号室の呼鈴を鳴らした。二つのドアは六歩ほどしかはなれていなかった。

「あなたはカペルナウモフのところにお住まいかね！」と彼はソーニャを見て、笑いながら言った。「わたしは昨日ここでチョッキを直してもらいましたよ。わたしはとなりのマダム・レスリッヒ、ゲルトルーダ・カルローヴナのところに間借りしてるんですよ。いや、おどろきましたなあ！」

ソーニャは注意深くその男を見つめた。

「となり同士ですな」と彼はどういうものか特別たのしそうにつづけた。「わたしはペテルブルグへ来てまだ三日目ですよ。じゃ、また」

ソーニャは返事しなかった。ドアが開いて、彼女は自分の部屋へはしりこんだ。なぜか恥ずかしかったし、それにすっかりおじけていたようだ……

ラズミーヒンはポルフィーリイを訪れる途々《みちみち》、いつになく興奮していた。

「きみ、実にすてきだよ」と彼は何度かくりかえした。「ぼくはうれしいよ！　うれしいんだよ！」

《いったい何がうれしいんだ？》とラスコーリニコフは腹の中で考えた。

「きみもあの婆《ばあ》さんのところへ質草をもってってたなんて、ぼくはまったく知らなかったよ。それで……それで……もうまえまえからか？　つまりきみが婆さんのところへ行ったのはもう大分まえかい？」

《まったく、なんて無邪気な馬鹿《ばか》だ！》

「いつって？」ラスコーリニコフは思いだそうとして、ちょっと足をとめた。「そう、たしかあの事件の三日ほどまえだったよ。でも、ぼくはいま請《う》け出《だ》しに行くんじゃないぜ」と彼はなぜかあわてて、品物のことがいかにも気がかりらしく、言った。「だってぼくはまたもとのもくあみ、一ルーブリ銀貨一枚しかないんだよ……昨日のいまいましい夢遊病のおかげでさ！……」

夢遊病という言葉を彼は特に意味ありげに言った。

「うん、そうだ、そうだ、そうだ」とラズミーヒンはあわてて、何がそうなのかわからずに相槌《あいづち》を打った。「なるほど、それでわかったよきみがあのとき……ショックを受けたわけが……知ってるかい、きみはうわごとにまで指輪とか鎖とか、しきりに言ってたんだぜ！……うん、そうだったのか、なるほどねえ……それでわかったよ、やっとすっかりわかったよ」

《そうか！　やっぱりやつらの頭にはあれがひっかかっていたんだな！　現にこの男なんかおれのためならはりつけもいとわないくせに、それでもやはり、おれが指輪のうわごとを言ったわけが、わかったと、こんなに喜んでるじゃないか！　してみるとたしかに、やつらはみなそう思いこんでいたんだ！……》

「だが、いまいるだろうか？」と彼は声にだして言った。

「いるよ、きっといるよ」とラズミーヒンはあわてて答えた。「きみ、会えばわかるけど、いい男だぜ！　すこしごついが、といって人間はねれているんだぜ、ごついというのは別な意味でだよ。利口な男だよ、頭のいいことは無類だが、ただものの考え方に独特のくせがある……疑《うたぐ》り深いんだな、懐疑論者で、毒舌家で……人を欺《だま》すのが好きで、いや欺すというんじゃない、からかうのが好きなんだよ……なあに、古くさい実証的方法さ……だがしごとはよくできるよ、たいした腕だ……去年ある事件を、やはり証拠が何もない殺しだがね、みごとに解決したよ！　とにかく、ひどく、ひどく、きみに会いたがってるよ！」

「でも、ひどく会いたがってるというのは、どうしてだろうね？」

「といって、別にその……実は、最近、きみがあんな病気をしたろう、それでぼくはしぜんきみのことをいろいろと話題にしたわけだ……それで、彼も聞いたわけさ……

そして、きみが法科の学生で、いろんな事情で卒業ができないでいることを知ると、《実に気の毒なことだ！》なんて言ってたぜ。そこでぼくはこう思うんだよ……つまりこうしたことがみないっしょになったからさ、あれだけってことはないよ。昨日ザミョートフが……ねえ、ロージャ、ぼくは昨日きみを家へ送って行く途中、酔いにまかせて何やらくだらんことをごちゃごちゃしゃべったろう……それでぼくは、きみがそれを大げさに考えてやしないかと……」

「それってなんだい？　ぼくが気ちがいと思われてるってことか？　なに、それが本当かもしれんさ」

彼は無理に笑った。

「そうだよ……そうだよ……チエッ、何言ってんだ、そんなことじゃないよ！……つまり、ぼくがしゃべったことは、あのとき言ったほかのこともひっくるめてだ、ぜんぶでたらめだよ、酔ってたんだ」

「何を言いわけしてるんだ！　そんなことはもう聞きあきたよ！」とラスコーリニコフは大げさにいらいらして叫んだ。しかし、それはいくぶんは見せかけもあった。

「知ってるよ、知ってるよ、わかってるよ。信じてくれよ、よくわかってるんだよ。口にするのさえ恥ずかしい……」

「恥ずかしいなら、言うなよ!」

二人は黙りこんだ。ラズミーヒンは有頂天などという状態をこえていた。そしてラスコーリニコフは苦々しい気持でそれを感じていた。ラズミーヒンがいまポルフィーリイについて言ったことも、彼を不安にした。

《こいつにも哀れっぽいことを言わにゃならんな》と彼は蒼《あお》ざめて、胸をどきどきさせながら考えた。《しかも、なるたけ自然に。いちばん自然なのは何も言わないことだ。つとめて何も言うまい! いや待てよ、つ、と、め、てということはまた不自然になる……まあいいや、どういうことになるか……成り行きを見るとしよう……いまにわかることだ……ところで、おれが行くということは、いいことか、わるいことか? と んで火に入る夏の虫ってやつかな。胸がどきどきする、これがどうもおもしろくない!……》

「あの灰色の建物だよ」とラズミーヒンが言った。

《もっとも重大なのは、おれが昨日あの婆《ばば》ぁの部屋へ行って……血のことを聞いたのを、ポルフィーリイが知ってるかどうかということだ。まっさきにこれを知ることだ。部屋へ入ったら、とっさに、顔色でこれを読むのだ。さもないと……どんなことがあっても、これはさぐるぞ!》

「おい、きみ」ととつぜん彼はずるそうなうす笑いをうかべながら、ラズミーヒンを見た。「きみは今日は朝から何かこうむやみに興奮してるようだな？　そうじゃないか？」

「興奮て何さ？　おれは別にちっとも興奮なんかしてないぜ」ラズミーヒンはぎくっとした。

「嘘《うそ》いうなよ、きみ、まったく、すぐにわかったぜ。さっき椅子《いす》に坐《すわ》っていたときだって、はしっこにちょこんとかけて、きみのあんな格好見たことないぜ、それにたえずがくがくふるえてさ。わけもなくいきなり立ちあがったり。いま怒っていたかと思うと、急にどういうわけかとろけそうな顔になったり。おまけに赤くなったりしてさ。特に食事によばれたときなんぞ、びっくりするほど真っ赤になったぜ」

「そんなことあるもんか、嘘だよ！……それはなんの話だい？」

「まったく、まるで小学生みたいにそわそわしてたぜ！　へえ、おい、また赤くなったじゃないか！」

「しかし、きみはなんていやなやつだ！」

「おい、何をむきになってんだい？　ロメオ！　よし、今日これをどっかですっぱぬいてやろう、は、は、は！　そうだ、母を笑わしてやろう……それから誰《だれ》かも……」

「おい、おい、おいったら、これはまじめなことなんだぜ、これはきみ……そんなことをしたらどうなると思う、いいかげんにしろよ！」ラズミーヒンは背筋がぞくぞくして、すっかりしどろもどろになってしまった。「きみはあのひとたちに何を話すんだ？　ぼくは、きみ……チエッ、この豚ちくしょう！」

「まさに春のバラか！　またよくきみに似合うぜ、きみに見せてやりたいよ、寸づまりのロメオってとこだ！　今日はまたやけにこすりたてたじゃないか、爪《つめ》はみがいたかい、え？　きみがねえ、おどろいたよ！　それに、へえ、ポマードを塗ってるじゃないか！　どれ、頭をまげてみろよ！」

「豚ちくしょう!!!」

ラスコーリニコフはあまりにも笑ったので、おさえがきかなくなったと見えて、そのまま笑いながらポルフィーリイの住居《すまい》へ入った。それがラスコーリニコフのねらいだった。二人が笑いながら玄関を入り、控室でもまだ笑っているのを、中にいる者に聞かせたかったのである。

「ここで一言でも言ってみろ、頭を……たたきわるぞ！」とラズミーヒンはラスコーリニコフの肩をつかんで、怒りにふるえながら、声をおし殺してすごんだ。

5

すごまれたほうはもう部屋へ入りかけていた。彼はなんとかしてふきだすまいと、精いっぱいこらえている様子で、部屋へ入った。そのあとから、それとはまるで逆にいまにもかみつきそうな顔つきのラズミーヒンが、しゃくやくのように真っ赤になって、ひょろ長い身体《からだ》をぎくしゃくさせて、きまりわるそうに入ってきた。その顔つきも格好も実際にふきだしたくなるほどで、ラスコーリニコフの笑いも無理はないと思われた。ラスコーリニコフはまだ紹介されなかったが、部屋の中ほどに突っ立って、いぶかしそうな目でこちらを見ている主人に、会釈《えしゃく》をして、手をさしのべ握手をすると、まだふきだしたくなるのをやっとこらえているという顔で、せめて二言三言、自己紹介をするために口を開こうとした。ところが、やっとまじめな顔になって、何やら言いだしかけたとたんに——不意に、偶然らしく、ちらとまたラズミーヒンへ目をやった、すると、今度こそはもうがまんができなかった。おさえつけられていた笑いが、それまでのがまんが強かっただけに、もうどうにもならぬ勢いで爆発した。この《腹の底からの》笑いにかっとなったラズミーヒンの異常な激怒は、その場の雰囲気《ふんいき》にまったくいつわりのない愉快さと、何よりも自然らしさをそえた。ラズミーヒンは、まるでおあつらえむきに、さらにことの運びを助けたのだった。「チエッ、こいつめ！」とわめいて、片手をふりまわすと、その手がまたからの茶わんがのっている小さな円テーブルに当ったからたまらない。テーブルごとすっかりけしとんで、ものすごい音をたてた。

「いったいどうして椅子《いす》をこわすんです、みなさん、国庫の損失になるじゃありませんか！」とポルフィーリイ・ペトローヴィチはおもしろがって、ゴーゴリの《検察官》の中の台詞《せりふ》を叫んだ。

その場の情景はこんなぐあいであった。ラスコーリニコフは主人と握手していることを忘れて、不躾《ぶしつけ》に笑いすぎたが、程度を知って、なるべく早くしかも自然にその場をつくろう機会をねらっていた。ラズミーヒンはテーブルを倒し、茶わんをこわしたので、すっかりうろたえてしまって、うらめしそうに茶わんのかけらをにらんで、ペッと唾《つば》をはくと、くるりと窓のほうを向いて、みなに背を向けて突っ立ったまま、おそろしいしかめ面《つら》で窓の外をにらんでいたが、何も見てはいなかった。ポルフィーリイ・ペトローヴィチは笑っていたが、笑いたい気持とはべつに、いかにもわけをききたそうな様子だった。隅《すみ》の椅子にはザミョートフが坐《すわ》っていたが、客が入ってくると同時に腰をあげ、そのまま口をゆるめて笑顔《えがお》をつくりながら待っていたが、しかし不審そうな、信じられないというような顔でその場の成り行きをながめていた。特にラスコーリニコフを見る目には狼狽《ろうばい》のような色さえあった。思いがけぬザミョートフがそこにいたことは、ラスコーリニコフに不快なおどろきをあたえた。

《これも考えに入れにゃいかんぞ！》と彼は考えた。

「どうぞ、お許しください」と無理にどぎまぎして、彼は言った。「ラスコーリニコフです……」

「どういたしまして、ひじょうに愉快です、それにあなた方がこんなふうに入ってらしたことは、実に愉快です……どうでしょう、あれはあいさつもしたくないのかな？」とポルフィーリイ・ペトローヴィチはラズミーヒンに顎《あご》をしゃくった。

「ほんとに、どうしてあんなにぼくを怒ってるのか、わからないんですよ。ぼくはここへ来る途中、彼にロメオに似ていると言っただけなんです、そして……それを証明してやったんですが、ただそれだけだったと思うんですがねえ」

「豚ちくしょう！」とラズミーヒンは、振り向きもせずに、うめいた。

「つまり、一言でこれほど怒るところを見ると、ひじょうに深刻な理由があったわけですな」とポルフィーリイは大声で笑った。

「なに、こいつ！　予審判事ぶりやがって！……チエッ、どいつもこいつも勝手にしやがれ！」とラズミーヒンはたたきつけるように言うと、急に自分も笑いだし、晴れやかな顔になって、何ごともなかったようにポルフィーリイ・ペトローヴィチのそばへ歩みよった。

「これでおしまい！　みんな阿呆《あほう》だよ。用件にうつろう。この友人、ロジオン・ロマーヌイチ・ラスコーリニコフが、第一にきみのことをいろいろ聞いて、知り合いになることを望んだ、第二に、きみにちょっとした用件がある。おや！　ザミョートフじゃないか！　どうしてここにいるんだい？　きみたちは知り合いかい？　へえ、いつから？」

《これはまたどういうことだ！》とラスコーリニコフは不安そうに考えた。

ザミョートフはちょっとまごついたらしいが、うろたえるほどでもなかった。

「昨日きみのとこで知り合ったんだよ」と彼はいやになれなれしく言った。

「つまり、うまいこと酒代を出さずにすんだってわけか。おい、ポルフィーリイ、先週こいつはなんとかきみを紹介してくれって、うるさくぼくに頼みこんでいたんだぜ。ところがきみたちは、ぼくをそっちのけにして、まんまと嗅《か》ぎあったってわけだ……ところで、煙草《たばこ》はどこだい？」

ポルフィーリイ・ペトローヴィチはさっぱりしたシャツの上にガウンというくつろ

いだ姿で、はき古したスリッパをつっかけていた。年齢は三十五、六で、背丈は中背《ちゅうぜい》よりやや低く、でっぷりふとったうえに腹までつきだしており、きれいに剃《そ》った顔には口髭《くちひげ》も頬髯《ほおひげ》もなく、大きなまるい頭には髪が短く刈りあげられて、そのせいかうなじのあたりが特にまるくもりあがっていた。いくらかしし鼻気味で、ふっくりとまるい顔はどす黒く、不健康な色をしていたが、かなり元気そうで、人を小ばかにしたようなところもあった。まるで誰《だれ》かに目配せでもしているように、たえずぱちぱちしている白っぽい睫毛《まつげ》のかげから、妙にうるんだ光をはなっている目の表情が邪魔しなかったら、お人よしにさえ見えたかもしれぬ。この目の光が、女性的なところさえある身体ぜんたいとなんとなくそぐわない感じで、ちょっと見たときに受ける感じよりも、はるかにきびしいものをその姿にあたえていた。

ポルフィーリイ・ペトローヴィチは、客がちょっとした《用件》があると聞くと、すぐにソファにかけるようにすすめて、自分も他のはしに坐って、じっと客の顔に目をすえて、もどかしそうに相手のきりだすのを待った。その態度は真剣そのもので、きびしすぎるほどの緊張が感じられ、はじめから相手の気持をかたくして、どぎまぎさせてしまうようなものだった。殊に初対面で、しかもきりだそうとする用件が自分でもこれほどの異常なまでにものものしい注意を向けられるには程遠いものだと思っている場合は、なおさらである。しかしラスコーリニコフは簡単だが要領のいい言葉で、明確に用件を説明した、そしてわれながら満足なほど落ち着いていて、かなりよくポルフィーリイを観察することすらできた。ポルフィーリイ・ペトローヴィチもその間中一度も相手から目をはなさなかった。ラズミーヒンはテーブルをはさんで、二人のほうを向いて坐り、たえず二人を交互に見くらべながら、熱心にじりじりしながら用件の説明を聞いていたが、その態度はすこし度をこえていた。

《ばかめ！》とラスコーリニコフは腹の中でののしった。

「あなたは警察に届けを出すべきでしょうな」とポルフィーリイはいかにもそっけない事務的な態度で言った。「これこれの事件、つまりこの殺人事件を知って、ですな、あなたとしては、これこれの品はあなたのものであるから、それを買いもどしたい希望を、事件担当の予審判事に申し出た云々《うんぬん》というようなことですな……あるいはまた……だがこれは警察で適当に書いてくれますよ」

「それなんですよ、ぼくは、いまのところ」ラスコーリニコフはできるだけ困惑したように見せかけようとつとめた。「ぜんぜん金がないものですから……こんなこまかいものも請《う》け出《だ》せないしまつで……それで、いまはただ、その品がぼくのであることを、届けるだけにして、金のくめんがついたら……」

「それはどちらでもかまいません」と財政状態の説明を冷やかに受け流しながら、ポルフィーリイ・ペトローヴィチは答えた。「もっとも、なんでしたら、わたしに直接書類を出していただいても結構です。これこれの事件を知り、これこれが自分の品であることを申告するとともに、つきましては……というような意味のですね……」

「それは普通の紙でいいんですか？」とラスコーリニコフはまた問題の金銭的な面を気にしながら、あわててさえぎった。

「なに、どんな紙でも結構ですよ！」そう言うとポルフィーリイ・ペトローヴィチは、どういうつもりかいかにも愚弄《ぐろう》するように彼を見つめて、片目をほそめ、目配せしたようだった。しかし、それはラスコーリニコフにそう思われただけかもしれぬ、なぜなら、それはほんの一瞬のことだったからだ。しかし少なくともそう感じさせるものは何かあった。ラスコーリニコフは、何のためかは知らないが彼が目配せしたことを、はっきりと断言することができたはずである。

《知ってるな！》という考えが稲妻のように彼の頭にひらめいた。

「こんなつまらんことでわずらわして、申しわけありません」とややあわて気味に、彼はつづけた。「品物はせいぜい五ルーブリくらいのものですが、ぼくにそれをくれた人々のかたみですので、ぼくには特にだいじな品なのです。実をいいますと、それを知ったとき、ぼくはすっかりおどろいてしまって……」

「それでだよ、ぼくが昨日ゾシーモフに、ポルフィーリイが質入れした連中を喚問してるって話をしたとき、きみはぎくっとしたものな！」といかにも意味ありげに、ラズミーヒンは口を入れた。

これはもうがまんがならなかった。ラスコーリニコフは腹にすえかねて、怒りにもえた黒い目でじろりと彼をにらんだ。

「おい、きみはぼくをからかうつもりらしいな？」と彼はたくみにいまいましそうな態度をつくりながら、ラズミーヒンにつっかかった。「きみの目には、ぼくがこんなつまらん品に執着しすぎると映ったかもしれん、そうでないとは言わん、がしかしだ、そのためにぼくをエゴイストとも欲張りとも見なすことは許さん。ぼくの目から見れば、この二つの無価値な品が決してくだらんものではないのだ。さっきもきみに言ったが、この銀時計は、三文の値打ちもないが、父の死後のこされたたった一つの品なんだ。ぼくは笑われてもかまわんが、母がでてきた」彼は不意にポルフィーリイのほうを向いた。「そしてもし母が」彼はことさらに声をふるわせようと苦心しながら、また急いでラズミーヒンのほうへ向き直った。「この時計のなくなったことを知ったら、それこそ、どれほど落胆するか！　女だもの！」

「おい、ぜんぜんちがうよ！　決してそんな意味で言ったんじゃないよ！　まるきり逆だよ！」とラズミーヒンはくやしそうに叫んだ。

《これでよかったかな？　自然らしく見えたろうか？　すこしオーバーじゃなかったかな？》ラスコーリニコフは内心ひやひやした。《なんだって、女だもの、なんてつまらんことを言ったんだろう？》

「お母さんがでて来《こ》られたのですか？」ポルフィーリイ・ペトローヴィチはなんのためかこう聞いた。

「そうです」

「それはいつです？」

「昨日の夕方です」

ポルフィーリイは考えをまとめるように、しばらく黙っていた。

「あなたの品物はぜったいになくなるはずはなかったのです」と彼はしずかに、冷やかにつづけた。「だって、わたしはもう大分まえからあなたのおいでを待っていたのですよ」

そして彼は、何ごともなかったように、遠慮なくじゅうたんに煙草の灰をおとしているラズミーヒンのまえへ、まめまめしく灰皿《はいざら》をおしやった。ラスコーリニコフはぎくっとした、がポルフィーリイはまだラズミーヒンの煙草が気になるらしく、彼のほうは見もしなかったようだ。

「なんだって？　待っていた！　じゃきみは、彼があそこにあずけたのを、知ってたのか？」とラズミーヒンが叫んだ。

ポルフィーリイ・ペトローヴィチはまっすぐにラスコーリニコフの顔を見た。

「あなたの二つの品、指輪と時計は、一枚の紙につつんで彼女の部屋においてありました、そしてそのつつみ紙に鉛筆であなたの名前がはっきりと記《しる》してありました、彼女がそれをあなたからあずかった月と日もいっしょに……」

「ほう、あなたはよくそれをおぼえていましたねえ！……」ラスコーリニコフはことさらに相手の目をまともに見ようとつとめながら、ぎこちないうす笑いをもらしかけたが、こらえきれなくなって、急につけ加えた。「ぼくがいまこんなことを言ったのは、つまり、質をあずけていた連中はおそらくひじょうに多かったはずだ……だからその名前を全部おぼえるのは容易なことじゃない……ところがあなたは、それをすっかり実にあざやかに記憶している、それで……それで……」

《愚劣だ！　弱い！　おれはなんだってこんなことをつけ加えたんだ？》

「ところが、いまはもうほとんどすべてのあずけ主がわかっているのです、出頭しなかったのはあなただけですよ」とポルフィーリイはそれかあらぬかかすかな愚弄のいろをうかべて、答えた。

「身体ぐあいがすっかりほんとじゃなかったものですから」

「それも聞いています。何かにひどく神経をみだされたってことも、聞きました。いまもどうやら顔色がよくないようですな？」

「顔色なんてぜんぜんわるくないですよ……とんでもない、完全に健康です！」とラスコーリニコフは突然口調を変えて、意地わるく乱暴にさえぎった。敵意が胸にもえたぎって、彼はそれをおさえつけることができなかった。

《かっとなると、口をすべらせるものだ！》という考えがまた彼の頭にひらめいた。

《なんだってこいつらおれを苦しめるのだ！……》

「すっかりほんとじゃなかったって！」とラズミーヒンが言葉尻《ことばじり》をとらえた。「でたらめ言うなよ！　昨日までほとんど意識不明でうわごとをばかり言っていたくせに……おい、どうだろう、ポルフィーリイ、自分がやっと立てるようになると、ぼくとゾシーモフが昨日ちょっとうしろを向いたすきに、服を着て、こっそりぬけだし、夜なか近くまでどっかでわるさしてきたんだぜ。しかもそれが、はっきり言うけど、完全な朦朧《もうろう》状態でだぜ、きみ、こんなことが考えられるかい！　まったくおどろくべき例だよ！」

「完全な朦朧状態で、果してそんなことがありうるだろうか？　どうだね！」ポルフィーリイはどことなく女性的なしぐさで頭を振った。

「ええい、ばからしい！　信じちゃいけませんよ！　もっとも、こんなことを言うまでもなく、あなたは信じちゃいないでしょうがね！」あまりのいまいましさに、ラスコーリニコフは思わず叫んでしまった。しかしポルフィーリイ・ペトローヴィチはこの奇妙な言葉がよく聞きとれなかったようだ。

「じゃ、朦朧状態でなかったら、どうして出て行くなんてことができたんだ？」とラズミーヒンが急にいきり立った。「どうして出て行った？　なんのために？……しかもこっそり、ありゃなぜだ？　あのときききみに健全な理性があったのかい？　いまは、もう危険がすっかり去ったから、きみにはっきり言うんだよ！」

「昨日はこいつらがうるさくて顔を見るのもいやだったんですよ」ラスコーリニコフは不意にいどみかかるようなあつかましいうす笑いをうかべながら、ポルフィーリイのほうに向き直った。「それでぼくはこいつらに見つからない部屋をさがそうと思って、逃げだしたんですよ、だからかなりの大金を持ってでたわけです。そこにいるザミョートフさんがその金は見たはずです。ところでどうです、ザミョートフさん、昨日のぼくは正気でしたか、それとも朦朧状態でしたか、この議論を解決してくれませんか？」

彼はそのとき、やにわにザミョートフをしめ殺したいような気がした。その目つきと黙りこくった態度が極度に気にくわなかったのである。

「ぼくの見たところでは、あなたの話しぶりはまったく理性的でしたよ、むしろ巧妙すぎるほどでした。ひどく苛々《いらいら》した様子でしたが」とザミョートフはそっけなく意見をのべた。

「今日ニコージム・フォミッチから聞いたのですが」とポルフィーリイ・ペトローヴィチが口を入れた。「昨夜かなりおそく、馬車にひかれたある官吏の住居《すまい》で、あなたに会ったそうですね……」

「それですよ、その官吏のことにしたって！」とラズミーヒンが急いで言った。「おい、きみはその官吏の家で頭がどうかしたんじゃないのか？　ありたけの金を葬式代に未亡人にやってしまうなんて！　ええ、助けたかったらさ——十五ルーブリか二十ルーブリやってさ、せめてルーブリ銀貨三枚くらいはとっておいたらいいじゃないか、それをみすみす二十五ルーブリ全部やってしまうなんて！」

「ところが、ぼくがどこかに金のかくし場所を見つけて、きみがそれを知らないだけかもしれんぜ？　そこでぼくは昨日にわかに気が大きくなった……そこのザミョートフさんが知ってるよ、ぼくが宝ものを見つけたのをさ！……すみませんね」と彼は唇《くちびる》をひくひくふるわせながらポルフィーリイのほうを向いた。「こんなつまらんやりとりで三十分もおさわがせして。もううんざりなさったでしょう、え？」

「どういたしまして、それどころか、まったくその逆ですよ！　ぼくがあなたにどれほどの関心をもっているか、あなたにおしえてやりたいくらいです！　見ていても、聞いていても、実におもしろい……それに、実をいいますと、あなたがとうとうここにおいでくだすったのが、ぼくはうれしくてたまらないのですよ……」

「いいから、せめてお茶くらい出せよ！　のどがからからだ！」とラズミーヒンがどなった。

「いい考えだ！　みんないっしょにやろうじゃありませんか。ところでどうです……お茶のまえに、もちょっと実になるものをやっては？」

「さっさと行けよ！」

ポルフィーリイ・ペトローヴィチは茶をいいつけに出て行った。

いろいろな考えが、ラスコーリニコフの頭の中で、旋風のように渦巻《うずま》いた。彼はおそろしいほど神経が苛立っていた。

《考えにゃいかんのは、やつがかくし立てもしないし、遠慮しようともしないことだ！　おれをぜんぜん知らんとすれば、何が理由で、ニコージム・フォミッチとおれの話をしたのだろう？　つまり、犬の群れのように、おれのあとをつけまわしていることを、もうかくそうとも思わないのだ！　まるでおおっぴらにおれの顔に唾をはきかけてやがるのだ！》彼は憤怒《ふんぬ》のあまりぶるぶるふるえた。《くそ、なぐるなら堂々となぐれ、猫《ねこ》がねずみをなぶるような仕打ちは、やめてくれ。無礼じゃないか、ポルフィーリイ・ペトローヴィチ、おれはまだ、そうまでされたら、おそらく黙っちゃいないぞ！……立ちあがって、いきなりきさまらの面《つら》に真相をぶちまけてやる、そしたら、おれがきさまらをどれほど軽蔑《けいべつ》してるか、わかるだろう！……》彼は苦しそうにやっと息をついだ。《だが、これがおれの気のせいだけだとしたら、どうだろう？　これがただの幻影で、すべてがおれのひとり合点《がてん》で、慣れないためにむしゃくしゃして、自分の卑劣な役割にたえられなくなっているのだとしたら、どうだろう？　もしかしたら、これはみなふくみのないものかもしれぬ？　やつらの言葉はみなありふれたあたりまえの言葉だが、そのうらには何かある……これはみないつどこでも聞ける言葉だが、何かがある。なぜやつはいきなり「彼女の部屋に」と言ったのか？　なぜザミョートフが、おれの話しぶりが巧妙だったなんて、つけたしたのか？　なぜやつらはあんな調子でものを言うのか？　そうだ……調子だ……ラズミーヒンはいっしょに坐っていながら、どうして何も感じないんだろう？　あの無邪気なでくはいつだって何も感じやしないんだ！　またぞくぞくしてきた！……さっきポルフィーリイがおれに目配せしたようだったが、気のせいかな？　たしかに、くだらん。何のために目配せするんだ？　おれの神経を苛々させようとでもいうのか、それともおれをからかっているのか？　あるいはすべてが幻影か、あるいは知っているかだ！……ザミョートフまでふてぶてしい……ザミョートフはふてぶてしい男だろうか？　あいつは一晩で考えを変えた。おれが思ったとおりだ！　あいつはここがはじめてだというのに、まるで自分の家みたいにしている。ポルフィーリイもやつを客あつかいしないで、背を向けている。嗅ぎあいやがったな！　きっとおれのことで嗅ぎあったのだ！　きっとおれたちが来るまで、おれのことを話していたにちがいない！……部屋のことを知ってるだろうか？　こうなったらもう早いほうがいい！……おれが昨日部屋を借りるために逃げだしたと言ったとき、やつは聞き流して、何も言わなかったが……しかし部屋のことをもちだしたのはうまかった。あとで役に立つ！……朦朧状態で、か！……は、は、は！　やつは昨夜のことはすっかり知っている！　そのくせ母が来たことは知らなかった！……あの婆《ばば》ぁが日付まで鉛筆で書いたなんて！……嘘《うそ》いうな、その手にはのらんぞ！　だって、これはまだ事実じゃないぜ、幻影にすぎんのさ！　もういい、早く事実を出せよ！　部屋の一件だって事実じゃない、熱のしたことだ。やつらに言うことは、知ってるよ……やつら部屋の一件を知ってるのだろうか？　それをつかむまでは、帰らんぞ！　なんのためにここへ来たんだ？　ところでおれはいまじりじりしている、これはどうやら事実らしいぞ！　チエッ、おれはなんて怒りっぽいんだ！　だが、それもいいかもしれん、いかにも病気らしく見えて……やつはおれをさぐっている。しっぽを出させようというんだ。なんのためにおれは来たんだ？》

こうしたことがみな、稲妻のように、彼の頭をかすめたのだった。

ポルフィーリイ・ペトローヴィチはすぐにもどってきた。どうしたわけか彼は急にほがらかになった。

「ぼくはね、きみ、昨夜きみのとこで飲んでからどうも頭が……いや、身体中のねじがなんだかゆるんだみたいだぜ」と彼はがらりと調子を変えて、笑いながらラズミーヒンに話しかけた。

「どうだった、おもしろかったか？　ぼくはいよいよこれからというとき中座しちゃったんでな！　誰が勝ったかね！」

「そりゃむろん、誰ってことないさ。永遠の問題にふみこんだんで、みな思うさま勝手な熱をふいたよ」

「ねえ、ロージャ、昨日どんな問題にふみこんだと思う。犯罪はあるか、ないか、という問題なんだよ。話がはずみすぎて、途方もないことになっちゃったのさ！」

「べつにおどろくことはないじゃないか？　普通の社会問題だよ」とラスコーリニコフは何気なく答えた。

「問題はそんなはっきりした形はとらなかったよ」とポルフィーリイは注意した。

「そんなはっきりした形はとらない、それはそうだ」ラズミーヒンは例によってあわてて、かっと熱くなりながら、すぐに同意した。

「ねえ、ロジオン、いまからぼくの言うことを聞いて、きみの意見を聞かせてくれ。ぼくは聞きたいんだ。ぼくは昨日みんなとわたりあって四苦八苦しながら、きみの来るのを待っていたんだ。ぼくはみんなに言ったんだよ、きみはきっと来るって……議論はまず社会主義者たちの見解からはじまったんだ。彼らの主張は簡単だ、犯罪は社会機構のアブノーマルに対する抗議だ――それ以上の何ものでもない、そしてそれ以外のいかなる理由も認めない、というのだ。いかなる理由も！……」

「それがまちがいだよ！」とポルフィーリイ・ペトローヴィチは叫んだ。彼は、目に見えて、活気づいて、ラズミーヒンを見ながらたえずにやにや笑っていた。それがますますラズミーヒンに火をつけた。

「なんにも認めないんだ！」ラズミーヒンはかっとなってさえぎった。「嘘じゃない！……きみに彼らの本を見せてもいいよ。彼らに言わせれば、いっさいが《環境にむしばまれた》ためなのだ、——それ以外は何も認めない！　彼らの大好きな文句だよ！　この論でいくと当然、社会がノーマルに組織されたら、たちまちいっさいの犯罪もなくなる、ということになる。抗議の理由がなくなるし、すべての人々が一瞬にして正しい人間になってしまうからだ。自然というものが勘定に入れられていない、自然がおしのけられている、自然が無視されているんだ！　彼らに言わせれば、人類が歴史の生きた道を頂上までのぼりつめて、最後に、ひとりでにノーマルな社会に転化するのではなくて、その反対に、社会システムがある数学的頭脳からわりだされて、たちまち全人類を組織し、あらゆる生きた過程をまたず、いっさいの歴史の生きた道をふまずに、あっという間に公正で無垢《むく》な社会になるというのだ！　だから彼らは本能的に歴史というものがきらいなのさ。《歴史の内容は醜悪と愚劣のみだ》なんてうそぶいてさ——なんでも愚劣の一語でかたづけている！　だから生活の生きたプロセスもきらいなんだよ。生きた魂なんていらないんだ！　生きた魂は生活を要求する、生きた魂はメカニズムに従わない、生きた魂は懐疑的だ、生きた魂は反動的だ！　ところが彼らの人間は、死人くさいにおいもするが、ゴムでつくれる、――その代り生命《いのち》がない、意志がない、奴隷《どれい》だ、反逆しない！　そして結局は、フーリエの言う共同宿舎の煉瓦積《れんがつ》みや、廊下や部屋の間取りをきめるのに、こきつかわれるってわけだ！　共同宿舎はどうにかできた、ところが共同宿舎のための自然というものはまだできあがっていない、生活はほしいが、生活のプロセスがまだ完成していない、墓に入るにはまだ早い、というわけだ！　論理だけでは自然を走りぬけるわけにはいかんよ！　論理は三つの場合しか予想しないが、それは無数にあるのだ！　その無数の場合をいっさいカットして、すべてを安楽《カムフオート》に関する一つの問題にしぼってしまうのだ！　もっとも安易な問題の解決だよ！　こんないいことはなかろうさ、何も考えなくてもいいんだ！　魅力は――考えなくてもいいということだよ！　いっさいの人生の秘密が全紙二枚のパンフレットにおさまるんだ！」

「そら鎖がきれた、太鼓が鳴りだしたぞ！　両手をおさえつけにゃどうにもならんて」ポルフィーリイはにやにや笑った。「察してくださいよ」と彼はラスコーリニコフのほうを向いた。「昨夜もまったくこのとおりだったんですよ。一部屋で、六つの声が入りみだれて、しかも酒が入っていたんですからねえ、――想像できるでしょう？　いや、きみ、それはちがうよ、《環境》というものは犯罪に大きな意味をもっている。これはいくらでも証明してやるよ」

「ぼくだっていくらでも知ってるさ。それじゃ聞くがね、四十男が十歳の少女を凌辱《りようじょく》する、——これも環境のなせるわざかい？」

「ちがうというのかい、それも厳密な意味では、おそらく環境のせいだろうな」とポルフィーリイはびっくりするほどもったいぶって認めた。「少女に対する犯罪はひじょうに多くの場合、むしろ《環境》で説明されるものだよ」

ラズミーヒンは興奮してわれを忘れかけた。

「なに、なんならいますぐ論証してやるぞ」と彼は叫びたてた。「きみの睫毛の白いのは、イワン大帝（訳注 クレムリン内の大鐘）が高さ十五メートルだからだ、ただそれだけのためだってわけを、明白確実に、進歩的に、なんなら自由主義的なあやをつけて、論証してやろうか？　してやるぞ！　さあ、賭《か》けるか！」

「よかろう！　さあ、彼の論証を聞こうじゃありませんか！」

「まったく、いいかげんにしっぽを出さんか、たぬきめ！」とラズミーヒンはわめいて、いきなり立ちあがり、片手をふりまわした。「きみなんか相手にしてもはじまらんよ！　これはみな、わざとやってるんだよ、きみはまだこいつを知るまいがね、ロジオン！　昨日だってやつらの肩をもったのは、ただみんなを愚弄するためさ。そして昨日こいつがいったい何を言ったと思う、まったくおどろきだよ！　ところがみんなやんやの喝采《かっさい》なんだ！……こいつはまあ二週間くらいはそのつもりでいるんだよ。去年だってどんな風の吹きまわしか、とつぜん修道院に入るなんて言いだしてさ、そのつもりでいたのはまあ二カ月だったよ！　この間も結婚する、式の用意はもう全部できたなんて、まじめな顔で言いやがるんだ。服まで新調した。ぼくらもそろそろお祝いを考えだした。ところが花嫁なんていやしない、なんにもなかったのさ。みんなゆめなんだよ！」

「またでたらめを言う！　服をつくったのはそのまえだよ。新しい服ができたんで、みんなをからかってやろうと思ったのさ」

「ほんとにあなたはそんなたぬきですか？」とラスコーリニコフは何気なく尋ねた。

「じゃあなたは、そうじゃない、と思っていましたか？　よし、それじゃあなたにもいっぱいくわしてやろう、は、は、は！　これは冗談だが、本当のことをすっかり言ってしまいましょう。犯罪とか、環境とか、少女とか、こうした問題に関連して、いまふっとあなたのある論文を思い出したんですよ、――といっても、あれはいつもぼくの頭の中にはあったんですがね。《犯罪について》でしたかな……題は忘れて、思い出せませんが。二月《ふたつき》まえに《月刊言論》で拝見しました」

「ぼくの論文？　《月刊言論》で？」とラスコーリニコフはおどろいて聞きかえした。「たしか半年まえ、大学をやめるとき、ある本について論文を書いて、《週刊言論》にもって行ったおぼえはありますが、《月刊言論》は知らないですねえ」

「ところが《月刊》にのったんですよ」

「そういえばたしか《週刊》が廃刊になったので、あのときは活字にならなかった……」

「そのとおりです。ところが、《週刊》が廃刊になって、《月刊》に合併されたので、それであなたの論文も、二月まえに、《月刊》に掲載されたってわけでしょう。じゃ、あなたはご存じなかったのですか？」

ラスコーリニコフはほんとうに何も知らなかった。

「おやおや、じゃあなたは原稿料を請求してかまいませんよ！　しかし、変った人ですねえ！　あなたに直接関係のあることまで知らないほど、孤独生活に徹しきるなんて。まるで嘘みたいですよ」

「ブラヴォー、ロージャ！　ぼくも知らなかったぜ！」とラズミーヒンが叫んだ。「今日さっそく図書館へかけつけて、その号を借りよう！　二月まえだって？　日付は？　まあいい、さがすよ！　こういう男だよ！　言いもしないんだ！」

「だが、ぼくの論文だとどうしてわかりました？　サインはイニシアルだけのはずですが」

「それが偶然なんですよ、それも二、三日まえ、編集者から聞いたんです、知り合いの……おもしろくて熟読しましたよ」

「たしか、犯罪遂行の全過程における犯罪者の心理状態を考察したものだと思いましたが」

「そのとおりです、そして犯罪遂行の行為はかならず病気を伴うものだ、と主張しています。きわめて、きわめて独創的です、が……ぼくが特に興味をもったのは、論文のその部分ではありません、論文の最後に何気なく書かれているある思想です、それも、残念なことに、ぼんやり、暗示してあるだけですが……思いだしましたか、要するに、この世の中にはいっさいの無法行為や犯罪を行うことができる……いやできるというのじゃなく、完全な権利をもっているある種の人々が存在し、法律もその人々のために書かれたものではない、とかいうような暗示でしたが」

ラスコーリニコフは自分の思想の無理にたくらまれた歪曲《わいきょく》に苦笑いをもらした。

「なに？　なんだって？　犯罪に対する権利？　じゃ、《環境にむしばまれた》ためじゃないじゃないか？」とラズミーヒンはいささか呆気《あっけ》にとられたような顔つきで、聞きかえした。

「いや、いや、そうとも言えないさ」とポルフィーリイは答えた。「問題は、彼の論文によるとすべての人間はまあ《凡人》と《非凡人》に分けられる、ということにしぼられているんだ。凡人は、つまり平凡な人間であるから、服従の生活をしなければならんし、法律をふみこえる権利がない。ところが非凡人は、もともと非凡な人間であるから、あらゆる犯罪を行い、かってに法律をふみこえる権利をもっている。たしかこういう思想でしたね、ぼくの読みちがいでなければ？」

「なんだいそれぁ？　そんなこと、あり得ないじゃないか！」とラズミーヒンはけげんそうに呟《つぶや》いた。

ラスコーリニコフはまた失笑した。彼は相手が何をたくらみ、どこへ誘導しようとしているのか、すぐにさとった。彼は自分の論文をおぼえていたのである。彼は挑戦《ちょうせん》を受ける決意をした。

「ぼくの書いた意味は、それとはすこしちがいますね」と彼は構えないで、ひかえ目に語りはじめた。「しかし、実をいうと、あなたはほとんど正確にあれを述べてくれました、お望みなら、完全に正確にといってもいいほどです……（完全に正確だと同意することが、彼には痛快らしかった）ちがうところといえば、あなたが言われるように、非凡な人々はかならず常にあらゆる無法行為をしなければならないし、する義務があるなどとは、ぼくは決して主張していないということだけです。そんな論文でしたら、おそらく検閲は通らなかったろうと思います。ぼくはただ、《非凡》な人間はある障害を……それも自分の思想の実行が（ときには、それがおそらく、全人類の救いとなることもありましょう）それを要求する場合だけ、ふみこえる権利がある……といっても公式の権利というわけではなく、つまりそれを自分の良心に許す権利がある、と簡単に暗示しただけです。あなたはぼくの論文があいまいだと言われますが、ぼくにできるだけの説明はいつでもしてあげます。あなたもそれをお望みのようだと推察しますが、おそらくぼくのまちがいではないでしょう。では説明しましょう。ぼくはこう思うんです、もしケプラーやニュートンの発見が、いろんな事情がつみかさなったために、その発見をさまたげたり、あるいは障害としてそのまえに立ちふさがったりした一人、あるいは十人、あるいは百人、あるいはそれ以上の人々の生命を犠牲にする以外、人類のまえに明らかにされるいかなる方法もなかったとしたら、ニュートンはその権利……自分の発見を全人類に知らせるために、その十人ないし百人を排除する……権利をもっていたろうし、そうするのが義務でさえあったでしょう。だからといって、ニュートンが誰であろうと手当りしだいに殺したり、毎日市場でかっぱらいをしたりする権利をもっていた、ということにはなりません。さらにぼくはあの論文で、論旨をこんなふうに発展させたことをおぼえています……つまり、例えば、法律の制定者や人類の組織者であっても、つまり古代の偉人からリキュルゴス、ソロン、マホメット、ナポレオン等々にいたるまで、新しい法律を定めて、そのこと自体によって、社会が神聖なものとあがめ、父祖代々伝えられてきた古い法律を破棄し、しかも血が彼らのしごとを助けることができると見れば(往々にして古い法律のためにまったく罪のない血が、勇敢に流されたものですが)、むろん流血をも辞さなかった、という一事をもってしても、一人のこらず犯罪者だった。これらの人類の恩人や組織者の大部分が特におそるべき虐殺者《ぎやくさつしや》だったということは、むしろおどろくべきことです。要するに、ぼくの結論は、偉人はもとより、ほんのわずかでも人並みを出ている人々はみな、つまりほんのちょっぴりでも何か新しいことを言う能力のある者はみな、そうした生れつきによって、程度の差はあるにせよ、ぜったいに犯罪者たることをまぬがれないのだ、ということです。そうでなければ人並みを出ることはむずかしいでしょうし、人並みの中にとどまることは、むろん、賛成できない、これもまた彼らのもって生れた天分のせいですが、ぼくに言わせれば、賛成しないのが義務にすらなっているのです。要するに、ここまでのところは、おわかりでしょうが、特に目新しい思想はひとつもありません。これはもう何度となく書かれ、そして読まれてきたことです。人々を凡人と非凡人に分けるといったことについては、それがいささか暴論であるというあなたの意見はみとめますが、しかしぼくはべつに正確な数字を主張しているわけではありません。ぼくはただ自分の根本思想を信じているだけです。それはつまり、人間は自然の法則によって二つの層に大別されるということです。つまり低い層（凡人）と、これは自分と同じような子供を生むことだけをしごとにしているいわば材料であり、それから本来の人間、つまり自分の環境の中で新しい言葉を発言する天分か才能をもっている人々です。それを更に細分すれば、むろんきりがありませんが、二つの層の特徴はかなりはっきりしています。第一の層、つまり生殖材料は、一般的に言うと、保守的で、行儀がよく、言われるままに生活し、服従するのが好きな人々です。ぼくに言わせれば、彼らは服従するのが義務なのです、だってそれが彼らの使命ですし、服従することがすこしも恥ずかしいことじゃないのです。第二の層は、みな法律をおかしています、その能力から判断して、破壊者か、もしくはその傾向をもつ人々です。これらの人々の犯罪は、むろん、相対的であり、千差万別です。彼らの大多数は、実にさまざまな形において、よりよきもののために現在あるものの破壊を要求しています。そして自分の思想のために、たとえ血を見、死骸《しがい》をふみこえても進まねばならぬとなると、ぼくに言わせれば、ひそかに、良心の声にしたがって、血をふみこえる許可を自分にあたえるでしょう、——もっとも、思想とその規模によるでしょうが、——ここを注意してもらいたいのです。ぼくはただこの意味であの論文の中で犯罪の権利ということを言ったわけです。（この議論が法律問題からはじまったことを、忘れないでください）しかし、それほど心配することはありません。いつの時代も民衆は、彼らにこのような権利があるとは、ほとんど認めません、そして彼らを処罰したり、絞首刑《こうしゅけい》にしたりします（もっとも程度の差はありますが）、そしてそれによって、まったく公正に、自分の保守的な使命を果しているわけです。もっとも時代がかわればその同じ民衆が、処罰された彼らを支配者の地位にまつりあげて、ぺこぺこするわけですがね（これにも程度の差はありますが）。第一の層は常に——現在の支配者であり、第二の層は——未来の支配者です。第一の層は世界を維持し、それを数的に大きくします。第二の層は世界を動かし、それを目的にみちびきます。そして両者ともにまったく同じ生存権をもっています。要するに、ぼくに言わせれば、すべての人が平等な権利をもっているのです、そして vive la guerre éternelle.（永遠の戦争万歳です）——むろん、新しいエルサレムが生れるまでですがね！」

「じゃあなたはやっぱり新しいエルサレムを信じておいでですか？」

「信じています」とラスコーリニコフはきっぱりと答えた。そのときも、いまの長い話のあいだもずうっと、彼はじゅうたんの上の一点をえらんで、じいっとそこに目をおとしたままだった。

「ほう、じゃ神を信じているんですか？　ごめんなさい、こんなことをお聞きして」

「信じています」ポルフィーリイに目を上げて、ラスコーリニコフはこうくりかえした。

「じゃ、ラザロの復活も？」

「し、信じます。どうしてこんなことを聞くんです？」

「そのまま信じますか？」

「そのままに」

「そうでしたか……ちょっと意外でした。ごめんなさい。さて、――先ほどの問題にもどりましょう、――彼らはいつも処刑されるとは限らないじゃありませんか。中には反対に……」

「生きて栄華をきわめますか？　そうです、ある者は生きているあいだに目的を達します、その場合は……」

「自分で自分を罰しますか？」

「必要なら、しかもそれが大部分じゃないですか。総じて、あなたの指摘はするどいですな」

「ありがとう。ところでひとつお聞きしたいのですが、その非凡人と凡人をいったい何で見分けるんです？　生れたときから何かしるしでもついているんですか？　ぼくの言う意味は、もっと正確さが必要じゃないかということですよ、例えば外見上の特徴というようなものがですね。お許しください、ぼくは穏健な実務家なものですから、当然こういうことが心配になるのですが、例えば特別の服を着るとか、あるいは何かレッテルみたいなものをはるとかしたらどういうものでしょう？……だって、紛糾が起って、ある層のある者が自分は他の層に属しているんだなんて思いこんで、あなたのすばらしい表現によるとですな、《いっさいの障害を排除》しだしたりしたら、それこそ……」

「いや、それがまた実に多いんですよ！　あなたのこの指摘は先ほどよりもまた一段と冴《さ》えています……」

「ありがとう……」

「いいえ。ところで考えてもらいたいのは、まちがいが起り得るのは、第一の層、つまり《凡人》（これはあまり適切な名称ではないかもしれませんが）の側からだけだということです。服従に対する傾向は生れつきもっていますが、それでも自然のいたずらによって、これは牛にさえ見られますがね、彼らのかなり多くが自分を進歩的な人間、つまり《破壊者》と思いこんで、《新しい言葉》をはきたがるんですよ、しかもそれがまったく真剣なんです。そのくせ実際は、たいていの場合新しい人々を認めないばかりか、かえって時代おくれの卑屈な思想の持ち主として軽蔑《けいべつ》します。でも、ぼくに言わせれば、たいした危険はありっこないから、あなたも別に心配はいりませんよ、ほんとです。だって彼らは、ぜったいに遠くへは行きませんもの。のぼせたら、自分の位置を思い知らせるために、ときどき鞭《むち》でなぐってやるのは、むろん結構ですが、それ以上はいけません。しかも刑吏もいらないくらいです。彼らは自分で自分を鞭打つでしょう、なにしろきわめて品行方正ですからね。互いになぐりあう者もいるでしょうし、自分の手で自分をなぐる者もいるでしょう……公《おおやけ》にさまざまな形で改悛《かいしゅん》のしるしを自分に加えるわけです、――美しい教訓となるわけです、要するに、あなたは何も心配することはないというわけです……そういう法則があるんですよ」

「まあ、少なくともその方面ではあなたの説明でいくらか安心しました。ところがもうひとつ心配があるんですよ。どうでしょう、他人を斬《き》り殺《ころ》す権利をもっている人々、つまり《非凡人》ですね、そういう人々はたくさんいるでしょうか？　ぼくは、むろん、ぺこぺこする用意はありますが、でもそんな人間にそうやたらあちこちにいられたら、いい気持はしませんよ、ねえ？」

「ああ、それも心配はいりませんよ」とラスコーリニコフは同じ調子でつづけた。「だいたい新しい思想をもった人間はもちろん、何か新しいことを発言する能力をほんのちょっぴりでももっている人間でさえ、ごくまれにしか生れませんよ、不思議なほど少ないんです。ただ一つわかっていることは、この二つの層およびその更にこまかい分類に属するすべての人々の生れる順序というものが、ある自然の法則によってきわめて正確に定められているものらしい、ということです。その法則は、もちろん、まだ発見されていませんが、しかしそれが存在すること、そしていずれは発見されるにちがいないことを、ぼくは信じています。おびただしい数の人々、つまり材料はですね、ある努力をへて、今日もなお神秘的なあるプロセスを通って、さまざまな種族のある配合という手段によって、ついに、たとえ千人に一人でも、いくらかでも自主的な人間を、全力をふりしぼってこの世に生み出すという、ただそれだけのために生きているのです。もっと広い自主性をもつ人間は、一万人に一人くらいかもしれません（これはわかりやすくするために、大まかな数字ですが）、さらに広大な自主性をもつものは、十万人に一人でしょう。天才的な人々は百万人に一人でしょうし、偉大な天才、人類の完全な組織者などは、何世代にもわたる何十億という人々の中からやっと一人でるかでないかでしょう。要するに、こうしたプロセスが行われる蒸溜器《じょうりゅうき》の中を、ぼくはのぞいたわけじゃありませんが、ある一定の法則はかならずあるはずです。ここには偶然はあり得ません」

「なんだいきみたちは、ふざけてるのか？」ついにたまりかねて、ラズミーヒンはどなった。「だましっこをしてるのかい？　せっかく会って、からかいあってるなんて！　ロージャ、きみはまじめなのか？」

ラスコーリニコフは黙って蒼白《あおじろ》い、うれいにしずんだような顔を彼に上げたが、なんとも答えなかった。そして、このしずかな悲しそうな顔と対照して、ポルフィーリイの露骨でしつこく、じりじりした無作法なとげのある態度が、ラズミーヒンには奇妙なものに感じられた。

「まあ、きみ、ほんとうにそれがまじめなら……むろんきみの言うとおり、これは別に新しい思想じゃない。ぼくらがもう何度となく読んだり聞いたりしたものの類似にすぎんよ。だが、この中で実際に独創的なもの、――しかも実際にきみだけのものは、――おそろしいことだが、それはなんといっても良心の声にしたがって血を許していることだ、しかも、失礼だが、そこには狂信的な態度さえ感じられる……つまり、ここにきみの論文の根本思想があるわけだ。この良心の声にしたがって血を許すということは、それは……それは、ぼくの考えでは、流血の公式許可、法律による許可よりもおそろしいと思うよ……」

「まったくそのとおりだ、なおおそろしい」とポルフィーリイが応じた。

「いや、きみはきっと何かに魅せられたんだよ！　そこにまちがいがあるんだ。ぼくは読んでみる……きみは夢中で書いたんだ！　きみがそんなことを考えるはずがない……読んでみるよ」

「論文にこんなことはぜんぜんないよ、暗示があるだけさ」とラスコーリニコフは言った。

「そうです、そうです」ポルフィーリイはじっと坐っていられない様子だった。「あなたが犯罪をどんなふうに見ておられるか、もうおおむねわかりました。ところで……こんなにしつこくして、ほんとに申しわけありませんが（もうさんざんいやな思いをさせて、自分でも恥ずかしいと思います！）——実は、二つの層がこんがらかった場合については先ほどの説明ですっかり安心いたしましたが、実際上のいろんなケースを考えると、どうも不安でたまらなくなるんですよ！　例えば、ある男なり青年なりが、自分はリキュルゴスかマホメットだなんて思いこんで……むろん、未来のですがね、——いきなりあらゆる障害を排除するなんていいだしたら、どうでしょう……いまから遠征におもむくが、遠征には資金が必要だ、というわけで……遠征の資金の獲得をはじめる……どうでしょう？」

ザミョートフが不意に隅っこでプッとふきだした。ラスコーリニコフはそちらに目をやろうともしなかった。

「ぼくも同意せざるを得ません」と彼はしずかに答えた。「そのようなケースは実際にあるはずです。愚か者や虚栄心の強い者は特にそのわなにはまりやすい。特に青年が危険です」

「そうでしょう。して、それをどうします？」

「まあ、そのままにしておくんですね」とラスコーリニコフはにやりと笑った。「それはぼくの罪じゃありませんよ。現在も未来も、いつだってそうですよ。彼はいま（彼はラズミーヒンへ顎をしゃくった）、ぼくが血を許すと言いました。それがどうしたというんです？　社会は流刑《るけい》や、監獄や、予審判事や、苦役などで十分すぎるほど保証されているじゃありませんか、——いったい何を心配するんです？　せいぜい強盗でもさがしなさいよ！……」

「じゃ、さがしだしたら？」

「当然の罰が待ってるでしょう」

「あなたはひどく論理的ですな。なるほど、だがその男の良心は？」

「それがあなたに何の関係があります？」

「別に、ただその、人道の面から」

「良心がある者は、あやまちを自覚したら、苦悩するでしょう。これがその男にくだされる罰ですよ、——苦役以外のですね」

「じゃ、実際に天才的な人々は」とむずかしい顔をして、ラズミーヒンが尋ねた。「つまり人を殺す権利をあたえられている連中だな、彼らは他人の血を流しても、ぜんぜん苦しんではならないというのかい？」

「ならない、どうしてそんな言葉をつかうんだ？　そこには許可もなければ禁止もないよ。犠牲をあわれに思ったら、苦悩したらいい……苦悩と苦痛は広い自覚と深い心にはつきものだよ。真に偉大な人々は、この世の中に大きな悲しみを感じとるはずだと思うよ」と彼は急にもの思いにしずんで、口調まで会話らしくなく、こうつけ加えた。

彼は目を上げると、ぼんやり一同を見まわし、にこッと笑って、帽子を手にとった。彼はさっきここに入ってきたときにくらべると、あまりにも落ち着きすぎていた、そして自分でもそれを感じていた。一同は立ちあがった。

「じゃ、ののしられても、叱《しか》られても、しかたがありませんが、ぼくはどうにもがまんができないのです」とポルフィーリイ・ペトローヴィチはまた言いだした。「もう一つだけ質問させてください(ほんとうにご迷惑だとは思いますが!)、一つだけつまらない考えを述べさせてもらいたいのです、心おぼえしておくため、ただそれだけのことですが……」

「結構です、聞かせてください」ラスコーリニコフは蒼白い顔を緊張させて、待ち受けるように彼らのまえに立っていた。

「実は……どう言ったらよくわかっていただけるか、まったく自信がないのですが……この考えがまたあまりにもふざけたもので……心理的なことなのですが……つまりこういうことなんです。あなたがあの論文をお書きになったとき、――まさかそんなはずはないと思いますがね、へ、へ! あなたは自分も、――つまりあなたの言う意味でですね、――ほんのちょっぴりでも、《非凡人》で、新しい言葉をしゃべる人間だとは、お考えにならなかったでしょうか……どうでしょうな、そこのところは?」

「大いにあり得ることです」とラスコーリニコフは軽蔑するように答えた。

ラズミーヒンは身をのりだした。

「とすれば、あなたもそれを決意なさるかもしれませんな、――例えば、生活上の何かの失敗や窮乏のためとか、あるいは全人類を益するためとかで、――障害とやらをふみこえることをですよ？……まあ、いわば殺して盗むというようなことを？」

そういうと彼は不意にまた、先ほどとまったく同じように、左目で目配せして、音もなく笑いだした。

「ふみこえたとしても、むろん、あなたには言わんでしょうな」とラスコーリニコフは挑戦的な傲慢《ごうまん》なせせら笑いをうかべながら答えた。

「そうじゃありませんよ、ぼくはただちょっときいてみただけですよ。実をいえば、あなたの論文をよく理解したかったものですから、ただ文学的な面だけで……」

《フン、なんて見えすいた図々《ずうずう》しい手口だ！》とラスコーリニコフは気色わるそうに考えた。

「おことわりしておきますが」と彼はそっけなく答えた、「ぼくは自分をマホメットともナポレオンとも思っていませんし……そうしたたぐいの人々の誰でもありません、ですから、そうした本人でないぼくとしては、どんな行動をとるだろうかということについて、あなたを喜ばせるような説明をすることはできません」

「よしてくださいよ、いまのロシアに自分をナポレオンと思わないようなやつがいますかね?」とポルフィーリイは急におそろしくなれなれしい調子で言った。その声の抑揚にさえ、いままでになかった特に明瞭《めいりょう》なあるひびきがあった。

「そこらの未来のナポレオンじゃないのかい、先週例のアリョーナ・イワーノヴナを斧《おの》でなぐり殺したのもさ?」ととつぜん隅のほうでザミョートフが言った。

ラスコーリニコフは無言のまま、うごかぬ目でじっとポルフィーリイを見すえていた。ラズミーヒンは暗い不機嫌《ふきげん》な顔になった。彼はもう先ほどからある考えが頭からはなれないようになっていた。彼は腹立たしげにあたりを見まわした。重苦しい沈黙の一分がすぎた。ラスコーリニコフはくるりと向き直って出て行こうとした。

「もうおかえりですか!」とポルフィーリイは気味わるいほど愛想よく片手をさしのべながら、なでるような声で言った。「お知り合いになれて、ほんとに、こんな嬉《うれ》しいことはありません。ご依頼の件については決してご心配なく。ぼくが言ったあんな調子で書いてください。そう、ぼくの事務所まで届けていただければいちばんいいのですが……なんとか二、三日中に……よかったら明日にでも。ぼくは十一時頃《ごろ》はかならずいます。すっかり手続きをしましょう……ちょっと話もしたいし……あなたなら、最近あそこを訪れた一人ですから、何か手がかりになるようなことをおしえていただけるのではないかと……」と彼はいかにも人のよさそうな様子でつけ加えた。

「あなたはぼくを正式に尋問するつもりですか、すっかり準備をととのえて？」とラスコーリニコフは鋭く尋ねた。

「なんのために？　いまのところその必要はまったくありませんな。あなたは誤解しているようだ。ぼくは機会はにがしませんよ、で……質入れをしていた人々はもう全部会って、話を聞きました……証言をとった人もいます……だからあなたにも、最後の一人として……あッ、そうそう、ちょうどいい！」と彼は不意に何かよほど嬉しいことを思いだしたらしく、にこにこしながら叫んだ。「いいとき思いだしたよ、おれもどうかしてるな！……」彼はラズミーヒンのほうを向いた。「ほらあのミコライのことだよ、あのときはきみにさんざんつるしあげをくわされたが……なに、ぼくだってわかってるんだよ、わからんはずがないよ」彼はラスコーリニコフのほうに向き直った。「あの若者が白だくらいはね。だがどうにもしようがなく、ミチカを痛めるようなことになったわけだが……それなんですよ、あなたにお聞きしたかったのは。あのとき階段を通りながら……失礼ですが、あなたがあそこへいらしたのは、たしか七時すぎでしたね？」

「七時すぎです」とラスコーリニコフは答えたが、こんなことは言わなくてもよかったのだと思って、すぐにいやな気がした。

「それで、七時すぎに階段を通りながら、せめてあなただけでも、二階のドアの開《あ》けはなされた部屋に――おぼえていますね？　二人の職人を、その中の一人だけでも、見ませんでしたか？　その部屋でペンキを塗っていたんですよ、気がつきませんでしたか？　これが彼らにとってきわめて重大な証言になるのですよ！……」

「ペンキ職人？　いいえ、見ませんでしたけど……」とラスコーリニコフは記憶をたぐるようなふりをしながら、ゆっくり答えたが、それと同時に全身の神経をはりつめ、息苦しさに胸の凍る思いで、いったいどこにわながあるのか早く見ぬかなければならぬ、何か見おとしてはいないかと、気が気ではなかった。「いいえ、見なかったですね、それにそんな開いた部屋も、なかったような気がしますが……そうそう、四階で(彼はもうわなを完全に見やぶって、勝ちほこった気持になっていた)、官吏の家族が引っ越しをしていたのを、おぼえていますが……アリョーナ・イワーノヴナの向いの部屋です……おぼえています……はっきりおぼえています……兵士たちがソファのようなものをはこび出して、ぼくは壁におしつけられましたよ……だがペンキ職人は――いや、ペンキ職人がいたような記憶は、ありませんねえ……それに開いた部屋も、どこにもなかったようですが。そう、たしかになかったですね……」

「おい、きみは何を言ってんだ！」とラズミーヒンはわれに返って、何か思いあたったらしく、だしぬけに叫んだ。「ペンキ屋がしごとをしていたのは事件のあった当日じゃないか。彼が行ったのはその三日まえだ！　きみは何を聞いてるんだ？」

「いや！　ごっちゃになってしまいました！」ポルフィーリイはぽんと額をたたいた。「いまいましい、この事件で頭がすっかりへんになってしまった！」彼は恐縮したようにラスコーリニコフを見た。「七時すぎにあの部屋で、誰か彼らを見たものがないか、これが実に重大なかぎになりますので、それが頭にあってついいまも、あなたに聞いたらわかりはしないかなんて錯覚をおこしてしまったんですよ……すっかりごっちゃになってしまいました！」

「もっと気をつけてくれなきゃこまるよ！」とラズミーヒンは不機嫌に言った。

そのときはもう控室に来ていた。ポルフィーリイ・ペトローヴィチはびっくりするほど愛想よく二人を玄関先まで送り出した。二人は暗い不機嫌な顔で通りへ出て、しばらくはものも言わなかった。ラスコーリニコフは深く息をついた……

6

「……信じない！　信じられないよ！」すっかり頭が混乱してしまったラズミーヒンは、なんとかしてラスコーリニコフの推論をくつがえそうとやきもきしながら、こうくりかえした。彼らはもうバカレーエフのアパートの近くまで来ていた。そこにはもう先ほどからプリヘーリヤ・アレクサンドロヴナとドゥーニャが二人の来るのを待っていた。ラズミーヒンははじめてあのことをはっきり話しあったので、それだけでもうどぎまぎし、すっかり興奮してしまって、話に夢中になってたえず立ちどまった。

「信じなくてもいいさ！」とラスコーリニコフは冷たい、気のなさそうなうす笑いをうかべながら、答えた。「きみは例によって、何も気がつかなかったらしいが、ぼくは一言半句ものがさずその重さをはかっていたんだよ」

「きみは疑《うたぐ》り深いんだよ、だからそんなことをするのさ……うん……そういえばたしかに、ポルフィーリイの調子はかなりへんだった、とくにあの卑劣なザミョートフのやつときたら！……きみの言うとおりだ、あいつには何かふくみがあった、——しかしなぜだ？　なぜだろう？」

「一晩で考えを変えたのさ」

「いやちがうよ、ぜったいにちがう！　もしやつらがこのばかげた考えをもっているなら、なんとかしてそれをかくそうとするはずだよ。ここ一番というときまで、切り札はふせておくもんだぜ……ところがさっきのやつらの態度は——図々《ずうずう》しく、うかつだよ！」

「もしやつらが物証、つまりぜったいに動かせぬ物証をつかんでいるか、あるいはいくらかでも根拠のある嫌疑《けんぎ》をもっていたら、たしかにこのゲームはかくそうとしたろうさ。もっと大きく勝つためにね（しかも、もうとっくに家宅捜索をしているはずだ！）。ところがやつらには事実がない、ひとつも、――すべてが幻影だ、どっちともとれるものばかりだ、ふわふわした観念だけだ――だからやつらは無礼な態度で相手の頭をかきみだそうとやっきなんだよ。あるいは、きめ手となる事実がないので、自分でもむしゃくしゃして、やつあたりしたのかもしれん。あるいはまた、何かふくみがあって……彼は頭がきれそうだ……もしかしたら、知っている振りをして、ぼくをおどかそうとしたのかもしれん……そこはきみ、彼なりの心理作戦でさ……しかし、こんなことは考えるのも気色がわるいよ。よそうや！」

「まったく無礼だよ、失礼だ！　きみの気持はわかるよ！　しかし……いまはもうはっきり言ってしまったから（とうとう、はっきり言ってしまって、ほんとによかった、ぼくは嬉《うれ》しいよ！）――ぼくはきみに率直にうちあけるが、やつらがこの考えをもっていることは、ぼくはもう大分まえから気がついていたんだ。あの事件以来ずうっと、むろん、かすかな疑惑が、それこそかすかにうごめく程度だがね、しかしかすかにうごめく程度にせよ、いったいなぜなのだ？　どうしてやつらがそんな思いきった考えがもてるのか？　いったいどこに、どこにその根がひそんでいるのだ？　それを聞いたときぼくは憤然としたね、きみに見せてやりたかったよ！　ばかな。貧乏と憂鬱症《ゆううつしょう》にうちのめされた哀れな大学生が、妄想《もうそう》までおこすような大病にたおれる前日、しかも、おそらく、病気はもうはじまっていたろう（ここだよ！）この疑り深く、自尊心が強く、自分の真価を知り、六カ月も自分の穴ぐらにとじこもって誰《だれ》にも会わなかった男がだ、ぼろシャツを着て、底のぬけた長靴《ながぐつ》をはいて、――つまらない警官どものまえに立って、やつらになぶりものにされながらじっとこらえている。そこへ思いがけぬ負債をつきつけられる、七等官チェバーロフに対する期限きれの手形だという、くさったようなペンキの臭《にお》い、三十七、八度の暑さ、むんむんする空気、人ごみ、かてて加えてまえの晩訪ねた人が殺されたという話、それがみな――空《す》き腹《ばら》にぐんときたわけだ！　失神しないほうがおかしいよ！　ところがここなんだよ、ここに嫌疑の根拠をおいているんだ！　ばかばかしい！　これは実にしゃくだよ、それはわかる、が、ぼくがきみだったら、ロージャ、やつらを面とむかって笑いとばしてやる、それよりもやつらのばか面《づら》に痰《たん》をはきかけてやるよ、こってりとね、そしてどいつもこいつも二十ばかりビンタをくらわしてやるさ。こいつが利口だよ、いつもみたいにせいぜい思い知らせてやることだ、それでおしまいさ！　気にするなよ！　元気をだせ！

恥ずかしいぞ！」

《しかし、こいつうまいことを言ったぞ》とラスコーリニコフは考えた。

「気にするな？　だって明日また尋問だよ！」と彼は憂鬱そうに言った。「ぼくがあんなやつらを相手に釈明しなきゃならんのかい？　昨日居酒屋でザミョートフみたいな小僧ッ子と口をきいたことだって、ぼくはしゃくなんだよ……」

「ちくしょう！　おれはポルフィーリイのとこへ行くよ！　そして、親戚として、やつをぎゅうぎゅうとっちめ、すっかりどろをはかせてやる。ザミョートフのやつは……」

《やっと、気がついたな！》とラスコーリニコフは思った。

「待て！」と不意にラスコーリニコフの肩をつかんで、ラズミーヒンは叫んだ。「待て！　きみ、それは嘘《うそ》だ！　ぼくはいろいろ考えてみたが、きみが言ったのは嘘だよ！　それがどんなわななんだ？　職人のことを聞いたのはわなだと、きみは言ったな？　考えてみろよ、ほんとにきみがあれをやったとしたら、部屋にペンキを塗っていた……職人がいたのも見た、なんて、口をすべらすはずがないじゃないか。どころか、実際には見たって、見なかったというだろうさ！　誰が自分に不利な自白をするものかね？」

「もしぼくがあのしごとをやったとしたら、きっと職人も部屋も見たと言うだろうね」とラスコーリニコフは気のりのしない様子で、露骨にいやな顔をしながら、返事をつづけた。

「じゃ、なぜ自分に不利なことを言うのかね？」

「なぜって、尋問のときのっけから何もかも知らん振りをするのは、ばかな百姓か、世間知らずの若僧だけだよ。わずかでも教養と経験のある人間なら、かならず、できるだけ、どうにも動かせぬ外部的な事実はすべて白状しようとするものだ。ただしそれらの事実に別な原因をさがしだし、独特の思いがけぬ特徴を巧みにはめこんで、すっかり別な意味をあたえ、別な光をあてて見せるってわけだ。ポルフィーリイは、ぼくがきっとそのてでほんとうらしく見せるために、見たなんて言って、そして説明に何かうまいことをはめこむにちがいないと、それをあてにしていたはずだよ……」

「そこで彼はすぐに、二日まえには職人はあそこにいなかったはずだ、だからきみが行ったのは凶行の日の七時すぎにちがいないと、こうきめつけるってわけか。つまらんことでひっかけようとしたわけだ！」

「そうだよ、それを彼はあてにしたんだよ。ぼくがろくすっぽ考えもせずに、もっともらしい返事をしようとあわてて、二日まえに職人がいるはずがないのを忘れはしないかとね」

「でも、そんなこと忘れるはずがないじゃないか？」

「ところがそうじゃないんだ！　こういうなんでもないことに、頭のまわる連中はいちばんひっかかりやすいんだよ。頭のいい人間ほど、自分がつまらないことでひっかかるとは、思わないわけだ。だからもっともずるがしこいやつをひっかけるには、もっともつまらないことがいいんだよ。ポルフィーリイはきみが考えるほどばかじゃないよ、どうしてどうして……」

「それなら卑劣漢だ！」

ラスコーリニコフは思わず笑いだしてしまった。だがそれと同時に、ついさっきまでは、明らかに目的があってやむを得ずに、いやいやながら話をつづけてきたのに、いま最後の説明をしたときの自分の生き生きとした乗り気な態度が、彼は自分でも不思議な気がした。

《おれもものによっては、調子づくこともあるんだな！》と彼は腹の中で思った。しかしそれとほとんど同時に、思いがけぬ不安な考えにおびやかされたように、彼は急にそわそわしだした。不安はますます大きくなった。彼らはもうバカレーエフのアパートの入り口までできていた。

「先に行っててくれ」と不意にラスコーリニコフは言った。「すぐもどるよ」

「どこへ行くんだ？　もうここまで来てしまったじゃないか！」

「いや、ちょっと行って来《こ》なきゃ、どうしても。用があるんだ……三十分でもどるよ……そう伝えてくれ」

「勝手にしろ、ぼくはついてくよ！」

「何を言うんだ、きみまでぼくを苦しめたいのか？」と彼は叫んだ。そしてそのあまりにも苦しそうな苛立《いらだ》ちと必死の思いをこめた目を見ると、ラズミーヒンの手は力なく垂れてしまった。しばらく彼は入り口の階段にたたずんで、自分の住居《すまい》のある横町のほうへ足早に去って行くラスコーリニコフのうしろ姿を、暗い顔で見送っていた。やがて、歯をくいしばり、拳《こぶし》をにぎりしめて、今日こそポルフィーリイをレモンのようにしぼりあげてやることを胸に誓うと、二人がこんなにながく来ないのでもう心配でそわそわしているプリヘーリヤ・アレクサンドロヴナを慰めてやるために、階段をのぼっていった。

ラスコーリニコフが自分の家まで来たとき、――こめかみは汗でぬれ、息づかいも苦しそうだった。彼は急いで階段をのぼると、鍵《かぎ》をかけてない自分の部屋に入り、すぐに内側から掛金をおろした。それから、ぎくっとして、気でもちがったように、あのとき盗品をかくした片隅《かたすみ》の壁紙の穴のところへかけよると、いきなりその穴へ手をつっこんで、ややしばらく入念にすみずみまでさぐりまわし、壁紙のしわや折れ目までしらべた。何もないことをたしかめると、彼は立ちあがって、ほうッと深く息をついた。さっきバカレーエフのアパートのまえまで来たとき、彼はふと気になったのである。何かの品物、小さな鎖かカフスボタンのようなものか、あるいはそれらが包んであった紙、老婆の手でおぼえ書きがしてある紙のきれはしでも、あのときどうかしてこぼれおち、どこかの隙間《すきま》にまぎれこんでいて、忘れたころに不意に思いがけぬ動かぬ証拠となって彼のまえに突きつけられはしまいか。

彼はもの思いにとらわれたようにぼんやりつっ立っていた、そして異様な、卑屈な、気のぬけたようなうす笑いが唇《くちびる》の上をさまよっていた。やがて、彼は帽子をつかんで、しずかに部屋をでた。頭の中はいろんな考えがもつれあっていた。考えこんだまま彼は門の下へ入っていった。

「おや、ほらあのひとですよ！」と甲高《かんだか》い声が叫んだ。彼は顔をあげた。

庭番が小舎《こや》の戸口に立って、まっすぐこちらを指さして、誰かあまり背丈の高くない男におしえていた。その男は見たところ町人風で、チョッキの上にガウンのようなものを着ていて、遠くから見るとまるで女のようだった。垢《あか》でぴかぴかの帽子をかぶった頭はがくんとまえに垂れていた。頭だけでなく身体《からだ》ぜんたいがせむしみたいにまえにまがっていた。かさかさのしわだらけの顔は五十すぎに見えた。にごった小さな目は陰気で、けわしく、何か文句ありげだった。

「何だね？」とラスコーリニコフは庭番のほうへ近づいて、尋ねた。

町人は額ごしに横目を彼にあてて、じいっと注意深く、ゆっくり見まわした。それからゆっくり身体の向きを変えて、一言もものを言わずに、門から通りへ出て行った。

「どうしたというんだ？」とラスコーリニコフは叫んだ。

「ええ、あの男があなたの名前を言って、ここにこういう学生が住んでるか、誰のところに下宿してるか、って聞いたんですよ。そこへちょうどあなたが下りて来たので、わたしはおしえたんですよ、そしたらあの男は行ってしまった。ばかばかしい」

庭番もけげんな顔をしていたが、それほど気にもならないらしく、もう一度ちょっと小首をかしげると、くるりと向うをむいて、自分の小舎へもどって行った。

ラスコーリニコフは町人のあとを追ってかけだした、するとじきに通りの向う側に、べつに足を早めるでもなく、地面に目をおとして、何か考えごとでもしているように、のそりのそり歩いている男の姿を見つけた。彼はすぐに追いついたが、しばらくそのまうしろからついて行った。とうとう、彼とならんで、よこから顔をのぞいた。男はすぐに彼に気がついて、すばやい視線をかえしたが、またすぐに目を地面へおとした、そして二人はそのまま、肩をならべて、一言も口をきかずに、一分ほど歩いた。

「あなたはぼくのことを尋ねたそうですね……庭番に？」とラスコーリニコフはたまりかねて、言葉をかけた、が、どうしたわけかひどくひくい声だった。

町人は返事もしないし、見向きもしなかった。またしばらく沈黙がつづいた。

「あなたは何者です……訪ねてきて……黙りこくって……いったいどうしたというんです？」ラスコーリニコフの声はとぎれがちで、言葉がどういうものか口から出しぶった。

町人は今度は目をあげて、無気味な暗い目つきでラスコーリニコフをじろりと見た。

「人殺し！」と彼は不意に、ひくいがはっきりした声で言った……

ラスコーリニコフは男とならんで歩いていた。足の力が急にぬけて、背筋が冷たくなり、心臓が一瞬凍りついたようになった。それから急に、手綱《たづな》をふりちぎったように、はげしくうちだした。そのままならんで、また黙りこくったまま、百歩ほど歩いた。

町人は彼を振り向きもしなかった。

「あなたは何を言うんです……なんてことを……誰が人殺しです？」ラスコーリニコ

フはほとんど聞きとれぬほどに呟《つぶや》いた。

「おまえが人殺しだ」と男はいっそうはっきりと言葉をくぎりながら、暗示をあたえるように言った。その声には憎々しい勝利のうす笑いがにじんでいるようであった。そしてまたラスコーリニコフの蒼白《あおじろ》い顔と生気の失《う》せた目をじろりと見た。二人はそのとき十字路に来ていた。町人は通りを左へ折れて、振り向きもせずに去って行った。ラスコーリニコフはその場に立ちつくして、いつまでもそのうしろ姿を見送っていた。男は五十歩ほど行くと、くるりと振り向いて、まだその場に身動きもせずに立ちつくしているラスコーリニコフのほうを見た。はっきり見わけることはできなかったが、ラスコーリニコフは、男がまたあの冷たい憎悪《ぞうお》にみちた勝利のうす笑いをうかべて、にやりと笑ったような気がした。

力のぬけたおぼつかない足どりで、膝《ひざ》をがくがくふるわせながら、全身凍《こご》えきったようになって、ラスコーリニコフは家へもどると、穴ぐらのような自分の部屋へのぼった。彼は帽子をぬいで、テーブルの上におくと、そのままそこに十分ほどじっと立っていた。それからぐったりとソファの上にくずれ、苦しそうに、弱々しくうめいて、長くなった。目はとじられた。そのまま三十分ほど横になっていた。

彼は何も考えなかった。ただ、とりとめもない想念とその断片や、心のどこかにある古い記憶のようなものが、順序もつながりもなく流れすぎるだけだった。まだ子供のころ見た人々の顔とか、どこかで一度会ったきりで、思い出したこともなかった人人の顔、V教会の鐘楼、ある飲食店の撞球台《どうきゅうだい》、玉をついているある士官、どこかの地下の煙草屋《たばこや》の中にむんむんとたちこめている葉巻のにおい、居酒屋、一面に汚水がこぼれて、卵のからがちらかっているまっ暗い階段、どこからともなく日曜の教会の鐘が聞えてくる……こうしたものが浮んでは消え、旋風《つむじかぜ》のようにぐるぐるまわった。中にはこころよいものさえあって、それにすがりつこうとするのだが、すぐに消えてしまう。さっきからずうっと身体の中のほうで、何かにおしつけられるような感じがあったが、苦になるほどでもなかった。ときには、かえっていい気持だった。軽い悪寒《おかん》が去らなかった、しかしこれもむしろこころよい感じだった。

彼はラズミーヒンのせかせかした足音と声を聞くと、目をつぶって、眠っている振りをした。ラズミーヒンはドアをあけて、そのままためらうようにしばらく戸口に立っていた。それからしずかに部屋の中へ入り、そっとソファへ近づいた。ナスターシヤの囁《ささや》く声が聞えた。

「起さないで。ねかしておきなさいな。そしたら少しは食べられるようになるよ」

「それもそうだな」とラズミーヒンは答えた。

二人はそっと部屋を出て、ドアをしめた。さらに三十分ほどすぎた。ラスコーリニコフは目をあけて、両手を頭の下にあてて、また仰向《あおむ》けになった……《あれは何者だ？　地中からひょっこり湧《わ》いたようなあの男は、いったい何者だろう？　あの男はどこにいて、何を見たのだ？　あいつはすっかり見ていたんだ、それはまちがいない。それにしてもあのときどこにかくれていたんだろう、そしてどこから見ていたんだろう？　なぜいまごろになってひょっこりでてきたのだ？　だが、どうして見ることができたのだろう、――そんなことができるだろうか？……フム……》ラスコーリニコフは寒気がして、がくがくふるえながら考えつづけた。《また、ミコライがドアのかげで見つけたというケースだが、これだってとても考えられぬことだ！　証拠？　どんな小さなものでも見おとしたら、――証拠はたちまちピラミッドほどになってしまうのだ！　蝿《はえ》が一匹とんでいたっけ、あの蝿が見ていた！　そんなばかなことがあるだろうか？》

するど彼は急に衰弱を感じて、身体中の力がぬけてしまったような気がして、自分がいまいましくなった。

《おれはそれを知るべきだったのだ》と彼は苦々しいうす笑いをもらしながら考えた。《どうしておれは、自分を知り、自分を予感していたくせに、斧《おの》で頭をたたきわるなんて大それたことができたのだ。おれはまえもって知るべきだった……何をいう！おれはまえもってそれを知っていたじゃないか！……》彼は自棄《やけ》になってうめくように呟いた。

ときどき彼はある考えのまえにじっと立ちどまった。

《いや、ああいう人間はできがちがうんだ。いっさいを許される支配者というやつは、ツーロンを焼きはらったり、パリで大虐殺《だいぎゃくさつ》をしたり、エジプトに大軍を置き忘れたり、モスクワ遠征で五十万の人々を浪費したり、ヴィルナ（訳注　現在リトアニア共和国の主都）でしゃれをとばしてごまかしたり、やることがちがうんだ。それで、死ねば、銅像をたてられる、――つまり、すべてが許されているのだ。いやいや、ああいう人間の身体は、きっと、肉じゃなくて、ブロンズでできているのだ！》

思いがけぬふざけた考えがうかんで、彼は危なくふきだしそうになった。

《ナポレオン、ピラミッド、ワーテルロー――かたやベッドの下に赤いトランクをしまいこんだ小役人の後家、しなびたきたない金貸し婆《ばば》ぁ、――いかにポルフィーリイ・ペトローヴィチでも、このとりあわせは料理しきれまい！……どこにやつらに、これが料理できてたまるかい！……美学がじゃまをするよ、〈ナポレオンが婆ぁのベッドの下にはいりこむだろうか！〉なんてさ。ええッ、くだらない！……》

ときどき彼は熱にうかされているような気がした。彼はぞくぞくするような陶酔へおちていった。

《婆ぁなんてナンセンスさ!》と彼は燃えるような頭で、突発的に考えた。《老婆か、あれはまちがいだったかもしれないが、あんな婆ぁなんか問題じゃない! 老婆はどうせ病気だったんだ……おれはすこしも早くふみこえたかった……おれは人間を殺したんじゃない、主義を殺したんだ! 主義だけは殺した、がしかし、かんじんのふみこえることはできないで、こちら側にのこった……おれができたのは、殺すことだけだ。しかも、結局は、それさえできなかったわけだ……主義はどうなるのだ? どうしてさっきラズミーヒンのばかは社会主義者をののしったのだろう? 勤労を愛し、商売のうまい連中で、〈全体の幸福〉のためにはたらいているじゃないか……いやいや、おれには生活は一度あたえられるが、それきりでもう二度と来ないのだ。おれは〈全体の幸福〉が実現されるまで待ちたくない。おれだって生活がしたい、それがでないなら、生きないほうがましだ。なんだというのだ? おれはただ〈全体の幸福〉のくるのを待ちながら、一ルーブリぽっちの金をポケットの中ににぎりしめて、飢えた母親のそばを素通りしたくなかっただけだ。〈全体の幸福を築くために煉瓦《れんが》を一つはこぶ、それで心の安らぎを感じてる〉というのか。はッは! なんだってきみたちはおれをぬかしたんだ？　おれだって一度しか生きられない、おれだってそれぁ……ええ、おれは気取ったしらみだよ、それだけのことさ》彼はとつぜん気がふれたように、けたけた笑って、こうつけ加えた。《そうだよ、おれはたしかにしらみだ》彼は自虐的な喜びを感じながらこの考えにしがみつき、それをいじくりまわし、もてあそび、なぐさみながら、ひとりごとをつづけた。《理由はかんたんだよ、第一に、現にいまおれは自分がしらみだということについてあれこれ考えているじゃないか。第二に、この計画は自分の欲望や煩悩《ぼんのう》のためではない、りっぱな美しい目的のためだなどと称して、ありがたい神を証人にひっぱりだし、まるまる一月《ひとつき》もいやな思いをさせたことだ、――はッは！　第三に、実行にあたっては、重さと量と数を考えて、できるかぎりの公平をまもろうときめて、すべてのしらみの中からもっとも無益なやつをえらびだし、そいつを殺して、多くも少なくもなく、おれが第一歩をふみだすためにかっきり必要なだけをとろうときめたことだ。（のこりは、つまり、遺言状どおりに、修道院行きってわけだ――はッは！）……だから、だからおれはどこまでもしらみなんだ》と彼は歯ぎしりしながら、つけ加えた。《だっておれはもしかしたら、殺されたしらみよりも、もっともっといやなけがらわしいやつかもしれんのだ、しかも殺してしまったあとでそれを自分に言うだろうとは、まえから予感していたんだ！

まったくこんな恐ろしさに比べ得るものが、果してほかにあるだろうか！　おお、俗悪だ！　ああ、卑劣だ！……おお、馬上にまたがり、剣を振りかざして、アラーの神の命令だ、〈おののく〉者どもわれに従え、と叫ぶ〈予言者〉の心境が、おれにはよくわかる！　大通りにばかでかい大砲をならべて、罪があろうがなかろうが無差別に射《う》ち殺して、なんの釈明の必要があるとうそぶいた〈予言者〉が、正しかったのだ、それでいいのだ！　われに服従せよ、おののく者ども、そして――何も望むな、それは――おまえらの知ったことではない！……おお、ぜったいに、ぜったいに婆ぁをゆるすものか！》

　彼の髪は汗にぬれ、ふるえる唇はかさかさにかわき、動かぬ視線がひたと天井《てんじょう》に向けられていた。

《母、妹、おれはどんなに愛していたか！　それがいまどうして憎いのだろう？　たしかに、おれはあの二人を嫌悪《けんお》している、肉体的に嫌悪している、そばにいられると堪えられない……さっきおれは母のそばへよって、接吻《せっぷん》した、おぼえている……母を抱きしめながら、あれを知られたらなんて考えると、おれは……いっそ言ってしまおうか？　おれの気持ひとつだ……フム！　あのひとはおれと同じような気性のはずだからな》彼はおそってきた幻覚とたたかってでもいるように、やっと考えをまとめながら、こうつけ加えた。《おお、おれはいまあの婆ぁが死ぬほど憎い！　もしあいつが生きかえったら、きっともう一度殺してやるにちがいない！　リザヴェータはかわいそうなことをした！　なんだってあんなところへもどって来たのだ！……しかし、不思議だ、どうしておれは彼女のことをほとんど考えないのだろう、まるで殺さなかったみたいに？……リザヴェータ！　ソーニャ！　かわいそうな女たち、やさしい目をした、やさしい女たち……かれんな女たち！……あのひとたちはどうして泣かないのだろう？　どうして苦しまないのだろう？……すべてをあたえて……やさしくしずかに見ている……ソーニャ、ソーニャ！　従順なソーニャ！……》

彼は意識を失った。彼は自分がどうして通りに立っているのか、ぜんぜんおぼえがないのが不思議な気がした。もう夕暮れもかなりおそかった。たそがれが濃くなり、満月がしだいに明るさをましていた。しかしどうしたわけか空気がいつになく息苦しかった。人々の群れが通りを歩いていた。職人たちやしごとをもっている人々は家路をいそいでいたし、そうでない人々はぶらぶらそぞろ歩きを楽しんでいた。石灰や、ほこりや、よどんだ水のにおいがした。ラスコーリニコフは思いあぐねたような暗い顔で歩いていた。彼は何かをするつもりで家を出たことは、ひじょうによくおぼえていた。その何かをしなければならない、急がなければならないとあせるのだが、それが何だったか——どうしても思い出せない。彼は不意に立ちどまった。通りの向う側の歩道に、一人の男が立って手招きしているのに気づいたのだ。彼は通りを横切って男のほうへ歩いて行った、すると男はくるりと向うをむいて、何ごともなかったように歩きだした。うなだれて、振り返りもしないし、呼んだような素振りも見せない。《ばからしい、あいつはほんとに呼んだのかな?》とラスコーリニコフは考えたが、それでもあとを追いはじめた。十歩も行かないうちに、彼はふとその男に気がついて——ぎょッとした。あのガウン、そしてあの猫背《ねこぜ》、それはさっきの町人だった。ラスコーリニコフは遠くはなれてついて行った。胸がどきどきした。横町へ折れた、——やはり振り向こうとしない。《おれがつけているのを、知ってるのだろうか?》とラスコーリニコフは考えた。町人はある大きな建物の門へ入った。ラスコーリニコフは急いで門のところまで行って、見た。男が振り返りはしないか、呼びはしないか?すると果して、門を通りぬけて、内庭へ出たところで、男は急に振り向いて、また彼を招くようなしぐさをした。ラスコーリニコフは一気に門を走りぬけたが、内庭にはもう町人の姿はなかった。とすると、男はすぐとっつきの階段をのぼったにちがいない。ラスコーリニコフは急いであとを追った。果して、二つ上の階段にまだ誰かの規則正しいゆっくりした足音が聞えていた。おかしい。階段は見おぼえがあるようだ!

そら、あの一階の窓。ガラスごしに月の光がもの悲しく神秘的にさしこんでいる。もう二階だ。あッ！　これはあの部屋だ、職人たちがペンキを塗っていた……彼はどうしてとっさに気がつかなかったのか？　前方を行く人の足音が消えた。《ははあ、立ちどまったか、あるいはどこかにかくれたな》そら、もう三階まで来た。先へ行こうか？　それにしても上はなんというしずかさだ、恐ろしいほどだ……それでも、彼は歩きだした。彼は自分の足音におびえて、びくびくした。やれやれ、なんという暗さだ！　男は、きっと、そのへんの隅に息をひそめているにちがいない。あッ！　階段に向いたドアがあけっぱなしだ。彼はちょっと考えて、中へ入った。控室は真っ暗で、すっかり運びだされたみたいに、がらんとして、人気《ひとけ》がない。彼はそっと、爪先立《つまさきだ》ちで客間へ入った。月の光が部屋中に冷たくさしこんでいた。すっかりもとのままだ。椅子《いす》、鏡、黄色いソファ、額の絵。大きな、まるい、銅のように赤い月がじっと窓をのぞきこんでいた。《こうしずかなのは月のせいだな》ふとラスコーリニコフは思った。《月は、きっと、いま謎《なぞ》をかけているんだ》彼はじっと立って、待っていた、長いこと待っていた、そして月がしずかになるほど、胸の動悸《どうき》がはげしくなり、痛いほどになった。あたりはしーんとしずまりかえるばかりだ。不意に一瞬、カサッと軸木をさいたような乾いた音がして、すぐにまた凍りついたようなしずけさにもどった。

目をさました蝿が一匹いきなりとんで鏡にぶつかり、うらめしそうにジージー鳴きだした。ちょうどその瞬間、彼は隅のほうの小さなタンスと窓の間の壁のところに、かかっているらしく見える女ものの外套《がいとう》に気がついた。《どうしてあんなところに外套が？》と彼は思った。《まえにはなかったはずだが……》彼はそっと近づいてみると、外套のかげに誰かかくれているらしいのに、気がついた。彼はそろそろと手をのばし、外套をのけて、見た。するとそこに椅子があって、そのはしっこに老婆が一人ちょこんと坐《すわ》っていた。すっかり身体をまえにかがめ、頭を垂れているので、どうしても顔を見わけることができなかったが、それはたしかにあの老婆だった。彼はつっ立ったまま老婆を見下ろしていた。《こわがってるな！》と彼は考えて、そっと輪から斧をぬきとり、老婆の脳天へうち下ろした。一度、二度。ところが不思議なことに、老婆はまるで木の人形のように、なぐられても身動きもしなかった。彼はぞっとして、かがみこんで、老婆の顔をのぞこうとした。すると老婆もますます顔をうつむけた。彼はそこで床に頭をすりつけるようにして、下から老婆の顔をのぞいた。のぞいたとたんに、はっと息が凍った。老婆は坐ったまま、笑っていたのだ、――彼に聞えないように、やっと声をおさえながら、しずかに音もなく笑っていた。そのとき不意に、寝室のドアがわずかに開《あ》いて、そちらでも笑いながらこそこそ囁きあっている気配が、聞えたような気がした。彼は憤怒《ふんぬ》のあまり気ちがいのようになって、力まかせに老婆の頭をなぐりはじめた、ところが斧を振り下ろすごとに、寝室の笑い声と囁きがますます高くなり、老婆もいよいよ身をもみしだいて笑うばかりだ。彼は逃げ出そうとした。控室はもう人でいっぱいだった。階段に向いたドアはみな開けはなされ、踊り場も、階段も、下のほうも——すっかり人の山、鈴なりの頭だ、それがみなこちらを見つめている、——みな息を殺して、ものを言わずに、じっと待っている！……彼は心臓がしめつけられ、足がうごかない、根が生えてしまった……彼は大声でわめこうとした、とたんに——目がさめた。

彼は苦しそうに息をついだ、——ところが不思議だ、夢がまだつづいているような気がした。部屋のドアがあいていて、戸口にまったく見知らぬ男が立って、じっと彼を見つめていたのである。

ラスコーリニコフはまだすっかりあけきっていない目をあわててまたつぶった。彼は仰向けにねたまま、身じろぎもしなかった。《これも夢のつづきではなかろうか》と思って、彼は気づかれないように、またかすかにうす目をあけてちらと見た。見知らぬ男はやはり同じ場所に立ったまま、じっと彼を見つめていた。不意に男はそっとしきいをまたぐと、音のしないようにドアをしめて、テーブルのそばまで来た、そしてそこでまた一分ほどじっと立っていた、――そのあいだ一度も彼から目をはなさなかった。それからしずかに、音もなく、ソファのそばの椅子に腰をおろした。帽子をわきの床へおき、両手でステッキにもたれて、そこへ顎《あご》をのせた。その様子では、男はいつまでも待つつもりらしかった。ひくひくふるえる睫毛《まつげ》ごしにうかがい得たかぎりでは、男はもうかなりの年齢《とし》で、がっしりした身体つきで、ほとんど真っ白といっていいほどの明るい色のあごひげをふさふさと生やしていた……

十分ほどすぎた。まだ明るかったが、もう日が暮れかけていた。部屋の中はひっそりとしずまりかえっていた。階段のほうからさえもの音ひとつ聞えてこなかった。大きな蠅が一匹、とびまわってはガラスにつきあたり、ジージー鳴きながらもがいているだけだった。とうとう、こうしているのが堪えきれなくなった。ラスコーリニコフはいきなり身を起して、ソファの上に坐った。

「さあ、言ってください、何用です？」

「あなたがねむっているんじゃなく、寝た振りをしているだけだということは、さっきからわかっていましたよ」と見知らぬ男はゆったりと笑って、妙な返事をした。「アルカージイ・イワーノヴィチ・スヴィドリガイロフです、よろしく」

（下巻につづく）

ドストエフスキー 木村浩訳
白痴（上・下）
白痴と呼ばれる純真なムイシュキン公爵を襲う悲しい破局……作者の〝無条件に美しい人間〟を創造しようとした意図が結実した傑作。

ドストエフスキー 木村浩訳
貧しき人びと
世間から侮蔑の目で見られている小心で善良な小役人マカール・ジェーヴシキンと薄幸の乙女ワーレンカの不幸な恋を描いた処女作。

ドストエフスキー 千種堅訳
永遠の夫
妻は次々と愛人を替えていくのに、その妻にしがみついているしか能のない〝永遠の夫〟トルソーツキイの深層心理を鮮やかに照射する。

ドストエフスキー 原卓也訳
賭博者
賭博の魔力にとりつかれ身を滅ぼしていく青年を通して、ロシア人に特有の病的性格を浮彫りにする。著者の体験にもとづく異色作品。

ドストエフスキー 江川卓訳
地下室の手記
極端な自意識過剰から地下に閉じこもった男の独白を通して、理性による社会改造を否定し、人間の非合理的な本性を主張する異色作。

ドストエフスキー 原卓也訳
カラマーゾフの兄弟（上・中・下）
カラマーゾフの三人兄弟を中心に、十九世紀のロシア社会に生きる人間の愛憎うずまく地獄絵を描き、人間と神の問題を追究した大作。

Title : ПРЕСТУПЛЕНИЕ И НАКАЗАНИЕ (vol. I)
Author : Фёдор М. Достоевский

罪《つみ》と罰《ばつ》(上)

新潮文庫　ト－1－18

昭和六十二年六月五日発行
平成二十二年六月十五日五十九刷改版
平成二十三年六月十五日六十刷

訳者　工《く》藤《どう》精《せい》一《いち》郎《ろう》

発行者　佐藤隆信

発行所　株式会社新潮社

郵便番号　一六二―八七一一
東京都新宿区矢来町七一
電話　編集部(〇三)三二六六―五四四〇
　　　読者係(〇三)三二六六―五一一一
http://www.shinchosha.co.jp

価格はカバーに表示してあります。

乱丁・落丁本は、ご面倒ですが小社読者係宛ご送付ください。送料小社負担にてお取替えいたします。

印刷・二光印刷株式会社　製本・憲専堂製本株式会社

ISBN978-4-10-201021-1 C0197